U0910455

库布其与世界

肖 睿◎著

YUANFANG 远方出版社

图书在版编目 (CIP) 数据

库布其与世界 / 肖睿著 .-- 呼和浩特 : 远方出版社，2019.3（2020.6重印）

ISBN 978-7-5555-1298-1

Ⅰ . ①库… Ⅱ . ①肖… Ⅲ . ①报告文学 – 中国 – 当代 Ⅳ . ① I25

中国版本图书馆 CIP 数据核字 (2019) 第 062868 号

库布其与世界

KUBUQI YU SHIJIE

出 版 人	郭志超
策　　划	苏那嘎
著　　者	肖　睿
责任编辑	杨　敏　董美鲜　胡丽娟
责任校对	舒　言
装帧设计	晓　乔　韩　芳
出版发行	远方出版社
社　　址	呼和浩特市乌兰察布东路 666 号　邮编 010010
电　　话	（0471）2236473 总编室　2236460 发行部
经　　销	新华书店
印　　刷	河北盛世彩捷印刷有限公司
开　　本	170mm × 240mm　1/16
字　　数	265 千
印　　张	17.5
版　　次	2019 年 3 月第 1 版
印　　次	2020 年 6 月第 2 次印刷
印　　数	40 001—45 000 册
标准书号	ISBN 978-7-5555-1298-1
定　　价	58.00 元

不毛之地；冷酷无情之地；热烈赤诚之地；先知神往之地——啊！苦难的沙漠、辉煌的沙漠，我曾狂热地爱过你。

我的灵魂，你曾在沙漠上看到什么？

——〔法〕纪德《沙漠》

我们的土地，我们的家园，我们的未来！

——2017年世界防治荒漠化与干旱日主题

前 言
QIANYAN

我们的库布其

2019 年 3 月 5 日，正值全国两会在北京召开。北京的春天，街头的风像婴儿的皮肤般柔软。阳光落在树上，落在汽车和马路上，落在人的发梢和肩头，世界像一个奔跑的年轻人般新鲜。光所在的地方，生机在闪烁。漫步街头，看着为了梦想步履匆匆的行人，我甚至能感受到我所生活的国家那强壮跳跃的脉搏。

正是在这天下午，中共中央总书记、国家主席习近平在参加十三届全国人大二次会议内蒙古代表团审议时强调，要继续保持加强生态文明建设的战略定力，探索以生态优先、绿色发展为导向的高质量发展新路子，加大生态系统保护力度，打好污染防治攻坚战，守护好祖国北疆这道亮丽风景线。

习近平强调，党的十八大以来，我们党关于生态文明建设的思想不断丰富和完善。在“五位一体”总体布局中，生态文明建设是其中一位，在新时代坚持和发展中国特色社会主义基本方略中，坚持人与自然和谐共生是其中一条基本方略，在新发展理念中，绿色是其中一大理念，在三大攻坚战中，污染防治是其中一大攻坚战。这“四个一”体现了我们党对生态文明建设规律的把握，体现了生态文明建设在新时代党和国家事业发展中的地位，体现了党对建设生态文明的部署和要求。各地区各部门要认真贯彻落实，努力推动我国生态文明建设迈上新台阶。

习近平指出，要贯彻新发展理念，统筹好经济发展和生态环境保护建设的关系，努力探索出一条符合战略定位，体现内蒙古特色，以生态优先、绿色发展为导向的高质量发展新路子。要坚持底线思维，以国土空间规划为依据，把城镇、农业、生态空间和生态保护红线、永久基本农田保护红线、城镇开发边界作为调整经济结构、规划产业发展、推进城镇化不可逾越的红线，立足本地资源禀赋特点，体现本地优势和特色。习近平强调，要加大生态系统保护力度。内蒙古有森林、草原、湿地、河流、湖泊、沙漠等多种自然形态，是一个长期形成的综合性生态系统，生态保护和修复必须进行综合治理。保护草原、森林是内蒙古生态系统保护的首要任务。必须遵循生态系统内在的机理和规律，坚持自然恢复为主的方针，因地制宜，分类施策，增强针对性、系统性、长效性。

“习总书记这样的要求，既展现了我们国家领导人站在人类发展高度的高瞻远瞩和博大胸怀，也彰显了生态建设对于这个国家、这个世界的重要意义。”当天晚上，我和一群在北京工作的库布其老乡们在鄂尔多斯艾力吃饭时，一个老哥在席间激动地说，“习总书记提出了要求，我们内蒙古，我们库布其，也的确是这样做的！这不是总书记第一次如此关注内蒙古、关注库布其的生态建设。我们的艾力，值得我们骄傲！”

“艾力”在蒙古语中是“家”的意思。老哥如此激动，是因为库布其就是我们的家啊！我知道老哥的意思。我清晰地记得，在 2017 年夏天，库布其国际沙漠论坛召开时，习总书记也发来了贺电。在贺电中，习总书记强调，荒漠化是全球共同面临的严峻挑战，荒漠化防治是人类功在当代、利在千秋的伟大事业。中国历来高度重视荒漠化防治工作，取得了显著成就，为推进美丽中国建设做出积极贡献，为国际社会治理生态环境提供了中国经验。库布其治沙就是其中的成功实践。

在 2018 年的两会上，习总书记在参加内蒙古代表团审议时指出，“库布其沙漠治理获得联合国环境奖，去年还承办了《联合国防治荒漠化公约》第十三次缔约方大会。这个治理的经验确实是非常典型的，不仅对全国、对国际上，我们改善生态环境都是一个创举，我们要弘扬这样的精神，推广这种模式，更大力度地进行沙漠化治理”。

那时我正好在鄂尔多斯采访库布其的生态英雄们，大家因习总书记给予这样的高度评价和肯定激动万分，笑声至今还在我的心中回旋，像风吹过森林和草原时生灵发出的赞歌般雄浑。我们谁都没有想到，仅仅过去两个月，2018 年 5 月中旬，习总书记在全国生态环境保护大会上再次强调，“库布其沙漠经过 30 年治理变成了绿洲，治理面积达到 6000 多平方公里，让沙区几十万人受益”。所有人面对这个殊荣都惊呆了。要知道，不到半年时间，习总书记在两次全国性的重要会议上高度评价了一个地区的生态建设模式，这是从未有过的事情！习总书记对库布其生态建设成就持续而密切的关注和高度的肯定意义非凡，这使得库布其成了世界的焦点，库布其也用茂密的森林和丰饶的草原向全世界展现着我们这个民族的美好灵魂和远大前程。最重要的是，这森林和草原的深处隐藏着地球上的沙地，也隐藏着人类将沙漠变害为宝、摆脱贫困、改变命运的秘密。为此，那些奋战在库布其生态第一线的人们在我面前击掌、拥抱，那散发着草原清香的春风像快乐的马驹在我们的库布其大地上无拘无束地奔腾着……

我会永远记得 2019 年 3 月 5 日那天夜晚，在鄂尔多斯艾力，我们这些库布其的游子们因为庆祝习总书记对故乡的重视感到高兴，都喝得有些多，大家为自己的家乡取得的成绩由衷地感到骄傲。“了不起啊！”那个老哥冲我们每一个人竖起大拇指，“几十年啊，沙漠生生变成了绿洲，这是好莱坞大片都不敢编的情节……”

说话的老哥姓刘，在库布其沙漠腹地出生，现在已经成了某银行北京支行的行长，在北京生活了几十年。当他提起库布其往日的风沙时还是心有余悸，他说："那真的是伸手不见五指啊！就算是在大白天，风沙里你伸出手也看不见一根指头。每个男人都得戴着防风镜，像是飞行员。"他冲我比画着那防风镜的形状。我苦笑着点头，表示我见过。虽然我们相差 13 岁，可他的童年记忆也是我的童年记忆。我还清晰地记得，每年春天飞沙走石，我妈妈出去得在她和我的脑袋上裹3层纱巾，即便这样，沙子和石头打在脸上都会像被针扎一样疼。记得有一次在沙尘暴中，我从妈妈的自行车上摔下来，头晕眼花，四周昏黄一片，我找不到母亲，迷失了方向，凄厉地哭着。沙漠是我童年的噩梦……

"就在前年，我儿子想看沙漠。"刘老哥打断了我的回忆，他兴冲冲地对我说，"我带他回到了库布其。哪里还有沙漠啊，到处绿油油一片，都是森林和草原。孩子一路噘着嘴，谴责我在骗他。"我看着刘老哥的笑容，心里明白，这谴责对刘老哥来说是最大的祝福。库布其的热血儿女经过数十年的努力，终于挣脱了沙漠和贫困的束缚，这片土地蕴藏着无限可能。

变化的不仅仅是库布其。望着窗外金宝街上空璀璨的春日星空，我心中突然蹦出一个念头，我生活了 20 年的北京已经变成一个崭新的城市。曾经在这个时节，早就风沙漫天，万物被沙尘暴笼罩，人一张口就吃一嘴沙子。曾经无论我在哪里，只要我说我是鄂尔多斯人、我的家旁边就是沙漠时，人们就会拍着手露出坏笑，说："你厉害！北京的沙尘暴都是从你们家、从库布其刮过来的！"我苦笑着，也只能苦笑。如今，当故乡的沙漠变成绿洲之时，沙尘暴——这层没有实体的地球之锈——在北京消失得无影无踪，这个城市的春天终于向人们露出了久违的温柔。

酒席还在继续，炖羊肉上来了，人们的馋虫和乡情从胃里升腾起来。在北京的鄂尔多斯人想吃地道的鄂尔多斯炖羊肉都会选择这里，因为厨师使用的食材是正宗的鄂尔多斯山羊肉，一口一块肉，齿颊满是鲜香。每个第一次吃这道炖羊肉的朋友都会冲我嗷嗷大叫："太鲜了！太香了！"再贤淑的女孩也会瞬间变成野性十足的大灰狼，撕咬着手中的羊骨。可他们不知道，我曾经每次吃这道菜，心里都会浮现出我家乡的焦黄无垠、毫无生机的沙漠。但那仅仅是曾经，我家乡的巨大变化，堪称是中国乃至世界的一个奇迹……

不知是谁带头唱起了古如歌，大家泪涟涟地合唱起来，悠扬的歌声从艾力的窗户飞到北京的夜空之中。

满壕满壕的柳条
那是沙柳的根子使然
亲爱的小情人跟我
那是肾脏上的两条血管

满洼满洼的柳条
那是红柳的根子使然
年轻的小情人跟我
那是心脏上的两条血管

满梁满梁的柳条
那是文冠果的根子使然
选中的情人跟我
那是心坎里的两条血管

满壕满壕的柳条
咋割它也是那样
心坎的情人跟我
多少年也是那样

生性顽强的树木
咋砍它也是那样
压根就好的情人跟我
白发苍苍也是那样

沙日高勒的河边
骑上好马走啦
跟我好心的那位
有缘去相会吧
……

这首流传了千百年的古如歌《满壕柳条》寄托了库布其人民自古以来对绿色的渴望，它可以和爱情画等号。在歌声中，我似乎看到了习总书记赞扬和肯定的“艾力”——美丽富饶的库布其。在森林里，人们在阳光下劳作着。我看到了一张张笑脸，男人无畏而淳朴，女人美丽而坚韧，他们当中有老人，也有年轻人。每个人的名字都是一个英雄传奇，每个人又都是这肃穆无声的人群中的一分子。这些库布其模式的创造者，这些建设家园的英雄，这些改变了自己命运的反抗者，已和这片伟大的土地结为一体，成为我们家园的魂。这本书，和吹过库布其大地的每一阵风一样，和滴落库布其大地的每一滴雨一样，是献给他们的歌与诗。

目　录

MULU

第一篇

库布其沙漠——我们的土地

植被覆盖度

— Vegetation Coverage —

«2018

53%

1988»

3%~5%

生物多样性

—Biodiversity—

«2018

530种

植物500种，动物30种

530 species (500 plant species, 30 animal species)

1988»

123种

123 species

沙尘暴

— Sand Storm —

«2018

1次

Once

1988»

50次

50 times

一　罕台川　响沙湾

1

骑上那棕色的骆驼哟
翻越那走不尽的大漠荒山
绿草环绕的库布其沙漠清泉哟
檀香般长在牧人心中又远在天边
……

这是海市蜃楼吗？这是幻影吗？在库布其沙漠里，在鄂尔多斯高原上，每当人们酒酣耳热时，眯缝着眼睛无休止地唱起这支沙漠儿女憧憬的古歌时，我就随着人们的歌声走进那天青青、水蓝蓝、杂花飞树、绿草铺地的梦幻般的美妙仙境里。这是库布其儿女心中苦苦向往的一个梦，不知传唱了多少年。是百年还是千年？一定是很久很久了。一代一代的库布其儿女，就是听着唱着这支古歌长大的。

经久不息的歌声告诉我，这里就是我们生长的土地！

20世纪80年代中期，我出生在鄂尔多斯高原上。刚刚睁开望世界的眼睛，眼前就漂浮着细细的沙尘，灰蒙蒙的，就好像我的世界上空总是悬着一盆黄土，飘忽不定，没完没了地扬尘飘沙。牙牙学语时，我就跟在玩伴的身后，在风沙中胡乱喊叫着：“一年一场风，从春刮到冬，黑不隆冬锵，脑瓜碰个血窟窿。”人们躬身奔突在揪扯不断的风沙中，疾风卷起的沙粒打得人只得闭上眼睛摸黑走，还有的倒着走，不时有帽子、头巾之类的物件在地上滚，在天上飘，人们追赶着，跳跃着，路人不时发出惊叫。

那时，一条带着妈妈浓郁发香的白纱巾，总是严严实实地裹在我的头上，遮挡着细细的沙尘。就是这样，鼻子眼儿里总是干干地结着痒痒的土痂，眼睫毛上挂着蒙蒙的尘屑，嘴巴里还发出一声声让妈妈揪心的咳嗽。就连睡觉时，这条白纱巾总是平铺在我的脸上，遮挡那无处不在的沙尘。那时我很调皮，有意把纱巾紧紧地吸在脸上，又狠狠地吐出，一吸一鼓的，还问妈妈：“我像不像一条鱼？”我那时感觉，那条白纱巾就像鱼儿的鱼鳃一样，就像长在自己的脸上一张一合的。进屋前先拍土，妈妈的两只手在自己和我的身上荡起袅袅的黄尘，然后不停地擦拭，然而家里的家具上总是铺着一层细土。

父亲也擦，只是擦书桌和书籍，还一面念叨：“在沙漠面前，人们总是做着无用功。”

我问父亲：“沙漠在天上吗？”

父亲有些茫然地说：“天上？”

我又问：“住在沙漠上的是太空人吗？”

爱奇思怪想的娃娃不大让人待见，父亲看了看我，眼中透着一股莫名。妈妈抱住了我，说：“儿子，长大了好好学习，进北京、上纽约，离这鬼沙漠越远越好，八辈子都不见。”父亲告诉我，我们生活的东胜是伊克昭盟（今鄂尔多斯市）的盟府所在地，现在被南边的毛乌素沙漠和北面的库布其沙漠夹在中间。沙漠没有在天上，就在我们身边。在沙漠中生活的人，和我们一样，不是什么外星人，而是勤劳勇敢、忠诚善良的鄂尔多斯人。而且还特别强调，他们世世代代生活在沙漠里，是沙漠的守望者！

我似懂非懂地看着父亲，问：“守望什么呢？”

父亲告诉我：“你长大了，自然就明白了。”等你长大了，这是大人们破解孩子们求知欲的法宝，无往不胜。父亲告诉我：“我们脚下的沙漠，就是我们赖以生存的土地。”实际上，我父亲的家在内地的一座城市里，他是10多年前跟随成千上万的知识青年来到库布其沙漠的军垦部队中的一员，在库布其沙漠里滚了多年。

每年我们回乡探亲，都要到黄河北岸的包头乘火车。那时黄河上还没有建大桥，只有一座浮桥，汽车开到上面晃晃悠悠的，眼前就是泛着泥汤旋涡的黄河，似乎张着大口能把人们一口吸进去。我紧紧地抱住父亲，把头埋在他的怀里。我只能感到，黄河浪涛哗哗作响着从脚下流过。父亲告诉我：“我们眼前就是库布其沙漠，黄河从它的脚下流过。你看啊，看啊！”在父亲不断的催促声中，我抬头看了一眼库布其沙漠，感觉它就像一只斑斓猛虎，正把硕大无朋的黄毛脑袋伸进黄河里……

那时我站在黄河浮桥上，第一次远眺库布其沙漠，这就是大老虎般凶猛的库布其沙漠留给我的童年印象。大漠茫茫，黄水汤汤，斧砍刀削般镌刻在我的脑海里。随着我慢慢长大，那天地苍黄渐渐成为我记忆年轮里抹不去的底色。慢慢地，我知道“库布其”是蒙古语，含有头尾无边、一望无际的意思。现在更多的人愿意将它翻译为弓弦，大意是取黄河为弓，沙漠为弦。“库布其”这个多意的蒙古语挺让人神往的，“弓弦”这种直译会让人想起蒙古人跨马欧亚、气吞万里的豪迈民族性格。

库布其哟，我有时常想，这是啥样的人站在啥样的高山上，能将九曲黄河、浩瀚沙漠一览无余而慨然惊叹：库布其！

2

我真正走进库布其沙漠，将两只小脚丫插进热乎乎的沙子里，还是25年前的那个夏天。那时，我正读小学三年级，而且是放暑假的时节。父亲正在北京读研究生，假期要去库布其沙漠里搞采风创作实践。他答应带我去库布其沙漠，看看当年父辈战天斗地的地方。

我们乘车出东胜不久，一路碾压着从川流不息的运煤车上掉下的煤块和落在路肩上的厚厚煤粉，好不容易才驶出滚着黑色粉尘的拥挤不堪的包东公路。沿着盘旋在土山里的小道左拐右旋，慢慢地向山下驶去，渐渐驶入一条河谷里。河谷幽深，一眼望不到头，地上还有些湿乎乎的。父亲摇下车窗，一股清新的河风立即扑面而来，让人心旷神怡。河谷两侧，一边是光秃秃的山丘，另一边是黄澄澄的沙山。太阳光被山遮住了一些，宽敞的河谷显得黑白分明。父亲告诉我："翻过那座沙山，就是库布其沙漠。"我出神地看着那座大沙山，它们就像一群金黄色的狮子向河谷里探着头，似乎随时要呼啸而下。河谷中央，有一条细细的水流，涓涓地流淌着。这条河谷既是河道也是车路，不时有汽车、马车、牛拉"二饼子"车、毛驴车装着黑黑的煤块在河谷里蹒跚行进。还有车倌的歌声，时长时短，时高时低，在山谷里起伏悠荡着……

我看了一眼那唱歌的车倌，他是一位脸膛黝黑的壮汉。他仰坐在车辕上，背倚着摆放齐整的煤垛，眯着眼睛忘情地唱着。尖细的声音（多年来，我一直闹不明白，这样的壮汉咋冒出那么细、那么尖的声音，跟他彪悍的身躯怎么那么不配套呢？）从他那胡子拉碴的大嘴巴里传出，高一声低一声的。有时声音还曲里拐弯的，像是拖着长长的小尾巴，在蔚蓝的天空上绕来绕去。那声音你似乎能伸手捉到，真是好好听哟。我出神地听着，甚至傻傻地笑着。走出好远，那歌声还在我的耳边萦绕。

那天，司机叔叔和父亲拉着闲话，说："前几天这里忽然发山水，刮走了几十辆车，还冲走几个人，到现在都没有找到。"我有些害怕，司机叔叔说："不咋，咱靠边走，下来山水我就拉着你往山上跑。"我觉得司机叔叔是在吓唬我，怕我一路上不听话乱跑。哼，肯定是老妈交代给司机叔叔的。

司机叔叔姓兰，常拉父亲出远门，是个精精神神的年轻小伙子，我称他

“小兰叔叔”。这次父亲带我出来定的规矩中第一条就是听话。父亲说：“在鄂尔多斯高原，夏天走河谷得眼观六路耳听八方，碰上雨天千万别走河谷，要是碰上山洪可不得了。”

小兰叔叔说：“走河谷去沙漠，得多长个心眼，啥都得准备。夏天带上冬天的衣服，一天的路程得备下三天的干粮。我跑大车时曾被困在一个沙窝子里，幸亏带着炒米，困了七天没饿死。我师傅跑车时碰上山洪，爬到一棵树上，靠着一壶胡麻油，蹲在树杈子上坚持了几天几夜。有经验的老司机跑车，都要带一壶胡麻油保命，解渴又解饿。”我仰脖看看天空，晴天丽日，于是心才踏实一些。

父亲说：“晴天也得睁大眼睛，竖起耳朵，这罕台河谷南北小200里，直通黄河，两岸沟壑纵横，山光秃秃的，根本存不住水，谁知天上哪块云彩下雨呢。”

小兰叔叔说：“可不是，下游头顶上太阳艳艳地照着，上游山洪夹裹着山石、树木及煤块轰隆隆就下来了。黄风狂卷，一路横扫。以前走西口的庄稼汉、挑着货郎担的买卖人没少被埋在这泥沙下。”

“我知道，我知道。”父亲听小兰叔叔说着，不时地点头应和着。同时也像是在告诉我，他什么都知道。父亲那时不到40岁，同学们都说他长得“老面”。我知道父亲曾经在库布其沙漠里滚了10多年，他脸上的每一条皱褶，都是被库布其沙漠里的风刀霜剑刻出来的。父亲在去北京读研究生前，还和单位里的几个干部在库布其沙漠里的一个村落里包乡扶贫。这些年，他就像一团小旋风飘来转去的，今天还在家里转悠着，等我一觉醒来，他又不知飞到哪儿去了……

车在深幽幽的河谷里前进着，我总觉得后面有山洪追上来，有些心神不安。小兰叔叔说：“这娃是个小胆胆。”父亲摸着我的头说：“老爸在呢，咱不怕！”我笑了。小兰叔叔说：“马上就进达拉滩了，有甚怕的？”他猛踩油门踏板，车好像飞了起来。一会儿，眼前渐渐亮了起来，宽阔的达拉滩出现在眼前，那条布满凶险的河谷被我们甩到了身后。父亲指着左侧高耸的沙山，对我说："库布其沙漠到了！看见了没有？那就是响沙湾，那里的沙子会唱歌！"我问父亲："沙子为什么会唱歌呢？"父亲想了一下说："你长大了……"我打断父亲的话："我知道了，长大了就知道了。"父亲摇摇头说："你长大了也未必知道。老爹活了快40岁了都搞不清楚。库布其沙漠里有无穷的奥妙，需要人类去认识、去敬畏。"小兰叔叔说："我知道，我家离响沙湾不远。老辈人说，原先这里有座庙，庙里住着一群坏老道，上天为了惩治他们，把他们压在沙子里念经赎过……"

哦，这定是一群孙猴子，我顿时兴奋了起来。我们的车沿着沙漠脚下疾驰，偌大的沙山脚下空旷无人。小兰叔叔找了一处最易攀爬的地段，才把车停了下来。我们都打了赤脚，沿着坡度较缓的沙面往上爬。爬着爬着，你才能感到这沙坡其实挺陡的，只有手脚并用才能向上攀登。细细的沙子顺着手脚划过的部位往下流淌，并荡起一层层波纹。我鼓着劲儿往上爬，不一会儿便气喘吁吁。回头看去，父亲也呼呼地喘着粗气，并在我身后为我加油鼓劲。

我们爬着爬着，忽听脚下的沙子响起嗡嗡声，父亲说："这就是响沙。你要是往下滑，响声会更大，屁股下面就像响着一台发动机。"小兰叔叔说："这些老道懒得很，你不扒拉他们，他们就不念经。你越用力扒拉，他们念的声音越大。"于是，我使劲扒拉，这嗡嗡声立即蜂起，就像身边的沙子里藏着奔跑的牛群。我兴奋无比，边大声叫喊着边使劲向上攀爬。不知出了多少汗，我们终于爬了上去，坐在沙山上。我的脸涨得红红的，汗水和沙子混合着粘在头上、脸上。父亲脱下汗津津的衬衫为我擦拭汗碱和沙粒，大漠的微风吹来让人心旷神怡。我站在响沙的高坡上向西眺望，只见没头没尾的沙山向我们压来，如同大海的波涛在不停地涌动着。父亲说："这就是库布其沙漠。方圆小2万平方公里呢。"

3

2万平方公里有多大，我没有概念，我相信父亲也未必会有。但就在那一刹那，我知道了库布其沙漠，知道了什么是2万平方公里的沙漠。一座沙山接着一座沙山，它起于太阳落山的地方，从西而来，一路浩浩荡荡，莫非它想看一看太阳东升的地方？在沙漠的重压下，人就像一条可怜的毛毛虫。站在沙山上，眺望我们乘车而来的阴森森的河谷，以及在沟里移动的汽车、马车、牛车，竟然那样渺小，就像晃动的甲壳虫。登高才知小，我胸中忽生一种少年不该有的悲凉。父亲看了看我，没有说什么。在沙漠面前，人们只有肃然。

小兰叔叔给我讲了库布其沙漠的传说。古时候，这里林木丛生，百花遍野，绿草如毡，清泉如镜。倒骑毛驴的神仙张果老，被这番人间美景吸引，尤其那奇花异草在天上亦不多见。于是，他挖了一株带刺的玫瑰。这株玫瑰长得好奇异，竟开着多种颜色的花朵，黄的、红的、黑的、白的、紫的……张果老都看傻了。他赶忙将花连根刨出，然后包裹好放进驴褡裢内，准备进贡给玉帝观赏。谁知就在驴儿腾空飞翔的刹那，玫瑰上的刺捅破了褡裢，花根上的积土从天上落下，待张果老发现时已铸成大错，从此这里便有了线状的库布其沙漠……

小兰叔叔讲得有鼻子有眼的，原来是因张果老的一个马虎酿成了人间的灾难。父亲说：“人们在编排神仙的不是时，总是找面善的神仙揉捏，咋不说是雷公电母二郎神呢？咋？怕这些凶神找后账？”我听后哈哈大笑。父亲接着说：“幸亏大自然给库布其沙漠建起了一道屏障。”父亲说着指了指库布其脚下那条黑森森的深沟……

小兰叔叔说：“这条沟是张果老那头驴一泡老尿冲出来的，这畜生怕遭天惩，屁股一紧吓尿了，生生冲出一道壕。”我听后笑得前仰后合。

多年后我才知道，当地人称这条河谷为罕台川。它是一条季节性的河流，发源于鄂尔多斯台地的一条山谷里。早年走西口的人们曾在山谷里盖起一座庙，当地人叫罕台庙，此河因庙得名罕台川。罕台川长约80公里，北高南低，落差大，最终从达拉特旗的黄河滩汇入黄河，其流域面积近900平方公里。罕台川两岸多为荒山秃岭，沟壑像血管一样布满河川。西岸是库布其沙漠。这条黄龙似饿疯了，连那瘦弱不堪的光秃荒山也吞进肚子里。罕台川是黄河的一级支流，鄂尔多斯高原每年向黄河输出1.6亿吨泥沙，其中罕台川就占2000多万吨。在鄂尔多斯高原的十大孔兑（蒙古语，沟壑）中，罕台川对黄河泥沙输出的比率最高。

千百年来，罕台川横冲直撞，生生把鄂尔多斯台地撕出一道数百米宽的大口子。春秋两季，黄沙弥漫，风沙之烈之硬能把汽车的前挡风玻璃和车牌上的烤漆全部打掉，仅剩下布满麻点的生铁片子。夏季山洪暴发，一座座土山被洪水掀塌，发出轰隆隆的响声，能传到几十公里外的碱坊滩，即现在的解放滩。冬季，西伯利亚和蒙古高原的寒流，越过阴山，灌入鄂尔多斯草原，横扫黄土高原，随后进入中原腹地。

方圆近2万平方公里的库布其沙漠中，曾蕴藏着上百亿吨煤炭。其中，有一种盛产在鄂尔多斯的煨炭，因燃点低、热卡高被称为煤中极品。这种煨炭挥发性强，火种极易保留，因此被当地人称为“回娘家炭”——女人回娘家时，将一块炭种保留在炉灶里，埋上灰，十天八天后，回到家中扒拉开灰，炭种仍然闪着亮光。每年冬天，罕台川河谷冻得铁硬，一辆辆牛拉二饼子车装满煨炭吱吱呀呀地行进在河谷中。二饼子牛车的吱吱呀呀声，和着车倌的悠长的山曲声，回响在河谷里、山巅上，响彻在库布其沙漠的波山浪谷间……

二饼子牛车慢悠悠
何时才能到了西包头
二里半上我想亲亲
给拉炭的哥哥备下壶好烧酒
……

库布其沙漠就是一个金灿灿的饭碗啊！这些捧着金饭碗的库布其儿女的生活是如此简朴，甚至艰难，他们是端着金饭碗讨饭啊。父亲和他们机关的扶贫工作队长年在库布其沙漠的沙窝窝里搞扶贫。他们动员单位的干部职工把旧衣物捐献出来，送给沙漠深处的人家。父亲说："城里用不着的东西，他们都当宝贝哩！"他包的那个村，一家人仅有一条能出门见人的裤子的村户有的是，村主任常穿一条尿素袋改的裤子。"咳，真穷啊！看着城里人吃的穿的用的，再看看库布其沙漠中的父老乡亲吃啥用啥，真是罪过呀！"父亲感慨万千地说。我半信半疑。妈妈说："你爸发神经哩！每次从沙漠里钻出来，就这样发神经。"父亲说："我发什么神经？要不是罕台川隔着，咱这儿早就是沙漠了！"

父亲说得没错，这罕台川的确阻挡着库布其沙漠的东移。罕台川，不少当地人称其为"赶龙鞭"，意思是罕台川像天神手中舞动着的一条鞭子，驱赶着不断东进的库布其沙漠这条恶龙。因罕台川的阻隔，其东端成为人类生存繁衍的空间。其中，我生活的鄂尔多斯高原上的小城东胜区、达拉特旗的旗政府所在地树林召镇，均未被库布其沙漠这条恶龙吞噬。这也许是上天感念苍生，用自然之力划定了一条阻沙的屏障，使得罕台川的东岸有薄薄的山田，山谷里有一块块湿濡濡的掌子地，山坡上有吃草的羊儿，树荫下有蠕动着大嘴巴惬意地倒嚼着的牛儿，院落中有缕缕炊烟缭绕……

罕台川护卫着人间烟火！这人间烟火与库布其这块亘古荒漠隔川遥遥相望……

难怪有的诗人见到罕台川与库布其沙漠及鄂尔多斯草原共舞，不禁感慨万分，称其为"有梦想的河"。罕台川载着自己的梦，在鄂尔多斯高原上默默地流淌了千百万年。它像一位老人，阅尽了鄂尔多斯草原的风风雨雨、沧海桑田。捧起一把沙子，沙子从你的指缝间随意飘散，侧耳细听，你似乎能听到库布其沙漠的铿锵律动，那风、那雨、那山、那水无不回荡着历史的回声……

二 新秦中 库结沙

1

库布其沙漠位于黄河“几”字弯里，它背倚鄂尔多斯台地，南靠黄河。在采写这部报告文学期间，我曾探寻过库布其沙漠的来源。通过查阅大量资料及请教专家，我得出库布其沙漠的来源可能有三：一是来源于古代黄河的冲积物；二是来源于狼山前洪积物；三是鉴于库布其沙漠的沙丘几乎覆盖在第四纪河流淤积物上，因此沙源来自古代黄河冲积物的可能性更大。不管是哪一种沙源，都为沙漠的形成奠定了物质基础。

商代后期至战国时期，天气多风干冷，使得沙源逐渐裸露，因此库布其沙漠可能是在此期间形成的。这期间古文化遗址和遗物非常罕见，这也说明当时的生态环境非常恶劣。风沙向四周吞噬，最终仅剩下草场和农田，沙逼人退的悲剧持续上演。粗放式的放牧和破坏性的挖掘让脆弱的生态雪上加霜。

数千年来，库布其一直为干冷多风的天气所苦，承受着历朝历代的过度垦牧与战火兵燹。战乱不断，再加上无节制的放垦开荒，加重了土地的荒漠化，大片的良田变成荒漠。秦汉时期的朔方古城逐渐荒废，繁华一时的胜景湮灭在漫漫的黄沙之中。风沙肆虐，草原荒化，风采与荣耀随之而逝，水草丰美的宝地退化为“死亡之海”。当时，库布其沙漠里散居着几万农牧民，他们就像星星洒落在浩渺的天空中一样，很难找到。

据水文地质资料显示，中华人民共和国成立以后，库布其沙漠每年向黄河岸边推进数十米，流入泥沙1.6亿吨，直接威胁着“塞外粮仓”河套平原和黄河安澜，沙区百姓常受其侵扰。

因此，库布其沙漠的形成，是自然因素和社会因素共同作用的结果，其中人类活动是沙漠形成的重要因素。鄂尔多斯沙漠是人造沙漠，是人类的儿子，此言并不虚妄。

2

关于库布其沙漠的最早记载是在南北朝时期。据《魏书》载：北魏太平真君七年（446年），薄骨律镇镇将刁雍在呈交魏廷的奏书中论及薄骨律镇赴沃野镇的粮运通道状况，谈及早期的库布其沙漠。刁雍在奏书中写道："去沃野镇八百里，道多深沙，轻车往来，犹以为难，今载谷二十五斛，每至深沙，必致滞陷。又，谷在河西，转至沃野，越渡大河……"

北魏时期，郦道元在《水经注・河水三》中写道："余按，南河、北河及安阳县以南，悉沙阜耳，无佗异山。朔方郡北，移沙七所，而无山以拟之。"流沙地貌景观分布在"南河"（今黄河）之南，而这一带正是鄂尔多斯市的库布其沙漠。公元8世纪末期，库布其沙漠再度被唐朝人所记载，并且被命名为"库结沙"（或称普纳沙、破讷沙，据专家说，这是突厥语）。唐德宗贞元年间（785—805年），宰相贾耽在其所记载的《从边州入四夷七道》的《夏州塞外通大同云中道》中，记述了库结沙的南部边缘位置、局部分布宽度及与黄河、湖泉的关系。这就为我们提供了早期库布其沙漠分布范围之线索。

据贾耽记载："夏州北渡乌水，经贺麟泽、拔利干泽，过沙，次内横铲、沃野泊、长泽、白城，百二十里至可朱浑水源。……又经步拙泉故城，八十八里渡乌那水，经胡洛盐池、纥伏干泉，四十八里度库结沙，一曰普纳沙。二十八里过横水；五十九里至什贲城，又十里至宁远镇，又涉屯根水五十里至安乐戍。戍在（黄）河西堧，其东堧有古大同城。"

据专家考证，其谈到的地名就在今鄂尔多斯市境内的库布其沙漠。杭锦旗文物工作者在赛音乌素村北面、那林霍拉霍村以东的沙漠中发现一处两汉时期的遗址（暂称作“那林霍拉霍遗址”），恰好处在沙日召（乌兰敖都）西南方位。只因流沙掩埋，遗址面目尚未查清。因此，那林霍拉霍遗址很可能就是唐朝文献记载的什贲故城（汉代朔方郡城）。若此判断无误，唐朝自夏州城北通天德军城的道路必定经过此地。归结起来，依据北魏太平真君七年（446年）、孝昌三年（527年）、永熙二年（533年）、唐德宗贞元年间（785—805年）的相关文献记载，可以简略地勾勒出库布其沙漠在9世纪初的分布格局：“西限黄河，北临黄河南支河道，东达今杭锦旗北部的毛布拉格孔兑沟之西侧，南缘在今杭锦旗巴彦乌素镇乌顶布拉村、门根村至摩仁河下游之北。”

唐朝诗人李益在《从军夜次六胡北饮马磨剑石为祝殇辞》中，对库结沙（早期的库布其沙漠）边缘地貌景观做了描述：

> 我行空碛，见沙之粼粼，与草之幂幂，半没胡儿磨剑石。当时洗剑血成川，至今草与沙皆赤。我因扣石问以言，水流呜咽幽草根。……为之弹剑作哀吟，风沙四起云沈沈。满营战马嘶欲尽，毕昴不见胡天阴。……圣君破胡为六州，六州又尽为胡丘。韩公三城断胡路，汉甲百万屯边秋。……我今抽刀勒剑石，告尔万世为唐休。又闻招魂有美酒，为我浇酒祝东流。殇为魂兮，可以归还故乡兮；沙场地无人兮，尔独不可以久留。

据专家考证，诗中记载的“饮马磨剑石”是诗人北行旅途中止歇饮马之所，在“六州”区域的北方。“六州”范围，大体在今鄂尔多斯市的鄂托克旗、鄂托克前旗的东半部、乌审旗的西部边缘、陕西定边县、宁夏盐池县的北部边缘地带。

李益的另一篇《塞北行次度破讷沙》则直接描述了库结沙区的沙漠景象，“眼见风来沙旋移，终年不省草生时”。一派流沙漫漫、毫无生机之象。而其《早发破讷沙》则咏道：“破讷沙头雁正飞，鸊鹈泉上战初归。平明日出东南地，满碛寒光生铁衣。”他吟咏的是早期库布其沙漠腹地的地貌景观。范围应在杭锦旗巴彦乌素镇乌顶布拉村、门根村至摩仁河下游之北区域，即现在的库布其沙漠。本书所描述的库布其沙漠成形略早于毛乌素沙漠。北魏时郦道元在《水经注》中就有记载。

3

历史上，黄河进入内蒙古高原后，沿阴山延绵，据考证，现在仍活跃在阴山脚下的五加河也就是当年的黄河故道。黄河百害，唯富一套，是其真实写照。鄂尔多斯高原是“河套人”的发源地。7万年前，那颗中国人科标志的铲形牙，现在仍然闪动在每一位中华儿女的笑口里。这也说明鄂尔多斯高原无疑是河套文明的发祥地，中国人可能就是从鄂尔多斯高原中走出来的。

据《诗经》记载，在3000年前的西周时期，河套平原上就出现了朔方古城，诗曰：“天子命我，城彼朔方。赫赫南仲，猃狁于襄。”天子授命南仲，筑城池于朔方。南仲威风凛凛，战胜北方猃狁。由此可以推断，朔方古城是由周朝大将南仲率众修建的。南仲是周宣王时的大将，是西周王室派出把守东大门并镇守中原的重臣。公元前827年周宣王姬静继位时，西周王室衰微，内政不修，北方的猃狁、西方的戎人逐渐强大，对周朝形成进攻的态势。周宣王在周公和召公的辅佐下，“修政，法文、武、成、康之遗风，诸侯复宗周”。国势稍振的周宣王，命南仲、尹古甫率师北伐猃狁。到了秦汉时期，这里已经纳入中央集权的版图，实现了郡县制。现查明的就有朔方、九原、沃野、上郡、西河、美稷等几十座历史重镇相继出现在这里。

鄂尔多斯高原曾是秦汉王朝的沃野粮仓，历史上有“新秦中”之称。当时，这里森林茂密，水草丰美，绿茵冉冉，牛羊成群，少数民族俨狁、戎狄、匈奴在这里繁衍生息。随着历史的演进，这里成为中国北方少数民族的游牧之地，成为游牧文明与农耕文明交汇碰撞的地方，上演着中国北方少数民族历史文化发展的壮烈一幕，也创造着灿烂的人类文明。金戈铁马，貂锦丧胡尘，演绎着中国北疆的千古绝唱；铁蹄犁铧，撕裂着富饶的鄂尔多斯高原；苍生热血，浇灌着库布其大地；残阳血色，边关冷月，库布其沙漠曾是那样的苍凉，那样的悲壮！在库布其沙漠里发现的以匈奴王冠为代表的鄂尔多斯青铜文化告诉人们，活跃在库布其沙漠里的中国北方游牧民族几乎与中原大地同时进入青铜文明时期。

同样，从地理学上讲，鄂尔多斯沙漠是由两大块组成：一块是1.8万多平方公里的库布其沙漠，一块是3.5万多平方公里的毛乌素沙漠。地理学家将这两座大沙漠称为鄂尔多斯沙漠，更早一些还有“套内沙漠”之说。上千年来，这两座大沙漠狂卷鄂尔多斯，使得这里几乎成了不毛之地。5万多平方公里的两大沙漠雄踞在苍茫的鄂尔多斯高原上，就像两头暴戾狂野的巨兽，稍有风吹草动，便怒气冲天地扑向沃野良田、城镇村庄，驱赶人类。鄂尔多斯沙漠是人为因素造成的沙漠，是人类贪欲的后果，其成形不过上千年的历史。这里曾是中国北方游牧民族的游牧地，是大自然赐予人类的优良牧场，可谓人间天堂。7万年前，中国人的祖先“河套人”就生活在这里。周时期，这里曾是周天子的版图，在这里设立朔方诸郡。秦时期，移民造田，成为大秦帝国的“新秦中”，其富庶程度与关中平原齐名。两汉时期，在这里设立的州郡无数，鄂尔多斯草原是人烟稠密的富庶繁华之地。东晋五代十六国时期，一代枭雄赫连勃勃被鄂尔多斯的美丽富饶折服，叹道：“美哉斯阜，临广泽而带清流，吾行地多矣，未有若斯之美。”他在这里建立了匈奴大夏国，大兴土木，修建了统万城，并定都在鄂尔多斯草原。接下来是无休止的征战，农业和游牧这两大人类文明在这里交融冲撞。战争、滥垦、铁犁和铁蹄无情地践踏着鄂尔多斯草原，沃野变荒漠，渐渐隆起了沙漠。

三　秦直道　昭君坟

1

北方游牧民族铁流般的彪悍铁骑成就了秦始皇的丰功伟业。那用于防御的万里长城，雄立千年，现仍在北方大地的崇山峻岭中逶迤盘旋。那用于运兵的秦直道——中国第一条古代高速公路——这把秦始皇亲手磨砺的长剑淹没在茫茫的库布其沙漠中。

秦统一六国后，为抵御北方匈奴的侵扰，实现其“席卷天下，包举宇内，囊括四海之意，并吞八荒之心”的君王之志，秦始皇于公元前212年至前210年，“乃使蒙恬通道，自九原抵甘泉，堑山堙谷，千八百里”。大将蒙恬率师修建，秦始皇的长子扶苏亲自督军，可见秦始皇对这项工程的重视。秦王朝役使30万军工，一面镇守边关，一面修筑军事要道，仅两年半的时间，秦始皇就为我们留下了这一世界奇迹。现在在库布其沙漠、在黄土高原还残留有许多秦直道遗迹，供后人参观研究。

遥想2000多年前，中国古人就创造了世界筑路史上的奇迹。现在看来，秦直道其线形之精准，工程之艰巨，地形之复杂，工期之短促，堑山堙谷之雄壮，的确让后辈晚生感慨万千！

秦直道，成为鄂尔多斯人的骄傲。

我不止一次带朋友们参观秦直道遗迹，甚至驱车跑到库布其沙漠里寻找遗址，在苍茫大漠中寻找它，呼唤它。这条古道静静地躺在库布其沙漠里，待人们拂去历史的尘埃，在某一天横空出世，光照人间！我相信，鄂尔多斯高原上，库布其沙漠里就隐藏着中国的北方史，那是半部中国史！站在库布其沙漠秦直道遗址上，我时常思绪万千，远眺秦直道那精准成一线的开山豁口，感叹古人之伟大，沙漠筑路之多艰，凭吊那些无畏、贫苦、坚韧、思乡却又戍边大漠的勇士。

我远远地眺望着，眺望着，有时觉得他们在我的眼前活了起来，继续上演着那千古永生的悲壮……

我看过一个资料，说直道修成后，秦王朝的金戈铁马仅用3天便从咸阳直抵阴山脚下。是直道为大秦王朝插上了飞翔的翅膀，足以让秦始皇雄视天下，独步四海。《汉书》称这条直贯南北的军事大道，“道广五十丈，三丈而树，厚筑其外，隐以金椎，树以青松”。直道沿途建有兵站、驿站、烽火台、军需仓库等军事设施，成了一个强大王朝的象征，威慑着匈奴等北方游牧民族的南进，保卫着秦王朝的安宁。于是，边关狼烟熄灭，北人放马阴山，边民役牛种田，人们安居乐业。太史公司马迁曾游弋于这条直道，亲眼见识了这条道路的雄伟宏阔，他说：“吾适北边，自直道归，行观蒙恬所为秦筑长城亭障，堑山堙谷，通直道……”

司马迁这位千古不朽的一介书生，体恤民生，曾发出这样的感慨：“固轻百姓力矣!”工程规模之大、工期之短，世所罕见。30万军工实际上就是农民，他们在承受着什么样的牺牲啊！史书上尽管没有星点记载，但隐在库布其沙漠和黄土高原的秦直道，的确是先民的血肉之躯铸成的。北京师范大学历史学院教授王子今先生有一个粗略估算，秦直道工程取用和移动的土方，如果堆筑成高1米、宽1米的土墙，至少可绕地球赤道半圈。这又是一个万里长城！

2

秦始皇的不恤民力，成就了他的千古一帝。

30万军工修筑的秦直道的确可称为古代世界公路工程的奇迹。即便是今天，纵然经历了2000多年的风雨侵袭，我们仍能感受到秦直道的恢宏磅礴。这是一个可与万里长城相媲美的世界奇迹，但始作俑者的秦始皇活着时并未见到他创造的秦直道。

公元前209年，秦始皇在第五次巡游天下的归途中得病而亡。随同出巡的赵高、李斯们，决定密不发丧，从直道而归。“行遂从井陉抵九原。会暑，车臭，乃诏从官令车载一石鲍鱼，以乱其臭。行从秦直道至咸阳，发丧。”这也算是完成了秦始皇巡游直道的遗愿。

这是史籍中记载的走完秦直道全程的秦人。我站在库布其沙漠中，望着海浪一般起伏的浩瀚大漠，想雄才大略的秦始皇也够悲催的，人几乎成了一堆烂肉混在臭鱼中，才走完了秦直道。在浩浩苍穹面前，秦始皇这个“千古一帝”又算什么呢？自然法则面前众生平等，不管你是帝王将相还是贩夫走卒。也许，死亡会带走人间的一切不公平。在沙漠面前怀古，也许会使人的心胸变得忽然豁朗一些。

有研究秦王朝的学者，在总结秦始皇的不世之功时，这样认为：秦直道是矛，长城是盾，兵马俑是军队，灵渠是运输给养的血脉，秦驰道是帝国统一的象征，阿房宫是体现皇权威仪的宫殿。正是这密不可分的六者，构成了当时世界上最强大的封建王朝。

秦王朝灭亡后，这条用30万军工的智慧、血肉、汗水筑起的直道，后世还用了数百年，这多少可以告慰那些累死病死战死在库布其沙漠中的戍边将士了。汉文帝刘恒、汉武帝刘彻曾不止一次驱车奔驰在秦直道上，宣示他们的文治武功。还有不少将士，如“飞将军”李广，正是借助秦直道，成就了辉煌伟业，现在还在被世人感念。秦直道的修建，加快了中央政府与北方各地的联系速度，保证了政令畅通，促进了物畅其流，在金戈兵戎中完成了中原农耕文明与草原游牧文明的碰撞交融。狼烟散去，人们还得过日子，还得互通交流，“互市”便有了便捷的载体，因此，秦直道也是一条经济通道。

3

公元前33年，王昭君远嫁匈奴走的就是这条直道，这成就了“胡汉和亲”的千年佳话，促进了中原汉族与北方游牧民族的和睦团结。千百年来，库布其儿女怀念着这位来自长江边上的美丽女子，传颂着她为边疆的稳固、民族的团结立下的伟绩丰功。在库布其沙漠的北端、黄河的南岸，有一座突兀而起的土山，当地人称为“昭君坟”，用以纪念终老在边疆大漠的王昭君。

在内蒙古，有很多昭君坟遗址。

20年前，我还是一个少年时，曾去拜谒过在呼和浩特大黑河边上的昭君墓。那是一个青草萋萋的大土包，上面修着一个小亭子，站在上面可以俯瞰呼和浩特的全景。传说王昭君的遗骨就埋葬在这里，又因土包上长满了青草，人们称之为“青冢”。“青冢”前面摆放着许多石碑，留着历代文人墨客的墨宝。他们在这里抒发胸臆，感慨王昭君的传奇人生，评说王昭君的伟绩丰功。碑文如海，妙笔生花，当时看了很多，现在还不时回味着这样两句“胡汉和亲见识高”与“舞文弄墨总徒劳”。近60年前，老舍等一批文学巨匠曾来青冢怀古，各抒胸臆。历史学家翦伯赞先生曾这样评价：“王昭君已经不是一个人物，而是一个象征，一个民族友好的象征；昭君墓也不是一个坟墓，而是一座民族友好的历史纪念塔。”

近年，有朋友告诉我：“青冢现在建成了昭君博物院，可大可阔可好看哩！”他还给我发过来许多照片。我一看竟是一所江南园林建筑，大约建设者是想给千年王昭君的缕缕香魂留个思乡的地方。可见人们营造文化真是用心良苦啊！听说中原大地也有几个昭君墓，但我没有见过，不敢说长道短。总之，这些都是纪念胡汉和亲这段千古佳话的。昭君是绝世的美人，香冢自然多几处也不足为怪。倒是没有任何修饰的立于库布其沙漠上的昭君坟留给我的印象更深。高高的大土包拔地而起，巍然耸立在平展展的草滩上，走近还有一条小溪围绕着。

那年，我彻底结束了梦魇一般的高中生活，考上了北京一所心仪的大学，于是就想四处走走放松心情。我没有任何目的地，背个书包走到哪儿算哪儿。是长途汽车站售票员那“昭君坟，昭君坟还差一位，上车就走啊”的吆喝，把我吸引上了大巴车。那时，我还是一个不满20岁的文学青年，正是青春澎湃的好年华。

我到达昭君坟村时，已是日暮黄昏，村落里已经荡起了炊烟，一股腥甜的混合着柴草气味的味道，四处弥散飘荡着，痒痒地往鼻子里钻。有人告诉我，远处那个大土包就是昭君坟，我惊异于平展沙地上突兀而起的这个大土包，很想打听打听它的来历。

美丽的昭君香魂真的永久住在这里吗？一路上，我问了放牧的羊倌，看瓜的老汉，挖野菜的农妇，但没有人知道这个百十米高的土包是天造地设的还是人工修建的，都说：“上辈子就有了，你问的闹不机密。”

但对我来说，它有一个能直抵你内心深处柔软之地的名字，这就行了。昭君坟被一条小河环绕着，边上有一片草地，散落着几座蒙古包、农舍，以接待游人。还有一些搞得我一头雾水的简单广告，像“内有白事鼓匠”等。

入夜，我就睡在一座靠水边的蒙古包里，夏风夹着花香草气不时从卷起毡布的蒙古包底座里荡起，氤氲在静静的蒙古包里，透着香甜，涌着清新，让人心旷神怡。还有小溪潺潺的流水声、轻轻的蛙鸣声缠绕在我的睡梦中。一觉醒来，顿觉神清气爽。

4

我沿着土坡向那山上爬去，当时天已亮了，看得非常清楚。原来，这竟是一座高七八十米的土石山，在库布其广袤的沙原上，显得非常高耸。爬到半山腰，我还看到一些裸露的山石，感觉有些古怪嶙峋。一些石块不知是被风化了还是被人堆积的，显得有些杂乱无章。我感觉这石块非自然亦非人工，看上去有些怪怪的。一想到这里是绝代佳人王昭君英魂安息之地，肯定沾着神灵之气，亦就见怪不怪了。

《汉书》里记载王昭君“丰容靓饰，光明汉宫，顾影徘徊，竦动左右。帝见大惊，意欲留之，而难于失信，遂与匈奴”。王昭君美得让汉元帝刘奭大惊，恨相见太晚！但女人再美，也不能贪美色而误了国家大计。之后刘奭来了个更彻底的，索性连年号都改了，将建昭改为竟宁，意取边境安宁之意。呼韩耶单于自然激动万分，赐王昭君为“宁胡阏氏”。“阏氏”，匈奴语，译为皇后；“宁胡”是号，即胡地安宁。“竟宁”与“宁胡”，本是两个帝王的重责全都落在王昭君这个弱女子身上，真不知担此使命的王昭君当时是啥心情。我只能想象，她肩负重任，怀抱心爱的琵琶，骑在马上，行进在朔风劲吹的秦直道上。她不时抬头望望平沙莽莽的库布其沙漠，美艳绝伦竟连天上的大雁都惊呆了。平沙落雁说的就是王昭君之美！女人的美丽真能换来边陲的安宁吗？这究竟是一段什么样的历史啊？

我站在昭君坟上，北望逶迤苍茫的库布其沙漠，心想：“这辽阔的鄂尔多斯高原，雄浑的沙漠里还隐藏着多少故事呢？”我感慨着往山下走去。一位蹲在山脚下吸旱烟的老汉叫住我：“后生，看甚呢？”我看了看他，这人穿着一件油渍渍的绿军装上衣，怀里抱着一只放羊铲，露着一口黑黄的牙齿，笑眯眯地看着我。两只小羊羔围着他，咩咩地叫着。他继续问我：“来看昭君坟的哇？”我点了点头，心想：“没话找话，这肯定是个孤独的牧羊人。”我的脑海里忽然闪出电影《音乐之声》的片段，那幽默诙谐的《孤独的牧羊人》的旋律响了起来：

高高的山顶上有个牧人
嘞哦嘞　嘞哦嘞　嘞哦嘞
他放开喉咙在嘹亮地歌唱
嘞哦嘞　嘞哦嘞　嘞哦嘞

我不禁也嘞哦嘞地轻声哼哼开了。

老羊倌说我："瞧这后生高兴的，发现甚宝贝了？"我刚要答话，他却忽地站起，用放羊铲铲起一块土块，飞速地甩出，远远地打中一只偷偷进入菜地的羊儿。那羊儿傻呆呆地不动了，好像是被土块打懵了。老羊倌又发出一声哦哇的短促怪叫，那羊立即蹦跳着回了群，一头钻进了草地里。我觉得老羊倌挺神奇的，直夸他好枪法，吼喊得也好。老羊倌对我说："后生，还是去二圪梁看看哇。"我迟疑地问："二圪梁？"老羊倌对我说："昭君那小女女住过的哩！来昭君坟的人都去看二圪梁。"

称王昭君为"小女女"，在老羊倌嘴中好像谈着邻家女孩，似乎这位绝世美人还活着，一下子拉近了我与王昭君的距离，我甚至都感到时空一下子倒转了，多少有些穿越的感觉。我辗转打听着，一位挖苦菜的大嫂问我："是三老汉让你去二圪梁的吧？"我说："是个放羊的老爷爷。王昭君真的在二圪梁上住过？"大嫂笑着说："快去吧！二圪梁就是他家的吃口！六老汉等着给你说天书哩！他就是个办白事吹唢呐的鼓匠！他说王母娘娘还在他家炕头上撒过尿哩！"我羞红了脸，那挖苦菜的大嫂在我后面咯咯直笑。

说话间二圪梁就在眼前了，昭君坟离二圪梁并没有多远，步行也就三五里地。二圪梁是一条既宽又长的土梁，放眼望去像一条突出的鲸鱼脊背，固化在苍茫的沙原上。仔细看，土梁断层上有人工夯土的痕迹，一层一层的，特别明显。靠黄河滩一面很陡立，有十几米高，仍有残垣断壁，疑是一面旧城墙，只是风蚀雨侵，残破得不成个样子了。我围着这条梁转了半天，还攀上了一座圆土包，包顶是平的，还有一些风化的大石头怪模怪样的，与昭君坟山顶的石块几乎一样。土包正面还散落着一些碎砖烂瓦，捡起树叶大的几片一看，发现这些烧制的砖瓦碎片，呈细细的布纹状。我掂掂它们，感觉这些瓦片的年头一定非常久远。

有几个游客围着一位瘦瘦的中年人。中年人戴着一副眼镜，正与他们讲着什么。我觉得那人像在哪见过，但想不起来。那人讲，此地就是黄河君子津渡口，他家祖祖辈辈就住在这里，他家祖爷爷曾是康熙征噶尔丹时的龙舟水手。听者都哦哦着。他还说，这二圪梁就是河西古城的北大门，光城楼垛子就1里宽呢，能并排跑8挂兵车。当年，秦始皇巡视直道时，48匹马拉着9丈宽、5丈高的龙辇，浩浩荡荡地从这里经过。“九五之尊”就是这么来的。众人惊奇地噢的一声，其中一个女孩的惊叫声格外尖亮，她拍着手道：“今天真长知识了！九五之尊，哇！”

我这才想起这些游客都是住在昭君坟脚下的蒙古包里的，吃早餐时，我们在餐厅见过面。人们的热情激起了中年人的谈兴，他接着说：“人中吕布、马中赤兔听说过吗？知道吕布老家在哪儿吗？就是河对面五原郡的。吕布带着貂蝉就在这河阴古城住过！就是在这个二圪梁上。还有蔡文姬，就在这儿拜昭君庙，写《胡笳十八拍》！”

人们嘁嘁喳喳议论着，有些惊异。

“天爷爷，这是啥地方呀？”我好生震撼，落雁昭君，闭月貂蝉，中国四大美女竟有两位来过这儿，还有才女蔡文姬……我正傻想着，那中年人忽然看见了我，问：“后生，你听甚呢？”我这才愣怔了一下，不知该怎么回答。他脸色带愠，随后领着人们往高台上走，说去看秦始皇当年龙辇留下的车辙，他回头问我：“人家可是付了费了，你咋？”

我支支吾吾着，悻悻地走了。走出好远，我才想起这人好像是给游客讲天书的六老汉，老羊倌三老汉的兄弟。我又想起了那位挖苦菜大嫂的讪笑，这里就是“六老汉”“三老汉”的吃口，真是靠山吃山、靠水吃水，又有感于当地农民的聪明，不禁哈哈大笑起来。不管怎样，这趟二圪梁不算白来，开了眼，长了见识，哪怕它是野史传说。

5

人们用自己的方式记录和演绎着历史，历史也带着野气乡风向我们走来。想想诞生在这块雄浑土地之上在蒙古民族历史上产生过巨大影响的三部文史巨著，其中两部《蒙古黄金史》《蒙古源流》就诞生在鄂尔多斯沙漠中，让人不得不刮目相看。我凝望着眼前的二圪梁，心想，这会是一个什么样的建筑呢？是不是秦直道上的附属物，像兵站、驿站、官邸、帝王行宫般的遗址？或许是直道上的标志物，为过往军旅商贾和行人提供地标。还有人说，这是给黄河船只修建的类似灯塔的建筑。那时黄河还在阴山脚下，包括中国第六大沙漠乌兰布和沙漠也都在黄河南岸，地理学上将这些沙漠称为“河套沙漠”。直到黄河改道，库布其沙漠和乌兰布和沙漠才遥遥相望。所以，在四五百里外沿阴山脚下流淌的黄河建灯塔，可能性不大。人们往往惯用现今的地貌演绎昨天的历史，当然，这一切都在人们的猜测想象中。

路上还碰到推销老物件的男女，打开一看，全是一些粗劣的青铜制品，大多是昭君身披斗篷、怀抱琵琶的雕像，也有长着大胡子的单于头像，背面还写着“胡汉和亲”“昭君出塞”等注脚。一位老奶奶还向我推销古书，一声声地叫着我：“眼镜老命，你看看这个哇！这就是给你们这些有学问的眼镜老命准备的。”我知道“老命”是当地老人对年轻人的昵称。老奶奶拿出几本纸张发黄的小册子往我怀里推。我翻了翻，什么《昭君坟考》《黄河古渡考》《河阴古城考》《单于和亲考》《大秦直道考》，似一套系列丛书。她神秘地告诉我：“这是我家拆老房时从夹皮墙里找出来的，是老爷爷辈藏的，得有100多年了。老命，你给300元全拿走。”我翻了前言，发现该书有加强民族团结之类的话，便笑着放下走了。她在我身后着急地喊：“老命，你等等，30元要不要？”我停下给了她30元，只取了一本《昭君坟考》。

我回到昭君坟脚下的蒙古包里，翻看这本小册子，书中写了呼和浩特市青冢的概貌，记录了历代文人留在那里的诗文，还有达拉特旗昭君坟乡的一些简单情况，结尾是达拉特旗昭君坟的来历及传说，这多少引起了我的兴趣。

书中写道，这座小山原是一座宫殿，是蒙恬修直道时为秦始皇修建的。汉元帝竟宁元年（公元前33年）三月，呼韩邪单于携王昭君从咸阳沿直道来到这里，就驻在黄河边上的古城行宫里。王昭君知道，渡河北上，翻过阴山便是漠北草原，那儿离家乡简直关山万里了，思乡之情油然而生。昭君在此流连数日，眺望着南方，思念着江南的父兄家人，不禁泪如雨下，香巾不知打湿了多少，敷面的脂粉也不知用了多少盒。过河之前，应民众之请，她留下用过的香巾和脂粉，给黄河之南的乡亲们留了个念想。昭君还赐了一些饰品衣物。民众山呼千岁，还在山上修了个昭君庙供奉这些物品，不时烧香祈福。昭君死后，人们将她留下的物品葬于石头山下，昭君坟因此而得名。

书中还讲，现在的昭君坟乡，十年规划是将要打造工业重镇，工业产值要上亿，还要打造昭君文化之乡，成为库布其沙漠文化旅游的龙头。我想，敢想是好事，有目标也是好事，昭君坟的深度挖掘，应当是给库布其沙漠的乡亲们一个好的“吃口”，金饭碗。读这本书竟然挺提气，挺佩服库布其人没有被沙漠吓倒，而是信心满满地为昭君坟规划着让人期待的未来。

翦伯赞先生在20世纪60年代初期曾来这座石山考察，称这座昭君坟只是大漠草原无数昭君坟的一座。他说：“这些昭君墓的出现，反映了内蒙古人民对王昭君这个人物有好感，他们都希望王昭君埋葬在自己的家乡。”这本书还讲，在昭君坟遗址中早年发现过写有“单于和亲”“千秋万岁”“长乐未央”等文字的瓦当残片。

昭君出塞，胡汉和亲，确实给北部边疆带来近一个世纪的和平，《汉书》是这样记述的：“边城晏闭，牛马布野。三世无犬吠之警，犁庶无干戈之役。”由此可见，其作用之巨大，影响之深远，并潜移默化在历代的胡汉关系中。唐德宗建中二年（781年），诗人李益在穿行“河曲”地域途中所作纪行诗大多为描述库结沙区之作。其中一首诗生动地记录了鄂尔多斯沙漠上的北方游牧民族与汉族守边士兵的交融往来：

六州胡儿六蕃语，十岁骑羊逐沙鼠。
沙头牧马孤雁飞，汉军游骑貂锦衣。
云中征戍三千里，今日征行何岁归。
无定河边数株柳，共送行人一杯酒。
胡儿起作和蕃歌，齐唱呜呜尽垂手。
心知旧国西州远，西向胡天望乡久。
回头忽作异方声，一声回尽征人首。
蕃音虏曲一难分，似说边情向塞云。
故国关山无限路，风沙满眼堪断魂。
不见天边青作冢，古来愁杀汉昭君。

且不说诗人的别情离绪，抚今怀古，就其诗中透露的一个细节，却引起我的深思。你看啊，1000多年前在大漠边关守边的士兵举杯送别返乡的同乡，在一旁观看的胡人也触景生情，禁不住齐唱呜呜，垂手舞蹈，仔细琢磨这是一种什么样的情景啊！假设昭君显世会怎么样啊？她的英灵一定会盘旋在大漠的上空，深情默默地望着守边的士兵、歌唱的胡儿……

我曾读过昭君坟前的石碑上刻着的一首诗，感觉还较为贴切，只是作者的名字不记得了。现在摘录如下：

一身归朔漠，数代靖兵戎；
若以功名论，几与卫霍同。

“昭君自有千秋在，胡汉和亲见识高。”20世纪60年代初期，董必武先生参观大黑河边上的青冢时，曾这样题诗纪念。然而黄河南岸的昭君坟也确实存在，而且这里还有一个昭君坟乡。关于眼前这个昭君坟，这本书中还记录了一个传说，说昭君用过的脂粉化成了采不尽、用不完的白泥，给人们的生活带来方便和美感。这些白泥出土时，里面还夹杂着一些圆圆的白色粉团。后来人们发现这些白色的粉团，还是重要的化工原料元明粉。库布其人统称其为“白泥”。这本书如同二圪梁之行，也算让我长了见识。我知道在库布其沙漠中有无数座这样的白泥矿，有的村镇还以白泥为地名，像白泥井、白泥梁、白泥圪卜、白泥梁镇等。白泥是昭君的脂粉所化，当然这是传说，但就是这个传说给库布其沙漠下的冰冷白泥赋予了美丽和温度。我曾去过一个白泥矿，看那圆滚滚白灵灵的“白泥球”被吊车吊出井，在阳光下闪着熠熠光泽。我捡起一个小小的圆球轻轻捏碎，任又白又细的粉末轻轻滑过我的手指，禁不住想象着美丽的昭君梳妆的仪态来。在库布其沙漠上行走，你会感到昭君是活的，会感到她不朽生命的铿锵律动。

在库布其沙漠，昭君永远年轻，在后人心中永远是活泼可亲的王嫱小姐姐，她聪明大度，具有远见卓识，还有点淡淡的忧伤。这里的一山一水、一草一木都与昭君出塞与胡汉和亲有关。在我的眼里，库布其沙漠不再是死亡之海，这里怒放着国泰民安、民族团结的希望之花。我想，当我们轻轻掀开大漠上的历史尘封，昭君会袅袅娜娜地出现在你的眼前。你听啊，那流淌翻卷着的河水中不时会荡起她的琵琶声声！你看啊，天上那飘忽不定的婀娜白云，不时迭化成她的倩影袅袅！你嗅啊，那漠上花草的氤氲清香，时时沁透着她的香魂缕缕！王昭君这个美丽的长江女子，带给内蒙古草原的温婉和谐，将千秋永在。

6

我南望库布其沙漠逶迤起伏，北顾黄河蜿蜒曲折，秦直道、君子津古渡、河西古城早已湮没在历史长河之中。这正应了西方哲人说过的一句话：人类大踏步地走过，身后留下无尽的荒漠。但到了今天，时间仅过去不到20年，曾经的鄂尔多斯沙漠消遁远去，已成汪洋一片绿色。3.5万多平方公里的毛乌素沙漠几乎消失殆尽，成为一望无际的绿洲。

本书重点报告的库布其沙漠，以它独特的绿色沙漠经济如日中天，被《联合国防治荒漠化公约》组织立为新的亮点和标杆。它的横空出世引领着世界荒漠化治理的方向。到过鄂尔多斯的人都知道，一踏入鄂尔多斯沙漠，美丽得让人不敢相信它曾经拥有过的昨天。过去的一切已变成被风吹散的传说。记忆中的亘古荒漠，早就被铺天盖地的绿色洇化。传说中的苍茫黄龙化入那茵茵绿草中，融进那婆娑嫩叶里，再也不见影踪。蓝蓝的天空，清清的湖水，我的天堂不再是对昔日的怀恋和追忆，而是看得见、摸得着、闻得到的。天上鸟儿的婉转啼鸣，地上野花散出的沁人馨香，脚下青草的随风起伏，漠上溪水的低吟浅唱……啊，这是美丽的鄂尔多斯沙漠，我可爱的家乡！

一路上，我望着映入眼帘的不绝绿色，脑海中闪过青少年时期的沙漠记忆，禁不住思绪翻腾，感慨万千。如今，沙漠儿女正昂起头唱新歌！是家乡给了我底气，给了我无尽的创作源泉；是家乡的绿色转身，让我禁不住一次次回到沙漠中，扑进这绿浪中，感受这份清新，感受这份乡情。

鄂尔多斯沙漠的沧桑巨变吸引了世界各国媒体，他们派出多路记者争先报道这中国奇迹。一时间，媒体那赞誉溢美之词涌来，让鄂尔多斯人的脸上好不有光，让中国人好不扬眉吐气！但谁会想到，当鄂尔多斯的沙漠儿女，啃着干饼子，喝着沙漠中的渗水，年复一年地迎着风沙栽树植绿时，付出了什么样的牺牲啊！

在我的印象之中，鄂尔多斯的父老乡亲，沙漠上的老老小小，全是一群跟沙漠摽上劲的“死心眼”；几代人坚持不懈，几乎60多年就踏踏实实干了这样一件事：让沙漠变绿洲，把绿洲变成聚宝盆！他们的执着，赢得了世界的赞许和尊重。

2012年，时任联合国副秘书长的沙祖康曾这样感叹鄂尔多斯沙漠的巨变，说他们做了“让世界对中国致敬的事情”。

四　黑橄榄　四合木

1

2017年的秋天，是鄂尔多斯儿女最引以为傲的一个季节。在这个秋天，《联合国防治荒漠化公约》第十三次缔约方大会在鄂尔多斯市召开，全世界190多个国家和地区的4000多位代表齐聚鄂尔多斯，并发表了《鄂尔多斯宣言》。还是在这个秋天，第六届库布其国际沙漠论坛在库布其沙漠七星湖召开，世界政要、各国首脑、各类环保人士、国际组织的代表齐聚库布其沙漠，研究、评价、推介“库布其模式”，称其为“中国智慧”“中国创造”，是树立在世界荒漠化治理上的“中国标杆”。习总书记先后为这两个盛会发来贺信，肯定了“库布其模式”，在世界和我国生态界引起了巨大的反响。“库布其模式”一跃走向了世界，成为鄂尔多斯人永远的骄傲。

2017年6月17日，世界防治荒漠化和干旱日，根据我的长篇小说《生生不息》改编的同名电影在鄂尔多斯沙漠举行启动仪式，这是当地政府和有关部门为了迎接这两个盛会的召开提前做的预热。

那天，世界级的治沙大师宝日勒岱、治沙英雄殷玉珍等悉数而来。我望着这些奶奶辈、阿姨辈的治沙女人，禁不住鼻子有些发酸。三代女人与这座沙漠共歌共舞已经半个多世纪，沙漠在她们的手上变年轻了，就像身披绿色长袍的少女神采奕奕，而她们的丰华容颜已渐苍老，就像鄂尔多斯沙漠上的黑橄榄树，根子牢牢扎在泥土里，身子直直挺立在沙漠上，迎着雨雪风霜、狂风烈日在大漠荒野上深藏。

“黑橄榄”是晋陕方言，人们称稍有些弯曲的林木为“橄榄”，这是谐音，只能意会不可言传。像库布其沙漠中生长的红柳，当地人称为“红橄榄”。其大多生长在盐碱滩上，春夏时彤红的枝条上长出绿绿的嫩叶，红绿相间还开着粉白色的像米粒大的细细碎花，很是好看。入了秋，树叶变红，遍身红透，远远看上去，就像一团团烈火燃烧在广袤的库布其沙漠上，闪着热情，透着灿烂，放着耀眼夺目的红光。

“黑橄榄”，学名小叶鼠李，原本是灌木，只要养分、水源充足，就可生长成2米多高、枝叶散开、方圆可达四五米的蓬蓬灌木。在干旱缺雨的沙漠上却长成了直直的、黑黑的乔木模样，让人不识其原有容颜。黑橄榄根根独立，孤傲地生长在沙漠里，就像一排排尽职的哨兵，守望着苍茫大漠。近观却曲曲扭扭，树干不高，有2米左右，透着一股说不出的沉稳和扎实。树龄棵棵都有百年以上，见证着鄂尔多斯沙漠的风云变幻、荣辱兴衰。黑橄榄生长缓慢，却有极强的生命力。

我看过当地的一本植物志，知道黑橄榄质地坚硬，沉得似铁，树皮有细细鳞片，鳞片缝隙间还生着极细极小的叶片。树的上端布满了黑黑的刺。那本书告诉我，这种自然进化，可以保护树身上的水分不被炎炎烈日蒸发。

我在鄂尔多斯大漠上采风，为传说在大漠上的黑橄榄所吸引，想亲眼见一见传说中的黑橄榄。在一个美得不能再美、比欧洲还欧洲的鄂尔多斯沙漠温泉小镇上，偶尔结识了老奇这个仪表堂堂的蒙古汉子。刚聊了几句，他便爽快地说：“后生，你算找对人了。”我非常高兴，赶紧让他上车。他一边上车，一边对我说：“你要看黑橄榄，就得找我老奇，现在方圆几百里没几个人知道哪儿还有黑橄榄。”路上聊得熟了，他还说：“我是蒙古王爷的后裔，成吉思汗的第三十八代嫡孙。”我顿时肃然起敬，连说：“失敬失敬，小的见过奇王爷。”这红脸汉子哈哈笑着说：“这都是哪辈子的事情了，你这后生好搞笑！”

看得出，他非常喜欢和衷情祖上的辉煌。我改称他“奇叔”，他说：“啥叔不叔的，你就叫我老奇。现在开着车远天野地来看黑橄榄的后生可真不多见了。你是碰上我老奇了，还能饱饱这眼福，现在找片沙漠不容易，找到黑橄榄更不容易……”

2

在路上，老奇还自豪地告诉我：“我当过旗里的两届政协委员。咱一个放羊老汉懂甚？都是沾了老先人的光了。我当了8年政协委员，就是一个提案：保护鄂尔多斯沙漠的黑橄榄。”我问老奇：“保护得咋样？”他说：“想保护也没有几棵了，这黑橄榄又没上国家保护名录，政府给你立啥条例？你要是动动四合木看看，不判你十年八年的，算你后生头皮硬！”

我说：“老奇，你还挺环保的嘛！”老奇说：“不环保，沙子就又回来了！你甭看现在沙子上面都种上草了，你把羊放出来试试？你开荒种地试试？不出几年，人又得让沙子撵得满滩跑了。还想受二茬茬罪啊？”

看来，环保意识和国家的动植物保护意识在鄂尔多斯沙漠已经深入人心了，老奇随口说来，讲得头头是道。我知道，四合木是和恐龙同时期的植物，离现在大约有1.4亿年。据说是地中海植物的遗属，现在竟神奇地隐藏在鄂尔多斯沙漠里，被称为植物界的“大熊猫”。第一次见到“四合木”，是在库布其沙漠上的沙漠植物园。那里的规模、设施与内地任何一个植物院不相上下，工作人员也大多是全国各地学林学农的大学生，让人感到库布其沙漠涌动着一股青春的气息。

我曾到库布其沙漠腹地一个种质资源实验室参观，并结识了植物研究所的一位年轻的所长，他姓李，是研究四合木的专家。李所长是个腼腆的小伙子，圆脸红润润的，透着一股让人说不出的喜性。他是个90后，研究生一毕业就回到家乡库布其沙漠，成为新一代库布其治沙人。

和许多年轻的新一代治沙者一样，李所长不同于老一辈治沙者，他投入治沙事业，并不是因生活、生存所迫，而是理智、清醒地投入治沙事业。他生于库布其沙漠，熟悉库布其沙漠，有对这片土地的热爱之情。他就读于内蒙古农业大学。在学习期间，他专门研究了库布其沙漠的治理，有对所学专业的喜爱之情。家乡与专业让他选择了库布其沙漠这片深埋着先人骨殖的热土。别看他年轻，却对库布其沙漠有专业的看法。在大学期间，他研究过库布其沙漠多年，对家乡朦朦胧胧的印象，变成一连串专业的数据，他才知道库布其沙漠多么浩瀚……

李所长对我说："我捧起一把沙子，总感觉它热乎乎的。"

当你站在那座沙漠植物院里，世界上沙漠中的珍奇沙生植物几乎全部囊括。沙漠会给你打开一个神奇的世界，让你不得不刮目相看；越是少有人打动的大漠深处，越会给你带来意想不到的惊喜。世界沙生植物在库布其沙漠的集中亮相，让我不仅仅学到了沙生植物知识，而且教会我一定要善待大自然，善待沙漠，善待人类自己。对鄂尔多斯人来说，他们更能坚定沙漠是我们的栖身之所，是我们生存和成长的土地。当跻身这间植物院里，你会感到一种升华，一种与大自然的亲近。在这里，精神的获得感远远大于沙生植物知识的普及。我看到一株株珍贵的四合木静静地生长在洁净的沙地上，舒展着略有点肥厚的叶子，开放着红色的花朵。

一群日本男女中学生走了过来，工作人员告诉他们这就是珍贵的四合木，这群中学生们发出轻轻的惊叹和悄声的议论。我虽听不懂他们在说什么，但我分明感到一股亲近自然的暖流缠绕在我们中间，荡漾在我们心头。工作人员告诉我，这些日本中学生是来库布其沙漠植树的志愿者，沙漠植物院里有不少外国中学生结队参观。美国的、韩国的、德国的、肯尼亚的都有，"一带一路"上的国家来得更多……

陪同的工作人员是个挺文静秀气的女孩子。她朝气蓬勃，言语间透着一股自豪，库布其儿女的自豪。实际上，这个女孩子是从陕西一所高校来库布其沙漠的，来这儿之前还在上海待过一段时间。现在她已把身心献给了库布其沙漠，成为世界治理荒漠化浩浩伟业中的年轻一员。据她介绍，如今，在库布其沙漠中，他们正在对1000多种耐旱植物进行研发，已经建成了中国西部最大的沙生灌木及珍稀濒危植物种质资源库。治沙一天不止，创新一日不停——这是在库布其沙漠工作的科技人员的心声。这个姑娘淡淡地讲着，却在我的心中荡起久久的涟漪。在这座沙漠植物院里，我既看到了古老悠久的历史，也看到了现代物种的斑驳多姿，更看到了鄂尔多斯人的胸襟和眼光。库布其儿女已经张开怀抱把世界揽入怀中，并与世界融为了一体。

3

老奇无意间谈起的四合木竟勾起我这么多的思绪。我开着车，带着老奇在沙地柏铺就的绿色大漠上行驶。绿色，远在天边的绿色，无穷无尽的绿色，像海浪一样迎面涌来。我禁不住嗷嗷地叫喊了起来。老奇一副见怪不怪的样子，笑眯眯地说：“城里的后生女女们，一到草地上都这样大喊大叫的。那年，我还见到过一个戴眼镜的女女忽然哦哇大叫着扑在草地上打滚，还抓起一把青草往嘴巴里塞，嚼得满嘴巴往外流绿沫子。这是咋了？”我说：“这人得压抑多久才会有这样的爆发……”老奇听完哈哈大笑。

我开车在黑黑的乡村小油路上奔驰着。老奇指挥我拐出油路，进入一条蜿蜒在绿浪中的沙石小路。他吆喝着我左拐右转的，在一条条沙漠小径上寻找着道路。他对这里熟悉得很，一条条路径就像他手掌心上的纹路。车辆不时惊起草丛里的斑斓野鸡，扑棱着五彩翅膀向蓝天飞去，漂亮得就像一丛丛在天上翩翩飘转的花束。还有站在路边草丛里的野兔子，似乎对人类已经司空见惯，只是直立着身子，竖起长长的耳朵，瞪着圆圆的眼睛打量着我们。我说：“太近了，我都能看见野兔子蒜瓣嘴旁的根根胡须。”

老奇感叹地说：“环保好啊！环保得现在兔子都不怕人了。国家没说保护，但人们也都不打了，人与野物相处得和谐着哩。”我说：“老奇你嘴里新词不少哩，到底是当过政协委员的人。”老奇不禁哈哈大笑起来，笑得非常开心。我想，对世间万物的尊重，对自然众生的敬畏，应是人类文明社会应有的素养。一座文明的鄂尔多斯沙漠，就是这样亲密无间地与我拥抱着。

老奇指挥着我开车来到一座黄澄澄的沙丘前，在绿油油的鄂尔多斯沙漠里，这座沙丘显得十分抢眼。我忽然感到，在鄂尔多斯沙漠能看到一座沙丘，如今竟然是一件非常奢侈的事情。真真是换了人间！

老奇从蒙古袍里取出一只银碗和一瓶白酒，倒满酒轻轻端起在沙漠的脚下均匀地洒开，然后闭目，嘴中喃喃着什么。我在这座沙丘面前有些茫然，不知老奇行的是什么礼数。我知道蒙古人礼节多，就一直呆呆地看着老奇喃喃完毕。老奇对我说："阿爸阿妈都是在这里升天的。那些年，阿爸带人砍那些黑橄榄，那是他后悔一辈子的事情。就在这里，阿妈挺着大肚子与阿爸争论，让他留下这片沙丘上的黑橄榄。阿爸那时正'大跃进'在兴头上，陶醉在火光熊熊、钢花四溅的美好幻想中，哪听得进去？阿妈火了，冲他说，要是敢砍这些黑橄榄，她就吊死在家里的二道梁上。这才把阿爸吓唬住，算是保住了这片黑橄榄。要是黑橄榄没了，阿妈也没了，也就没我了，那时我还在我阿妈的肚子里。"

老奇轻描淡写地说着，可我的思绪已经卷进那风云激荡的日子里。我们都会为拥有过的狂热付出代价。当狂热散去，沙漠留给我们的是一片荒芜，还有对历史的追问和思考。老奇带我爬上这座沙丘，平展展的沙丘顶上，果然生长着一些低低高高的黑橄榄树，吐着嫩蕊，生着尖尖的黑刺。几只长着长尾巴的花喜鹊，围着黑橄榄树头盘来旋去，却找不到落脚的地方。我现在才注意到，是那根根直立的黑刺保护着树的嫩叶不被飞鸟啄食。它的作用不仅是锁住水分，还是一种自我保护。

我惊异于造物的神奇，感动于黑橄榄顽强的生命力。这生命的种子不知是被狂风刮来的，还是天上的飞鸟衔来的，但它在这生命禁区里顽强地存活了下来。它的生存来自它对沙漠的珍惜，它把从大地吸取的水分认真地保护起来，不让它盲目流失，用于维持自身生命的延续。哪怕自己长得矮一些慢一些，也不与他人争春，只是默默地守护着眼前的沙漠。老奇感叹地说：“黑橄榄，好品性啊！”

人有人品，树有树品。老奇说得不错。他清理着趴在沙漠上的地柏和沙蒿枝条，我问他：“你咋拔这个？”老奇说：“这个留不得，等它们把沙丘爬满了，这黑橄榄也怕是活到岁数了。尤其是沙蒿，根子扎得深，吸水多，有它在周围甚也活不成！你看这些黑橄榄树的幼苗苗，有沙蒿缠着，不好活哩！我隔三岔五就来这儿看看这些黑橄榄幼苗，这是阿爸阿妈活着时栽种的，我得替阿爸阿妈照看着……”

我想这又是一个生生不息的感人故事。

4

老奇告诉我，这些黑橄榄树苗苗已经长了10多年，但还没有1尺高。我也帮老奇清除缠绕在黑橄榄幼苗上的沙蒿，尽量让黑橄榄幼苗的头从沙蒿丛中露出来，能够自在地呼吸。干了没多长时间，竟然有些气喘吁吁的，这还真是个力气活。

我知道沙蒿是绿化沙漠的先锋树种，它只能起到固沙的作用，它的存在固定了沙，但会使沙漠的草种单一。本身沙蒿没有什么经济价值，除了牛偶尔卷起蒿尖嫩芽吃一些外，羊不饿疯了是不会吃它的。现在鄂尔多斯沙漠里，像沙蒿这样固沙的先锋植被还比较多，影响着鄂尔多斯沙漠林分草分的平衡。将来这些先锋树种逐渐会被淘汰掉，像吸水多没有太多经济价值的杨树、疯狂掠夺地表的沙蒿。现在鄂尔多斯沙漠上已经引进和培育大量的针叶林，像油松、樟子松等。

车行一路，处处可见松树苗育种基地，一眼望不到边，育苗基地里全是一排排、一行行的优质苗木，尤其是油松，它本来就是当地的树种。历史上，油松曾布满鄂尔多斯高原，举世闻名的有800多年树龄的“油松王”就生长在鄂尔多斯沙漠的南端。后因明末清初时黄教盛行、召庙大兴，需要耗费大量的木材，于是人们就地砍伐原始森林中的林木，使鄂尔多斯曾有的原始森林几乎被砍伐殆尽。据统计，鄂尔多斯高原曾有大小召庙上千座，这全是靠砍伐当地优质木材堆积起来的。再加上民国初年的移民垦荒、滥垦草原，鄂尔多斯草原荒漠化越演越烈。抗日战争时期，鄂尔多斯高原到处囤军与日寇对峙，驻军司令陈长捷又组织军垦，以备军粮。仗没打多少，草原倒是被军垦了不少。

中华人民共和国成立前夕，鄂尔多斯草原基本变成了一片荒漠。到20世纪末，由于多年来对“以粮为纲”政策的过度理解，“五小”工业泛滥，畜牧业过度膨胀，使脆弱的生态环境遭到空前的破坏。无边无际的荒漠，是鄂尔多斯人的无限惆怅；天上飘浮不尽的黄尘，是鄂尔多斯人的可怕梦魇。然而，从不屈服命运安排的鄂尔多斯人，开始了人与荒漠争夺生存空间的拉锯战。这是一场生死存亡的严峻较量。

为了保卫家园，鄂尔多斯人与库布其、毛乌素这两条搅动狂舞的恶龙展开生死搏斗。在这场搏斗中，鄂尔多斯沙漠里出现了宝日勒岱、殷玉珍、王果香这样的巾帼英雄。几十年来，她们是在茫茫荒漠上播绿的女人，是给沙漠点颜色看的女人，是在茫茫大漠上创造“局部好转”奇迹的女人。她们代表着一个时代。为了生存，她们在与沙漠的博弈中，以无比的坚韧和惊人的毅力成为胜出者。她们用了几十年的时间，靠双手、靠铁锹、靠铁杵在茫茫的沙漠上画出几抹绿色，赢得国家和世界的赞誉。她们被称为种树种到人民大会堂、种树种到联合国讲坛的女人。

几十年过去了，沙漠年轻了，而这些伟大的女性却无法留住时光，皱纹爬满了她们的脸庞，白发钻出了她们的发际，年轻不再属于她们。我有些感伤地望着这些把青春年华献给沙漠的女人们，就是她们的苍老容颜换来了鄂尔多斯沙漠的绝世芳华。这些治沙女英雄在我心中，就是一棵棵参天大树。她们始终是我崇拜的沙漠女神。对于我好奇的询问，她们只是笑笑。谈到20世纪时，她们只是说：“哦，那时，沙漠真多真大！你往那大沙头上背沙柳栽子，背沙蒿植树种草，人小得就像是一只蚂蚁举着一片树叶在走在爬。当时，就是这个样子。不敢想啊，如今沙漠会变成这个样子。”我飞快地记录着她们所说的，然后她们又无话可说了，只是看着眼前碧绿的草地，估计是在回忆什么，寻找什么。大约，在她们的眼中，我还是一个毛手毛脚的孩子。

那年，我在采风时，曾傻傻地问过殷玉珍：“听说你的第一个孩子早产在沙窝子里，你很悲伤吧？”殷玉珍看看我，那目光闪过一丝凄然，但稍纵即逝。我当时真想为自己的愚蠢和浅薄抽一个耳光。越是坚强的女人，越守护着自己内心那份柔软。殷玉珍是给鄂尔多斯沙漠带来世界性声誉的人，她本人曾是世界妇女组织推荐的诺贝尔和平奖候选人。推荐的理由很简单，一个女人苦守沙漠30年，披星戴月、风里雨里在沙漠里植树种草，最终把600多亩荒芜沙漠变成绿洲。无疑，这是一个让世界尊敬的中国女人，让无数对中国说三道四者在她面前哑口无言的女人。她是一座无法让后人翻越的高山，她那句“宁可治沙累死，也不能让沙欺负死”，将成为沙漠的千古绝唱。

宝日勒岱就像是一位和蔼可亲的老奶奶。她的腰有些佝偻了，出门开会或参加活动，她的女儿总是照顾在她左右。让人不敢相信的是，她曾是连任三届的中国共产党中央委员会委员，担任过自治区党委、政府的高官。她说：“我就是一位治沙的女人，热爱自己家乡的女人。”我曾在乌审召牧区大寨纪念馆见过一张她年轻时包裹着头巾、躬腰背着沙蒿爬沙漠的照片。那张发黄的黑白照片，让我久久驻足肃立，不觉间已感鼻子发酸。

那是半个世纪前，宝日勒岱在沙漠里植树种草的真实写照。那砥砺前行的英姿让我想到负重的牛、驮物的马。是政治风云把她推向了人生的波山浪谷，而她就是一个普通得不能再普通的蒙古女人。她热爱家乡那茵茵草地，衷情沙漠那浩浩长风，沉醉马儿的嘶鸣、羊儿的撒欢，以及那高亢入云的蒙古长调和从地心钻出直逼内心的蒙古短调。年轻时的宝日勒岱，是一个活泼乐观爱唱歌的女孩，也是第一位敢对苍茫大漠说不的女人！

她是鄂尔多斯沙漠永远的骄傲！

我与宝日勒岱谈起那张照片，让她回忆一下那张照片的拍摄过程，我看看能不能捕捉到什么灵感，或许这里蕴藏着一个感人的细节，或许有一个动人的故事。但对那张照片的拍摄过程，她却记不起来了。她说：“背着一背沙柳，有100多斤吧，还得爬大沙头。天天这样背，这样爬，你还能记起啥？”她越是淡淡地说，越能给人想象的空间。

倒是老奶奶的女儿，加了我的微信，说是以后老人家想起什么来，一定会跟我联系。我觉得宝日勒岱是一个不怎么爱说话的人，但她能很快和影星斯琴高娃打成一片，俩人互相搀扶着，兴奋地用蒙古语交谈着，还不时地哈哈大笑。晚上，我和导演、制片人等聚在斯琴高娃的房间里喝酒。高娃大姐对我们说，她愿意接受做这部戏的主演，因为宝日勒岱大姐是她从小的偶像。

这些日子，绿色沙漠上集中了一批装扮怪异的大胡子、光头们，还有穿着短皮衣、长靴的妙龄或不那么妙龄的长发女郎。他们是电影外景制作部门的大师们，我们经常这样互相开着玩笑。这些大师们叫喊道：“沙漠呢？这咋取景呢？”他们面对绿意盎然的沙漠，寻找着荒蛮的、雄性的、没人动过的原始沙漠。肮脏、破旧的越野车载着他们窜来窜去，就像一群胡乱飞舞的蝗虫。一个大胡子副导演把我叫上车，一踩油门就是二三百公里，他非要找出块中意的地方来。大胡子是负责选外景地的，眼前掠过的景色让他一个劲儿赞叹不已：“这哪是沙漠？！美！真美！”他抖动着夹杂着一些白胡须的大胡子，对我直叫：“肖老师，你书上那仰脖看的沙漠呢？能把人吞掉、把房子埋掉的沙漠呢？站在房顶上被风沙吹得哆哆嗦嗦、咩咩直叫的羊呢？”

我说：“这就是沙漠。这就是我们生存的土地。”我想告诉大胡子，是沙漠儿女为他们披上了绿装。经过半个多世纪的守望和改造，鄂尔多斯沙漠退守到人们的记忆之中。我说：“我的这部小说就是为记录这个过程，为我们的沙漠留下永恒的文学记忆。撕开历史的尘封，表露浩瀚的沙漠，再显鄂尔多斯儿女那段……”

大胡子摇着头道：“咱能不能说点让人明白的话？瞎编，瞎编，又是瞎编！”我也摇了摇头，对他的指责埋怨不想再说什么。

鄂尔多斯沙漠播撒绿色之快，已经超出人们的想象和以往对世界荒漠化改造的认知。世界正在为之欢呼、为之喝彩。我的这部电影不过是锦上添花，对顽强不屈的治沙女人们的生命礼赞。鄂尔多斯沙漠绿叶婆裟，美丽而又婀娜，像一位高傲而又娇艳的公主漠然地打量着我。“喂，公主！”我轻声呼唤着她，“你还记得给你装扮秀丽容颜的那些女人们吗？你还记得你之前的模样吗？”

五　嫁给库布其沙漠的卡萨努

1

我望着那直直铺满天边的无限翠绿，心想，这株株青草、棵棵绿树，都是用沙漠儿女的汗水、血水、泪水，还有青春和智慧浇灌而成。各国无冕之王用他们的生花妙笔，讴歌着这人间神话，于是，这样的字眼出现在世界各国的报纸、电视、网站上：人类奇迹，中国人抹去一座沙漠！中国人造绿速度让人感叹！沙漠经济蕴藏宝藏，中国绿色沙漠产业将改变世界经济格局。

这些无冕之王们的惊呼推断，吸引了人们的眼球，也赢得世界一片惊奇和喝彩，当然也招来了质疑之声。美国有一家非常知名的媒体，对中国发展向来有着傲慢和偏见，他们不大相信其他媒体同行们从中国鄂尔多斯沙漠发回的报道，不相信4万多平方公里的鄂尔多斯沙漠，用了不到20年时间，能从地球上抹去。难道真有神力在帮助中国人？然而，那些配发的图片和录像，又那样言之凿凿。他们收起有色眼镜，睁大眼睛，认真地审视中国鄂尔多斯的沙漠现象。

他们认为，除了人的内心，现在世界上已经很难藏住什么东西。于是，他们调出本世纪初鄂尔多斯沙漠的卫星遥感地图，图中显示那是一片黄色，当中还夹杂着点点绿色，绿得就像珍贵的翡翠。之后它们又调出近年来鄂尔多斯沙漠的遥感地图，那珍贵的绿色翡翠忽地一下放大了，几乎铺满了全图，让他们不禁惊呼："噢，上帝！"

遥感地图不会作假。这是真的，是真实的存在。这难道是上帝之手抹去了鄂尔多斯沙漠？抑或是传说中的中国愚公复活了？3.5万多平方公里的沙漠覆盖上了发黑的绿色，在铁一般的事实面前，他们没有噤声，也没有说三道四。他们的媒体，只是客观地发布了这两张卫星遥感对比图片，通栏发出了这样的感慨："噢，上帝！"

我从电脑屏幕上看着这两张图片，琢磨着他们的感慨，心想：崇尚科学与自由的西方媒体人，这次对鄂尔多斯沙漠的发声，是与他们价值观的完美结合。

6年前，我在某地的一个电影创投会上，曾结识了一位外国同行。聊起来，她竟然是我在北京电影学院读本科时的同学。我们都是在"非典"之后那年入校的。她是研究纪录片的留学生，读的是硕士。她叫卡萨努，是个长着黑眼睛黑头发的意大利姑娘。卡萨努出生在西西里岛，身上散发着火一样的热情。

我和她都有一个嗜好，爱喝手工磨制的咖啡。回到北京后，她还帮我定购了一台手磨咖啡机和意大利的咖啡豆。我们常常聚在一起喝咖啡，有时也到街上吃吃饭，始终恪守着AA制。对卡萨努来讲，这是一种习惯，一种生活方式。对我来说，我很喜欢这样，可以让我的腰包瘪得慢一点。有一次，我们一起聊天，卡萨努说："我跟踪鄂尔多斯库布其沙漠已经10年之久了。我在库布其沙漠上有3个固定的摄制点，每年秋天都去拍摄。"我说："库布其沙漠，那是我的家乡！"她噢地叫了一声："是吗？你们库布其人是世界的这个！"她冲我伸出了大拇指。

谈起库布其沙漠，我们共同的话题更多。卡萨努说："每年去都不一样，变化太大了。我眼看着绿色一点点蚕食着库布其沙漠，荒漠变成了草原，变成了良田。还有电脑控制的喷灌机转着圈喷洒，蒙蒙水雾化成一道道彩虹，挂在库布其沙漠上空。同样，我也在非洲撒哈拉沙漠有3个摄制点，我眼看着沙漠吞噬了良田和村庄。看也看不尽的荒漠滚来，数也数不清的生态难民撤离家园，人们绝望地坐在沙原上等待着联合国难民署的救助。你知道撒哈拉沙漠吗？”

我说：“少年时读三毛的书，我才知道撒哈拉沙漠。三毛讲，今生是我的初恋，今世是我的爱人!每想你一次，天上飘落一粒沙，从此形成了撒哈拉……那时觉得三毛阿姨好浪漫哟！撒哈拉沙漠好浪漫哟！”

卡萨努说：“我的摄像机可不浪漫。难民署划一块地方，在沙漠上支起一排排板房、帐篷，还提供水和食品，以为他们是上帝呀？就是上帝，上帝也有照管不到的地方，何况难民署呢？我的摄像机曾跟着一批不知道是哪个国家的难民在撒哈拉沙漠上行走。他们想去阿尔及利亚，然后再从那儿转道欧洲，到他们心目中的天堂。那一路黄沙漫漫，有些人就倒在沙漠里，化成一具具干尸……”

我说：“老卡，咱喝咖啡时不说这个好不好？”

我称卡萨努为“老卡”，他称我为“肖”。

2

卡萨努说：“做纪录片，你得心硬，心不硬不行！”我说：“我的确做不了纪录片。”卡萨努说：“肖，那你就写你的诗歌散文，拍拍电影赚点票房，不是什么人都能做得了纪录片的。”我说：“是的，是的。做纪录片的，全都是些吃钢拉铁的兄弟姐妹同行！干咱这行的，我最佩服的就是做纪录片的！”

卡萨努说：“我的摄像机曾记录下一位17岁的姑娘在沙漠中生产的情形。她是千百万被沙漠逼得背井离乡的一个。她在沙漠中干号着、尖叫着，热辣辣的太阳烤着她，她就像一只可怜的母羊。人们漠然而又绝望地看着她，或者看也不看，直接走过她的身边。我把自己的旅行帐篷和水留给她，这违背了拍纪录片的真实原则。肖，我的心虽硬，可它也是心，人心，不是石头！就是这样，这个可怜的女人生下来的孩子还是死了。是她用手在沙子里挖了一个浅浅的坑，把自己的孩子掩埋了。整个过程，我没有看到这个女人眼睛里有一滴泪，深陷的大眼睛全藏着无尽的绝望……我的摄像机从不说谎，从不说谎！就是因为我给她支起的那顶帐篷，在后期制作时我不得不忍痛删掉了，要不人们会说我作假。一位买片的老板对我说，你的这顶帐篷让你损失了100万欧元。我想，也许还不止这么点，我知道没有这顶帐篷，它一定会占据世界各大媒体的头条！可这钱挣得缺德！肖，你们是不是这样说？！”

我点了点头。我知道卡萨努是把她见到的沙漠做成纪录片提供给世界上的许多电视台和网站，她以此谋生。那顶慈悲的帐篷让她损失了不少金钱，我甚至觉得有可能与世界纪录片头把交椅的老大资格失之交臂。

卡萨努笑笑说：“我没那么大的野心！肖，我不像咱们那些学兄学妹，就瞄着张艺谋、巩俐。我也不那么仁慈高尚，我现在就是沙漠中的一只小老鼠，瞪着眼睛在沙漠中寻找食物。小富即安，回到北京时有杯自己亲手磨的咖啡喝就挺知足。知足常乐，是不是？”

在交往中，我知道卡萨努有着沙漠老鼠一样的灵敏嗅觉，时刻捕捉着沙漠上发生的变化，真实地记录着人与沙漠这场旷日持久的世界大战。我心中非常清楚，卡萨努这个年轻的意大利女人在做着一件对世界非常有益的事情，她的纪录片将为世界留下一座座真实的沙漠……

她对我说：“肖，你说的意义我都知道，这是我像个疯婆子一样，整天浸在沙漠中的力量所在。毛泽东讲，人是要有一点精神的，我就是要有这点精神！”

我笑了，冲她举起手里的咖啡杯，亲切地称她：“老卡同志！”她也笑着举了举咖啡杯，然后抿了一口说：“我可没那么高尚。我只希望我拍摄的纪录片能受观众欢迎，能卖得好就行了。说来，我的第一部纪录片就拍的你的家乡库布其沙漠，连版权才卖了2000美金。真是黑心的资本家！现在全球电视和网站上播出的库布其沙漠的早期录像全是我拍摄的，那个犹太人现在不知发成什么样了……”

我说："是啊，是啊！早年我写电视剧，我的老板就给我500块钱一集，他还是我亲爱的老师呢！可你得想想，谁会给一个20岁的大学生机会呢？我还挺感激他，是他给了我机会！"

卡萨努说："当我把第二部库布其沙漠的纪录片交到那个老板手上时，我开出了3万美金的价，那个老板爽快地答应了。他还提出要和我签10年，每年我都要给他提供一部同质的库布其沙漠变化的纪录片。我答应了。我把最好的年华卖给了库布其沙漠。"

我说："应当是献给了库布其沙漠。"

卡萨努笑着说："我嫁给了库布其沙漠，这样说好不好？有好长一段时间，我就是靠吃库布其沙漠过活的。中国人说，嫁汉嫁汉穿衣吃饭，库布其沙漠就是我的老汉！你家乡人是不是这样说自己的丈夫？"

我笑着说："我老妈就称我老爹为老汉。你真是个库布其通！"

我们又为卡萨努的老汉库布其沙漠碰了碰咖啡杯，抿了一口，立即有一股说不出的绵厚清香直沁肺腑。我真为库布其沙漠的巨变感到由衷的骄傲。那天，我激动地说："我这游子北漂也得为沙漠写一部长篇小说，然后再改编成电影、电视剧，我不能白吃库布其沙漠的糜米捞饭山药蛋，我得为库布其沙漠做贡献！"卡萨努笑了，冲我举起了手中的咖啡杯。我也举起了咖啡杯，我们相约，一定要共同游历库布其沙漠，为鄂尔多斯沙漠留下文学记忆。

我在鄂尔多斯沙漠里跑了4年，从无定河到黄河，从七星湖到乌审召，从穿沙公路到萨拉乌素河谷……广袤的鄂尔多斯沙漠上留下了深深的车辙。后来，我在京查阅了大量资料，用了整整一年的时间创作了长篇小说《生生不息》，并首发在《十月》杂志上。很快，北京的一家文化公司收购了《生生不息》的电影版权。卡萨努说得真好，库布其沙漠就是我们的衣食父母！我兴奋地给她发语音微信，把这个好消息告诉了她，但她并未回我。我又按捺不住激动之情给她打了电话。她马上接了，说："我正在撒哈拉沙漠的南端，萨赫勒地带拍片。"我一听是越洋电话，马上道："咱长话短说，你何时回国，我请你吃牛排！”说着匆匆挂了电话，但又感到“回国”这词用得不合外交辞令，难道真把卡萨努当成库布其沙漠的媳妇了？

3

记得电影《生生不息》启动仪式开始的那天，国内一些文学、影视大咖，如陈建功、仲呈祥、李准、王朝柱、康建民等慕名来到鄂尔多斯，结伴来为即将开机的这部影片助阵站台。实际上，我知道他们的到来是被鄂尔多斯绿色沙漠所吸引，为这里发生的绿色奇迹所感动，为未来沙漠的绿色发展所思虑。绿色沙漠向何处去，收获绿色的沙漠儿女如何在绿色发展中获取财富，这不仅是对现实的关注，更多的还是对沙漠未来的考量，因为鄂尔多斯沙漠已经进入了精耕时代。

这部即将开机的电影不过是思想家、评论家、作家关注世界生态危机的一个话头，对沙漠，这些文坛大佬、影视大咖似乎有许多话要说。那就是作家、艺术家如何走进沙漠的内心去倾听它们的声音。在这些人类智者的眼中，也许荒芜的沙漠收聚着人类最原始亦最宝贵的情感，像坚守、忠诚、勇敢、善良、勤劳、简朴等这些人类共同的美德。“美德”在这里不是词汇，而是随时可以接触到的真实存在。沙漠聚拢着人的精神，磨炼着人的意志，抑制着人的欲望，彰显着人的力量。库布其沙漠的沧桑巨变，是人的精神与沙漠的共鸣。在这场持久的拉锯战中，人与沙漠都不是输家。在鄂尔多斯库布其沙漠，中国人为世界提供了人与沙漠和谐共生的范本，这是鄂尔多斯人更是中国人对世界的突出贡献。

53年前，在毛乌素沙漠深入生活的王朝柱，和当年的治沙英雄宝日勒岱等坐在高高的沙丘上，一同瞭望一望无垠、海海漫漫的沙漠，憧憬着这苍茫大漠的未来。他们都有这样一个疑问：何时鄂尔多斯沙漠才能涌动着一望无垠的绿色？那时他们都是不足30岁的年轻人，都是茫茫沙海上的播绿者。

半个世纪雨雪风霜过去了，现在他们都变得像当年在这里种下的子母柳一样老迈苍苍。王朝柱是深入生活的作家，当年是沙漠上的过客、采风者，但鄂尔多斯沙漠留给这位影视巨匠的印象却是铭心刻骨的。他曾感慨地说，书写沙漠是他的一个梦。53年前他就写过沙漠，如今他来鄂尔多斯之前，翻出当年与宝日勒岱等治沙英雄的旧照，重温半个世纪前的沙漠故事。他说："沙漠故事更能体现生命的顽强和坚韧，以及对我们赖以生存的大自然的珍惜和尊重。"

"小兄弟，"年过八旬的王朝柱一声声亲切地称呼我，"小兄弟，沙漠有写头，沙漠里的女人更有写头。人对沙漠的守望，表现在人的孤独和不屈上，这更能接近和体现人的生命本质。《生生不息》，一座沙漠与蒙古族三代女人的故事，不错，小兄弟！"他柔软而温暖的手掌轻轻地拍着我的肩头说，"我对这部电影是有预期的——人是沙漠，沙漠是人，人与沙漠化成一体……"

噢，这就是人们常说的天人合一、道法自然吧？听智者谈话，与智者交流，不仅是学习还是一种享受。我的第一部写沙漠的文学作品，得到这些前辈大家的指点关注，应是一大幸事。想来，是沙漠把我们系在一起。这些年来，我关注鄂尔多斯沙漠，常常一头钻进库布其沙漠、毛乌素沙漠里，感受沙漠的沧桑巨变，吸纳沙漠带给我的生命气息。

这里有坚守、牺牲，有彷徨、徘徊，还有对生命、对亲情、对爱情的爱。是鄂尔多斯沙漠神话般的巨变，激励着我创作完成了长篇小说。这里有人的守望、善良、挣扎和坚韧，人性的光辉融进了鄂尔多斯沙漠里。于是，沙漠也有了人的温度。在鄂尔多斯人的抚慰下，沙漠渐渐摆脱了暴戾和残酷，变得温顺与可爱。绿色的生命之光盘绕在鄂尔多斯沙漠的上空，人与沙漠共歌共舞……

沙漠与人难得和谐，鄂尔多斯人做到了。

荒漠化已经成为"世界之癌"，成为人类生存环境的"隐形杀手"。15年前，我记得在北京读高中时的那个春季，北京的上空连续暴发了12次强沙尘暴，一次三五天。北京上空的浮尘，就像一条永远扯也扯不断的黄色纱幕，让我这个从鄂尔多斯沙尘源跑到北京一所私立学校读书的孩子，感到又回到了我的家乡鄂尔多斯高原上，那是2002年的春季。

受沙尘暴搅扰的地理课老师在课堂上说："我讲有关荒漠化的知识，你们无动于衷！现在你们看看教室外面的天空，就知道什么叫荒漠化的威胁了。醒醒吧，我的同学们！北京的沙尘暴全是从新疆、内蒙古大沙漠刮来的。"听到这儿，我的同桌——一个北京胖妞——冲我扮了个鬼脸，好像我这个内蒙古来的孩子就是荒漠！人们都在说，我的家乡库布其沙漠离北京最近，就是悬在北京头上的一盆沙。

那时中央电视台有一个节目《寻找沙尘暴之源》，好看的记者姐姐在我的家乡——风沙弥漫的鄂尔多斯高原上寻找着沙尘暴之源。家乡的人们憨乎乎地给记者介绍着、诉说着，还用手抹着家具面，一抹出现一道光亮。那老汉对女记者说："土面面铜钱钱厚着哩，女女！"

这事给我的刺激是，以后我上地理课睡觉少了，读回高中总得大概闹清楚沙漠是怎么回事吧？别白花了家里给交的学费。老师在课堂上告诉我们，世界上的沙漠大多分布在北纬40度左右的一条长线上，就像是给地球系了一条黄腰带。从非洲撒哈拉沙漠，到西亚的阿拉伯沙漠，到印巴交界的塔尔沙漠、中亚的卡拉库姆沙漠、新疆的塔克拉玛干沙漠，再到内蒙古的巴丹吉林沙漠、乌兰布和沙漠、鄂尔多斯沙漠。成因虽异，但这些地方都曾有过古老的农业文明，考古学家都在这些沙漠上有过重大的发现，现在这些沙漠里还残存着古老农牧业文明的遗迹。像尼罗河的古埃及文明，两河流域的巴比伦文明，以及印度河文明、尼雅文明、古楼兰文明、黄河文明，留在茫茫沙漠中的古城堡遗迹，说明那里曾有过繁荣和富庶。可以说，人类违背自然规律的（从土地上过量索取）活动，加剧了这些沙漠的形成。对于地球上的浩瀚沙漠（仅撒哈拉沙漠就有900万平方公里，大抵相当于美国国土面积）的形成，人类还远远谈不上是元凶，但是不折不扣的帮凶。这个帮凶有时能四两拨千斤，起到的破坏作用不亚于气候变化这些元凶。

那时，我觉得老师讲得特牛，挺生动，甚至萌发考大学要报地理专业的念头。但一想到晨昏线、等高线、辐散线，就有些头晕脑涨了，于是识趣地知难而退了。当时，教室外面沙尘昏黄，太阳就像一颗软软的柿饼子悬在天空，老师在课堂上讲荒漠化的危害也特带劲，看看悬在天空中的太阳，你就知道荒漠化不光是与非洲、新疆、内蒙古有关，而且与我们每个人息息相关，与我们的鼻子、嘴巴、呼吸道、肺叶有关！一句话，与我们人类的生命有关！

“想想吧，同学们！”他摘下眼镜擦拭着，走下讲台，踱着步说，“中国每年沙化面积为2460平方公里，也就是说，每年相当于两个半北京大兴区的面积（大兴区面积为1031平方公里）就被沙漠吞掉了。”我上学的学校就在北京大兴区，而他刚被评为大兴区优秀教师，张嘴就是“爱我大兴，爱我北京”。他还告诉我们，全球每年沙化面积为6万平方公里，有三个半大的北京（北京面积约为16410平方公里）被沙漠吞掉了。我听得心里挺纠结，因为我出生在鄂尔多斯高原，太清楚沙漠是什么样子了。我知道家里送我来北京上高中，有一句心照不宣的潜台词，那就是：努力学习，逃离沙漠。但沙漠还是乘着蒙古高原的狂风，化成铺天盖地的沙尘泥屑，罩在了中国北方的上空，甚至飘过长江，挥舞江南，更有甚者越洋而去，让邻国也惴惴不安……

4

中国荒漠化的加剧，沙尘暴的放肆，一时成为国际上某些人诟病中国的话题。我想，国外的“毒舌”说啥不怕，关键是咱自个儿被沙尘呛得难受。看着沙锁京城，人们在黄尘中戴着口罩来去匆匆，一群群的孩子咳咳地在医院里输液，心中隐隐作痛。我想到了未来的北京会成为什么样子。我们的绿树蓝天呢？书上写的西山晴雪呢？蓟门烟树呢？传说中的“燕京八景”到底还剩哪一景呢？沙漠逼得人无处可逃。

有一次，我去送班上的作业本，听到一位女老师讲：“北京说什么也不能待了，啥破地方！我得抓紧办美国移民。不为别的，就为吸口清新空气。以后孩子在北京怎么呼吸？我就是想让孩子吸口好空气，不算过吧？”我认识那个女老师，知道她是教初中部英语的，还给我们带过几节课。

原先教我们英语课的那位退休返聘老师是一位老太太，她曾私下对我们说：“那个女老师去美国使馆办面鉴时，因英语说得太溜，签证官担心她有移民倾向，直接把她拒了。实际上，她的发音不准确，仔细听有些跑堂味儿。学旅游英语的能是什么层次？她带课，我都担心把你们的‘口’给带坏了。”可我倒觉得那位女老师的课讲得挺好的，声音也好听，人也长得好看，不像这位老太太讲几句就咳两声。“这把年纪了，还跑到这儿误人子弟。”胖妞贴着我的耳根这样说。我知道胖妞不喜欢那位老太太，因为老太太曾没收了她的手机，交给了生活老师。

“咳，沙尘暴要把好看的女老师逼到美国了！”我有些伤感地告诉了胖妞。胖妞对我说：“人家公立学校都停课放假了，我们这破学校怕学生回家出问题，把大门都锁了。”年纪大的老师自己咳嗽，年纪轻的老师家中孩子咳嗽，学校里请假都快请空了。学生们大白天猫在炽光灯贼亮的教室里默默地上自习，沙尘时不时地钻进来，同学们轻轻地咳嗽着，眼前荡起细细的灰尘。

胖妞问我：“你咋不咳嗽？”我说：“我来自沙尘暴源，早就练得五毒不侵了！那可是生我养我的土地！”胖妞翻了我一眼，说：“你丫小样吧！还土地？！”

六　“沙人人”与少年

1

我梳理人与沙漠的关系，觉得人的物质贫穷是造成沙漠荒芜的重要根源，不解决人穷的问题就解决不了荒漠化问题。是千年来的农耕文明、游牧文明造成土地的荒漠化，是多年来形成的农业思维限制了我们对工业文明的接受，总走不出“局部好转、整体恶化”的荒漠化治理怪圈，点上累得满头大汗，面上仍是荒芜一片。单打独斗的治理模式，尽管会出现许多让人敬佩的现代愚公，但生产生活方式仍停留在久远的农业思维上。

在荒漠上刨闹吃喝，在荒漠上收获微薄的希望，这种思想上的局限，已经适应不了对库布其沙漠的整体治理与发展。库布其人越来越感到，唯有变换工业思维，大胆吸引资金，实施企业式的开发，让企业建立绿色产业，才能真正做到绿富同兴。只有挖掉穷根，才能使荒漠化治理走向良性循环，库布其人在这条路上摸索了太久。正是这久久的摸索，才产生了人们对沙漠的久久守望——这种库布其儿女的精神维度。

少年时期的我，常常看到父亲甚至老师们每年春天投入到治沙工地，有些闹不明白，为什么人们这样拼命地治沙，可家乡还是漫天沙尘呢？我惧怕沙尘暴，更讨厌扬尘天气，一连十几天人们就像挣扎在黄尘编织的黄色雾幛中，鼻子干出血痂来，一抠一块一块的。我想拼命学习，逃离这块沙漠。可父亲总说这是你摆不脱的根，你爱也罢恨也罢，它会像梦魇一样跟随着你，你不管走到哪里，鄂尔多斯沙漠将伴随着你到永远，因为你的根扎在这片土地上，你就是这片大漠上的一粒细沙。

20多年前，我刚上小学，有过一次近乎探险的库布其沙漠之行，那是父亲带我去的。汽车在一座座沙山上转来转去，我晕车晕得差点把肠子吐出来，那时我还是个少年。多少次，眩晕得我想从车子里跳出来，我央求父亲让司机停车。父亲只是紧紧地抱住我，并黑着脸道：“连晕车都克服不了，长大了还能做什么？”我觉得用了1万年的时间才来到库布其沙漠的腹地，那个叫赛乌素的地方。在那里，我见到了闪着银色水光的湿地和茵茵的绿草，看到牛羊在草地上游弋，一股清新直沁我的脑门。

我跳下车，踩着痒痒的小草，草尖像一只只小手抓挠着我的脚丫。我使劲踩踏湿地，汪汪的清水发出吧唧吧唧的声音，不一会儿清水便泛起黑泥浆，散出古怪的气味。

我在开着各种颜色的小花的寸草滩上跑着喊着。野蜂拖着软软的金丝在花丛绿草间飞来飞去；一丛丛浓黑浓黑的芨芨草，像鼓起一个个大包；红的、紫的、蓝的野花在草包上怒放。我想爬上一个大草包去摘一束野花，被父亲一声吆喝喊住了。

我和同行的人都看向父亲，一时不知发生了什么事情。父亲说："小心有蛇！"我吓得跳开老远。同行的人嘁嘁喳喳道："这大沙漠里哪来的蛇？"话音还未落，一条小青蛇从芨芨草丛里钻了出来，人们惊恐地叫了起来。那小青蛇飞快地从我刚才跳开的地方钻入黑黑的草丛中。我吓傻了，父亲一把将我抱起来。我由衷地说："老爸，你真神！"事实上，我在车上一直在心里埋怨父亲不该带我来这种破地方。可刚才那番刺激、好玩，早让我把晕车的难受抛到九霄云外。

坡缓缓升高，高处耸立着延绵的沙丘，还有陡立的大沙山，沙山头上有打旋的小风，卷起细细的沙子像小河的水一样哗哗地滚下沙山。沙山与湖岸之间的草地上，有几幢零零散散的土房子。湖边还有几架蒙古包，空旷的草地上传来断断续续的狗叫声。我寻着狗，却没有见到，倒是看见了沙地上卧着几峰骆驼。骆驼的嘴巴歪斜地蠕动着，嘴角全是白中泛黄的泡沫。看见我过来，一峰骆驼打了个响鼻。

那晚，我们就住在一户牧民的家里，好客的牧人煮了风干羊肉招待我们，用大银碗斟酒招待父亲一行，还自组小乐队，敲着扬琴，弹着弦子，拉着马头琴，吹着梅（笛子），用好听的蒙古歌欢迎我们。屋里吊着一盏明晃晃的马灯，让我感到格外新鲜。原来这个地方根本不通路，不是大马力的越野车根本无法进入这里。偶有越野车开进来，这里就像过节一样热闹，附近的牧民们都骑着马聚到这里。

我就是在那个时候听说这里的牧民们生活非常不方便，还有用羊驮砖、骆驼驮建筑材料盖房的，有难产大出血死在去卫生院路上的女人，害阑尾炎活活疼死在沙漠上的牧人，人们都能叫得上名来。这不是传说，是活生生的人和事！直听得人头皮发麻，更增加了我对沙漠的恐惧。那一夜，我不知怎样睡着的，醒来几次，还能听见人们在歌唱在谈笑。我在想，他们在歌唱什么呢？说笑什么呢？

第二天，我在吃了两碗土豆干羊肉面条后，才开口跟这屋里的主人叫爷爷。父亲训斥我说："咋乱叫呢？他还不如我大呢！他属羊，今年刚40岁。"众人大笑，我更觉得不好意思。主人笑着说："不咋，盟里来的头发都白了的扶贫干部还叫我大爷呢！咱这儿的人老面（即面相显老），都是让库布其沙漠的风沙吹打的！后生，若把你放在赛乌素吹打两年，看街上的后生娃娃敢叫你叔叔不？"众人又是大笑。我问他："你们为啥不离开呢？到城里打工……"见父亲用眼瞪我，我就不说了。主人说："我们的牛、羊、骆驼在这里，老祖宗留下的草地在这里，先人的骨殖也埋在这里。若是治住沙，这可是块好地方哟！"我似懂非懂地嗯嗯着。那人还用鄂尔多斯人特有的风趣幽了一默："兴许，20年后我成了爷爷，你们城里娃要来这里打工哩！"他说着，嘿嘿地笑了，我也笑了。我知道，沙漠是制造神话的地方，阿拉丁神灯、阿拉伯飞毯、阿里巴巴……

那天，我大喊了一声："芝麻开门吧！"蹦跳着上了汽车，此后我不再晕车，是那次库布其沙漠之行提高了我战胜自我的能力。

2

20多年后，当驱车行进在花园般的库布其沙漠中，我在任何一个下榻之处都能感受到城市现代文明。再次回忆20多年前那次库布其沙漠之旅，回味那位年轻爷爷的幽默时，我才懂得库布其人的守望是生根在泥土里、长在心房上的，这份眷恋是对浸润着先人骨血的土地的忠诚和坚守。

再狂烈的风沙也吹不走他们对现代文明的渴望，再高的沙丘也挡不住他们对美好生活的向往，再困顿的生活也磨灭不了他们心中的梦想。几十年来，人们守望着、呼唤着、改造着库布其沙漠，就是为了沙漠的富裕、文明、美丽。库布其儿女是一群逐梦人，不管遇到什么样的艰难险阻，从未停止过追求梦想的脚步。

写到这里，我忽然想起沙漠诗人周雨明先生一首关于吟咏草籽的小诗：

什么时候寄放了生命的胚胎
沙漠里可以探究生命的起源
远自百万个漫长的世纪
近在百数时辰几个流年
炙热的火神不能烤焦
虽然干旱的时间太久太长
准能等到开花的那一天

这是不是守望？反复咀嚼这首小诗，才感受到诗人内心对沙漠的期许，对沙漠明天的美好憧憬。先生写下这首小诗时，我还没有出生。30多年后，当我在库布其沙漠里读着这首小诗时，深感周雨明先生是深藏在鄂尔多斯沙漠的睿智之花，是闪耀在鄂尔多斯沙漠上空的文曲之星。当远眺苍茫大漠时，再反复咀嚼这首隽永的小诗，更感先生之高，晚生仰之。尽管我为沙漠留下了许多文字，力有不逮也。先生貌似写草籽，但内心里涌动的是什么样的情怀？

我想起了10多年前，我在家乡读高一时，与同学“沙人人”的交往。他是我上高中时班里不多的几个来自农村的孩子之一，他的家乡就在库布其沙漠。他一直在旗里一所乡镇中学读书，因天资聪慧，乡亲们都说他是块读书的才地，后来他以高出中考线很多分的成绩被市里这所重点学校录取。

他在学校绝对是学霸级的人物，让人钦佩。我们住同一宿舍，既是同班同学又是室友。我遇到学习上的疑难问题时常常请教他。他有时也来我家找书看，我给他推荐《在路上》《麦田里的守望者》，这两本书几乎伴随着我整个少年时代。

他翻了翻，也没说什么。每当谈及他的出类拔萃的学习成绩，妈妈总会说出这样一句话："看看人家。"他学习成绩优异，没有自卑感，家里的事啥都告诉同学们。他说："我妈生我时，热炕头上铺着厚厚的沙子，我妈就躺在沙子上生产。铺着沙子的土炕，就是我出生的产床。我妈在沙子里滚里、喊着，把我降生在沙子上。"

同学们就像听天书："生在沙子里，那多不卫生啊！""有啥不卫生的？"他说，"家乡的亲人们，都认为沙子是世界上最干净的东西。"他的奶奶是助产士，他与母亲相连的脐带就是被他奶奶用牙齿一口咬断的。"嘎吱一声，比手术刀还快。"他这样形容着他的降生，"一落地，我的身上就沾满了沙子，到满月时，我身上的沙子才被母亲轻轻用手搓干，抱出来见人。亲戚们抱着转了一圈，身上又是一层沙，母亲心疼地叫我'我的小沙人人'。"

同学们都笑了，都背地里叫他"沙人人"，渐渐地他的大名被人遗忘了。

我记得沙人人是背着一面口袋硬锅盔来上学的，还有几罐头瓶子"红腌菜"，打开一吃，宿舍里散发着一股难闻的味道。他说："红腌菜是库布其沙漠上的野菜，像沙芥、沙葱等混合什么菜腌制而成的，尝一口这辈子都忘不了。"我试着尝了一口，只能说是不难吃，并未像他说的那么让人能记住一辈子。

沙人人念英文时带着浓浓的乡音，常引得人发笑，被同学讥笑为"伦敦郊区味"。但他英语笔答特棒，没有一个人敢小瞧他。有一次，他竟纠正了老师出的一道英语试题的小错误，似乎老师落了一个"and"，他指了出来，老师非常欣赏他。

沙人人告诉我，他的身上背负着全家几代人的希望，那就是成为一个城里人。本来，他的爷爷已经成了城里人，可赶上1962年下放，全家无奈又回到了库布其沙漠。他的父亲差一点成为城里人，可高考时就差3分被挡在录取分数线下。父亲的城市梦没有做成就让他继续做，父亲的圣经就是《平凡的世界》，路遥就是他的神。

沙人人对我说，他的理想就是考大学进城，娶城市姑娘，永远背对他降生的沙漠。他告诉我，他不喜欢塞林格、凯鲁亚克的作品，这使我们产生了分歧。他与我争论时，总是咄咄逼人地问："他们的世界与你有关吗？"

3

沙人人在校除了学习就是学习，从不关心与他无关的事情。他若认为与他有关的事情，绝对做到极致。我们寝室有位同学是个大汗脚，脱鞋后味道让人作呕，不少人想找老师调宿舍，常常搞得不愉快。大汗脚也有点自卑，常往脚上喷花露水，有位对花露水过敏的同学，搞得有些抑郁，学习成绩直线下降，家长跑到学校大吵大闹，校方提出的整改方案竟然是为我们宿舍每人配备一打口罩和空气清新剂。

人们自然不满，冷嘲不断。有位同学竟然搞来了一副防毒面具，样子十分滑稽。沙人人一把扯掉面具，他说这个事情他来解决。大汗脚有些厌世，校方高度紧张。沙人人回家背锅盔时，顺手背回一口袋沙子，每天让大汗脚用沙子搓脚。几天后，神了，奇了，我们都摘下了口罩，空气清新剂也不用了。从此，大汗脚不自卑了，每天活蹦乱跳的，那位同学也不抑郁了，学习成绩直线上升。我们都挺感谢沙人人，要请他吃方便面、火腿肠。沙人人仍就着红腌菜啃锅盔，对我们说没有什么能挡住他实现梦想的脚步。

想起少年往事，脑海中就浮出沙人人，这是我真正接触过的库布其沙漠后生。后来我去北京读高中，再也没有和沙人人联系。只知道他被香港中文大学录取了，又去美国读了博士，全靠奖学金完成了学业。只是通关时，他带的红腌菜在美国海关费了点周折。

他成为一个传奇，成为学弟学妹们的偶像，母校的宣传手册上都有他的事迹。

后来听大汗脚说，博士毕业后沙人人受雇联合国一个什么组织，专门在世界干旱地区推广无水的厕所革命，利用空气压缩装置处理排泄物。我想这大概与飞机上的厕所差不多，一按钮，轰的一声虹吸干净。我问大汗脚近年见过沙人人没有，大汗脚说前些年见过一次，和几个老外在一起，在鄂尔多斯沙区推广无水厕所。

我惊叹道："他不是说要永远背对沙漠吗？"大汗脚道："少年话你还当真啊？我真感谢沙人人，这小子真是救了我，我当时想死的心都有。我五岁的儿子也是汗脚，这玩意儿遗传，那个臭！我没事就带儿子到沙漠里，让他光着小脚丫在沙地上跑。咳，神了，我儿子的小脚丫现在香喷喷的。只是沙漠越来越少了，要去沙漠得开车走好远。现在有片大明沙被人圈了起来，全改造成沙漠地质公园，进门还得买门票，百十块钱一张还算是便宜的。真是风水轮流转，沙漠成了香饽饽……"

大汗脚万分感慨，我也感慨万分。这就是生活。对沙漠来说，你爱也罢，恨也罢，面向也罢，背对也罢，我们都是从沙漠里长出来的；对库布其儿女来说，我们都是"沙人人"。沙漠从来就是我们生命的一部分，是我们安放魂灵的地方，是我们今生今世都要面对的皇天后土。

守望和坚守渗透在库布其儿女的毛发和血液里，因为库布其儿女知道，每天清晨从沙漠上都会喷薄出一轮崭新的太阳，照耀着我们生存的这片土地……

七　穿沙公路与"老满"们

1

库布其沙漠的春天，真静啊，静得连蜥蜴在沙丘上窸窸窣窣滑动的声音都能清晰地传进他的耳鼓。这是他平生第一次走进库布其沙漠腹地。这里没有一丝风，莫非是人们传说的风暴眼？外部世界越是黄风如狮吼虎啸，可风暴的中心越平静如水。沙漠静得让他有些腿软，眼前的一幕让他有些心碎，他疲惫地坐在一座大沙包的阴面，用双手捂着脸几乎把头埋在胸前。

远远的沙山上出现了几个小黑点。小黑点正在沙漠里寻找着他，呼唤着他："白局长，白局长……"

直到近前，他们才发现坐在沙漠上捂脸沉思的壮汉，慌忙围了过来。人们有些吃惊。他只穿着一身衬衣衬裤，双手捂着脸闷闷地坐在沙漠上。众人惊慌地问："白局长，这是咋了？"

在众人的呼唤下，他把头慢慢抬起。人们一见全愣了，他满脸是泪，眼睛又红又肿。

众人又问他："这到底是咋了？"

他用手心抹了一把脸说："你们去车上把换洗衣服多找几件拿过来，给前头那户人家送去。"

有人说："白局长，咱那衣裳汗碱巴巴的，咋送人？"

人称"白局长"的壮汉叫白富华，是鄂尔多斯市杭锦旗的交通局局长。白富华忽然火了，吼道："啥碱巴巴的？你没见我就差把裤头脱给人家了呀！看车上还有啥吃的穿的用的，全拿来给那家！"

原来，杭锦旗委、政府决定要举全旗之力，在库布其沙漠里建设一条南北贯通的穿沙公路，彻底结束库布其沙漠的闭塞局面。公路线形勘测设计任务就给了旗交通局，白富华带队领着公路勘测技术人员开进了库布其沙漠。不进沙漠不知道沙漠的厉害，进了沙漠方知沙漠真厉害。不说狂风呼啸把人吹得像沙蓬一样乱滚，就说那沙漠静下来时，那感觉如死亡将至。尤其是单独作业时，那份静寂，那份孤独，会让你心乱如麻，抓狂发疯。人称沙漠是死亡之海，就是待静寂下来的时候，静得让你心乱，心一乱就失去了参照物，就没有了方向感。你甚至会怀疑太阳是不是从东方升起，太阳是不是从西边落山？甚至不相信指北针，总怀疑天上地下会不会有什么磁场作祟？为什么有那么多的旅行家、科学家走不出沙漠？那是因为沙漠太静了，静得已经不能让生命承受。

那天，白富华和他的勘测队被困在一座百十米高的沙山中间，抬头望去，除了沙山就是沙山。白富华知道在这样的沙山群落里很难寻到合适的穿沙线路。

这天，白富华爬上最高的沙山顶，竟然发现一缕炊烟荡在不远的沙山之间，他顺着炊烟爬沙越坡地赶了过去，发现两座沙山之间竟隐藏着一户人家，还有一片片草地，草地上堆积着一座座金黄色的小沙丘。草地上堆着牛粪，还有星星点点、零零碎碎的羊粪蛋子。他捡起一个捏碎，发现是湿湿的。白富华很高兴，他可以找到牧羊人所熟悉的羊路。羊儿这东西精灵得很，它们才不会爬坡越岭寻草觅水哩！

白富华来到这家门前，只见沙子都快堆到窗户了，说是窗户其实是4根粗柳木棍子钉了个架子，窗台也就脸盆大小，不如说是个窟窿更合适。低矮的屋门关着，白富华在门口吆喝了几声，听见里面有动静，就不见有人应声。白富华又吆喝了几声，才听见里面有人回应："等等，等等，这是谁呀？"过了一会儿，一个人走了出来，披着一件烂皮袄，双腿还赤着。

白富华奇怪地问："这都几月了？你不热啊？"真像人们说的"白天穿，黑夜盖，天阴下雨毛朝外""前吊羊皮后吊毡，走起路好像簸箕扇"。

那人冲白富华傻傻地笑着，说："有一件见人的衣裳，刚要洗，现在还在水盆里浸着哩。你是做甚的？来这沙窝窝里干甚呢？"

白富华说选线修路，想找人打听打听有没有便捷点的羊道。那人为难地说："羊道我知道，可我今天实在是没衣服见不了人。我也就不让你进屋了，家里老婆娃娃也没个穿的，只得盖件破棉絮……"

白富华听得鼻子发酸，想了想，把自己的衣服脱下，对那人说："你先把这个穿上，我在前面的沙坡上等你。"白富华越想越难过，沙漠里的人咋苦成这个样子？这都改革开放20年了呀！要想富，先修路。我这个交通局长咋当的呀？白富华的歉疚感涌了上来，一屁股坐在沙地上，用手蒙住了脸，泪水顺着指缝流了下来。

众人听了，也不禁唏嘘，不进沙漠深处不知道人还能穷成这样，这是无法复制的贫穷。

不一会儿，那个人穿着白富华的衣服来了，洗了头脸，头发还有些湿漉漉的。他是个年轻人，不到30岁。这年轻人多少有点不好意思，说："结婚那年，阿爸阿妈在镇上给我缝了身的卡裤褂，这些年出门见人时我和老婆就替换着穿。平时一年四季就赤着身子披件旧皮袄。在这大沙漠里，我是怕牛看还是怕羊看啊？"

他淡淡地说着，听得人们心都酸酸的。他说："我叫满都拉呼，是个蒙古人。大队前些年就想让我迁出去，我舍不得，老先人的骨殖都在这里埋着呢！窝虽破，可也是热滚滚的家啊！"

白富华说："政府要修穿沙公路了，到时你的牛羊都能卖上好价钱，日子就好过了。"

听说要修路，满都拉呼跟着勘测队跑了两天，先后帮着找了3条羊道，最后定了一条直线距离最近的工程土方量相对少一些的确定为穿线公路过沙山群落的线形。

20年后，白富华给库布其沙漠采风团的作家、艺术家们讲这个故事时，这位年过七旬、满头银发的老人还在感慨："那时真穷啊！旗委、旗政府不下决心修穿沙公路，多少人还在这穷沙窝窝里滚啊！不打通穿沙公路……"

我问白富华："那个满都拉呼现在的日子过得还好吧？"白富华想想说："我前两年见过他，这老满一个劲儿给我抱怨现在还是穷，穷得……人啊！"白富华不说了。我正听在兴头上，有些着急。人们急忙又提问题，这事就岔过去了。人们都在惊叹穿沙公路的伟大，可我更关心的是人的变化，比如说和老婆合穿一套的卡衣裤的老满，他现在过得怎么样了？我一直带着这个疑问，直到白富华与我们一一握手告别时，我还在问他："老满咋还穷呢？因病还是因灾？”白富华反问我：“我说他穷了吗？你有空去找找老满，好好问问他！”我连连点头说：“好的，好的。”

2

6年前，库布其沙漠给我的印象仍是沙山林立，还是一片死亡之海。那时，我曾乘着越野车在库布其沙漠腹地奔突，开车的是一位当年的老汽车兵，他姓夏，我称他为夏叔叔。那时，我正跟着他学车。仰头不见顶的沙山，他一加大油门就冲了上去，不时惊起柳林中的野兔子、野鸡，车就在黄澄澄的波山浪谷里穿行，就像一叶小舟出没在茫茫沙海里，上去下来，就像坐过山车一样，刺激得人们不时大声尖叫。

那时，我正在创作一部关于鄂尔多斯沙漠的小说，上午写作，下午练车。我曾去毛乌素沙漠采风，可10年前这里就是一片绿洲了，连足球场大的一块明沙跑几百公里都找不到。当年沙漠的模样根本无从寻起。为了寻找毛乌素沙漠未被改造的原始感觉，我曾两次到新疆南疆和克拉玛依探寻大沙漠，但新疆的沙漠是以粗沙粒聚成的沙山为主，除了感受到粗犷之外，激不起写作的冲动。有好长一段时间，我纠结于此，稿子也写写停停。

夏叔叔知道我写作上的困境，就对我说：“我带你去看库布其沙漠，那里有你说的高耸入云的大沙漠，而且肯定散发着鄂尔多斯气息。”鄂尔多斯沙漠地下水位高，沙漠中有湖淖水泊。你在沙海里走着走着，常会发现一汪碧水、茵茵绿草。但“倒山种”的掠夺式的生产方式，会成为一片片沙漠绿洲的灾难。绿洲越来越小，沙漠越来越大。那时，我正在创作的长篇小说就是在这种文化氛围中产生的，我在库布其沙漠中找到了感觉。看着荒漠包围的一座座沙漠绿洲，以及在绿洲上贪心而又贫穷的人们偷偷开出的块块农田，我的心中很不是滋味。

还有禁牧。鄂尔多斯市委、政府是最早在内蒙古自治区范围内下达禁牧令的，坚决保护生态，实施舍养，要建设现代化的畜牧业大市。那是2000年左右的事情，市里大张旗鼓地下达了禁牧令，在全市行政区范围内实行牲畜圈养，要各旗（区）人民政府负责具体实施。旗里自然下文让镇、苏木一级政府负责。镇里又让村、嘎查负责。镇长、书记、村主任、支书，基层公安派出所、林业公安、草原监理、财政所、计生办、水保办、财政办、税务所、兽医站、农机站、文化站……只要是吃公家饭的，都成了羊的死对头。

市里、旗里都成立了禁牧办。禁牧办的人不分白天黑夜在沙漠里跑，督促落实。见野放的羊就往圈里哄，暂时代管起来；抓住偷着放的训斥教育；屡教不改的上铐子，一时搞得鸡飞狗跳。有人说："羊从来都是跑着吃草，圈起来咋办？啥朝代也没听说过不让放羊的？"我就在街上看到一个人耍酒疯，破口大骂市里领导某某，啥难听话都骂出来了。还听说，西部旗的一位旗委书记，在全旗禁牧动员大会上痛说羊破坏草场的坏处，沙子起得都快把旗委、旗政府的大门堵了，人们成了生态难民，四处逃荒。讲到动情之处，他几度哽咽，表示宁愿丢了官帽子，也要把羊管住。各级官员纷纷表态，都把官帽子提在手上。为打赢这场生态保卫战，禁牧力度之强之大，空前绝后。

那时，我还在读高一，班上农村来的同学就嘁嘁喳喳议论不停，都以为是不让家里养羊了。还有的同学说他家里要处理羊哩。有同学问："你家有没有好的栈羊？我让我老爹去买一只。"我说："啥是栈羊啊？"众同学又笑我："连栈羊都不知道？"我有些奇怪，哪只羊不站着？不站着的是死羊！沙人人有些担心，因为家里的生计、他读书的学费全靠家里那坡羊提供。周六回家，我跟家里说起这件事。父亲说："谁说不让养羊了？只是要圈舍养羊，科学养羊，保护草场。这是防治荒漠化的重要举措！"

母亲招呼吃饭。我一看又是羊肉炖土豆，便嘟哝："咋又是这呀？妈，你就不会……"父亲说："这还不是上好的？"我说："我知道，我同学说了，这是招呼老娘舅的待戚饭。"我说着用羊肉汤泡了一碗米饭，呼啦啦地吃起来了。母亲埋怨道："就吃这泡汤汤饭，咋长身体？"我说："还长啊？再长我都成……”看父亲阴下了脸，我不敢往下说了。父亲嘟哝道：“这不吃那不吃的，这是咋了？就欠把你往库布其大沙漠里扔几年。我那年……”

我知道父亲又要讲他青年时在沙漠里的事情，忙岔开他的话头问：“爸，‘栈羊’的‘栈’字怎么写啊？是不是‘罚站’的‘站’？”

母亲没听明白就吼了起来：“咋？你又让罚站了？我儿子上学是读书的，不是去那立桩子的，我得去学校问问……”

我忙解释说：“我就是不知道这个字怎么写，总觉得不应该是‘罚站’的‘站’。算了，等于我没问行不行？”

母亲说：“不会就要弄懂学会，要是高考时碰上这道题你怎么办？一分就没了！差这一分，也许就上不了一本线，多少人一辈子就毁在这一分上！人家都会就你不会？你没问老师啊？”

我说：“问了呀。老师也愣了一下，说他只负责课堂上他教的，教科书上有的。要问他如何造原子弹，得去找钱学森。”

母亲的脸都气白了，说：“这是原子弹吗？这……”

父亲说：“老师也不是万能的！关键不是这个字，而是孩子开始悟出一种学习方法。你认为‘站立’的‘站’不妥当，这就有进步。那你是不是查查字典？如果字典上查不到，你就找一找同音字，看哪个最接近这个词的意思，那就是它了。”

“不就是‘栈羊’的‘栈’吗？妈……”母亲想了想哑了，看向父亲。父亲不动声色地说：“我还是讲，要掌握一种学习方法，比仅识一个字强。古人讲，授人之鱼，不如授人之渔……”

母亲说：“我吃饱了。”我也推开了饭碗。父亲摇了摇头，也站起身。我怀疑父亲也不知道“栈羊”的“栈”怎么写，我曾从父亲写的小说里面找，也未找到这个字。按说，这是鄂尔多斯高原人的口头话，在父亲的文章里应当是有记录的。父亲进北京或外地的羊蝎子馆吃饭，都要告诉我羊蝎子讲不通，应为羊羯子馆。我想父亲是对的。鄂尔多斯高原都是产羊之地，出栏的肉羊都被称为“羊羯子”或直接叫“羯子”。“绝对的好羯子，你放心！”在菜市场常听肉贩给顾客下着这样的保证。实际上越是偏远闭塞之地，古汉语保留得越完整，像“羊蝎”还是“羊羯”，成语中就有“羯羊触藩”之说。“可笑”，鄂尔多斯人会说成“失笑”。“失笑死人了。”在街头常听见鄂尔多斯女人这样说，让人不禁想到成语“哑然失笑”。“你上哪儿？”鄂尔多斯人会说成“你客哪儿？”尊人为客，显得温文尔雅。“星星”，鄂尔多斯人称为“星宿”，这在古典文学著作中不难找到。讲这么多，是想告诉人们，库布其沙漠从来都深扎中华文化之根、中华文明之根，尤其是北方游牧民族创造的游牧文化、游牧文明，更是璀璨夺目。蒙古族历史上的3本皇皇巨著，其中有2本就是出自鄂尔多斯沙漠里蒙古文学巨匠之手。

3

有文化的库布其沙漠没有解决穷困的问题，没文化的库布其沙漠更会使贫困加剧。从根本上解决沙漠地区人们的贫困问题，还是一个文化问题。思维方式不加以改变，拒绝工业化、现代文明、现代科技对草原及沙漠这些产生游牧文明、农耕文明的载体的干预，我们将会失去沙草产业革命的话语权，荒漠化治理更是无从谈起。按下葫芦浮起瓢，生活生存方式不加以改变，一切都是权宜之计。

文明的改变才是根本的改变。过去曾经形成握手沙的康巴什现已成为鄂尔多斯市的中心，鄂尔多斯人一刀斩断了这两大沙漠的汇聚，这是鄂尔多斯治沙史上最为雄浑壮丽的现代化固沙工程，它揭开了鄂尔多斯治沙史上最为尖端的一幕。这是灿烂的工业文明之光、城市化之光，照耀着鄂尔多斯防治荒漠化的锦绣前程。

新的气象必须用新的文明替代，这种替代也许是疾风暴雨式的，也许是和风细雨式的。库布其沙漠上的第一条穿沙公路，正是用工业文明的思维替代了千百年之久的农业思维，从根本上解决了荒漠化问题，让工业化之光照耀造福库布其沙漠腹地的农牧民。以维持生计小打小闹的农业文明，制造了“局部好转、整体恶化”的怪圈，要想摆脱这个怪圈，走出这个梦魇和诅咒，需要用一种新的思维去破解。

20世纪90年代末期，中共杭锦旗委、政府决定举全旗之力打通库布其沙漠，用工业文明之光破解这个生态怪圈。这在半个世纪的荒漠化治理和库布其治沙史上，起着分水岭的作用。要致富，先修路。现代化的基础建设和现代化的交通网络，是斩断贫穷和愚昧的利斧。穿沙公路的奠基人、库布其儿女心目中的“白老汉”、中共杭锦旗委书记白玉岭，曾用诗一样的语言，描摹穿沙公路的未来：“这条大漠上的彩虹，会为库布其沙漠带来文明和富裕，在沙区刨闹生计的10万农牧民，将彻底告别贫穷和愚昧，走上社会主义现代化的康庄大道！想想吧，我们的穿沙公路像一条河，公路两侧会出现密密麻麻的小溪，汇织成沙漠公路网。到那时，我们的地下宝藏，沙漠中的有机农副产品，会通过立体交通网络流向全中国，全世界……”

记得在网上看过一篇文章，是写工程固沙的。文章中举了穿沙公路的例子，指出穿沙公路是工程固沙的典范，它的作用实际上是把库布其沙漠切成东西两大块。公路防沙障的建设，是固定流沙的上佳办法，既限制了沙漠流动，又便于切割分块治理。文章还提出，要善于利用沙区原有的沟壑、湖泊，这是天然形成的沙阻，可以减缓或限制沙漠的移动，若用人工建设成高标准的沙幛，对防治固定沙丘的移动会起到事半功倍的效果。

我想此文作者是个专家，他懂得沙漠。沙尘暴威力再大，沙漠再流动，也堵不住沟壑，填不满湖泊。我在鄂尔多斯沙漠采风，还没有见到或听到沙漠淤塞沟壑的记录和沙漠填湖的报道。有的沙湖干涸，绝非沙漠填埋，而是上游断水所致。像阿拉善盟的居延海，早年干涸就是大黑河上游断水所致。国家调控了大黑河上游的用水，没过多久，居延海又恢复了碧水汪洋一片。因为天总是要降雨，沙漠总要渗水。鄂尔多斯沙漠是有水沙漠，有些专家称之为天然水库，也非虚说。水往低处流就形成了一道道沟壑，鄂尔多斯沙漠里大小孔兑纵横交错，这虽然给沙区人民的出行带来不便，甚至是生命财产的危害，但它也是鄂尔多斯沙漠治理的天然条件。

那时，库布其沙漠里流行这样一首山曲，往往是喝酒的汉子酒喝高了唱的："梁外下雨沿河晴，毛补拉洪水活杀人；想把亲亲往梁外搬，就怕出了孔兑川；摩托车上捎亲亲，没小心跌进冰窟窿……"

从第一条穿沙公路建设至今，库布其的沙漠公路发展迅速，东西走向围绕库布其沙漠的沿黄高速公路，把库布其沙漠纳入连接包头、呼和浩特、鄂尔多斯的3小时经济圈。库布其沙漠已经并入呼包鄂经济金三角和鄂榆银金三角国家能源基地建设经济圈。再加上铁路、飞机这些都可以与库布其沙漠结成紧密的联系。沙区的公路，通过国家的农村公路建设以及企业内部园区与外界打通的旅游公路、专用公路，形成了四通八达的支线公路网。现在进出库布其沙漠腹地已不是问题。这些道路将库布其沙漠分割成网状块状，已经不能流动。库布其沙漠已经出现或正在完善新的沙漠文明，白老汉的预言20年后在库布其沙漠已经成为现实。库布其沙漠天翻地覆的变化促进了人的变化，人的精神维度正与全新的库布其沙漠相适应。

人不变化，沙漠就不会变化，防治荒漠化关键还是人的防治。在这里，我就不讲地利天时，现代人类社会可能不会出现无视天地存在的疯子和狂人。顺天而为，因地制宜，已经成为现代库布其沙漠生态文明的一部分。交通的便捷，通信网络的飞速发展，促进了现代物流业的发展。我一路沿着库布其沙漠采访下来，除了惊异于基础设施的便利，再未听到有什么这个瓶颈那个瓶颈，库布其沙漠就是一列高速运行的绿色列车，一路奔腾，一路高歌。

4

在库布其沙漠穿沙公路的一处，我见到了几个当年修筑穿沙公路的亲历者，他们有的是当年公路测量设计者，有的是直接建设者，还有的是沿线的牧民。大家坐在一起，不是讲怎么样修穿沙公路，而是大谈满日呼由一个牛倌变成养牛大户，成立了专业公司，发展电商，库布其黄牛肉畅销，供不应求……似乎穿沙公路成了过去时，成了老人们怀古的东西。曾有一个人问我，库布其沙漠里哪条公路不穿沙？现在长的短的横的竖的不下几十条，让人说些啥？人们又说起那个老满，似乎那个养牛的老满才是现在时。

有人感叹："这路修的，闹的现在个个不长毛也比猴子精。"众人哈哈大笑。"你给人说啥事，他都得拿出手机翻翻查查，这是咋了？不信老乡信手机？"还有的说："人也比不上过去实诚了，还不是钱闹的？"还有的说起了顺口溜："没钱盼有钱，有钱心也烦。要想不心烦，还得靠有钱。"人们听得哈哈大笑，都说老满净说实在话。

我想起了白富华给我讲的，测路时遇到的全家没裤子穿的那个老满。我看了看刚才说顺口溜的那个人，也就是40岁左右，不像是那个老满。我提起了那个老满，问他们知不知道，他们表情茫然。那个随白富华一同测路的吴老汉说："没裤子穿的多了，谁知道白局长说的是哪个？"我说："是不是有个可能因病返贫的老满？"有人说："老满他傻啊？没上大病统筹啊？没入新农合啊？"

他们说，老满现在是靠着一台电脑、一部手机，做着黄牛生意的老板。他的黄牛都是散养在沙漠中的湿地里，与其合作的牧户有几十户，每年有几千头库布其黄牛出栏。所谓栏，可不是你想象当中的现代化牧场，一排排的牛探着头吃饲料，定时饮水，不时有花洒淋出刺鼻的味道喷在它们的身上，那是为它们洗浴消毒。饲养员都穿着洁白的大褂，戴着厚厚的口罩，就好像医院的大夫。进屠宰车间时还放着音乐，"小嘛小儿郎，背着书包上学堂……"

老满的黄牛，散放在沙漠中碧水环绕的绿洲里，溜溜达达，嬉戏耍闹，方圆百十里，是一座水草丰美的望不到边的"大栏"。还有各类水鸟站在牛的宽背上，美不滋滋地观看风景。老满的库布其黄牛，以纯天然、无污染、肉质细嫩闻名。聪明的老满学会了网上销售，并且很快打开了市场。订单飞来，供不应求。老满的所谓放牧，也不过是牛的主人每隔一段时间骑着摩托车、开着汽车冲向沙漠的制高点，拿出望远镜察看一下牛群的大概位置，心中有个数就行了。听说库布其沙漠上还有牧户用微型无人机放牧，只是我没见过，但我相信高科技已经运用在库布其人民的生产生活中了。

去年的深秋，我再次来到那片洒着父辈汗水、刻印着父辈青春足迹的沙漠。父亲他们正在准备搞纪念兵团进驻库布其沙漠50周年纪念活动，我觉得挺搞笑。这是一支在沙漠的追赶下溃不成军的队伍。现在库布其沙漠是人间圣地，这些老头老太太来这儿回忆青春，高唱当年战歌来了。咳，库布其沙漠载着人们太多的记忆，每个人在沙漠上都能找到自己的影子。

而这片沙漠呢？早就没有了当年的影子，就连6年前我见到的与现在的也大不一样。现在已经被绿水包围，这片沙漠已经变成地地道道的湿地。这神奇的沙漠湿地从何处来？水从何处来？它只能来自黄河。我从资料上看到，黄河流经杭锦旗全长249公里，是全国黄河流域流经最长的旗县，每年有310亿立方米的黄河水从这里流过。在每年凌汛期，平均槽蓄水量在14.4亿立方米左右。由于受到气候的影响，这里每年要经历流凌封冻和开河流凌两个过程，从11月下旬开始至第二年3月中下旬结束，凌期长达120天。俗话说，“伏汛好抢，凌汛难防”。封冻致使冰下过流能力减弱，加上大量凌水通过，造成水位壅高。特别是春季开河期间，凌块在水流的推动下极易发生“堆冰”现象，阻碍河道正常行洪，导致开河水位居高不下，危及防洪大堤，甚至引发凌汛灾害。这不仅威胁沿黄地区人民群众的生命财产安全，也使大量的水资源白白浪费。

而就在近旁的库布其沙漠，却因为没有充足的水资源支撑，湖泊萎缩，绿洲沙化，生态保护难题重重。堤坝内，凌汛期水多为患；堤坝外，是干涸缺水的沙漠。每当开凌时节，是沿河人民最紧张的时节，也是几级政府组织职工、民兵严防死守的时节。即使是这样，黄河流经过长，防不胜防，多次溃口，给人民群众的生命财产安全造成极大的威胁。

21世纪初，独贵特拉乡溃堤，整个镇子泡进了泥水里，只得整镇迁移重建。他们甚至动员部队，飞机大炮齐上，炸开冰坝，使奔腾而来的凌洪通过。能在凌汛期向沙漠引水吗？如何将黄河凌汛期丰富的水资源科学高效利用，变水患为水利呢？引水治沙，把这样的想法付诸实施不是一件容易的事。从2013年以来，杭锦旗邀请了权威部门的专家到实地勘察论证，同时委托黄河水利设计公司编制了《杭锦旗库布其沙漠重点水生态综合治理项目可行性研究报告》，规划在库布其沙漠和杭锦淖尔分凌蓄滞洪区建设两个调蓄水水源地，并对南岸总干渠进行部分扩建，使其连通黄河和两个水源地，实现水资源互补。同时在沿黄灌区新建一条总排干沟，将原有排水支、斗、农沟相连，构筑沿黄排水网络系统工程，将沿黄地区多余地下水通过排水网络工程全部排入杭锦淖尔分凌蓄滞洪区水源地。经过紧张的施工，决定在2015年凌期进行试验引水，并邀请中国水科院院士、水资源专家王浩及相关专家团队对项目进行了论证。最后专家组意见为："该项目在黄河凌汛高水位时将部分凌水引入库布其沙漠低洼地，形成蓄水面，改善库布其沙漠生态环境，从而达到减轻防凌压力和治沙的目的，变水害为水利。项目的实施，是加强生态基础建设，恢复生态功能，促进项目区水源涵养的重要举措，也是推进洪水资源化管理，提高水资源使用效率的具体实践，对保障水资源可持续利用具有重要意义，符合国家水资源开发利用战略。方案总体可行。"

于是，沙漠中神奇的湿地开始出现了。首期蓄水面积可达11.3平方公里，相当于两个西湖，形成湿地面积36平方公里。首期项目建成后，经自治区防汛抗旱指挥部批准，于2016年3月16日至4月7日凌期进行引水，引水量1298万立方米；于2017年3月1日至27日凌期进行引水，引水量2260万立方米。根据近两年的蓄水情况，沙漠一次蓄水后，每年补水一次就可保持较大水面，同时通过一年的蓄水，项目区生态环境得到很好的恢复。因此，当年父辈战斗过的沙漠成了湖泊，成了湿地，成了杭锦旗黄牛重要的养殖基地。嬉戏的地方，黄牛变成野牛，仅在杭锦旗的吉日嘎朗图蓄水沙漠里，就散放着"野牛"1.5万多头，参与养殖的养牛户子就有220户，最高的户子可以获利80多万元。

我曾登上这里的一个观景台，俯瞰这片绿水环绕的沙漠。碧水黄沙，浑然天成。各种水鸟在水里拍打着翅膀嘎嘎鸣叫着。牛儿拖着重重的身躯，或在沙漠里踱步，或在浅水里吃着长长的芦草。

有关部门想在这些蓄水沙漠里搞旅游开发，更大地造福附近的农牧民，我想，这里能保留一些原生态的野味野趣可能更好一些。应当最大限度地保留水沙原有的魅力，让人对沙漠的未来有想象力，不要把文章做满。我觉得这个把凌害引进沙漠、造福沙漠的工程，可以让人感觉到工业治沙的力量和它具备的潜力。工业治沙的魄力在于，它把沙漠当成一种资源来对待。

工业思维有时也是一种无形的思维，像一只无形的手，可以点沙成金，变害为利。沙害水害，通过工业化的手把他们糅合在一起，使得负负为正。这是库布其儿女在半个多世纪的探索中慢慢摸索出的道理。沙漠是一种资源，治不好是祸害，治好了是财富；治不好是沙子，治好了是金子。穷则思变，治沙的出发点是治穷治贫。在库布其沙漠，穷根在沙，富源也在沙。要想脱贫致富，沙漠是绕不过去的。这种纠结已上千年，现在终于找到了绿富同兴的道路，那就是延长沙漠经济产业链，真正在发展沙漠绿色经济中让沙区人民创造财富和获得财富。

我上文中说过养黄牛的老满，人称“电商老满”，他自称“百度老满”，意思是在百度引擎搜索中可以找到他。我在引水进沙漠的观景台上，见到了传说中的百度老满。他告诉我：“有了路，电商四通八达，物流穿织如梭，一些大城市的客户能吃上当天出栏宰杀的牛肉。那鲜，那美！现在手机一响，生意来了；键盘一敲，买卖成了。这可是哗哗的现钱啊！”我问他：“年利润如何？”老满以特有的鄂尔多斯人的幽默，开心地告诉我：“年入百万刚起步，5年添个零不是梦。咳，这财发的！天爷爷，过去咋敢想了？老先人想都不敢想了！”

百度老满哈哈大笑着，笑得那样香，那样甜。他准备在年获百万中再加一个零，那就是看到了这个工业化治沙工程中带来的无限商机。这个尝到电商销售甜头的蒙古汉子，将杭锦黄牛栖息变化的照片、录像全部挂到网上、微信上，杭锦黄牛想不有机都难。这就是他的宣传口号，自然吸睛不少，吸引了不少新客户。他还提高收购价，吸引了不少黄牛养殖户，使他有足够的货源保证供给。这样在走量中赚取利润，建立起自己的电商黄牛帝国。

我就是在这观景台上见到百度老满的，他正要吸纳一些新养牛户加盟，用望远镜观察着那些刚纳入麾下的牛群。“公家的人说这叫观景台，我说这是我的看牛台，我在他们的示意图边上，贴上我的黄牛广告，吸引了不少客户。”他又对我说，“两年之内要上升到出栏3万头、每头100元的利润，太微利了。我把大头全让给这些受苦的养牛户子，你说我能赚多少？”我算了算，利润也挺可观的。我们又聊起了那个老满，百度老满说：“我想起来了，这个老满在镇上物流园区办冷库。冷库得有2000多平方米，连我都得租他的冷库。他那才是瞪着大眼挣钱哩！”我说：“不是听说他因病因甚事返穷了吗？”百度老满说：“看你这后生，死心眼呀！谁说个甚，你就信啊？他穷？我看他是穷得只剩下钱了！”

5

百度老满笑得嘎嘎的。这人浑身透着精明，让我不禁想起在道图嘎查移民新村遇到的孟克，他也是一个蒙古族中年汉子。孟克笑着说：“来我们这移民新村参观是要花门票钱的。”我说：“进这个地质公园得花150元买门票，快赶上看大熊猫了。”他笑得嘎嘎的。我说：“你们有福，家就住在地质公园里。”孟克说：“有啥福，不就守着些好沙子。”

他开玩笑地说：“住在这里，过去是看沙包子多、牛羊多，现在是见外国人多、电视上的活人多。”他又笑，孟克这人一看，就透着精明。我有些不明白，就问道：“电视上的人能下来跟你握手喝茶呀？那谁还去过我家喝奶茶哩！”他说了一个名字，是中央的大领导。他说：“中央的大领导拉着我的手在沙发上坐着，那谁还在地上站着。”他又说了一个名字，也是大领导。这些都是常在电视上见到的人物，人家孟克见过活人，还喝过茶、说过话，我觉得孟克不简单。库布其人见多识广，不简单。真是风水轮流转，过去人们爱叫守在草地上、窝在沙窝子里的人叫老蒙古，现在这些老蒙古叫我们啥呢？

18年前，孟克还是一个棒小伙子。那天，他正在沙窝子吆喝羊往道图海子上去饮水，忽然遇上一件破天荒的新鲜事儿，他竟然在这亘古荒漠中听到轰轰隆隆的汽车发动机声。孟克急忙攀上高高的沙漠，踮起脚眺望着。只见起伏的沙浪之间，上下跳跃着一辆汽车，就像颠簸在沙海上的一只小船。改革开放那年出生的孟克达来当然见过汽车，但在自己的家乡道图嘎查的大沙漠里还是头一次。汽车终于停在了道图海子边，只见车上下来一位中年大叔，看上去，那人显得挺累，脸上挺沧桑的。那人先在水边的沙地里走来走去，后来索性挽起裤子下到海子里蹚来蹚去的。孟克记得那时刚进入阴历四月，早上有时海子边上还起着细细的薄冰，羊儿喝水时都不敢把身子往海子里伸，跪在干滩上伸脖子往海子里探……

18年后，已近中年的孟克告诉我们，他清楚地记得那人穿着一条红秋裤，挽到了大腿根上。后来，他才知道挽着裤腿下水的，是旗里的书记，人称白老汉。白老汉把道图海子看了个透，还转了几个沙窝子，看望了一些世世代代窝在沙窝子里放羊的牧户。后来，孟克听牧民们议论，白老汉说了，这次下定决心要搞产业化治沙，不光治沙还要治穷。旗里要在这儿发展旅游业，牧民们牵着马儿让人溜一圈就能赚钱。不久又来了一些考察的、搞勘测设计的，一拨又一拨，轰鸣的大小车辆生生在沙漠上碾出路来。后来亿利集团承租了道图嘎查的10多万亩荒漠，开始大规模整治荒漠。为了统一规划管理，亿利移民新村成立了。

孟克告诉我，他是10年前搬进亿利集团道图嘎查移民新村的。这些年，他的感受是沙漠得开着车往里面找了。我见到他时，他刚带着一对从广州来的青年男女乘越野车逛沙漠，按规定路线是1小时300元，可这对青年人非要往见不到绿色的大沙漠里钻。孟克只得带着他们往原始沙漠深处钻，说好了每小时多加100元钱。大漠腹地的沙漠现在恢复得也都有了星星点点的绿色。游客感到不够刺激，有些不满意，孟克只得免了他们那说好的200元钱。他不禁有些感叹：“这些人咋了，见点绿色咋压价了呢？联合国都说值5000亿元呢？！”

20世纪80年代开始，亿利集团在库布其治沙，被荒漠囚禁的农牧民终于看到了希望。2006年，亿利集团出资在七星湖建成了牧民新村，孟克跟随大刀图柴登整体生态移民来到牧民新村。他们的故乡实行禁牧，空出4万亩草地和沙化地自然恢复生态。孟克他们这批移居七星湖牧民新村的农牧民，选择了新的生活方式：一小部分人依然从事养殖业；大部分人从事旅游服务业，开办牧家乐；还有一部分人参加民工联队，跟着亿利集团承包种树，参与治沙。

孟克告别了祖先一直传承到现在的放牧生活，换了种活法，却摆脱了沙子的重压，能够从容呼吸了。他和妻子选择办农家乐，主要客源是来库布其沙漠的旅游者。在旺季，一天就能接待200人。开始时，年收入7万多元，后来收入有了飞跃式的增长。孟克不仅做农家乐，还和父亲合伙包种了1000多亩树，年人均收入也有3万多元。此外，他还养了2辆装载机，在亿利的治沙工程上干活，收入也很丰厚。2016年，他家收入30多万元，光上交给国家的餐饮和工程税就有4万多元。不仅如此，他从一个牧民变成了从事多种经营的生态产业老板，创造了不少就业岗位：种树工人、餐厅服务员、装载车司机。这些岗位每年的工资总额最少也得20多万元。

现在唯一让他感到困惑的是，来这里寻找沙漠的游客们总会念叨：“怎么没沙漠啊？”“就这么几块沙地？”“这儿的绿化怎么比我们小区还好啊？”每当听到这样的疑问，他都会哭笑不得。这些年，他的感受是想看大明沙就得开着车往库布其最深处寻找了，而这还不够满足游客们的好奇心，游客们希望看到更野蛮、更恐怖的沙漠。

采访孟克的时候他问我：“怎么人们又想看沙漠了？别说游客了，就连我有时候晚上做梦的时候都会梦到那片金黄色的沙漠，那沙子的气味真让人亲切。你说库布其的将来究竟会是啥样啊？沙漠全没了的话，这世界会变成啥样？”

面对眼前这个男人一连串的问题，我拍拍他的肩膀说：“您的问题就是我的问题。等我找到答案，我回来告诉您……”

孟克笑了，我也笑了。我俩像兄弟一样徜徉在他的小院里。

在孟克的小院里，停着几辆供游客游玩的高轮子沙地车和一辆小轿车，孟克现在的坐骑是一辆丰田山地越野车，进城时则换上另一辆小轿车。生活有了活力，他的思路也变得活泛了，好点子层出不穷。这几年，沙漠旅游餐饮发展得比较好，他准备尝试去做沙漠旅游餐饮联营，把周边一家一户的小店联合起来，开展合作联营，形成规模化、规范化、产业化经营。他还想组建大漠旅行社，吃、住、行、玩一条龙，把项目做大。

谈到收益，他告诉我，像他这样每年旅游收入达30万元以上的户子有20多户，收入在20万到30万元的户子有40多户，还有十几户因劳力、身体等原因限制收入也能稳定在8万元以上。孟克现在是移民新村的党支部书记，对全村的情况了如指掌。

我说：“白老汉当年对我们的承诺并不虚。”孟克说：“我们道图嘎查的人日子过得好了，现在还挺想念白老汉的。白老汉赤脚踩在道图海子里，那条被冷水打湿的红秋裤就在我眼前晃。这都过去20多年了，可就跟在眼跟前一样……”

6

是白老汉把工业之光带进库布其沙漠的。白老汉叫白玉岭，时任杭锦旗委书记。杭锦旗第一条穿沙公路就是他主持旗委、旗政府一班人拍板定的。那时旗财政没钱，连职工的正常工资都不能按时发放。他就亲自带上旗里部门主要领导对上级计委和财政、交通主管部门的领导游说，找人家诉说杭锦旗的沙害，说勘测这条公路时，发现一家人伙穿一条裤子的都有，连人都没法见啊，把交通局局长难过得哇哇哭。改革开放都20多年了，马上进入新世纪了，沙里的人咋还这么穷啊！再不把这条穿沙公路打通，真是对不住杭锦旗的父老乡亲了。

白玉岭对上级主管部门的领导讲，只要这条公路打通，杭锦旗就彻底活了，这条穿沙公路不仅有交通运输意义，还是重要的工程固沙工程，便于实施分块治理。治住了沙害，沙区人民的贫困生活就能得到彻底改变。有关部门领导答应，尽快为穿沙公路立项并争取国家投资，两级交通部门也表示会尽力给予项目支持。

但项目资金迟迟不见到位，他就带人一个月去主管部门跑几次。这些部门的人一见白玉岭带着杭锦旗的人来了，就知道他是带着人跑穿沙公路项目来的。有时为等领导，在门口一等几个小时是常有的事，其中的酸楚自不必说了。千辛万苦，总算得到上级部门的支持了。于是，白玉岭带着旗委、旗政府一班人，领着全旗10万人民，拉开了穿沙公路建设的大幕，创造了穿沙公路的奇迹，打胜了库布其沙漠上工程固沙的第一个战役。10万杭锦儿女创造的穿沙精神，更是杭锦人民的传家宝，鼓励着杭锦人民建设美好家园。

第一条穿沙公路建成，开辟了库布其沙漠上工程固沙的新思路。随着穿沙公路的打通，库布其治沙开始了“腹部开花”。为了保住这条沙漠公路，杭锦人民在公路两侧的沙漠上建立了绿化带。像伊泰集团，很早就在库布其沙漠上开辟了大面积的甘草种植基地，无数企业先后开辟了种植养殖基地。在库布其沙漠的东部，东达蒙古王集团一直在探索产业扶贫、走双赢多赢的道路，认真实践着钱学森的沙草产业理论。库布其开始了工业固沙的创新实践。企业家的进入给库布其沙漠治理带来了新的思维，逐利是企业家的基本特征和职业习性，不管你的头上戴的是什么样的顶子，喊的是什么样的口号，没有经济利益驱动的治沙是长远不了的。绿富同兴，是时代的大趋势。库布其人在绿富同兴的道路上开拓探索，都是为了在库布其沙漠上圆一个绿色的梦、富裕的梦……

在一个被库布其人称为太阳沙的地方，我见到了传说中的张喜旺，那个央视公益治沙广告的主人公。无尽的沙漠，呼啸的狂风，黝黑的治沙人，现在想起仍怦然心动。张喜旺在太阳沙观察着他去年新种的沙柳。凡是来了客人，张喜旺就会在这里展示他的种树神器。这个号称用微创手术在沙漠上栽树的汉子，创造了5秒钟栽一棵树的神话，他对我说："看见了吗？成活率在90%以上。"果然，沙地上绿树万千，透着发乌的墨绿。

张喜旺是杭锦旗人，今年46岁的他一直守着库布其沙漠过光景。说起种树治沙，张喜旺坦言自己是糊里糊涂开始的。2002年，亿利集团找人到库布其沙漠里去种树，报酬是每人每天20元。张喜旺和乡亲们见有钱挣，便来到库布其沙漠。当时只是想种树挣点钱，没想过能凭自己的努力治住库布其的沙子。他们一干就是15年。到后来想法也变了，看到自己亲手栽下的一棵棵树苗变成一大片绿色，看到风沙逐渐小了，心里就舒坦。张喜旺说："就这样，我爱上了种树。"

当然，在沙漠里种树是个苦差事。那时候的库布其沙漠，黄沙漫漫，荒无人烟，沙漠里没有路。张喜旺和乡亲们每天早上6点骑着摩托车上工，1个多小时才能到达种树的地方。风餐露宿自不必说，单是每天往返三四个小时的路程，就把人的精力消磨大半，再加上刚开始种树经验不足，树苗常常种不活。后来张喜旺逐渐摸索出一些种树的经验，成活率也就高了，工钱也从20元涨到100元，手底下也有了五六十人的专业队伍。

2011年春，张喜旺一下子承包了1100亩沙漠，只干了43天便顺利完工。接着又在七星湖畔承包种草，在库布其植绿的面积越来越大。2012年，他承包了1200亩水冲沙柳。那是一片缺水沙漠，周围工地的工头都不愿承包。"没人要的，我都要了！"不知哪来的一股牛劲儿，张喜旺一口气签下了8000亩水冲沙柳的种植合同。2013年，17天完成6000亩沙柳种植，成活率超过规定的85%。

以前，张喜旺对植物并不了解。种树时间长了，对各类植物品种的属性也摸了个八九不离十。无论是种树经验还是管理经验，张喜旺都成了种树治沙方面的专家级人物，他和工友们还发明了水冲沙柳和电钻种植法。“这也是意外受到的启发。”张喜旺娴熟地演示着水冲沙柳种植法：用水管竖着往沙地一冲，一个沙坑就出现了，他赶忙把一棵长约1米的沙柳苗子种进去，继续浇水然后夯实，只露出10厘米左右的苗头。“一开始我们用40厘米高的树苗，后来变成80厘米的，到现在用的是1米多高的，这也是一点点摸索出来的。苗子太小，风一吹就刮倒了。现在这1米多高的树苗刚刚好，风吹起来苗子就慢慢往外冒头，吹得都露出来了，根也长结实了，就能活！”

不知不觉间，生活质量也好了很多，沙漠还修通了许多专用公路。现在上工有汽车，种树有机械，一年收入也有六七万元。埋头种树的张喜旺团队已经绿化了2万多亩沙漠。像亿利集团这样一些大型企业进入治沙领域，正是鄂尔多斯市委、政府践行习近平生态文明思想的结果，从而给库布其沙漠的治理带来质的变化。

现代工业与生态产业的完美结合，为库布其儿女创造了一道道亮丽风景线。他们忠诚地践行着“绿水青山就是金山银山”，在千古荒漠上创造着一个又一个人间奇迹。产业化治沙靠的是政府引导，企业发挥资金、信息数据、科学管理、新技术应用方面的众多优势，努力把沙产业链拉长，以惠及沙漠地区的万户千家，真正地实现绿富同兴。

库布其儿女创造的库布其模式在新时期横空出世，引起社会的高度关注。20世纪，那让人肃然起敬的单打独斗愚公移山式的治沙，拼死拼活几代人建个草园子、养点牛羊种点地，是无法改变控制荒漠化蔓延的，也是无法彻底改变贫困面貌的。粗放性的治沙模式，至今已经走到了尽头。这是人们应当尊重的一段历史，也是人们应该反思的历史。因为历史已经证明：谁粗暴地对待沙漠，沙漠就会还以上千倍的粗暴。对沙漠心存敬畏并与之和谐相处，代表着人类文明的高度。

八　山药蛋与赛车俱乐部

1

一条穿沙公路，改变了库布其人的生产生活方式，文明富裕就这样悄悄走进库布其沙漠。像百度老满这样的故事举不胜举，而且一些高大上的东西也走进了库布其沙漠——这里也是世界级玩车者的圣地。一个个赛车俱乐部营地扎在库布其沙漠里，各类汽车国际拉力赛赛事接踵而至，各类赞助商的广告醒目地竖立在库布其沙漠上，五花八门的各类轮胎、刹车布、机油、头盔不时闪过人们的眼帘。库布其沙漠北端的杜贵特拉小镇已经成了赛车小镇。近些年，我几次去库布其沙漠就住在小镇上的赛车宾馆里。

听卡萨努说，有个赛车俱乐部的餐厅就建在沙漠里，特有品位。我慕名去了，这餐厅里，深蓝色窗帘低垂，灯光微暗，餐台上点着闪闪的蜡烛。满屋都是举着刀叉、大快朵颐地吞吃着烤牛排的外国壮汉和端着高脚杯品着香槟的金发汽车女郎，人就像一下子走进西方某部电影里。服务生都是白衬衣扎领结，还会用英语交流，全是某大学旅游学院的毕业生。一位扎着红领结的服务生用英语向我推荐他们饭店的名菜和大厨，说他们的大厨是从巴黎学的，特别拿手的就是法式烤牛排。我笑了，点了一个栈羊肉炖山药蛋。他茫然地看着我，看来是真不懂什么是栈羊肉，实际上我也不懂。其实在我们这一代的食谱上，真没有什么值得回味无穷的好吃东西。

所谓妈妈的味道、外婆的味道，比得上肯德基、麦当劳的味道吗？有人说这是垃圾食品，可你到这些快餐店看看，哪天不是人头攒动，乱哄哄的就像是幼儿园、小学放学？难道是孩子们拥挤着争吃垃圾吗？孩子傻不懂事，难道掏钱的爹妈也傻也不懂事？也许，这里就留着孩子父母们的童年记忆、少年记忆，甚至青年记忆。

库布其沙漠上有许多大牌快餐店的食材基地，沙漠上的马铃薯（当地人称山药蛋），这是沙漠上专门生产的有机食材，全是订单生产，全都源源不断地流到了国内外的餐桌上。一颗山药蛋把库布其与世界拉近了。我在采访库布其沙漠里的一些有机农业基地时，不少经营者骄傲地告诉我，这是肯德基的专供，这是麦当劳的专供，真没想到山药蛋成了宝。曾记得沙人人告诉我，栈羊肉炖山药蛋是招待老娘舅家的待戚饭，就是村主任来了也不过是端上盘细烩菜。所谓细烩菜，也不过是放足了调料，多放几片腌猪肉、炸豆腐，油汪汪的山药蛋管够。说来说去，还是离不开山药蛋。

山药蛋是晋人对土豆的叫法，鄂尔多斯隔河与山西相望，山药蛋是100多年前随着晋人走西口流入鄂尔多斯地区的。走西口的汉子们，所谓开荒种地，现在想来与鄂尔多斯荒漠化加剧有关。走西口把晋陕文化带入了鄂尔多斯地区，蒙古人也认山药一说，也学会了种山药。

上大学时，老师讲现当代文学史，讲中国有个重要的文学流派，并举出一些大作家的名字，可以说个个影响着中国当代文学史，这就是以《小二黑结婚》为代表的声名赫赫的山药蛋派。可我一听“山药蛋”，马上想起了鄂尔多斯沙漠盛产的土豆，这竟然还是一个文学流派，让我不禁傻笑，还被老师狠狠瞪了一眼。也许我在老师的眼中，不只是个大学生，还可能有点文艺青年范儿，因为我在读高中时，就出版过两部长篇小说，那时我刚刚18岁。我上大学时，就加入了中国作家协会。一位文学前辈对我说过：“浪得虚名没啥意思，作家得脚踏实地。”

2

我给自己规划了一条路，就不断攀岩。山峰再高也是有高度的。但人们计算的只是超出海平面的高度，而支撑这个高度的是埋在海平面下不可测量的部分。那么支撑作家高度的是什么呢？应当是你对生活的敏锐观察和用心体察，对文化历史的不停学习和钻研，对司空见惯的事情你是不是怦然心动泪湿衣衫？我小时就见过库布其人在荒漠里种山药，男人在前面拉犁翻犁沟，女人在后面种山药，将切好的山药种子丢进深深的犁沟里，后面的小孩子用脚将翻起的土填回，并在上面踩实。之后就等着老天下雨。天年若好，蹲在地头观察山药苗的人们就会说："今年看来是吃上呀！"天年若不好，苗都出不来，自然是吃不上的。

靠天吃饭，在库布其沙漠、在鄂尔多斯，是随手可以感受触摸的。我的一部小说被一位导演看中，他和我交流改编细节时，给我讲了一件事让我记忆犹新。导演的家乡就在库布其沙漠里。一天夜里电话铃忽然响了，他的父亲赤着脚丫子从卧室冲出，抓起电话就问："多少毫米？今年吃上不？"对方在电话里喊："下透了，吃哇！"

导演的父亲是当时鄂尔多斯市的最高领导，下边的人是在向他报告库布其沙漠降雨的喜讯。鄂尔多斯降雨是全市狂欢的事情。但也有例外，像库布其沙漠北端与黄河当中狭长的河头地上就怕下雨遭水淹，水一淹白辛苦一年。沿河的百姓有两大苦——男人拔麦子，女人点豆子——这可能是农活中最累最苦的活儿。拔麦子还好理解，但女人点豆子我咋也闹不明白，点豆子有什么苦的呢？我曾问过沙人人，他说在库布其沙漠上点豆子就是种豆子。他一说，我马上想起小学时学的谚语：清明前后，种瓜点豆。让人不得不佩服库布其语言上的典雅和文化上的传承。为什么点豆子是女人的累活呢？沙人人有点茫然，说："我又不是女人，我咋知道？"

有一年清明节，我去家乡的墓地和大人一起去祭奠故去的先人。点完纸后，我想在附近转一转散散心，就走进一条深山沟里。沟畔上已经起了一层厚厚的黄沙，我知道这是库布其沙漠的先头部队。黄沙围城，人们早已习惯了。这条沟里还住着几户人家，房子就建在半山腰上，房顶上还支着银白色的天线锅子，在阳光下一闪一闪的。沟里有片片田地，田地上有人在劳作。我看到有两个女人在田地里一蹦一跳的，非常专注，有点像周星驰电影里的人练蛤蟆功。有几个小孩子追逐着她们蹦跳着，用脚踢打着什么。

我有点好奇，跑下去一看，原来是两个女人蹲在地上跳跃着，手里还晃动着短柄小锄头，跳一下刨一下，握锄柄的手掌里还露着什么东西，动作很快，非常协调。我走近细看，她们正往地里种豆子。她们不时从口袋里抓一把豆种，然后就这样抡着锄头蹲跳着前行。动作很快，在后面埋土的小孩子们根本跟不上她们的跳跃速度。就这样蹦跳到地头上，才看到她们站起来伸下腰。我这才看清她们是两个年轻的女人，都穿着男式的四个口袋的蓝色上衣，汗渍渍的，一头汗水打湿了她们的发鬓，扑扑地往身上落着。她们用衣袖擦了把脸，然后接着蹲下跳跃，手中的锄头飞快地闪着亮点，在地上一刨一刨地飞快跳动。

我忽然大悟，原来这就是流传在库布其沙原上的“女人点豆子”，离我竟然咫尺之远。我感到这一定是先人的指点，才让我看到这般让人辛酸的劳作。一下子，我想起了许多古代贤哲们的《悯农》诗，理解了父母关于我碗中剩饭的咆哮埋怨。我想，我以后要有了孩子，教他做人一定要先从捡落在餐桌上的饭粒开始。我想，这应当是最好的教养。

在探索库布其奥妙的日子里，我曾久久地凝望着在沙山上辛苦植树育草的人们，感到他们就像勤劳的绣工在天地间编织一副绿色的挂毯。他们渴吗？累吗？不觉间会泪流满面。我有时会蹲在沙上长时间观察一只黑钮钮（沙漠上一种甲壳虫）跑来跑去，划动着细细的爪子，拖着黑亮的硬壳，在沙漠上留下细细的痕迹。也许人们新栽的植被就是一株纤弱的小草（对黑钮钮来说这是一棵参天大树），扰乱了它的方向感，显得慌慌张张、手忙脚乱，来回奔跑。这只黑钮钮竟将头扎在沙子里，撅着屁股，舞动着蹄蹄爪爪一阵乱刨，细沙喷着清烟被轻轻翻起，直至整个身子钻进沙漠里。它找到沙漠深处的家了吗？人们在沙漠上植树种草，打扰了它的清静了吗？沙子下面究竟是一个怎样的世界？对这个世界我们究竟知道多少呢？这个世界对我们人类影响有多大呢？对世间万物已知或者未知的，人类应存悲悯，方可和谐共生。对万物的傲慢是无知的表现，它会使人类在大自然面前显得愚蠢。我在大漠上探索库布其的前世今生，思考这里的虫虫草草与世界的关系，只是想：上帝发笑了吗？

这就是生养库布其儿女的土地，我们的库布其沙漠！

第二篇

库布其沙漠——我们的家园

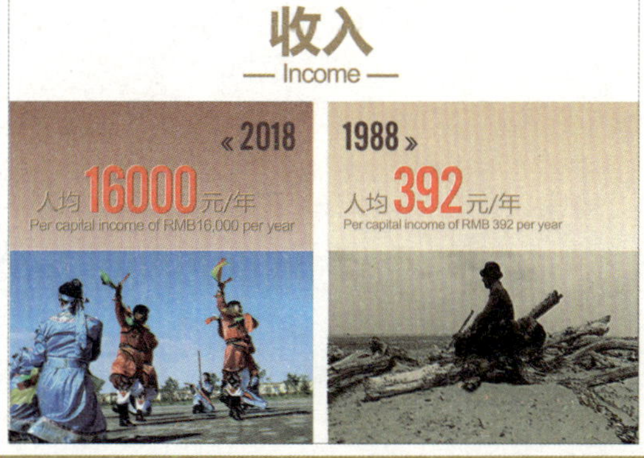

一 沙漠的守望者

1

卡萨努有着沙漠老鼠一样灵敏的嗅觉、高空鹰隼一样锐利的眼风，她善于从沙漠的褶皱里找到她感兴趣的东西。一天，她开着她那辆破旧但越野功能甚强的丰田4500找到我，说带我去见一个治沙奇人。我问：“这人在哪？”卡萨努说：“赛乌素才登啊！”在我的记忆中，那里有远近闻名的治沙奇人莫日根道尔计，卡萨努曾竖着大拇指夸这莫日根道尔计是自家硬投入、从没要过政府的一分补贴。卡萨努言语之间透着对莫日根道尔计的钦佩。

莫日根道尔计生长在库布其沙漠腹地一个叫赛乌素才登的自然村里，他们一家祖祖辈辈生活在那里。莫日根道尔计出生在湖淖草地上的一座蒙古包里。幼年的莫日根道尔计最爱做的事，就是一次次爬上高高的沙丘，向外眺望着、眺望着。他听老人们讲过许多黄河的传说，但从未见过如弓的黄河。阿妈对他说，等他长大了一点就带他到黄河边上给黄河夫人磕头去。在蒙古语中，黄河被称为哈囤高勒，意即“夫人河、母亲河”。这是蒙古人当年为纪念为成吉思汗殉情投河的一位夫人而命名的，这份对忠贞的守望已达700多年。

库布其人守望黄河就像守望母亲，是他们最早把黄河与母亲联系在了一起。

小莫日根道尔计趴在沙丘上，想象着母亲般的黄河，那一定是比眼前浩瀚沙漠还要大的天河。不远的地方倒是有一汪清水，还有直伸到沙丘脚下的寸草滩。正是有了这汪碧水，这片草滩才被称为赛乌素才登。赛乌素才登直译成汉语就是有好水草的地方。但家乡那片好水，茵茵碧草，只是留在莫日根道尔计幼时的记忆里，就像一个遥远的梦……

一场黑沙暴过后，小莫日根道尔计发现，沙丘盖在了他家房屋的后山墙上，一群山羊跑上了家里的房顶，凄凄地咩咩叫着。房顶缝隙处，窸窸地往下落着细沙。阿妈疯了一般挥着红柳编的簸箕，刮着压在房顶上的沙子。屋子房梁发出吱嘎嘎的叫声，就像藏着一窝饿极了的老鼠。放牧的阿爸一身风尘地赶回来了，毅然决定扒掉门窗木料，选择一个高处重砌草坯盖房。

这时，小莫日根道尔计才发现，羊儿们饮水、他嬉戏的那汪清清的淖尔没有了，沙漠无情地吞噬了那片好水。阿爸默不作声，在一处青草茂密的地方默默地挖了一眼井，并用干枯的沙柳条子将其围起来。羊儿又有水喝了，小莫日根道尔计觉得阿爸就是库布其沙漠上的罗汉金刚。

莫日根道尔计从小跟着父母在库布其沙漠上扒沙淘沙，几十年来不知到过多少地方。莫日根道尔计一家的遭遇，正是那个时代库布其沙漠上人们生活的缩影。沙漠驱赶着人们，人们在风沙中挣扎着，艰难地生活着，年复一年，在荒芜和贫瘠的土地上收获着微薄的希望。

但他们仍坚守着沙漠，守护着那越来越小的草场、湖淖，因为这是他们生存的家园，这里蕴藏着生命和生活的希望。

卡萨努开着车驰出了穿沙公路，拐进了一条沙漠小路。小路两旁的沙柳如茵，无边无垠。沙柳伸展的嫩条不时划蹭着车身，发出唰唰的响声。在一片杨柴林里，我们见到了莫日根道尔计，他正站在绚丽的杨柴花丛中。卡萨努停下车，蹦跳着来到他身旁，拉着他的手说着什么，一副非常稔熟的样子。莫日根道尔计冲我笑笑，高兴地“赛赛”着，我也“赛赛”着向他问好。

我打量着眼前这位60多岁的老人，他的脸上布满了沧桑，那一道道粗细密布的褶皱中，都是岁月留下的刻痕，让人不由得感叹库布其沙漠的呼啸朔风和剑雨霜刀；那每一道皱纹当中，都隐匿着一个个说不尽道不完的沙漠故事。莫日根道尔计，这个像他的祖辈一样扒沙淘沙守护家园整整60多年的人，也变成了沙漠上的铁打金刚，我们称其为“沙漠愚公”。他们代表着一个天翻地覆的时代，他们是时代英雄。

在与风沙的较量中，60多年来，莫日根道尔计和他的家人被沙漠撵得搬了多少次家他已记不清了，但他仍苦苦死守着赛乌素才登。他守望着这片浸染着先辈骨血的大沙漠，不屈不挠地在这片沙漠里扒沙挖沙固沙，像一匹吃苦耐劳的蒙古马一样守护耕耘着先人放牧的草地和家园。

他硬是凭着自己的努力、自己的坚持，在库布其沙漠的腹地种出了7000多亩人工森林。经林业部门鉴定，他的这片人工森林在全市人工森林里是林分较好的一处。什么杨树、柳树、红柳、沙柳、杨柴、柠条、沙棘等耐旱耐寒乔灌木，在这里都可以找到，还有无边无际的牧草……这里已然构筑起自己的生态屏障。绿草地上，汪汪的下湿地积起了一片片碧水，茵茵青草向远方扩展，而逞威几百年的沙漠早已不见了踪影。莫日根道尔计带我们站在一个高处，极目望着眼前这无尽的绿色，感慨地说：“就跟做梦似的。十几年前，我的家门口还让大沙漠堵着，你信不信？”

我只是默默地望着眼前这大海一般的翠绿，心中暗想：沙漠到底去哪儿了呢？难道真的像莫日根道尔计说的是在梦幻之中？

正是像莫日根道尔计一样的人们，数十年来守望着沙漠，对未来充满了渴望，这里才有了巨大的精神动力和生命活力。莫日根道尔计一家，是数万挣扎在库布其沙漠深处的农牧户中的普通一户，他们从睁眼看世界就与沙漠打交道，终于学会了与沙漠共生共舞。

莫日根道尔计是怎样移走挡在家门前的沙漠的呢？

莫日根道尔计一家被沙漠欺负了几十年，真正有了点招架之力是从20年前参加穿沙公路的修建开始的。故事还要从1997年说起，从那条被杭锦旗人民念念不忘的穿沙公路说起。

那时，饱受库布其沙漠之害的10万杭锦儿女响应旗委、旗政府的号召，出钱出力，在人迹罕至的库布其沙漠上修筑了第一条穿沙公路。为了使公路不被沙漠吞噬，旗委、旗政府下了死命令，要保护好这条生命线，并将公路两侧的固沙任务分段包给全旗的党政机关、企事业单位和沿线的乡镇苏木。沿线的农牧民都上了穿沙公路，出力出劳，而莫日根道尔计就是随着7万修路护路大军来到穿沙公路的。

2

人们在林业技术人员的指导下，在沙漠上用枯柳、秸草制作方方整整的沙障，并在上面栽种各类植物，渐渐地在道路两边栽起了树木……看着这些变化，他感到无比新鲜。

在莫日根道尔计的印象里，草木应该是从地上长出来的，是天上的飞鸟、空中的大风把各类草木种子带进沙漠，待风调雨顺时再生根发芽，并且在沙漠的脚下自生自灭。可到了穿沙公路现场他才发现，原来草木在沙漠里还能人工种植。

他想，为什么不能在赛乌素才登种一种呢？草木既然能固得住沙，那我们就再也不会被风沙撵得满滩跑了，儿孙们也就不用像我这样过得焦头烂额了。在护路工地上，他学会了种植技术。回到赛乌素才登后，他在自家房前屋后的大明沙上扎起网格沙障，还在网格上栽种了几百亩沙柳。谁知一场罕见的沙尘暴，将之前的努力全都白费了。眼见着花钱买的沙柳条子变成了烧火的柴火，莫日根道尔计心疼得不得了。

他步行几十里，穿越数不清的大沙梁，又来到了穿沙公路旁。看着沙障中顽强生长的沙柳沙蒿，他激动得浑身直抖。回到家，他领着老婆孩子一顿清沙，把那些网格沙障又清理了出来，再种沙蒿。

他想，工程师们讲沙蒿是治沙固沙的先锋植物，耐寒易活，我这次总能见点绿色吧？谁知，偏偏又遇上了大旱，整整100多天，天上没有掉下一滴雨，下苦力栽种的沙蒿也全部干死。

他又想，人家能种活，我为什么种不活？莫非老天爷就单单为难我？他不死心，三上穿沙公路取经，看到公路两侧仍是绿油油的。有人说，老公家舍老本也要保住这条穿沙公路，每天百十辆水罐子车运水浇灌，咱老百姓哪能比得上？莫日根道尔计自然知道沙漠里的水金贵，用水罐子车浇树浇草，他玩不起。

后来听人说，旗里人武部的解放军发明了瓶栽法，许多瓶栽的树苗硬是发了芽、抽了枝，熬过了这个酷夏。莫日根道尔计又打听到了瓶栽法。其实挺简单，就是将树栽子插进灌满水的瓶子里，直立着埋进沙土里就行了。他还特意到瓶栽的沙梁子上看了看，果然绿油油、鲜灵灵的。他挖开一看，底下真的有湿乎乎的酒瓶子，树栽子的细细根须缠绕着，盘在沙土里。他想，这瓶栽法成本不大，还挺适用，沙漠里的人家不缺酒瓶子。

想通了就干。莫日根道尔计很快找了一毛驴车各式各样的酒瓶子，然后灌满了水，再准备好沙柳树栽子。他老伴乌尼桑问他："你这是捣鼓甚呢？"莫日根道尔计告诉老伴要在瓶子里种树。乌尼桑奇怪地道："咋？沙漠里的树苗子也好这一口？"莫日根道尔计笑着道："你看看这是甚？这是水？不是那一口！"

他给乌尼桑讲了瓶栽种树法，老伴半信半疑，但还是帮着铡树栽子，往瓶里灌水。莫日根道尔计这次多了个心眼，选择了个沙梁背面挖了许多树坑，这样既防止太阳暴晒，又能减缓水分蒸发。然后，他把装满水的酒瓶子栽上树栽子，小心翼翼地埋了进去。就这样，种了一瓶又一瓶，竟然在炎炎烈日下忙活了半个多月。

种完了树，乌尼桑问他："能行？这毒日头能把人皮晒起泡来，就那么一捏捏水能挡住亮红日头蒸晒？"莫日根道尔计道："你真是瞎操心。没见这水瓶子在地里埋着呢？”乌尼桑道：“我不操心，我不操心！”嘴上说着不操心，可她一早一晚都要跑到沙梁背面去看一看。

有天半夜，乌尼桑笑得咯咯的。莫日根道尔计问她咋了，乌尼桑说：“我梦见栽的树栽子发芽了，绿莹莹的，好喜人！”莫日根道尔计说：“那是你想树想得疯魔了！”

一天傍晚，乌尼桑跑回家，喜得脸上都笑开了花。莫日根道尔计问：“咋了？捡上金元宝了？”乌尼桑说：“死老汉，咱种的树这次真的活了，像小鸡出壳般拱出了黄嘴嘴！”莫日根道尔计跑过去一看，真像老伴说的，树栽子上拱出了嫩嫩的黄芽芽。“活了，活了！”莫日根道尔计喃喃地说着，喜得眼里滚出了泪花。

冬去春来，竟然成活了不少，大明沙上第一次有了绿色。后来，莫日根道尔计和家人连干5年，不怕失败，百折不挠，硬是在大沙漠上种植了5000多亩人工林。终于，明沙也停止了移动。莫日根道尔计那个高兴呀，他对老伴说：“以后咱再也不用过翻窗出户的日子了。”

咳，在库布其沙漠，哪家哪户的屋门没被沙丘堵过？谁没有翻窗出门的记忆呢？对莫日根道尔计来说，不再翻窗出户；对那星星点点隐在大漠深处的沙漠人家来说，不再没完没了地在房前屋后清沙，这是生活上质的改变。他们深知，这种生活来之不易。他们珍爱绿色，珍爱树木，这些都渗入了他们的血液之中。

3

在库布其沙漠的中端，有一个叫官井村的地方，这里曾经是一片好大的荒漠。荒漠间零零散散的有些草地，散住着一些走口外过来的穷户，其中有一户姓高的人家。尽管这里是一片荒漠，方圆百十里根本没有一棵树，但这家主人总做着绿色的梦。男主人常给妻子说：“我咋总梦见咱这地方有好大一片树林呢？”妻子说：“我看你是想树想疯魔了。这地方要是有树有林的，还能轮到咱们这些受苦人住？”

那时，他们都还年轻，对生活充满了梦想，期盼着有林有草。后来孩子出生了，是个儿子，他们就给儿子起了个名字叫“树林”。这不仅是圆他们的梦，更是他们的理想和希望。几年过去了，待二儿子出生时，这里还是没有一棵树。他们又给二儿子起了个“林树”的名儿。“树林”“林树”，空空的荒漠里常响着他们对孩子的呼唤。但每当他们看到心爱的树林、林树从荒漠里钻出来时，又回到了残酷的现实——黄风狂舞，满天黄沙，还有那永远望不到头的荒漠。待树林、林树长到十几岁时，三儿子又出生了，他们又给三儿子起了个名字叫“有树”。他们盼啊、想啊，一直到他们先后过世也没能见到这里长出一棵树。

二儿子高林树有一次在沙漠的小路上捡到一棵从治沙站的拖拉机上掉下的树苗子，顺手带回了家。他想，这是不是老先人给我托梦呢，让这里有林有树？他把这棵树苗子栽在家里的地上，还满满浇了几桶水，没想到这树竟然抽枝发芽了，而且越长越大，直溜溜地蹿高了，人们离老远就能看见。慢慢地，这棵树成了这个村子的标志物，人们称他们住的地方为“一苗树壕”。当地人称树为苗，有山曲为证：离老远瞭见苗樱桃树，原是妹妹穿了条红棉裤……

这苗活下来的树孤零零地生长在荒原大漠上，却给高林树带来了希望和信心。他想，能活一苗就能活一片。树林、林树、有树，他想起了他们兄弟的名字，老先人为啥这么执拗呢？是不是他们的希望应在了这苗活下来的树上？

后来村里乡里号召大家在荒漠里植树种草，而且是谁种了以后就算谁的，鼓励人们承包荒漠。早在1978年，当时的伊克昭盟行政公署就出台了“五荒到户，谁造谁有，长期不变，允许继承”的政策，用以调动农牧民治理荒漠的积极性。

高林树有点心动。听人家说，公家的治沙站就种活了不少树，他就想出远门看看。背了袋炒米，他就上了路。见人就打听哪块沙漠里树种得好，人家对他说："这方圆百十里就一苗树壕那搭儿有苗树，你去那儿打听打听。"高林树哭笑不得，但他又不死心。打听到恩格贝治沙站的树种得好，他爬了几天沙才到了恩格贝，果然在大沙漠见到了那么多的树和草，他高兴得泪花花在眼眶里直打转。从恩格贝回来，高林树下定决心在沙窝里植树种草，用每亩2角钱的承包费承包了离自家地头最近的800亩荒漠滩。他赶着毛驴车，车上载着咩咩直叫的3只羊，往返300里，用驴车上的3只羊换来了一车沙柳苗条。

路上高林树怕沙柳苗子旱着了，看见水泊子、水井就往苗条子上淋水。苗条子发湿，死沉死沉的，累得驾车的驴一个劲放屁。他心疼驴，遇见沙子埋住车轮，就用手扳、肩膀扛，推着车轮走，还大声吆喝着和驾车的驴一起使劲。家里的现金和值钱的物件仅换了一毛驴车沙柳苗和800亩荒漠，人们都说他疯了。高林树说："我种的那苗树不就活了？能活一苗就能活一片，咱这地方树能种活呢！"有人讥他："你是瞎猫碰上了死耗子。你大给你们起名树林、林树、有树，他这辈子见过林还是见过树？"

高林树闷着头，半天没吭声。人家笑他："哑巴了吧？"他想想说："人家治沙站的人能种活草木，咱为啥不能？"人家说："你咋敢跟治沙站的老公家比了。人家用飞机播撒草籽，你有甚？"高树林想想说："我有苦！"这是句当地的方言，有苦是指身上有好气力，舍得出力。当地媒人给女方家介绍对象，总是说对方后生"有好苦"。

"有好苦"的高林树给家里人说："咱赶上了荒漠地承包的好政策，咱还不得想法子为老先人圆梦啊？我有苦，我要让这荒漠里有林又有树！"

4

高林树跟沙漠较上劲了，种树治沙还真得有点疯劲。高林树带着3个刚刚成年的儿子，迎着风沙，把沙柳苗条栽了进去。那年天旱，黄风刮得呼呼的，沙尘搅得不见天日。眼见着沙柳苗子发蔫发枯，高林树急得嘴上起了大泡。一连几天，肩膀头上的水担子没有挨过地，生把一层老厚的死茧子压破，肩膀头上的旧棉花套子都渗出血来。

终于，他发现沙柳条子上的白芽芽生出了嫩黄的小叶叶。他哭喊着叫了起来："我的沙柳条条发芽了！"他的孩子们也跟着哭，跟着笑。那时，他的二儿子高兴得像一只小马驹，恨不得在沙土地上打个滚儿。爷儿几个围着那刚出芽的嫩苗苗，喜极而泣。

我到一苗树壕采访时，高林树老人正在生病，他的二儿子接待了我。问及当年时，这个壮年汉子总是说："忘不了那个五黄六月天，真不敢相信我大是领着我们咋挺过来的。风沙大，阳婆毒，30年了，眼跟前还晃动着那些喜人的嫩芽芽……"

高林树领着儿子一年四季吃住在沙窝里，先后承包了5000亩荒漠地，几年苦斗硬是把荒漠披上了绿装。绿色吸引着官井村人，人们承包荒漠地的积极性大为高涨，很快沙漠腹地的近20万亩荒漠地全都名花有了主。现在的官井村已由30多年前的一苗树壕，变成了绿色的森林，变成了飘着花香的茫茫草原。高林树看着这无尽的绿色，喃喃地说："老先人呀，林有了，树有了，后生晚辈做到了！"

现在官井村人把高林树老人当年种活的第一棵树当作纪念物管护了起来，村支书开玩笑地对我说："这苗树是村级文物保护单位。"树周还围了栅栏，供人们参观。鸟儿在树上筑了巢，飞进飞出，叽叽喳喳的。这里成了库布其沙漠上的一个参观景点。

2008年两会期间，这两会是指《联合国防治荒漠化公约》第十三次缔约方大会和第六届库布其国际沙漠论坛大会，习总书记为这两个会议写了贺信。据报道，这段时间习总书记在多次会议上3次谈到了库布其治沙模式的运用和推广，让库布其儿女深受鼓舞。

一苗树壕随着库布其走向了世界，许多国际国内政要、媒体人等都来这里参观，共同感受和回味这并不久远的传说。他们陶醉于这绿水青山，为大漠中的这个绿色明珠感叹不已。

人们都想见见高林树这个传说中的治沙愚公，这片绿色奇迹的创造者。习惯了清静的高林树老人因身体和上年纪的原因，不大愿意接受人们的采访。他认为，植树靠的是有苦，不是凑热闹，现在一苗树壕有些太热闹了。

来了重要客人，村里乡里领导央告他，他只得偶尔露露面，憨笑着和人们说几句话，应对着记者们的长枪短炮。见了国际友人，他也只是说："真跟电视上的外国人一样样的。家里人都好哇？"人家问："你们高家三兄弟，为什么名字都带树呢？"他说："那得等我问了我家先人再说。"村委会的领导说这话回答得不太好。他便说："那你去说。"高林树嘴上说不出半点豪言壮语，村里只得让他的二儿子来接待国内外媒体和慕名而来的参观者。二儿子憨憨的，微微地笑着，配合讲解员点着头，嗯嗯着。我看着这个中年人，看着他脸上的褶皱和时隐时现的白发，觉得这个朴实的汉子和他的父亲一样，都把青春热血贡献给了库布其沙漠。这无尽的绿色是他们生命的拉长。库布其的绿色是有温度的，那树、那草、那花，绽放着一代又一代库布其人的生命年华。

高林树说得没错，沙漠里植绿种树得有苦，要想保持绿树常青、沙漠常绿，就得从根子上治穷。这需要整个社会的协同发展，还需要摸索，需要过程，需要为官为政者的持久恒心和不忘的初心，还需要库布其儿女有梦想和理想。同样，梦想和理想锻打铸造着库布其儿女，让他们在大漠狂风的拍打下，成为一个个铁骨铮铮的罗汉金刚。

5

罗曼·罗兰说：世界上只有一种英雄主义，认清世界的真相并热爱它。像莫日根道尔计、田青云、高林树这些沉默、辛勤的库布其伯伯大爷们，还有孟克这样为了库布其奉献青春的年轻人，他们都是库布其的英雄。他们有多平凡，就有多伟大。

在采风中，我还遇到了另一个普通的库布其大爷——林木守护员田老汉。他在沙漠林场里守护林木40年的故事，在世界治沙领域被广泛流传着。我非常感兴趣，于是找熟悉者陪同，一同去拜访田老汉。

同行者是一名当地的宣传干事，路上他给我打预防针说："田老汉没啥突出的事迹，也没啥动人的故事，他不怎么爱说话，就是辛苦了一辈子，认真守护了林木一辈子。实际上也挺不容易的，沙漠里生活没有容易的。""是啊，是啊，"我点着头说，"都不容易。"

在一片林地里，我见到了田老汉。田老汉见我们下了车，走过来说："后生，这林子里不能见明火，可不敢把林子点着了。"原来他把我们当成了在林子里转悠的游客。我们讲明来意，田老汉有些不好意思地笑了。陪同者说："你就给作家说说你咋认真护林的。"我让田老汉进车里说，他嫌有汽油味，说："不如林子里清爽。"于是，我们坐在林间草地上聊起来。这时，我才知道他的大名。他叫田青云，是库布其沙漠里土生土长的蒙古人，在这个林场整整当了40年护林员，他是眼见着这些树苗苗长成了参天大树的。

我问田青云："人家都说你老汉认真，你是咋个认真法？""领导规定的，咱丝丝扣扣地执行。防盗伐，防火，禁止牲畜啃咬树木、啃噬草场。你认真了，就惹人、得罪人。说好话，央求人家管住自家的牲口，别祸害林木。那时，周边草场不好，就有人打国家林场的主意，有意无意地把牲畜放到林地里来。你得管，你管就得罪人，得罪人就有人搞你的恶作剧。半夜砸你家门窗的玻璃，再不就是把你家的门锁上让你出不了门，为的就是好让他家的牲畜多吃几口。咳，就是这些了。眼一晃，在这林子里转了40年，从后生转成了老汉……"他苦笑了起来，接着说，"说来都不容易。我真是想不起来说甚了。还有春秋冬三季，护林人最难。怕周围放牧的人拢火取暖，怕他们乱扔烟头引起火灾。这季节放牧风大、天也寒，牧人就得找地方避风取暖。我就央告他们千万别抽烟、别拢火。真要着了火，鼻子就比脸也大了。政府怪罪下来，得吃牢饭哩！他们都会说不咋不咋，当心着哩。那时大家都活得艰难，往往充饥的只有几个生山药蛋，不拢火烤熟了咋吃？我每天得看着周边的牧人赶着羊回了圈，还得检查一下他们避风的地方，看有没有遗下的火种，一时都不敢大意。有时睡下了，半夜想起是不是有漏掉的地方，得赶忙爬起来去林地里看看……这就是个累心的活儿，辛苦活儿。”

我又问：“这40年你咋过来的？”他说：“咋过来的呢？40年，没出过一次森林火灾，没发生过啥盗伐事故，就这么一晃过来了。再就是，附近农牧户的牲畜都认识我，见我就跑，不敢祸害林木。”他轻描淡写地说着，“咱干的就是这份工作。沙漠里辟出片林子不容易，是咱们汗珠子摔成碎末末种出来的。上级让咱管这片林子，咱得认真看护不是吗？时间长了，这树啊草啊就处出感情来了，就像自己的娃们一样，棵棵株株都是我的眼珠子。”我觉得这话说得挺有文采的，也让我顿生一种敬意。望着这位库布其沙漠的护林人，岁月风霜把他从一个青年后生变成了两鬓染霜的老人。40年，我已经无法知道田青云是怎样走过来的。他不孤独吗？他不单调吗？他是如何迎走这大漠上的日月星辰的？只有天知道。

我初步算了一下，他围着万余亩林地绕一圈，行程是25公里，40年行走下来，足足绕地球走了有十几圈。他告诉我：“这营生太费鞋子，每年都要磨破十几双鞋。”我听得鼻子有些发酸，眼镜片也有些模糊了。

田青云说：“腿这样老走就落下了疼痛的毛病，老伴要不给按摩按摩就上不去炕。可这护林的营生就得走、就得转，有时还得跟在牲口屁股后面跑……”我问他收入咋样，他说：“这营生染上了手，钱多钱少就那样了。40年前是每月三十几元，后来涨到了几百元、上千元。有段时间林场改制，每人划了几十亩工资田让自己经营。自己要护林，哪有时间经营？只是苦了老伴，家里生计全靠在工资田里刨闹了。现在好了，又能正常发工资了，每月先发小2000元，年终考核绩效还能发个16500元。老伴也成了林场职工家属，国家给上了养老金，每月也能领1400多元，我知足了。国家想着咱林业职工哩。”他说着站了起来，“我还要去林子里转转。护了一辈子林，别临到退休时出点啥事。”

他踽踽地走了，我一直望着他的背影消失在树林里。临离开时，我特意到林地附近的牧户家看了看。这家门前竖着苏鲁锭，户主是个敦实的蒙古汉子，姓杨，叫五十六。提起这片林子，五十六说：“要不是它锁住库布其这条黄龙，这龙早把头探进黄河里喝水了。”原来，国家早年建这个国有林场是为了锁住库布其沙漠，护住黄河，不让黄河改道。京兰铁路、包钢都在黄河的北面，与库布其沙漠隔河相望。这片林地的意义之重大是不言而喻的。我想，护林人田青云也许意识不到这些，往小里说是守林护树、锁住库布其沙漠，往大里说他实际上守护的是国家北疆的经济动脉和黄河的安澜。

沙漠上的林草像孩子，需要人们用心灵、用汗水、用生命去呵护。田青云用自己的一生呵护着这大漠上的绿色，他们就成了大漠绿色的一部分。

二　沙漠看着他老去

1

写下这小节的题目，我的心中不禁酸凄凄的。他是库布其沙漠上第一位有专业精神的治沙者、播绿者。倘若在世，他已是百岁老人。

我小时候见过他，感到他那时就已经很老很老了。他那脸上的皱纹小圈套大圈，粗细不等的纹路上还爬着蜘蛛般大小的黑斑，像是被刀削斧刻的。他乐呵呵地看着我，向我伸出手来，手背上暴着的青筋就像是爬着无数条粗细不等的蚯蚓，把我吓得躲到了父亲的背后，但老人还是笑呵呵的。

我觉得他就像从树林子里慢慢走出来的老柳树精，树干都已经空了，光剩下一层层斑斑驳驳、粗粗糙糙的厚树皮。可一株株新的枝条，就从这干树皮中冒出来、钻出来，伸展着枝条，绽放着新叶，就像他冲我伸出的长长的手臂……

父亲让我叫他徐爷爷。我叫了。他笑呵呵的，从口袋里掏出几粒颜色红黄的干沙枣放在我的手上。父亲说："你要记住徐爷爷，就是他一人站在这里，把沙漠这个黄毛怪喝退了30里，他就像哦哦呀呀的猛张飞。"父亲学着戏台上的张飞，耸着肩一阵啊哇大叫，逗得我嘎嘎直笑。这是父亲给我讲故事的风格，连说带比画，有时他还会放声高唱。

父亲让我记住了徐爷爷，有一件小事令我铭记在心。过了夏天，我就要背着书包上学了，那年我7岁。那时我已经识得好些字，是我逼着父母教我的。电视一出字幕，我就大叫快来，让父母亲念给我听。念多了，我也就识字了，我甚至能结结巴巴念报纸。幼儿园的阿姨都把我当怪物。我记得，父亲拍着我的头说："早识字没啥好，还是跟着老爹好好玩些天吧。上了学，你就再也没有好日子过了。"我幼儿园毕业了，父亲在京读研究生也放暑假了，于是我成了父亲的跟屁虫。我记住了这个叫徐治民的老爷爷，这个只有在童话里才会有的生在森林、住在森林里的老树精。我也知道，从我记住他的那天起，他就是与沙漠的抗争者、绿色的播种者、森林的守护者。

28年后，当梳理他的绿色生命轨迹时，我感到徐治民与沙漠博弈了一辈子不是命运，不是被迫，而是一种使命，一种对党用一生实践的承诺。是他主动地选择了挑战沙漠，而不是为了生存为了捍卫家园而与沙漠拼命。

2

那是65年前一个极为普通的风沙弥漫、春寒料峭的日子，但也是一个应该被记入库布其治沙史的日子，因为这天燃起了人类有组织地与库布其沙漠抗争的第一束火光，而这束火光的点火者就是中国共产党一个基层党组织——树林召乡张铁营子村党支部。

徐治民是张铁营子村的一个普通农民，也是一个爱生活、爱家园的农民。

张铁营子村地势平坦，背倚一座黄土山，还有一条叫壕庆河的清清小溪从村子曲曲弯弯流过，然后汇入浩荡东流的黄河。土山与壕庆河中间是一片水源充足的好滩地，也是库布其沙漠里少见的好牧场。几百年来，走西口的农民在此落脚，精心耕种打理，再加上有好水源，这里俨然成为库布其沙漠上的一块风水宝地。躲兵灾匪患的难民走到这里就再也走不动了，纷纷落脚在这里，或开荒，或租地种庄稼，一代代在这里繁衍下来。

徐治民一家逃荒落难到了这里。他那时就像现在的我这样大，是种庄稼的好把式，他把几亩薄田打理得阡陌有致。为了防风沙，他还栽种上了防护树，一年收获的粮食蔬菜足以维持全家度过春荒。五黄六月，饭碗里还能见到米粒粒，这在库布其沙漠里过的就是好日子。后来土改，分了地，又成立了互助组，十几户翻身农户组织起来推举徐治民当了互助组组长。徐治民觉得挺光荣的，村里看重，村民信任，便领着十几户人家，互帮互助，共同料理打点组里的土地，日子过得有滋有味。就是库布其沙漠的风沙大，苗出不全，让徐治民心中着急。他就想领着互助组里的人在田里种树，原来，徐治民在老家时还有一门种树手艺。

徐治民家原先住在达拉特旗梁外的山地上一个叫公乌素的地方，老先人走西口时看下的。几代人下来，种大了不少树，徐治民从小就跟着种树，知道过庄户日子得有树撑着。后来，日本人来了，要砍树，徐治民求他们，翻译告诉他，这树砍了要做电话线杆子，是为了大日本圣战，再阻拦一家老小全部得处死。看见日本兵哗哗地拉枪栓，徐治民急忙带着一家老小逃进了库布其沙漠。

他对组员们说："互助组成立了，这树现在是咱自己的了，咱得精心打理，种树挡风沙，保住共产党毛主席分给咱的地。"他让全组十几户农民都在自己的地上开出三分地，建设小苗圃。

徐治民建苗圃时，正碰上从盟里下来考察林业的金琦。这个瘦瘦的戴着眼镜的青年人，是从盟府新街镇一路几百里走过来的。金琦到了张铁营子看见徐治民他们培育的苗圃，像是发现了宝贝，欢喜得不得了，早忘了一路奔波的劳累。这位兰州西北农林专科学校毕业的大学生，因为种树很快与徐治民成了好朋友。金琦有种树的技术，是当时伊克昭盟的第一位林业技术干部。徐治民爱钻研，肯吃苦，几年下来，互助组地上的这一片片小苗圃全是绿油油的。粮食丰产，忙时吃糜米捞饭，闲时喝谷米稀粥，还能有一些余粮。这样，可以养活家畜家禽，还能养活小狗狗。一时，徐治民家鸡鸣犬吠，猪在圈里还不时哼哼，庄户日子过得红红火火。徐治民高兴得不得了，以为就此过上了“三十亩地一头牛，老婆孩子热炕头”的知足日子。

这天，村里通知他来村部，他还以为金琦又带着什么任务来了。金琦早就说过，要请上面的林业规划队给村里规划规划，以后得发展林田路，搞网眼式的林带田园建设。金琦和徐治民在互助组里搞了几块，很有成效，上面很重视。可当他踏进这间村部旧土房时，他的命运改变了，他要与库布其沙漠这只呼啸东进的沙老虎搏一搏，而且是虎口拔牙，把被沙老虎吞进嘴里的园子塔拉夺回来。

“这是党组织交给你的任务。”站在他面前的是区村两级党组织的书记。村支书裹着那件白茬破皮袄，抽着羊棒骨做成的水烟，说：“老徐啊，组织上定了，就从咱村上抽调20个青壮好劳力，由你带着开进园子塔拉，把沙老虎吞掉的园子塔拉再夺回来。”区委书记再次强调：“这就是战场上的突击队，也叫植树造林突击队，你就是组织上定的队长。”徐治民说：“党让我办的事，我脱八层皮也要完成。”就是这样一个承诺，让他在园子塔拉坚守了整整52年。

现在的园子塔拉已经是一个绿树遮天的大林场，方圆百十公里，放眼望去，一片翠绿，林涛呼啸。这也是库布其沙漠上的第一片人工森林，现在仍在库布其沙漠上闪着璀璨的光芒；这是人类改造库布其沙漠的第一束光亮，这束光就像不熄的火炬照耀着库布其沙漠绿化的行程，引领着万千库布其儿女迎难而上。

3

我是在2018年夏天走进园子塔拉这片森林的。我在林地里行走，仍能感觉到当年徐治民足迹留下的热度，侧耳细听仍能听到他当年的足音砰砰，就像鼓声在我的耳边咚咚作响。我追寻着徐治民的足迹，感受着那治沙者的艰难岁月。他们就在我的前边，我紧紧地追赶着。我忽然感到自己也是当年青年突击队的一员，大步跟在徐治民大哥的后边，迎着满天狂舞的风沙大踏步地前行。

我问徐治民："大哥，嫂子舍得你扔下张铁营子的家不？"徐治民说："互助组的乡亲们帮衬着哩，咋叫扔下？咱是突击队，不能有杂念，这是党交给的任务。后生，懂不？"说着，徐治民用粗大的手掌抚摸了一下我的脸颊，忽然不见了，留在我眼中的是他的炯炯目光和坚毅神情。我摸摸自己的脸颊，仍存有他的余温。我还是那个青年作家，在这片洒满徐治民青春热血的园子塔拉上，寻找着徐治民20世纪50年代初期曾在这里留下的青春脚步。

64年前，那个叫徐治民的老爷爷带着一支治沙队伍开进了库布其沙漠东端一个叫园子塔拉的地方。那时他还年轻，我想象着他就是移山的"老愚公"、治沙的"圣斗士"。但党交给徐治民的任务不是挖沙扒沙，把废弃的园子刨出来，而是要把树、草栽种在荒无人烟的园子塔拉大荒漠里，把它建设成鸟语花香的沙漠绿洲。

"园子塔拉"是蒙汉交融的词汇，"塔拉"在蒙古语中是指草原。这片像美丽花园一样的草原，原本是一片水草丰美的好草场，可人们就是在这里开草原、种庄稼，最后起了沙，与远处的大沙漠逐渐融合在了一起。几场大风过后，沙漠突兀地出现在开荒的人们面前，堵住了他们的家门，淹没了他们的农田。这里原先有19户人家，就在沙漠里刨食。现在沙漠里刨不出食来了，他们决定扒掉门窗，用牛车载着锅碗瓢盆、铁锹犁杖，哼叽着"二姑舅捎来一句话，口外那儿有好收成"，继续去寻找另外的园子塔拉……

这是最典型的"游种"，是几百年来鄂尔多斯草原上流行的一种农业生产方式。人们开一片草场、种几年地，一起沙子便拔腿就走，再寻新的草地开荒种地，鄂尔多斯人称之为“倒山种”，还有更形象的称呼是“扒肥皮”。

“六月的沙蓬无根草，哪搭搭挂住哪搭搭好……”“倒山种”“扒肥皮”人们的歌声刺疼了徐治民。徐治民现在已经不是在口外揽工种地的受苦汉了，而是翻身农民组织起来的互助组组长，是带着党组织交给的重要任务来到园子塔拉的——那就是植树种草，绿化园子塔拉。他带领的这21位翻身农民是库布其沙漠上第一代种树人。他们迎着满天风沙走进了园子塔拉。园子塔拉已成历史，现在是不折不扣的库布其荒漠。他们在被沙漠压倒的废墟上安营扎寨，种植树木。有的人动摇了，说：“鄂尔多斯这么多好草场，咱咋非和库布其沙漠较劲？这大沙头能把人埋了！你打听打听，有人在沙漠上种活树不？”徐治民说：“开一片，走一片，跟羊拉粪蛋子似的。这哪是种地，这明明是在糟蹋草场哩！”

他不信园子塔拉种不活树，于是带领精壮汉子们继续在茫茫沙漠上种树。开始种树时，风沙大得能把人埋了，栽下的树苗子全被沙压死了。人们这才知道，在沙漠上种树是件非常不易的事情。人们拨拉着埋在沙里的干枯树苗，不禁有些泄气。

有人讥讽徐治民说：“你这是糟蹋五谷哩！”这是句说人很重的话，意即光吃饭不干正事。徐治民想：这是党交给的任务哩！他不服这口气。查找种树失败的原因后，他发现得把流沙固定住才能保证树苗成活。先修挡沙坝，挖开沙子，竟然发现一座被埋压的旧房，仔细清理后还发现了一些生活用品，锅里还有十几颗风干的山药蛋——可见人们逃难时的惊慌和仓促，让人们细想起来不寒而栗。

徐治民嫌来回往营地跑浪费时间，就决定把这废房子整治整治住下，节省出时间挖挡沙坝。他经年在这间被沙埋过的小屋进进出出。对比沙海茫茫，让人感到辛勤劳作的人的伟大和渺小。

徐治民和乡亲们在沙漠里忙碌着，眼见着筑起了高高的挡沙坝。一场沙尘暴淹没了他居住的小屋，人们焦急地寻找着徐治民，把他从沙子里扒出来。他反而揉着眼睛说："一道猛然出现的亮光把我的眼睛晃着了。"人们说："你差点被沙活埋了。"他憨笑道："人世间的亮光真好！"现在，我无法体会徐治民那个夜晚是如何在沙漠里挣扎煎熬，看到那道划破暗夜的人生之光时又是如何的惊喜。当人们看到修的挡沙坝也被沙漠吞了时，有的人哭了起来。徐治民围着挡沙坝转了一圈，竟然嘻嘻地笑了。人们以为他魔怔了。他说："这场沙尘暴闹对了，帮了咱大忙！让咱挡沙坝普遍增高了一米多。你们看，这不跟长龙似的？咱以后就在这长龙上做文章。沙漠啊，我琢磨了，就像是一个人，一个爱翻跟头的调皮孩子，咱先把他的腿固定住，不让他乱跑。咱以后就在这挡沙坝上种沙蒿、栽沙柳，不就把沙固定住了？"大家也说："光这样硬治不行，得摸清楚了沙漠的脾性。"

4

这天，区委书记、村里的书记陪着金琦来看徐治民和突击队的人。老朋友见面自然是欢喜异常。

金琦告诉他："明天林业调查队的技术人员就来了，要给园子塔拉搞林业规划。现在是社会主义社会了，啥事业都要有规划，治理沙漠也一样。国家科学院已经在乌兰布和沙漠做试点组建治沙综合试验室，而且马上要在库布其沙漠建立固沙试验基地。"见国家这样支持，徐治民觉得自己不孤单了。

林业调查队的技术人员来了，徐治民跟着跑前跑后的。金琦和调查队的年轻人白天扛着仪器搞外业，晚上还点着马灯铺开图纸做内业。徐治民非常佩服他们，就跟着他们学技术、学本事。金畸告诉徐治民，要想在园子塔拉栽活树，先得摸准风向，避开强风硬风，顺应性地设立沙障，再顺着沙障植树，这样成活率自然高一些。

第二天，徐治民按照金琦讲的，调整了一些沙障的方向，避开了强风、硬风，顺着沙障种了一些树，然后就是浇水保活。受的那份累，真是用语言表达不出来的。为了保证林木的成活率，他还在园子塔拉打了多眼水井。

春旱时，他领着队员们挑水浇树。他们的肩膀头压出的老茧又被磨破了，最后生生压成了没有知觉的一块死肉。他肩膀头上的死茧子硬是几十年下不去，就像牢牢粘在肉上的两大块补丁。

冬去春来，种上的小树苗竟然活了不少，棵棵都钻出了细细的嫩芽。就在园子塔拉植的树活了的消息传开时，徐治民郑重地写了一份入党申请书。这是他的第一份申请书，他整整写了一夜，那些字还是前些年在村里扫盲班上学的。他向党组织表示，不怕吃苦，不怕流血牺牲，要以饱满的革命精神投入植树造林的事业中去，要用生命保证完成党组织交给的光荣任务。

就在改造园子塔拉的事业中，他从一个翻身的农民成长为肩负改造沙漠使命的共产党员，这个历程整整用了10年。1963年，面对鲜红的党旗，徐治民举起右拳庄严地宣读着入党誓词，成为这个伟大组织的一员。村里的老支书对他说:“入了党更要有追求，这是一辈子的事情。”10年的坚守和追求，足见“初心”的魅力。以徐治民为代表的库布其精神的雏形，是中国共产党人对自然、对沙漠的礼赞，是党领导下有组织、有序地与恶劣自然的抗争。

在金琦的指导下，徐治民领着人们在大沙漠的脚底下栽种沙蒿沙柳，苦干了几年。园子塔拉没有沙柳沙蒿，他们就回张铁营子采挖，每天来回往返几十里地，有时路过家门口都顾不上回去看一下。就这样，他们在技术人员的指导下建设固沙植物网格，栽活了大片大片的沙蒿沙柳，终于挡住了沙头。

20世纪50年代中末期，是徐治民干劲冲天的时代。他领着人们，冬天搞挡沙坝，春天栽沙柳、植树苗、打水井，按照规划大搞林田建设。人们都说，徐治民是铁打的金刚罗汉。沙漠脚下的绿色越来越多，许多地方都连成了片，更是牢牢地锁住了沙头。

这天，旗里的林书记特意看了这绿油油的挡沙坝，非常兴奋和激动。他握着徐治民满是硬茧的大手，深情地说：“老徐啊，这条绿色的挡沙坝给沙区人民带来了希望。我谢谢你了！”徐治民忙说：“这是党交给我们突击队的任务，就是天下冷蛋子也得完成。”当地人讲：地灰起碱面子，天灰下冷蛋子。冷蛋子指的是冰雹。就在昨天，天下冷蛋子，把一些幼苗打断了，有些地头还铺着一层鸡蛋大小的冰雹。徐治民领着人们扒开冰雹，将倒了的幼苗一棵棵扶直。今天，他向林书记表着决心：“自然灾害吓不倒我们！”林书记感动地说：“好，好！没有什么能难倒我们共产党人！”

林书记回到旗里后，马上布置召开全旗三干会，研究全旗范围内植树种草的事情，并且布置了硬任务，下达了硬指标。当基层干部担心任务完不成的时候，林书记就带着全旗干部到园子塔拉参观。大家全被苍茫大漠脚下出现的浓浓绿色感动了，尤其是那条长龙般的绿色挡沙坝，更是让人兴奋不已。就在这个现场，林书记代表达拉特旗委、政府，号召全旗在沙漠脚下建挡沙坝，保护黄河和黄河南岸的大片良田。于是，全旗沿着库布其沙漠脚下建起了一条条绿油油的挡沙坝。后来，这些挡沙坝被人们形象地称为“锁边林”。

这条锁边林，成为库布其沙漠的绿色屏障。几十年来，各届旗委、旗政府十分重视并认真经营着这条锁边林，不断扩大它的宽度和长度。锁边林很好地守护住了黄河南岸的大片农田。

林书记调到盟里主政全盟的林业后，继续在全盟范围内实施鄂尔多斯沙漠的锁边林工程，取得了成效。这位1945年10月参加革命的老骑兵、从库布其沙漠成长起来的老一代革命者，为发展鄂尔多斯的林业事业贡献了毕生心血。他是原伊克昭盟造林治沙事业的开拓者、领导者，在他主政期间，全盟专业林业单位从无到有，已经有一批专业的林业技术干部成为全盟林业建设的智库和林业科学技术运用研究的践行者。20世纪60年代中期，在他任上组建了40多个国营林场、治沙站、苗圃，完成造林近500万亩，并培育苗木近30万亩。20世纪五六十年代，这些国营林业建设单位成为伊克昭盟林业建设、防治荒漠化建设的主力军。绿色的鄂尔多斯沙漠将会永远铭记这位新中国鄂尔多斯绿色事业的奠基者、领导者。

5

1958年，毛主席号召“绿化祖国，实行大地园林化”。在上级林业部门的支持下，徐治民领着人们在园子塔拉共营造了18条林带，最长的竟然有15里。一眼望去，绿油油的，浩瀚大漠中透出了绿的春意。许多“倒山种”的老户又回到了园子塔拉，跟着徐治民不住气地植树种草。终于，沙子欺负不动人了，园子塔拉是满目翠绿，徐治民这才想起要将自己的家搬进园子塔拉。屈指一算，这个弃家治沙的人已经离开家整整7个年头了。

老伴埋怨他：“光顾治沙，把老婆孩子都忘了。”他说：“咱为了啥？就是为了后辈子孙不再受沙害，住上园林化的家。”

在建设大地园林化的火红日子里，徐治民光荣地加入了中国共产党。金琦先生曾在一篇回忆文章里写道：徐治民在与风沙的搏斗中，10年间先后写了18次入党申请书才加入了党组织。这不禁让人肃然起敬。这位治沙先驱的信仰和追求，绝不仅仅是说说而已。

就是在这10年追求中，他和他的同事们付出了汗水、心血和青春，使园子塔拉这片被沙漠吞噬的家园又焕发出光彩，成为旗里第一个社办林场。徐治民担任了社办林场的场长，成为闻名远近的治沙英雄、劳动模范。

1964年冬天，徐治民被选为全国人大代表，出席了第三届全国人民代表大会，见到了伟大领袖毛主席。去了趟北京，徐治民啥也没往家里带，只是去故宫、颐和园时捡回了些松柏树的树籽。回到园子塔拉后，他把这些“宝贝”立即种在了地里，他想让冬天只是一片黄的园子塔拉有一些绿色，那真叫四季常青了。

正当他继续扑下身子带领园子塔拉的乡亲们植树种草搞绿化时，“文革”开始了，他这个社办林场的场长成了园子塔拉的走资派。个人受点委屈、受点罪算不了啥，但他见不得辛苦十几年种的林木被毁。为了这点林木，徐治民差不多是拼了老命，但还是挡不住人们的疯狂破坏。待“文革”后期，荒漠又悄悄回到了园子塔拉。

20世纪70年代后期，当重新植树种草整治山河时，徐治民已是60多岁的老人了。他壮心不已，非要把“文革”耽误下的找补回来，继续带着乡亲们治沙种树。眼见着一排排小树苗噌噌往高里蹿，锁边林像一条绿色的缎带盘旋在库布其沙漠上，徐治民的腰却越来越佝偻了。

一天，徐治民一头栽倒在治沙工地上，大口大口往外喷血。乡亲们心疼地说：“老徐这是撅着了。”徐治民不服气：“咋就撅着了？我还有好多事没做完哩！”他不顾老伴的劝阻，没休息几天又精神抖擞地干上了。这天挖树坑，他非要跟年轻人比试比试。众人看着都不禁叫好，还夸着：“六十五，出山虎，老徐永远不会老！”他弯腰铲土，一挺身子臂膀一扬，那土便带着风飞了出去。正干得热火朝天，他觉得胸口一热，眼前一黑，大口的鲜血便喷了出来。人们望着溅在沙地上的血都惊叫着：“老徐又撅着了！”

他睁开眼睛时，已躺在了医院的病床上。不光是金琦，旗里的旗长、书记，乡里的乡长、书记，都围在他的病床前担心地看着他。徐治民道：“领导们挺忙的，咋都围在我这儿？我没事。”旗委书记说：“老徐啊，你要是有啥事，让我咋向党交代？以后，你决不能再上工地了，这是旗委的命令和纪律。”徐治民着急地说：“我还没完成好党交给的任务哩！”书记和在场的人们眼圈都红了。金琦说：“老徐啊，忙活了40多年，该歇歇了。是沙漠看着咱们变老的。歇歇吧，该把担子交给年轻人了。”

此后，“老了的”徐治民由种树变为了护树，继续守护着园子塔拉这片林子。他驱赶着窜入林地啃树的牲口，谁要是想动一棵树，他跟人拼老命的心思都有。他这辈子就是见不得人家祸害林木。

20世纪80年代中期，达拉特旗人民政府为年届八旬的徐治民立了一块高3米、宽4米的功勋纪念碑，碑文记录了徐治民老人40年绿化沙漠的事迹。

这块碑被当地人称为“活人碑”。碑上的题词是当时担任中共伊克昭盟委书记暴颜巴图写的，题词为：造林治沙先锋徐治民。碑文如下：达拉特旗园子塔拉林场场长徐治民同志，几十年如一日，坚持治沙，做出了卓越的成绩，受到了全旗人民的敬仰……徐治民同志艰苦奋斗，为子孙后代造福的崇高精神，与他亲手绿化的青山同在。

我曾经跟父亲去看过这块“活人碑”，那是20世纪90年代初的一个春天，识几个字的我结结巴巴地念着碑上的文字。父亲大声朗读着，我跟着父亲念。

我和父亲去过徐治民简陋的家，那屋里什么都没有，一铺大炕上有一对木板箱。屋里黑洞洞的，让人有些害怕，我连屋子都没敢进去。

父亲曾在一篇文章中这样记述：“1991年的春天，我专门去采访徐治民老人。那天，他不在家，我默默甚至有点心酸地看着老人简陋的土坯房，觉得辛苦种了一辈子树的老人应该过得更宽裕一些。他老伴告诉我说，老徐这些日子心里麻缠得慌，说是人们想分成材林换钱，老徐就是不同意。有人嫌他挡了财路，就在‘活人碑’上乱写乱画。老徐很生气，有空就去看那碑了。果然，我在‘活人碑’见到了徐治民老人，一个壮汉站在他的旁边正说着什么。老人穿一件蓝色的上衣，头上戴着顶深蓝色的帽子，佝偻着身子，脸板得就像一块石头。春天的阳光透过树的枝条斑驳弄影在他那苍老的脸上，壮汉几乎是冲他吼：‘叔，你倒是说句话呀！’他老伴悄声告诉我，说那是老徐的侄子。侄子要建新房，想伐两株树做门窗，已经磨老徐好几天了。可老人就是不开口。侄子哑着嗓子说：‘老叔，咱治几十年沙图了个甚？’”这的确是个问题。

这就是我所看到的治沙英雄徐治民老人。

6

那时伊克昭盟委、公署已经确定了未来的发展纲要，极为凝练地概括为7个字：种草植树基本田。别看这7个字，实施起来可谓字字千钧。它强调，护卫环境的底线和同量，还要解决粮食生产问题，保证人畜不缺食。

现在鄂尔多斯大地还流传着一位老人的故事，说他身为领导干部，最关心的却是柠条的种植问题。他长期在库布其沙漠地区工作，从不脱产干部到旗委书记的几十年间，一直着迷于柠条在鄂尔多斯山区、沙漠的种植。多年来，他研究柠条、观察柠条、熟悉柠条，他知道，在鄂尔多斯沙漠硬梁区的山坡、沟岔能生长柠条。柠条对环境条件具有广泛的适应性，柠条在形态方面具有旱生结构，其抗旱性、抗热性、抗寒性和耐盐碱性都很强。由于柠条对恶劣环境条件的广泛适应性，使它对生态环境的改善功能很强。柠条适应性强，成活率高，是中西部地区防风固沙、保持水土的优良树种，在经济效益和防护效益上能发挥巨大作用，可以说浑身是宝。

这位老人叫王玉真。

王玉真知道，一丛柠条可以固土23千克，可截留雨水34%，可减少地面径流78%、减少地表冲刷66%。他还知道，柠条林带、林网能够削弱风力、降低风速，直接减轻林网保护区内土壤的风蚀作用，变风蚀为沉积，相对增多土粒，再加上林内有大量枯落物堆积，使沙土容重变小，腐殖质、氮、钾含量增加，尤以钾的含量增加较快。他甚至都知道，柠条为豆科锦鸡儿属落叶大灌木饲用植物，根系极为发达，抗干旱、抗盐碱、抗风沙，非常适合在鄂尔多斯地区生长。

王玉真身为分管全盟农林牧业的主管领导，不管是开会还是下去调研，只要抓住话筒讲的就是两个字——柠条。他还说，柠条不仅是饲料还是中草药，专治头晕、高血压；柠条寿命也长，不像沙柳3年得平茬，不平茬就死下一地，柠条寿命长着呢，跟人差不多，最长寿的能达到百岁。说得连金琦都直叹：内行！有的干部不信王玉真说得那么玄乎，就跑去图书馆查资料，查完后服了，回去就大力开展种柠条的活动。

在王玉真的号召下，伊克昭盟出现了种柠条的热潮，还被写进了“三种五小”具体实施纲要中。“三种”即种树、种草、种柠条。因此，他被鄂尔多斯人尊称为“柠条盟长”。

把这一豆科饲用灌木单独列出来实施种植，显示了伊克昭盟人民对柠条的喜爱，同样也体现了王玉真大力呼吁种柠条的成果。现在，鄂尔多斯市的沙区、硬梁区仍然生长着大片大片的柠条。人们走过这些柠条林时，眼前总会浮现出这位可敬的老人形象。

在改造荒漠的岁月中，伊克昭盟各级党委、政府一直在起着引领和导向作用，伊克昭盟的治沙甚至成为内蒙古自治区的一面绿色旗帜。

三　古如歌　撒哈拉

1

2017年的初秋，我被一部电影的制片方紧急召回北京。刚到北京，忽然我的电话铃响了。一接是卡萨努的，她说她马上要来鄂尔多斯，这让我有些吃惊。她往年都是10月以后来，她说秋风萧瑟的季节最能体现库布其的魅力，也同样能体现纪录片拍摄者的艺术感和思想高度。枯黄的秋天，更应体现库布其沙漠上万物生命的热度和力度。卡萨努喜欢毛泽东的一句诗：万类霜天竞自由。

卡萨努是以年鉴的形式记录库布其沙漠的。因为第一次拍纪录片是10年前的10月，所以此后每年10月她都会在同一地点记录同样的人物。她想避开大师安东尼的拍片模式，尽量让片子简约干净些。看得出，卡萨努是个有野心的女人。她热情火辣，拍起片子来能上天入地。

卡萨努平时时间安排得极准确，让人感到她就像是一个时钟。这次一下提前了两个月，肯定是有大事情。她严肃地告诉我说："9月《联合国世界防治荒漠化公约》组织要在中国鄂尔多斯市召开《联合国防治荒漠化公约》第十三次缔约方大会。"我一听就乐了，说："这事地球人都知道。老卡，你是在非洲撒哈拉大沙漠待傻了吧？我们这儿正在开展迎接大会倒计时的活动。全市上下好一番洒扫庭除，准备迎接全世界的贵宾呢！”她在那头喊：“噢，可爱的中国！可爱的鄂尔多斯！”她又问我：“最近有没有时间？”我说：“我啥都没有，就是有时间，时刻听从你的召唤。”她高兴地笑了，说想采访几个国际大佬，还说了一大串名字，全是拉丁文发音的。我不禁有点发蒙。她又说：“过去哪能见上他们？这次总算逮住了机会，我不能放过他们。”我只好祝她好运。我们约定北京见，然后挂了电话。

卡萨努一到北京就打电话邀我。我到了她住的公寓，还见到了她的好友姗娜。姗娜是个沙漠拉力赛赛车手，在赛车界挺有名，人称“红旋风”。以往我们打过交道，也算是朋友。她现在是鄂尔多斯一个沙漠赛车俱乐部的签约车手。

卡萨努还给我介绍了姗娜的男朋友尼克。尼克是个长着蓝眼睛的大男孩，个子细高，他冲我点点头，礼貌地说了句你好。卡萨努直截了当地告诉我，尼克和我小说中的尼克差不多，也是个瘾君子。

姗娜为这事都快疯了，专程和尼克到毛里塔尼亚找我们。姗娜说：“我觉得你小说里写得挺神的，就把尼克带过来了。这次咱们要从根本上解决尼克的毒瘾。我觉得库布其沙漠挺神奇的，尤其是恩格贝，每年有那么多的志愿者去植树种草！我要让尼克也去恩格贝库布其沙漠里植树。植树能治好人的坏毛病！”我说：“直接把他送到强制所就得了，何必舍近求远呢？”尼克却对姗娜表着决心说：“姗娜，我已经下决心去库布其沙漠了，我要在沙漠里获得新生。姗娜，我以我祖父的贵族名誉起誓。”姗娜说：“我相信你，尼克！”

卡萨努看着这对恋人鼓掌说：“我也准备说尼克的经历。我要告诉全世界库布其沙漠有多神奇！那是人类的精神疗伤圣地，是我们的精神家园。”

卡萨努还说：“这也是姗娜的主意，她就是要让库布其沙漠见证他们的爱情！”姗娜激动地说：“我相信库布其沙漠是产生奇迹的地方。”

正如所见，许多人的确把这里当成了精神家园。

2

我看过卡萨努拍过的一个纪录片，写的是恩格贝沙漠试验区志愿者们与库布其沙漠的故事。片中的人物形形色色。

有想赎罪的二战侵华老兵，60年前扛着枪来了，烧杀抢掠无恶不作；60年后扛着锹来了，在库布其沙漠里植树种草，用这种方式洗刷罪过、忏悔人生、呼唤和平。

有国际跨国公司的日本籍老板，迫于竞争压力几度想自杀，直到他选择了到库布其沙漠植树才缓解了压力，重获新生。后来他的公司在库布其建造了志愿者林，每年都组织员工来这里植树，以缓解竞争压力和生存压力。他还向他所有的朋友们介绍库布其沙漠，由此也吸引了日本一位前首相到恩格贝沙漠植树种草，成为当时轰动一时的新闻。

有奥地利籍的癌症患者，在被医生判了“死刑”后，决定用所剩无几的时间做些有意义的事情——参加库布其沙漠志愿者造林活动。于是奇迹发生了，快10年了他还活着，而且活得好好的，正规划着未来10年如何种更多的树。

也有因失恋而发疯的韩国籍女青年，被家里人送到恩格贝时，默默地植了几年树。奇迹再一次发生，这块圣洁的沙漠不仅帮她驱除了疯魔而且让她收获了爱情。3年后，他们一家重回这里。她告诉孩子：恩格贝沙漠是平安吉祥之地，也是妈妈的再生之地。

还有几个日本和尚带着3个问题少年来这里植树。这些孩子吸毒、滥交、盗窃、打架，家长们只得把他们送到庙里修身养性，以期将来能走上正道。庙里的和尚们看到电视节目正在介绍中国的恩格贝沙漠，介绍远山正瑛先生率领日本沙漠协力队队员在库布其沙漠种树的故事，灵光乍现，决定把这些孩子送到恩格贝沙漠当志愿者。沙漠那么干净，想来一定是有魂灵的，要不为什么这么多的日本协力队队员会来库布其沙漠里植树呢？于是他们也来了。

远山正瑛是日本鸟取大学的农学教授。20世纪五六十年代，他治理了日本列岛上所有的荒漠沙丘，把那些沿岛的沙丘全部改造成了良田，为日本提供了大量的瓜果菜肴及农产品，在日本被誉为“沙丘之父”。上到天皇，下到歌伎，无不知晓他的名字，他是个响当当的公众人物。

20世纪60年代，毛泽东主席接见日本访华议员时就曾谈到远山正瑛，并邀请他到中国来帮助治理沙漠。时任国家主席的江泽民同志也曾接见过他，向他对中国治理沙漠所做的贡献表示感谢。那时，日本掀起了恩格贝热、远山正瑛热。正是这股热潮，惊动了一向清静的庙里的和尚。和尚们一遍又一遍地给那几个问题少年放远山正瑛的纪录片，引起了少年们的兴趣，于是和尚们带着几个问题少年参加了日本沙漠协力队。当时这则消息成了日本的轰动新闻，甚至一时夺了协力队的风头。当少年们向其他协力队员一样，自己买机票、买植树工具、买宿营帐篷时，都有记者跟随采访。过惯了偷偷摸摸黑暗日子的他们，这次如此阳光，让家人为之骄傲，让他们自己兴奋不已。

少年们一遍遍地看着他们出现在新闻节目的镜头时，感动得掉下了泪。是那片陌生的中国的沙漠，把他们变成了有用的人，甚至是受人尊敬的人。他们来到恩格贝沙漠，那片大荒漠热情地张开臂膀欢迎他们。

那时八旬有五的远山正瑛老人，告诉孩子们自己要在这里种100万棵树，孩子们被他感动了。远山正瑛老人为他们布置了任务，每人每天种树30棵，而且是自己亲手完成，不要指望有什么人帮助，能帮助你的只有你自己。远山正瑛老人要求队员做到的自己首先做到，30个坑保证一个不少，要知道他已经是80多岁的老人了。他手里总是提着一柄短柄铁锹，默默地看着满头大汗的少年们挖坑栽树，绝不上去帮一下忙。但他会陪伴孩子们到最后，有时月亮都升上来了，他们才完成任务。那轮挂在沙枣树树梢上闪着熠熠光芒的月亮，成为他们永远的记忆。就是那一个个月夜，使他们懂得了什么是人的美丽。他们记得，远山正瑛老人总是走在他们收工回营的后头，捡拾着人们剩弃的烟头、水瓶，装进他挂在腰上的垃圾袋里。

多年以后，少年中最小的一个已长成高大英俊的棒小伙。他在镜头里对卡萨努说：“库布其沙漠使我的身躯有了灵魂，我开始懂得了欣赏人间的自然之美，从此我不再是行尸走肉，不再像苍蝇蚊子一样惹人讨厌，我会一辈子记着那样的月夜。真的，我看到了沙漠之光，现在还闪耀在我的心里。在恩格贝沙漠，我不光给这世界留下了绿树，也留下了人的光影。”

看完这个纪录片后，卡萨努曾经问我：“你相信这个年代有圣人吗？”我不知该怎么回答，有些茫然。卡萨努说：“我在非洲撒哈拉沙漠里见过远山正瑛的儿子，他也在那里指导人们植树种草。我有时在想，他们图什么呢？”我问她：“你图什么呢？”卡萨努笑了。

卡萨努是个把生活料理得井井有条的人，就像她安排自己的工作，条理性非常强。我们刚下飞机，她的两个摄影师就来接我们了。一路上，尼克都挺正常的，倒是姗娜嫌卡萨努车开得慢，不停抱怨。她几次要上手，都被卡萨努制止了。卡萨努说这里不是沙漠越野赛竞技场，是高速公路，有交通法律法规管着呢！我冲卡萨努伸出了大拇指。

在一个服务区，我们花100元买了两只热乎乎的卓资山熏鸡。尼克那家伙倒是不客气，一气儿就吞掉了两个大鸡腿，吃得直打嗝，嘴里不住地夸着，说这鸡比卡萨努家乡的意大利烤鸡都好吃。

当我们驱车赶到她在库布其沙漠内的工作室时，那里已经是一片灯火辉煌，原来她早已经做了安排。10多年前，卡萨努就在紧邻恩格贝沙漠试验区的地方租了一个不小的农家院，并把它改造成了一个影视工作室。从剪辑到成片到观摩，都在这里完成。她觉得靠近恩格贝试验区，好多事情更方便一些。这里出没的肤色各异的老外，会让她的孤独感减少。

工作室里，一切早就安排妥帖了。卡萨努的两个助手都是专业学摄影的，一个叫索亚尔，另一个叫达赖。索亚尔是20世纪末毕业于北京电影学院摄影系的留学生，也算是我的同门大师兄。他黑头发，浅褐色的眼睛，俨然是个叔叔样的大胡子。索亚尔是卡萨努的男朋友，也是跟着卡萨努搞纪录片时间最长的一个人。从库布其到撒哈拉，索亚尔就像卡萨努的影子一样。卡萨努的创意，索亚尔的镜头，构成了他们纪录片中最完美的结合。卡萨努就曾对我说：“我那亲爱的索亚尔哟，这辈子赶上他的人我怕是看不见了。可我感觉他的镜头还是有点油了。”

达赖是个90后，是库布其沙漠上土生土长的蒙古族兄弟。达赖是在韩国学的电影摄影，学成后先在恩格贝旅游区里搞沙漠婚纱摄影。虽然顾客不是很多，但都是一些优质顾客，一些人专程从世界各地慕名而来。卡萨努看过达赖拍的照片，非常喜欢，认为他的作品的品相不错，于是双方一拍即合，成了搭档。卡萨努非常喜欢与达赖合作，她觉得达赖的镜头有点生，这正是她所喜欢的。在我们这些80后面前，达赖还是个孩子。

晚上我就住在达赖的房间里。坐了一天的车，真是有点累了。睡到半夜，我忽然被粗裂的吼叫声惊醒了。我坐了起来，愤怒地叫道：“干什么呀？”吼叫声越来越烈，就不像是从人的喉咙里发出来的。还有砰砰的声音，就像是有人擂着鼓。达赖推开门走了进来，对我说那个“料子鬼”犯毒瘾了。“料子鬼”是库布其人对吸毒者的称呼。动静越来越大，我担心会出什么事情，便和达赖一同走了出去。进了屋，只见尼克额头有点血糊糊的。索亚尔紧紧抱着他。姗娜衣冠不整，正扳着尼克的双肩摇晃着说：“尼克，求求你，不要再撞了，你想把自己撞死啊？”卡萨努举着一台微型摄像机不动声色地拍摄着。尼克挣扎着，恶声喊叫怒骂着，可我一点儿也听不懂。但我从他喷血的嘴巴里冒出的声声嘶叫，感到尼克身上散发着一种野兽般的疯狂和愤怒。尼克挣扎着想摆脱索亚尔。索亚尔力气大得很，就像一只铁桶紧紧箍着他。俩人都呼呼地喘着粗气，就这样僵持着，好像随时就会爆发。尼克忽然啊的一声狂叫，从索亚尔怀里挣脱开，并把姗娜撞了个仰面朝天。我和达赖扑上去将尼克一下抓住。这家伙就像一条钻出笼子的蛮豹子，恶声咆哮着、挣扎着。索亚尔一只胳膊锁住了他的脖子，他还在踢腿挣扎。

卡萨努对姗娜喊：“快把紧身衣取出来，快啊！”姗娜从衣箱里取出紧身衣，递给了索亚尔。索亚尔利索地将紧身衣套在尼克的头上，抽出自己的胳膊，两手将紧身衣往下一拉，尼克就像被套进一只麻袋里一样，怎么挣扎都没用，最后只剩两只大眼睛一转一转的。

我们冷冷地看着他。他忽然抽搐开了，嘴里往外喷着白沫子。卡萨努用摄像机对着他近拍。姗娜用毛巾给他揩着嘴边汩汩溢出的白沫子，哭着说：“可怜的尼克，你会死的……”索亚尔一把将尼克抱起往床上一扔，嘟哝着离开了屋子。我和达赖也跟了出去，再也不理睬束在紧身衣里的尼克了。

那夜，我还睡了一个少有的好觉，快到中午时才醒来。达赖夸我真是个好睡手。“你可误了一场好戏看。”我问啥好戏，达赖说：“真绝了，这几个家伙给尼克灌鸡粪，你说这整治‘料子鬼’的办法他们咋想出来的？”我真有些穿越了，又回到了古老的传说当中。我祖母就说过，过去老辈子就给“料子鬼”灌鸡粪，没有整治不好的。听说，我二祖爷爷就是鄂尔多斯有名的“料子鬼”，流传在鄂尔多斯沙漠上那首民歌《露屁股的哈森尔》就是笑话我二祖爷爷的。

达赖哼唱了起来：

露屁肌的皮袍忽搭着
哈森尔的烟枪嘬打着
……

我笑了，出去看了看尼克。尼克还被紧身衣束缚着，就像一只破麻袋平躺在院外的沙地上。尼克还在有气无力地号着、干呕着，嘴中喷出的黑水水、绿水水洇湿了一大块沙地。达赖对我说：“姗娜真狠，连大胡子索亚尔的鼻子眼睛都皱巴成风干的山药蛋了，可姗娜眼皮都不眨一下，捏着尼克的鼻子就往嘴里灌，真狠啊！”我说：“达赖小兄弟，那可是真爱！”达赖说：“我听卡萨努说这小子是搞音乐的。”他指了指躺在地上直喘粗气的尼克，“这不远万里的，也真够可怜。”我说：“他就是个‘料子鬼’，吃鸡粪活该！”达赖说：“你也是个狠主。”我问：“咋不见老卡他们？”达赖告诉我：“他们去一个摄制点了。姗娜在给咱们做饭，她还得照顾尼克。说是下午还得给尼克灌鸡粪，要连灌三天哩。”

我说：“坏了，坏了，我这是在小说中瞎写的。这些傻女人咋死心眼啊，就照着做。我是真服了这些拍纪录片的！”达赖说：“她们才不傻呢，还在里面掺和着许多消炎、解毒的抗生素呢！卡萨努都记录了下来，还在里面解释说，这是古老与现代的大糅合、文明与愚昧的小步舞。”我说：“这老卡咋想的？她就是世界沙漠中的女妖精！”

中午吃饭时，问起卡萨努去哪了，姗娜说：“听说有一些牧民要讨论去非洲撒哈拉沙漠植树的事情，她丢下尼克就走了。肖，尼克不会被灌死了吧？”她说着，用刀子叉起一块培根放进嘴里嚼巴了起来，看来她的胃口不错。我问：“去非洲咋回事？”达赖说：“我那傻大姐，又让王文彪鼓动得心痒了呗？！”我问达赖：“你说的傻大姐是谁？”达赖道：“茹力玛呀！她可是我的亲堂姐！”

3

我笑了，说：“我还在你姐姐茹力玛家的牧家乐吃过饭哩！你堂姐家的手扒肉炖得可真香，你堂姐的歌唱得也好，临走结账卡刷得更好，消费都快赶上去迪拜塔的旋转餐厅了。”姗娜笑了，说：“差不多！”达赖道：“穷逛进城，富逛看沙。现在的沙漠观光者腰包不鼓就别在这嘚瑟。”我说：“对，对，我再也不敢嘚瑟了。以后，我就把老卡这儿当点了，喝老卡的手磨咖啡，吃姗娜的面包加培根。”达赖说：“你想让我睡多少天客厅的烂沙发啊？！肖哥，你就得碰上我那傻大姐，一刀子下去让你心疼得睡不着觉。”

茹力玛是去年当地宣传部门给我介绍的一个治沙女英雄。她原先的家住在一个沙窝子里，是达拉特旗和杭锦旗打交界的地方，那儿的沙更大更高，根本不易发展和居住。对一些自然环境极为恶劣的大明沙，上级的政策是把那些窝在沙窝子的农牧民整体搬迁出来，然后用绿色植物锁住大漠周边，限制明沙流动，尽量不去碰触它们，等着大自然进行自然恢复。

茹力玛不理解，问动员的干部：“我咋就移民呢？我家几辈子都住在这里呢！人家说搬进移民楼里，屎都拉不出来。还有，这家里的羊儿牛儿咋办？”苏木的干部说：“以后是人上楼，羊进圈，等着过文明新生活吧！”好说歹说，总算让茹力玛一家搬进了苏木的移民新村。她听不见家里羊羔的叫声根本睡不着觉，再加上头顶用水的哗哗声，真快把她逼疯了。苏木干部来回访时，她说：“结婚那天晚上我都睡得呼呼的，现在咋睡不着觉了？每天夜里都是瞪着大眼珠子到天亮。”央告干部让她搬回去，要不她就从这五层楼窗户跳下去。

苏木干部看着她那直勾勾的眼神，有些害怕。正好赶上搞荒漠承包，苏木干部就给她指了一块大明沙，让她承包搞绿化。她说：“我就想回到原来的地方治大明沙。一个地方住熟了，真的是离不开了。”苏木干部想，她只要不往楼下跳，想回原来的地方就回吧，反正都是大明沙。苏木干部对茹力玛的政策算是碗大汤宽的，茹力玛兴奋得不得了，又跑回大明沙里，只是原来的旧房子被沙埋了，再也找不着了。她也不怕，自己动手搭起了个柳笆房扎下了根。

她学小时候崇拜的治沙女英雄宝日勒岱，从远处移来沙蒿、沙柳往大明沙的脚下栽，先给这不听使唤的“野牲口”上上“脚绊子”。沙漠脚下都是湿乎乎的，明沙背面有阴凉，栽上的沙柳沙蒿都支棱着叶子，不像在沙坡阳面上栽的，全晒蔫了，干死了。摸着规律，见到成效，干起活来就不知道个早晚了。她饿了吞口炒米，渴了挖开沙子等里面的水渗出来掬起一捧喝个够。茹力玛干得浑身是劲，看见绿叶叶心里高兴，也没觉得吃下多少苦。

这是茹力玛亲口跟我说的。我觉得这话说得特别有劲，能一拳把人打个跟头。茹力玛说她有时也挺孤单的，这方圆百十里的沙漠上就她一个人，你说孤单不孤单？为了排解孤单，茹力玛就放开嗓子喊，她能喊得把库布其沙漠上的天空撕破了，她的声音还一股一股地往上蹿，她也不知道她的嗓音咋这么有劲。说来，茹力玛天生有一副好嗓子，蒙古女人都有一副这样的好嗓子。喊着喊着，腔调也就出来了，像是连接上儿时的记忆。于是，祖母的歌声，妈妈的歌声，姐妹们的歌声，骑在马上奔驰的汉子们的歌声，喝几盅酒就眯起眼睛唱个没完没了的阿伯嘎（伯伯）们的歌声，都有板有眼地从脑海深处泛了出来，又好像是从大漠深处的地心里涌了出来。茹力玛也没想到，原来她会唱那么多歌。

歌声陪伴在库布其大漠上。在移栽沙柳的时候，她放开嗓子歌唱：

金色、金色的红雀，在阿尔泰上空婉转啼鸣，
阿爸的女儿明龙花儿，在那四邻中间袅袅婷婷。
银色、银色的红雀，在小河的上空婉转啼鸣，
阿妈的女儿明龙花儿，在孟克的门上袅袅婷婷。

茹力玛背着沙蒿苗条走在沙漠间的羊肠小路上，她还在放声地歌唱：

棕色、棕色的红雀，在院子的上面婉转啼鸣，
娘家的闺女明龙花儿，在人家的门上袅袅婷婷。
你那花股股的辫子哟，拖在肩后呀长长地摆动，
你那深情的毛花眼眼呀，在人家的门上袅袅婷婷。

茹力玛发自心底的歌声，在库布其沙漠上空回旋，她在歌唱着春风，歌唱着小鸟，歌唱着云朵。她会唱那么多的歌子，还有的她只能体会哼鸣。原来在她的心里库布其沙漠深处贮存着一个巨大的歌的海洋。暑去寒来，不知过了几个春秋，在茹力玛的歌声中，沙漠换上了绿颜，不知多少个大明沙包子都披上绿装，还有各色的小花绽放在绿色之中，一眼望上去都是绿油油的。当她静下心来细细观看时，连她自己都不敢相信，这片绿色竟是她自己创造的。

那天茹力玛眼中涌出了泪水。丈夫骑着摩托车给她送给养，见她哭了好心疼，就说："咱回家哇！苏木领导说让你回来在移民新村收拾花木哩，一个

月给开800元工钱。不费啥气力，晚上还能和新村里的姐妹跳广场舞哩。”茹力玛说：“你看，我栽的明沙包都绿了。绿了一片，又绿了一片，连着片都绿了。”丈夫说：“前些年都有绿的哩，你忘了？”茹力玛说：“远了看是绿的，沙蒿就像是打的补丁。现在连地皮草都有了，还开了好看的小花呢！好些日子，我就觉得跟刚来时一样，咋全是黄澄澄的不经看呢？现在好，忽然一下下，它就全绿了，喜欢死我了！”丈夫说：“茹力玛，你想想，你来这里都快7年了！”一听7年，茹力玛愣了一下，然后“噢”的一声大哭起来，那哭声就是从胸腔里喷出来的。丈夫拍着她的肩膀头说：“哭吧，哭吧，金色的红雀，银色的红雀，棕色的红雀，我那毛花眼眼的茹力玛！”

苏木干部听说茹力玛染绿了一大片明沙，赶紧过来查看。不得不承认，人工植绿是要比大自然的自然恢复来得快。精准算了一下，竟然有8624亩。苏木干部赶紧上报旗里。旗里也很兴奋，派人一考核，绿染黄沙是千真万确的事。可就是有些地方绿化越过了旗界，这治沙成绩不知该算谁的。还有就是，以后林木补贴都不好发放，算一算有十几万呢！

丈夫埋怨茹力玛：“你咋不知道是谁的地界就瞎种哩！”茹力玛说：“那大明沙长得一模一样，我咋能分得清呢？再说，我这瞎种让大沙漠变绿不就行了？管他是中国哪个地界的！”有领导夸奖茹力玛说得好，在大会上还表扬了茹力玛两次。

后来有的企业承包这块地方，就是相中了这块地方的大明沙，说是要搞什么赛车俱乐部。茹力玛以一已之力绿化好的8000多亩明沙就像绿眼珠子那般漂亮，企业光场地租用费就给了几十万。

茹力玛一下子发了，好长一段时间成了新村人们喝奶茶时的新闻人物。然而茹力玛心慌慌的。丈夫说：“有钱是好事，你慌甚？”茹力玛说：“这些日子没树种，心里总是空落落的。”茹力玛想拿出20万元承包一块大明沙再种树，丈夫知道劝不住她，只好任由她去。可苏木干部回答她：“哪还有明沙可承包？现在明沙可香钱了，早被企业承包光了！”茹力玛失落得很。苏木干部对她说："你还是到企业去治明沙吧，人家那里有好多专业施工队都招人手哩，挣日工，一天200多元呢！"她便兴冲冲地去找企业。企业说："你只要组织起自己的民工联队，有的是大明沙给你们治。"茹力玛回去一发动，不少跳广场舞的姐妹们都愿意跟着她去种树。她们立即组织了一个"茹力玛民工联队"，去亿利集团跟着人家治明沙。丈夫安顿着：这次看准了，别再傻得找不着个方向。"茹力玛说："咱就是出日工，挣现钱！人家指哪儿我打哪儿。"

企业治沙有机械、有技术，让茹力玛开了眼界。企业用的是水汽种植法，一根高压水枪，往沙地上一插，几秒钟就冲出一个细洞，把树栽子往洞里一插，一棵树分分钟就种完了。人家美其名曰是给地球做微创手术，地层原来的结构尽量少打动，既保持自然状态，也易于树木生长。只是水汽种植法速度太快，茹力玛她们只是跟着插树栽子也手忙脚乱的。一根水枪后面跟着三个人忙活，一天就能栽满几面沙坡。茹力玛想：照这么植下去，这大沙漠很快就都能见绿了，我们咋办呢？技术人员告诉她："只要你想种树，有的是地方。你知道我们最快的种树纪录是多少吗？我们一个项目区7000多亩沙漠，16天种完。而且经过检验，成活率在85%以上。你们不用满头大汗地跑。咱搞技术革新，就是为了解放生产力。"

空闲的时候，茹力玛就高兴地唱歌。她亮开嗓子一唱，企业的技术人员惊得说："我还以为是女歌唱家来了哩。"茹力玛说："过去我是唱给自己听，我就是唱着歌7年绿化了8000亩沙漠。"技术人员说："你就尽情唱吧。咱们一天的定额是种500亩，等不到太阳偏西就干完了。用上了技术，沙漠上植树真不是什么体力活了。"于是，茹力玛唱歌，姐妹们也跟着哼哼，不一会儿竟然都能唱了。原来这些歌都刻在她们的脑海里，好像一张口就自动流淌了出来。那天，大家唱得激动万分，歌声一直在沙漠上空盘绕。后来，人们都知道了茹力玛民工联队歌唱得好，称她们是"百灵鸟植树队"。

"五一"时项目部组织联欢，各个民工联队都要出节目。茹力玛带着姐妹们唱歌，一开口，会场上立即静了下来。那声音高高低低、曲里拐弯直往人们的心里钻，让人听得如醉如痴。有些人当场把视频发了微信朋友圈，人们纷纷点赞、转发，她们这些百灵鸟更出名了。有个民工联队长对茹力玛说：“你们来我们工地上唱歌吧，工资照发。大家听着高兴，干活就更有劲了。”茹力玛说：“我们是来种树的。你们要是想听，我们姐妹们抽空就去唱！”

有几位专家仔细听了她们的歌，惊讶不已，认定她们唱的一些歌是古如歌。“古如”是蒙古语，意即官府、宫廷。“古如歌”就是宫廷之歌。这古如歌得有个七八百年的历史了，是成吉思汗时期就流传的。专家们讲这些歌是多么多么的重要，是国家的非物质文化遗产，听得茹力玛一头雾水。她说：“我还以为就是沙漠里的歌呢！”旗里文化馆的人听说后，还专门组织她们来演唱，说要存音像资料。可茹力玛找不到在沙漠里唱歌的状态了，就是跟着感觉唱了一些歌。文化馆的人激动地说：“这是老祖宗留下的宝贝，被我们在库布其沙漠里挖掘到了。”他们还要把她申报为非遗传承人。人家询问她的家庭谱系，她想了半天，祖祖辈辈里也刨不出一个进过官府的，只能说是库布其沙漠里流传的。

她还是跟着施工队在沙漠里植树。上午过来时还是大明沙，下午返回时，明沙头上就全是树了。茹力玛眼见着沙漠一大块一大块绿了，就好像走进了一个无边无际的绿色梦幻之中……

4

亿利集团绿化沙漠出了名，全国有沙漠的地方都来请他们合作治沙。茹力玛还跟着公司的一个专业施工队去西藏山南、新疆塔克拉玛干沙漠里种了几年树。茹力玛的歌声又响在了雅鲁藏布江畔、塔里木河两岸。

项目完成后，茹力玛用挣来的钱在新村附近的沙地上建了一个牧家乐。丈夫炖的手扒羊肉是远近出了名的，他在苏木食堂做了10多年饭，这次也让她挖过来了。

上面还给她挂了古如歌传承人的牌子，帮她添置了一些乐器，让她和姐妹们能时不时地练练歌。又有好多人要加入进来，但因场地不够用，苏木补助点，茹力玛又扎了顶大蒙古包当作古如歌的练习演唱地。一切安置好后，新村里有些活动也在这里举行。茹力玛的牧家乐办得红红火火。

过去一块施工的工友们有时也来这里吃手扒肉。听他们说，开《联合国防治荒漠化公约》第十三次缔约方大会期间，亿利集团要与非洲以及“一带一路”沿线国家签订治沙协议。茹力玛的心又动了，她想走出国门去治沙。

听说要开去非洲的吹风会，卡萨努这只沙漠老鼠一早便赶过去了。我也想去听听看看，达赖说：“我用摩托车带你去的话穿小路半个小时就到了。”达赖去发动摩托车。姗娜说：“尼克你们不管了？”我说：“咋不管？你看，尼克眼巴巴地等你灌鸡粪呢！”姗娜又叫：“好可怜的尼克，我就来，就来！”

达赖摩托车车技极好，车在起伏的绿浪当中就像跃动在大海绿浪上的一只冲浪舢板。当我们赶到茹力玛的牧家乐时，只用了不到20分钟，时速达200多公里。我对达赖说：“你跟姗娜可有一拼。”达赖说：“姗娜可是专业车手，我哪是她的对手？姗娜出场费和大牌明星差不多。”

进了蒙古包，就见有几十个人围坐着，在听一个瘦高的干部模样的人讲话。这人我见过，前些日子我去银肯塔拉采风时他接待过我。他过去是旗里的一个局长，现在退居二线了，被旗委组织部委任为党建指导员，专门负责联络非公企业的党建思想工作。他是蒙古族，我称他为巴局长，他说叫老巴就行了。老巴正在做着总结：“大家都讲了不少，茹力玛的提议也非常好。坚决‘走出去’，为‘一带一路’做贡献，咱库布其人得有这个信心和魄力。出去了，你们代表的就是中国。我这次来是先摸摸底，看能组织一支什么样的队伍，承担什么样的任务，为我们的企业老总做决策时参考。这次可是国际合作，我听说是要和人家国家总统签协议的。我一定把大家的信心、决心反馈给企业老总，库布其儿女给他撑着腰哩！”有一个女人说：“我这辈子还没挣过外国人的钱哩。过去上新马泰净给外国人花钱了。”众人都笑了。老巴说：

“我说过了，这叫国际合作，互惠互利。你们看，国外的媒体很关心这个事情，一直跟着拍摄。”他说着用手指了指索亚尔。索亚尔正拿着机子认真地工作，一副非常专心的样子。老巴笑着说：“咱这小会升格了，外国媒体还关注着哩。”达赖说：“这是我哥们儿，是拍库布其纪录片的，不是媒体的。”老巴说：“你当我不知道哇？这么多年了，这些老外也真是不容易啊！”老巴忽然发现了我，冲我点点头算是打过了招呼。

我一路寻着卡萨努，问索亚尔，说她和茹力玛在一起。我在蒙古包里没有见到她和茹力玛，正疑惑着，达赖说她们来了。抬头一看，一群着民族服装的人走了进来，有十几个，有几位手里还拿着各式乐器。卡萨努手拎着小摄像机，正对着他们拍摄。老巴站起来带头鼓掌，说：“我这次要饱耳福、眼福了，得好好欣赏欣赏咱老祖宗留下的古如歌。”这些着民族盛装的人分站两排，前排站着茹力玛。她穿着艳丽的袍子，还戴着一顶头戴，和我上次见面时大不相同。有几位老者和手操乐器的人坐好落定。那种庄重的仪式感，确实让我这个鄂尔多斯人开了眼界。声音先从茹力玛的嘴中传出，一串串长长的歌声飞了出来，其夺人之势甚烈，像是一下子把你的心房捏住了，那声音就像是从地心中升腾起来的，又像是天籁之音从遥远的天边传来，久久回荡在人们的心头……当这声音慢慢消去成为余音时，马头琴声才响了起来，其他乐器也不时涌进，变为和弦。当歌声再次响起时，我发现弹拨乐器的人都跟着咏唱起来。索亚尔认真地工作着，悄无声息，就像一架机器，但他的镜头已经对准了观众。我身边的老巴虽紧闭着眼睛，但我还是看到他的泪水从眼角漫漫渗出，很快铺满了脸颊。

在库布其沙漠的腹地，我还是头一次听到如此让人心动的古如歌。我只知道它是宫廷歌曲，演唱的歌曲大多是颂扬政律的。和声静了下来。按我对歌曲演唱的理解，此刻又该是出乐器声了，是马头琴还是扬琴？是四胡还是笛子呢？但都不是。又是高亢入云的歌声从茹力玛的嘴中传出来，就像是在耳边刮过了一阵风。真的，你的眼前竟然是歌声在翻滚、在跃动。一刹那，我恍惚触摸到了歌声，似乎一伸手就能把歌声拥入怀中。我发现自己是真的有些癫狂了，甚至出现了幻觉，我人生中最激动的那一闪瞬间去了……也许这就是艺术的独特魄力，它带给人们电光石火般的灵感！

茹力玛的歌声把我带进了库布其沙漠，一群群植树人从绿色的林海中走来，从荒蛮的大漠中走来，都像是歌声的音符在我的脑海跳跃，让人情不自禁地想融入他们当中。同样，这歌声把我带回到了七八百年前的蒙元王朝鼎盛时期，在宫殿如林的鄂尔多斯高原，听到了蒙古儿女的热情吟唱，我像穿越一般，颇有点马可·波罗游大元的感觉。感谢马可·波罗把中华的大漠草原介绍给了世界，今天同样也感谢10万库布其儿女用心血智慧创造的库布其模式，赢得了世界的尊重，也影响了世界。这倾听让我很是吃惊。天呐，我的思绪就这样跳出来蹦去天上人间的。

一天，卡萨努接了一个电话，立即叫上索亚尔、达赖驾车出去了，连个招呼都没跟我打。我也离开了工作室。后来过了好多天后，她忽然给我发了一条语音微信，说她正在百万亩甘草吐翠、千万株青杨挺立的库布其沙漠上，记录来自埃及、博茨瓦纳、布隆迪、利比里亚、南非、冈比亚、坦桑尼亚等27个非洲国家的记者们组团走进库布其沙漠采风的行踪。“这非常有意思。如此大规模采风，我从来没有见到过，我要一点一滴地把它记录下来……”原来她是在干这个事情，我不得不佩服她的敏感和雷厉风行的做事风格。

2017年9月6日，《联合国防治荒漠化公约》第十三次缔约方大会在中国鄂尔多斯市召开，这是世界级的盛会。来自全世界196个国家和地区的代表共同起草签署了《鄂尔多斯宣言》。其中，中国库布其沙漠防沙治沙的成功实践被写入190多个国家代表共同起草的《鄂尔多斯宣言》里，大家一致认为这是“值得世界借鉴”的。习总书记亲自为大会写了贺信。这次大会的主题是：携手防治荒漠，共谋人类福祉。

为了开好这次大会，早在2016年的夏天，联合国副秘书长兼环境规划署执行主任埃里克·索尔海姆就亲自带着世界顶级的生态专家、沙漠专家、防治荒漠化专家对库布其沙漠治理进行考察。他对中国鄂尔多斯的荒漠化治理和产生的库布其模式非常感兴趣，说：“库布其沙漠生态经济的发展模式和实践，将为世界上其他面临荒漠化问题的国家和地区提供经验。库布其治沙经验、技术、理念和模式，值得全世界推广和借鉴。习近平主席‘绿水青山就是金山银山’‘美丽中国’‘生态文明’这三个思想在库布其得到了集中体现。”

鄂尔多斯这个曾经黄沙弥漫的世界，这个因为自然环境恶劣，在20世纪70年代被联合国的某些官员判定为“不适合人类居住之地”，现在却占据了世界荒漠化治理的高地。鄂尔多斯儿女创造的库布其模式就像一面旗帜，引领着世界防治荒漠化的方向。现在的鄂尔多斯吸引了世界，库布其沙漠的巨变就像一个神话，激荡着整个地球。中国向世界奉献了库布其模式，这是典型的“中国创造”和“中国智慧”，《鄂尔多斯宣言》的横空出世，说明中国在世界荒漠化治理中掌握着话语权。库布其模式有一条贯穿的线，那就是紧紧围绕着习总书记提出的“两山”生态理论做事情，建设绿水青山，收获金山银山。我在绿色的库布其沙漠上驾车行走，眼前绿地闪过、蓝天闪过、白云闪过、碧水闪过、一座座现代化的种植养殖基地和新能源设备闪过……处在此情此景中，你再回味习总书记讲的“绿水青山就是金山银山”，更感言简意赅、回味绵长。这是中国生态文明建设的实践总结和高度概括，这也是对防止和治理世界环境加剧恶化开出的一剂中国良方……

2018年的秋天，我接到卡萨努给我发的一条微信，说是世界治沙领导者王文彪与尼日利亚总统在尼日利亚撒哈拉沙漠推广库布其模式并达成了协议。如此说来，茹力玛的非洲植树之行怕是不远了。我问卡萨努在哪，她说就在尼日利亚的沙漠里选拍摄点，她说：“真想在非洲见到库布其的兄弟姐妹们！我也想我老汉了。肖，我快要回库布其了。”我问：“索亚尔把你甩了？”她说：“噢，他就像一头非洲驴子，在我身边啃煮马铃薯哩！”噢，我也一下子明白了，她给我说过，索亚尔是个“嫁给”库布其沙漠的女人！我又想起了姗娜，想起了尼克，想起了尼克听古如歌时的情形。

那天回到工作室，工作狂索亚尔正剪辑拍摄的素材，声音放得并不大，而耳朵高度灵敏的尼克还是听到了。这“料子鬼”还被束在紧身衣里，躺在沙地上。他在院外头大叫着：“歌声再大点！”索亚尔喊姗娜：“你看是不是到时间了？该给尼克喂点好东西。”姗娜说：“都快熏死我了，我刚洗完澡，明天早上7点是不是，肖？”我点了点头。尼克的喊叫声又传了进来。达赖把自己的手机录像声音放大，让姗娜送了出去。过了一会儿，姗娜跑了进来，抱着卡萨努呜呜地哭了。我们都很奇怪。卡萨努拍着她耸动的肩头说：“姗娜，不哭，好孩子。爱他，你就要学会承受。”姗娜摇着头说：“不是，不是！茹力玛的歌声一起，尼克听着听着就哭了，他的眼睛又像清澈的海水一样蔚蓝了，闪着光。”啊！那是库布其沙漠给人的生命之光、希望之光！

四　王果香走上联合国讲台

1

有资料显示，现在每年被沙漠吞噬的良田有上千万公顷。30多年前，沙漠诗人周雨明看到被荒漠化吞噬掉的600万公顷土地时顿生感慨，抚今追昔，写下了《图腾》这首诗，回溯人类童年的图腾崇拜，呼唤人们联手抗击沙害。诗歌大意是，远古时期因为虎狼凶猛、猛兽吃人，人才会把它们崇拜，并把猛兽作为族徽图腾来崇拜。人们是想借用猛兽的威力，用图腾激发出的神威去征服森林、草原上的猛兽，发展氏族。当人类走出茹毛饮血时代时，就开始有了农业文明。

诗人写道：

“坎坎伐檀兮”的歌声
这号子比追捕野兽安全十分
而不能当场回击的树木
只好对伐木者百依百顺
别以为森林不存在思维
毁灭之后必将对毁灭者实施报复
来不及后悔的氏族消失了
尚未绝望的众生尚在侥幸
地球每年丧失600万公顷土地
可怕，沙漠化无异于悄悄杀人
对灾难的阻击已经开始
圣战者，只求把血液化作甘霖
20世纪的呐喊同样可贵
绿树，必须做人类永恒的图腾

我现在只能想象当时先生呐喊此诗时的心情，从诗中感受到的是诗人强烈的生态危机意识、地球忧患意识，住在陋室中的先生担忧着人类的未来。

在这场人与沙的世界战争中，诗人提出人类应当以绿树为图腾——这是振聋发聩的呐喊。树为图腾，不是空穴来风，不是诗人无端的想象，而是有着满满的鄂尔多斯绿色情愫。在诗人的晚年里，他曾拖着带病的身躯，奔走于鄂尔多斯大地，辛劳于库布其沙漠之中，往返于绿植锁封的穿沙公路上，写下许多讴歌治沙者、绿化者的诗篇。但“局部好转，整体恶化”的态势并没有得到根本遏制。沙漠化像瘟疫一样蔓延在我们生活的这个星球上。

在沙漠，因为没有树，人们才开始崇拜树，以树为神。在库布其沙漠，我就看到过有人给树披红，还有的给树唱戏。凡是有些年头的树都会受到神一般的礼遇，尊其为神木神树。树前还摆着供桌，焚着香，摆着供品。善男信女跪了一地，磕头不止，献的红布上写的大多是“有求必应”。

诗人呼唤，要把绿树作为人类永恒的图腾。这是不是受了库布其沙漠上的人们对树的顶礼膜拜的启发呢？我不得而知。但我听说，诗人是最早进入库布其沙漠深处观察奇异的大漠神光的。我曾听与先生同行的人讲，那天夜里，在沙漠里奔波劳累了一天的人们聚在一座蒙古包内喝酒，先生不善饮酒，象征性地喝了几杯，便提出去蒙古包外转转，大家都说先生是出去找灵感了。没过多久，先生返回来兴奋地告诉人们在沙漠上有神光出现，整个沙漠都从黑夜中跳了出来。人们以为先生正在抒发诗人的浪漫情怀，不大理睬。倒是那位同行者跟着先生去观看，发现确有光幕在漆黑的库布其大漠上空不时显现，但把大漠照亮他是没见到。先生说，记住这个地方，这里一定会有神奇的光幕出现，人们会在这里观察到大漠神光。先生现已故去，也无法考证这件事情的真伪了，但我希望先生就这样活在传说中，也愿他的诗化成大漠神光照亮沙漠的沉沉暗夜。

5年前的一个深秋，我驾车到了库布其沙漠。副驾驶座上坐着卡萨努，后面座位上躺着呼呼大睡的索亚尔。卡萨努说：“可怜的索亚尔，她对沙漠没感觉了。”沿着黑亮的穿沙公路，我们慕名来到了大漠神光景区。这里现在已经成了旅游景点，而且神光被越传越神，与先生的发现和同行者的说明已经大相径庭。

最流行的版本是说有人赴库布其沙漠探险迷了路，还遇上了沙尘暴，此时天昏地暗、日月无光，这人又累又渴，最终倒在了沙漠上。昏迷之际，一白胡子老者飘然而至，给他喝了水，还告诉他跟着老者走就能走出沙漠。他一激灵醒了，而且精神大振，只见沉沉夜色中有一束白光闪动，像是为他指路。他跟着这束白光整整走了一夜。当启明星升起时，那道白光固定不动了，显现出一座高高沙梁的朦胧剪影。他赶紧爬上这座沙梁。那道白光忽然消失不见了，他一下子愣怔了，不知该怎么办。当绝望再次袭来时，他听到隐隐的嗡嗡声，再仔细听竟然是汽车马达声。原来远处就是一条公路。他一下子知道自己得救了，疯了一般朝着灯光跑去……还有的版本更玄更神，说那白胡子老者是一只白狐狸精变的。这位探险者的母亲，早年是来这里垦荒的兵团战士。这位女知青心地善良，救治过一只被鹞子抓伤的小狐狸。小狐狸现在成了精，感恩才救了当年这位女知青的儿子。越传越像真的，在沙漠里见到过这位白胡子老头的人也越来越多……人们共同创作着这部现实主义和浪漫主义相结合的民间故事。这也激发了当年插队知青、兵团战士的怀旧情结，或结伴而来，或带儿携孙。

近年来每到夏天，父亲和一些仍留在鄂尔多斯工作的兵团战友就处于亢奋之中，他们不断邀约天南海北的战友重返库布其聚会，还高唱着当年的歌儿，真是一群可爱的老头老太太！北京的来了，上海的来了，保定的、青岛的来了，美国的、加拿大的来了……

有一天，父亲聚会结束，还穿回了一身绿军装，背着军用挎包，包上写着“广阔天地大有作为”字样。父亲喝了不少的酒，在屋子里转着圈说：“作为啥了，儿子？你说老爸作为啥了？整整8年啊！除了几间烂房，连一棵树都没有留下啊！”

这些年，库布其沙漠声名鹊起。许多人慕名而来，被库布其沙漠的治理速度所惊呆，早上刚刚路过的沙漠，下午返回时沙漠已经换上了绿装。人们发现，公路两侧的沙漠越来越少、越来越小，放眼望去，绿色像海浪一样望不到头。想看点像模像样的大明沙，你得驱车往沙漠腹地找，看沙漠也成为一件奢侈的事。

有媒体传言，中国第七大沙漠、也是离北京最近的沙漠——库布其沙漠，消失近在眼前。就像当年的毛乌素沙地消失一样。出于好奇，来库布其沙漠旅游的人越来越多，其中有不少探险者，更多的是户外活动爱好者。“驴友”们三五成群便进入了沙漠。在里面转了向的大有人在，的确也有在探险途中出事故的。他们还真以为沙漠没有脾气呢。无序的探险者，频发的事故，给沙区政府带来很大压力，尤其是公安、消防、交通部门，整日接警出警，苦不堪言，政府资源不能得到有效利用。市政府通过新闻发言人，呼吁人们赶快结束这种无序探险的状况，并制定了一些有效措施，才使情况得到了扭转。

按照导航所提供的路线，我们驱车很快到了神光客栈。姗娜正在客栈门前冲我们招手。客栈内已经聚起了许许多多各种肤色的玩车高手，四周停满了各类大马力的越野车。她高兴地又蹦又跳——这是我第一次在库布其沙漠见姗娜——说什么我都不会想到，几年后她会找一个来库布其沙漠戒毒的男朋友。我看着“神光客栈”这4个字，忽然兴奋地叫了起来。卡萨努说：“见了姗娜不至于激动成这样吧，肖？”我跑到一边给父亲打电话说：“老爹，我知道‘栈羊’的‘栈’字怎么写了，就是‘客栈’的‘栈’。栈羊就是指栏里养的育肥羊。”父亲淡淡地说：“栈，棚也。《说文解字》上有。宋诗有‘栈羊筛酒待公归’一句。”父亲说着放下了电话。而闹明白困于学生时代的一个字，让我分外高兴。羯羊，栈羊，原来挂在鄂尔多斯人嘴上的净是古语。

姗娜穿着一件皮队衣，后背上印着“风水梁”3个大字——这是库布其沙漠里一个赛车俱乐部的招牌。在赛车界，提起“红旋风”无人不知。一台美国道吉越野车被她装扮得像一团火。赛车一开，她就像扫荡在沙漠上的一股红色旋风。她的车头上画着一只彩色大公鸡，整个红色车身散发着法兰西式的浪漫和热情。从撒哈拉到塔克拉玛干，从腾格里到库布其，从巴丹吉林到乌兰布和……只要是沙漠越野赛，总能看到她的靓影。姗娜请我们吃烤全羊，说：“老板说了，全是上好的栈羊。”接着对卡萨努又说，“咱们大碗喝酒，大块吃肉。”索亚尔说：“来回跑300多里就为这一口吃的。”姗娜领我们落座。座上还有几个赛车手模样的人，与卡萨努打着招呼。这些人都穿着与姗娜同款的皮衣，背上都有“风水梁”3个字，看来他们都属于同一个俱乐部的。我想，库布其沙漠上也有敢玩赛车俱乐部的主儿了，这人得有多少钱啊！索亚尔忽然傻傻地问我：“‘风水梁’是不是风干羊肉的意思？”我一时有些懵了。卡萨努对我说：“别听他的，他跟你装傻呢！他在风水梁拍了多年片了，什么不知道？他净装傻。亲爱的，以后不许跟肖装傻！”索亚尔冲我狡黠地笑了笑。

脆皮红通通的烤全羊跪在小餐车上被人推了过来，羊嘴上还衔着一束带绿叶的红花。餐车后面跟着一个祝颂人和几个手捧哈达的姑娘，还有烈酒，这阵势看着挺排场的。姗娜说，她的出场费进账了，想让兄弟姐妹们高兴高兴。

祝颂人放开嗓子，颂道：

在莫尼山前，吃河套的草，饮黄河的水，一色万群中，精心育成的，肥如脂球，毛如蛋白，胸脯平正，尾巴沉甸……如珍似宝的白绵羊，一件件把它卸开……用银鞘蒙古刀，从肥尾的前边，从胫骨的后边，一一把它切开，献给首席上宾，献给全体贵客……

我知道这是“秀斯赞”，也称“羊背子赞”，是库布其沙漠上蒙古族待客的最高礼仪。姑娘的敬酒歌唱了起来，大碗的酒一一端了上来。赛车手们如英雄聚会，享受着蒙古族待客的最高礼遇。赛车手们激动地端起酒，一碗碗地干了。姗娜高兴地喝了，啊啊地咧着嘴，像是被烈酒呛辣的，然后她主动当了监酒官，谁没喝尽她就“不不不”地乱叫，直到你把酒喝干。然后大家大块吃肉，就用手抓着吃，真畅快啊！大漠烈酒，好不让人心醉！我们都唱了起来。那天，姗娜唱了法国民歌《小星星》，索亚尔唱了意大利民歌《桑塔露其娅》。那天，我也醉舞醉歌在其中。卡萨努啥也没唱，只是色眯眯地看着索亚尔，一个劲儿地感叹：“索亚尔，你真好暖！库布其沙漠，你真好暖！姗娜，你真好暖！肖，你真好暖！”

我们和一些车手蹒跚至沙漠高处，观看大漠神光。这天，夜的幕帷刚笼罩在库布其沙漠的上空，一牙上弦月歪歪地挂在库布其沙漠的上空，天空上的星星格外浓密，有的都像挤在了一起，星月一同闪着淡淡的光。头上就是星星闪烁的天河，无边无际，遥远还是遥远，卡萨努又说了一句：“库布其沙漠真好暖！”在星光下，沙漠呈现出剪影，起伏延绵，没有边际。沙里秋虫的鸣叫更衬得沙海静寂，人们都被这美丽的沙漠秋夜美醉了。这是我见过的夜空最多的星星，既遥远又亲近。望着深邃的天空，让人感到自己是那样的微小，尤其是在这样的秋夜，微风掠过，秋意朦胧。

姗娜就坐在我身边的沙土堆上，正托腮出神地仰望着稠密的星空。星汉灿灿，时有拖着长长尾巴的流星闪过我们的眼帘。夜空还不时闪现出飘浮的白光，这大概就是传说中的大漠神光。姗娜问我："为什么是神光？"我告诉她，大漠神光起始于一位中国的老诗人周雨明先生，那是20年前穿沙公路修建时，周雨明先生应邀来穿沙公路采风，也是在这样一个星光灿烂的夜晚，诗人发现了大漠神光，并将之传于世供后人欣赏，于是大家就慕名来了。姗娜问我："你是诗人吗？"躺在姗娜脚下地上的卡萨努说："他就是诗人嗳！我说在这样的大漠神光下，静思者都是诗人。"姗娜笑了，在淡淡的星光下露出了一口齐生生的白牙。她告诉我，她曾多次来库布其沙漠参加越野赛，像"中俄德库布其沙漠拉力赛"等，但她忽然发现库布其沙漠变矮变低了，许多高高的沙山不见了，变成了森林草地。"那些又高又大又陡的沙山去哪儿了呢？"她问我，"是让愚公移走了吗？"我说："我也和你一样，一直在为这个问题寻找答案。"姗娜轻轻叹了一声。我十分理解沙漠越野车顶级高手没有对手可征服那种寂寞，便随口嗯嗯着表示理解。姗娜忽然笑了，说："库布其沙漠是我见过的最美丽的沙漠，我喜欢在起伏的绿色的海洋中兜风，尤其是当你知道这座沙漠的过去，你会感慨万千，甚至会不由自主地掉下泪来……"

2

绿色是没有国界的，库布其带着美丽的现代传说融入了世界。

近些年来，世界的荒漠化治理者几乎是朝圣般走进库布其沙漠的，共同研究探寻库布其模式，以期在世界荒漠化治理上打造一个标杆。而我知道，这个标杆是绝路逢生的产物，是数十万库布其儿女用心血智慧通过几代人的努力换来的，是沙老虎逼出来的，是无法摆脱贫困愚昧的库布其儿女艰难几十年探索出来的。为了活下去，为了放牧的牛羊，为了我们的家园，库布其人修建草库伦，改建水浇地，种植人工林……在茫茫大漠上播撒着星星点点的绿色，在贫瘠的土地上收获着微薄的希望。尽管在库布其沙漠上出现了千百个像徐治民、莫日根道尔计这样的沙漠圣斗士，创造了无数个穿沙公路、恩格贝这样的治沙奇迹，但库布其沙漠始终没有摆脱“局部好转，整体恶化”的生态怪圈。

新旧世纪之交那几年，鄂尔多斯市碰上了连续3年的大旱，赤地千里，大漠生烟。2001年，全市8348万亩草场有一半没有返青，1686万亩草场的草枯死；沙漠化面积和础砂岩面积各占市域国土面积的48%，这两个被称为“地球之癌”的病痛无情地折磨着刚刚成立的鄂尔多斯市。沙尘暴越来越疯，被沙压死的牲畜越来越多，人们曾在一只被沙压住的活羊身上抖下20多斤沙土来。好多羊被沙子埋得只露出个小脑袋，凄凄惨叫着。好多年来，圆圆的白色“护士帽”几乎成了鄂尔多斯女人们保护一头秀发的标配。

鄂尔多斯沙漠的女人们在治理荒漠化中从来“巾帼不让须眉”，她们一直战斗在风沙第一线，被人们称为“给沙漠点颜色”的巾帼英雄。

历史上的黄河南岸达拉滩，是一片水草丰美的湿地。曾有民间小调这样描述这片地方：

> 打鱼划划渡口船，妹妹坐船哥来扳，
> 杰克斯台到乌兰，海海漫漫米粮川。

就是在这片达拉滩上，诞生过一位治沙女英雄，她叫王果香。老人为她起这个名字，寄托着对瓜果李桃遍野、四处飘香的美好向往。

就是这样一个好地方，却经不住犁铧的滥垦、人们无节制的掠取，海海漫漫的米粮川上起了沙丘，逐渐成为一片荒漠，与北移的库布其沙漠渐渐连成了一片，成为库布其沙漠的一部分。再加上黄河的淘涮，可耕地更是少得可怜。农民们只得在黄河滩上种些地，这些地被当地人称为“抢河头”。黄河秋水常常不期而至，为了抢收来不及收割的秋粮，人们只得乘着船在水里掰玉米，捞豆子。

1987年，当有关部门梳理王果香所在树林召公社的水浇地时，竟然连1公顷都收揽不到。1公顷，就是可怜的15亩啊。而所在公社辖域面积是600多平方公里啊！此时的库布其沙漠仍张开血盆大口不住气地吞吃着、侵蚀着，人们在贫困线下挣扎着。

1987年，王果香来到树林召乡当副乡长，主持农林牧及治沙工作。她提出，要想发展农牧业，先要治住沙害，控制住库布其沙漠的北移。一个女人要治沙，当时说法不少，王果香都顶住了。她啥都顾不得了，孩子、家庭——一个女人最看重的，她都顾不上了，只是一心规划、检查、督促全乡的治沙工作。她身体力行，扑在治沙第一线。植树种草，她带头领着乡亲们干；跑项目、找资金，她从不退缩。上级有关部门的领导都认识这个风尘仆仆的年轻女乡长。

她还动员妇女们投入治沙工作，因户制宜、因人制宜地建设起了家庭小果园、小药材园，让妇女在库布其荒漠治理、建设美好家园中发挥更大的作用。王果香知道，库布其的女人们格外爱家，格外重视家园建设，因为她就是从这样的家庭走出来的。贫困体现在吃穿上，没有人比她们更了解吃不上、穿不上的苦楚，没有人比她们蕴藏着更多的改变家庭命运的热情。家园是女人们的命。

女人们上阵了，这是库布其沙漠治理上一道亮丽的风景线。这些女人们用热情、汗水改变着家园，她们起到的作用远远超出了人们的想象。

王果香带着乡亲们不住气地在沙漠里忙碌着，一晃就是8年，库布其大漠的雨雪风霜刻印在她的身上。当1994年的新年钟声敲响时，王果香才猛然意识到，自己已经步入中年——40岁了，这个年纪标志着一个女人的青春不再。现在的我无法体会王果香当时的心情，她会不会感叹青春去哪儿了呢？但我从树林召乡1995年的一个统计资料中感受到了王果香的青春好年华。在王果香人生最好的8年间，她带领全乡营造防沙固沙林2744公顷，飞播造林2333公顷，营造妇女工程林1700公顷，义务植树98万棵；控制流沙面积7100公顷；创建家庭小果园、小药材园80公顷，建造了3333公顷治沙项目示范基地。全乡森林覆盖率由8年前的12%提高到21%。王果香的青春就在这枯燥的统计数字里，但王果香留在库布其沙漠里的是绿翡翠宝石一般的美丽，永远在库布其大漠上散发着果木的清香，果香永远，永远果香！

我在翻阅这些历史资料时，感到以公顷为统计计量单位时有些奇怪，为什么其余的计量单位都是亩，这份资料却用国际通用的计量单位公顷呢？经调查方知，这些原始数据来自联合国开发计划署电视部“防治荒漠化成就”摄制组。就是这个摄制组，在为树林召乡这8年巨变而拍摄的专题片中使用了公顷这个计量单位。这是怎么回事呢？树林召乡这个在内蒙古地图上也很难找到的地方，为什么引起了联合国的注意和青睐呢？

3

原来，《联合国防治荒漠化公约》组织在库布其沙漠考察荒漠化治理时发现了王果香和树林召。当这个他们印象中的不毛之地忽然出现大面积的茵茵绿色时，吸引住了这些联合国官员。他们听完介绍后知道，这一切奇迹都是在一个普通女人的主持下用8年时间完成的，他们都不禁伸出了拇指夸赞起来。当时，《联合国防治荒漠化公约》组织秘书长迪亚罗和项目官员卡尔博马顿一行，都被王果香的事迹感动了，因为这些联合国官员太了解荒漠化肆虐的国家和地区的女人的地位。人人颇有一番感慨，都不禁啧啧直叹OK。

尤其是在王果香主导下树林召乡的女人们搞的那些庭院经济，包含着女性浓浓的家园意识和对美好生活的向往和追求，他们认为是世界首创。

女人，代表着世界的另一半。实际上组成世界的人类结构没那么复杂，就是两类人：男人和女人。当王果香款款地出现在他们面前时，这些联合国的官员们都不禁瞪大了眼睛，他们此刻在想什么我已经无法知晓了，也许人权、女权、平等权、生存权、发展权这些常挂在嘴边的字眼一一划过他们的脑海，而此刻，这一切又都集中体现在这位中国女性身上。在他们眼里，这个女人就是闪光的中国。哦，中国，竟是这样的真实，这样的具象！迪亚罗先生高兴地说："中国人了不起！中国的妇女更了不起！你在库布其创造的经验，不仅是中国的，也是世界防治荒漠化很好的经验。"他临走时不住地感慨："哦，库布其，哦，世界……"

迪亚罗先生离开库布其后一个月，联合国开发署的摄制组来到了树林召，来到了王果香和她的乡亲们中间。这是个极具权威的摄制组，由一伙国际知名的新闻记者组成。这些无冕之王们前后在树林召乡的沙漠里工作了几十天，其工作态度之认真、调查之严谨、采访之细致、提问之刁钻，都给树林召的乡亲们留下了深刻的记忆。

世界上许多媒体听说联合国摄制组在库布其沙漠拍摄专题片时，这些鼻子甚灵的媒体人已经预感到库布其沙漠可能发生了什么，接连派员来摄制组探班。这是一伙沟通起来有些费劲的人。当你说到这里是不毛之地时，他们会问"真的是一株草都没有吗"；当你说到这里是兔子不拉屎的穷地方时，他们会问"为什么是兔子，而不是别的"；当你说妇女发展的庭院经济就是建设绿色银行时，他们会问"能直接取钱吗"……搞得你难以回答，更是哭笑不得。这中间有文化的差异、西方记者的幽默和有意的调侃，当然也有装傻充愣耍混蛋的。但来的都是客，树林召的乡亲们充分表现了"有朋自远方来，不亦乐乎"的古风，热接热待，非常得体。

就是在这种碰撞交流之中，联合国摄制组完成了专题片的摄制。在后期制作时，他们对数据的求证几乎到了苛刻的地步，翻来覆去，覆去翻来，没有半点马虎。王果香对此表示理解，因为树林召的经验将向世界推广，必须经得起推敲、考证，因为它代表的是中国。

一年后的6月17日，是世界第二个"防治荒漠化和干旱日"，这部介绍库布其沙漠治理的专题片同时向43个公约国家播出。一夜之间，王果香和她的树林召从库布其大漠走向了世界。世界记住了王果香、树林召和库布其。这是库布其防治荒漠化经验第一次走进世界的视野——它告诉库布其儿女，世界并不远。让我们记住这个日子吧，公元1996年6月17日。

王果香和树林召的治沙事迹引起了世界的注意，她多次受世界防治荒漠化组织邀请，来到联合国总部，去往埃及、肯尼亚等国家，讲述库布其沙漠女人们治沙致富的故事和她们防沙的经验。她被媒体称为“种树种到联合国讲坛的人”，并被评为中国十大女杰。

鄂尔多斯沙漠从来不缺治沙女杰，20世纪50年代的宝日勒岱，80年代的殷玉珍，90年代的王果香，新世纪的乌云斯庆……她们都曾获得过世界级的奖励，成为一代国际治沙大师。是她们，用智慧和汗水拉近了世界与库布其的距离；是库布其沙漠，将鄂尔多斯与世界连在了一起。

实际上，在1978年于内罗毕召开的世界第一次防治荒漠化会议上，内蒙古乌审召公社的治沙经验就引起了世界的注意。会后不久，这些参会国家的代表就不远万里来到毛乌素沙漠腹地的乌审召进行参观考察。他们都感动于这个被荒漠重重包围的沙海绿洲的中国奇迹。可以说，世界防治荒漠化组织从它诞生的那天起，从来不乏中国经验、中国样本。

30年后，3.5万平方公里的毛乌素沙地已经得到了全部治理，地理学上的毛乌素沙漠或毛乌素沙地已经不存在了，这片广袤的沙漠已经全部变成了绿洲或森林、草原。鄂尔多斯人做出了一件“让世界致敬中国”的事情。

40年后，1.86万平方公里的库布其沙漠，已经有效治理了6000平方公里，并创造了“库布其模式”。这一创新发展的绿色经济产业模式，让世界趋之若鹜，敢为人先的鄂尔多斯人又站在了世界的潮头。

由190多个国家和地区行政代表签署的《鄂尔多斯宣言》，将引领世界完成一个更伟大的创举——扼制荒漠化对土地的侵蚀，实现荒漠化蔓延土地的零增长。

鄂尔多斯沙漠牵动着我的魂灵，让我寻找着自己生命的根。为了写作这篇报告文学，我曾在沙漠里驱车行驶上千公里，感受沙漠的冷酷与严峻。我曾在当年父辈们于沙漠上开辟的良田、现在已成为一片大漠的土地间徒步行走，感受当年父辈们经历的严酷岁月和沙漠的无情报复。沙漠同样有尊严，有着它不可触碰的底线。人类在它面前的傲慢和自负，都会遭到它的绝地反击。人类要生存，沙漠同样也要生存。我们如何与沙漠共歌共舞呢？这的确考验着人类的生态智慧和生态文明。我们如何在沙漠里建设一个文明与智慧的世界呢？这正是库布其儿女苦苦思索、精心探索和打造的。也许，和风细雨的精耕时代已然来临……

五　银肯响沙变奏曲

1

正像父亲说的，鄂尔多斯的当地企业家很早就把资金用在了沙漠治理上。像全国煤炭企业的龙头老大伊泰集团，20世纪90年代初期，就在库布其沙漠上搞了大量的甘草基地、黄芪基地等各类种植基地、养殖基地，并在茫茫沙原上搞了大量的环保型基础建设，锁住了茫茫的风沙。伊泰集团曾为杭锦旗委、政府规划过整个库布其沙漠的治理，提供了许多可以借鉴的宝贵经验。我去他们的种植、养殖基地参观时，基地的管理人员都会自豪地对我说："我们企业是最先进入库布其沙漠的。"

还有响沙湾旅游集团，也是很早就进入了库布其沙漠。在一片荒漠上，他们俨然建成了一个专供游览用的偌大的沙漠帝国。按照整体旅游布局，他们在景区内进行了让游客参与的林木和植被建设，还建起了许多游乐设施，供游客在沙漠中放松身心。其中，水上游乐中心让游客在沙漠里享受嬉水、游泳的乐趣。这一定是你想不到的，定会给你带来别样的新奇感受。这座会唱歌的沙漠，是大自然的神奇馈赠，其原始性、独特性吸引着全国各地的游客。响沙湾旅游区现已成为内蒙古旅游的一张醒目名片。每到节假日，游人如织，车辆成排。人们迫不及待地都想一睹沙漠和响沙的容颜。随着库布其沙漠的名声越来越大，这里的旅游业也越做越红火，并且带富了周边的农牧民。人们感到沙漠真是变了，变美了，变得令人向往。

2014年的夏天，我专程来响沙湾小住了两天，就是想感受一下那热热闹闹的红火场景。我打小就常去响沙湾，我是眼见着它从一个孤零零的沙坡发展成了一个旅游设施配套齐全的AAAAA级风景区。

幼时，我曾领略它的孤独与冷清。有时，偌大的一片沙漠就那么孤零零的三五个人，这些来响沙湾游玩的人最大的乐趣就是爬上百十米的沙坡再往下滑，滑着滑着，那从地心发出的嗡嗡声就从你的屁股底下传出来了。那声音像是有无数头老牛仰着脖子在吼，哞哞的。你都能感到身子下面发出一阵阵震动，甚至能传导到你的身上、脸上，肉皮都有点麻酥酥的。那时我还爱往下滚，不住气地翻动，最后滚落在沙子脚下，摊开四肢，大喘粗气，也是过瘾。这就是我记忆中的童年，响沙湾带给我的乐趣。那座会唱歌的响沙哟！

当然，还有闪着金光、让人眩晕的太阳。太阳红通通地当头照着，炽热的阳光照得你无处躲藏，那时最大的奢望就是找一片阴凉地躲一躲。父亲怕我中暑，说要是晒得不行了，就去车上躲一躲。

细心的司机早就把车停在响沙湾脚下，大开着车门，躺在后座上睡觉。他有个说法："这世上啥好看的东西也不能常看，北京人就不去故宫、颐和园。一到夏天，我陪客人一星期得来三四次响沙湾。咱伊克昭盟这穷地方，就剩这响沙湾能让外地来的客人们看了。会唱歌的沙？全是文人们给日玄的。想听歌，去蒙古包里听蒙古女女们唱，可比这牛哞哞好听！荒山秃岭的，有甚看头？咳，人家客人就是看个稀罕，这趟走了，我敢保证他下辈子也不想再来！哪像南方青山绿水的。咱这儿秃的，毛都没一根。"他讲了粗话，我听得嘎嘎大笑，父亲狠瞪了我一眼。

可我爱玩，就愿意在沙漠上乱吼乱叫、乱蹦乱跳，不到父亲吆喝我走，我很少逃进车里躲阴凉。有一次，我是被父亲硬夹在腋下扔进车里的。记得那天，我踢打着腿，碰在车门框上把皮都磕破了一块。

有时，爬沙爬累了，我会盯着小蜥蜴看。看它在沙地上慌慌地乱爬，身子在沙地上留下一道道细细的波浪纹。

有时我还会跑到响沙湾脚下一条清凉凉的小河里玩水。沙脚下有一道浅浅的小溪，赤脚丫子踩在凉冰冰的溪水里，跳进水里，不管天多热，这水都很清凉，让你身上的暑气一扫而光。

司机常把车停在溪边给水箱里加水。他说这水甜着呢，捧起一捧就喝。我也捧起喝，真凉啊！牙都木木的。司机说，这水是从两岸山里的石头缝里、沙漠里挤出来渗出来的，是世界上最干净的水。我每次在响沙湾溜够了沙，就跳进水里在没膝的小河里疯跑乱叫。

溪边不知何时多出了几顶帐篷，有些附近农村里的奶奶、阿姨们支起了木板，卖茶叶蛋、杏干、煮玉米，还有各种颜色的甜水，红的、蓝的，很是好看。司机告诉我："不要买那些甜水水喝，全是色素和糖精制成的。"可我觉得这些阿姨、奶奶们挺亲切的。一位脸庞黑红红的阿姨还往我手里递热滚滚的玉米，说："瞧这小小，多喜人！"这脸庞黑红的阿姨心好，见我在溪水里乱踩，提醒我不敢往河中央走，小心掉进汽车搓出的深圪洞里。她还送我热玉米吃，尽管父亲每次都会给她付钱，我仍是觉得这阿姨心好。

我觉得这些忽然冒出来的小商小贩，给响沙湾带来了生气，一扫千百年留在这里的空旷寂寥。响沙湾里汽车也多了起来，沙漠顶上的人影晃动得也比以前多了。以前来时，整个响沙湾空旷旷的，大沙漠上就我们那么几个人，特别是你滑沙滑累了的时候趴在沙漠上就显得特别可怜，就像在沙子上爬行的蜥蜴。"天底下就站个可怜的你"，山曲里就这么唱的。没有切身体会，再好的歌手也唱不出来。

有时父亲和客人在沙漠上盘桓久了，我就无聊得一个人跑到小溪边的沙滩上捡彩色石粒。溪水很浅，也很透彻，隔着水都能看到河底下细细的水沙。水沙不光是黄色、白色的，仔细看还有别的颜色。有些沙粒还很大，看上去有小拇指大小，绿色的、蓝色的、黄褐色的、红色的，都夹在其中，在细细的水纹下闪着亮光。我就蹲在小溪边抠拣混在沙子中颜色好看的大沙粒，拿在手上时并没有我在水中看到的大，让人有些失望。我还以为自己捡到什么宝贝了呢！人们说这响沙湾里藏着金银财宝哩！

有一次，我和父亲陪客人来响沙湾。到了响沙湾一看，这里一扫往日的清冷，真就跟赶交流会似的，沙梁梁上全是人，喊的、叫的，乱成一团。人们全都拿着铁锨在沙子里乱挖着，整个响沙湾上空尘土飞扬。沙脚下各式车辆停了一片，牛车、马车、骡子车、拖拉机、手扶拖拉机，还有大小汽车，全都停满了，沟里还有各类车辆往这里涌动，这让人有些兴奋。我还看到有一个人捂着头，脸上淌着血，慌慌地走过我们的汽车。

父亲问："这是怎么了？咋来这么多人？"司机赶紧下去打听。不一会儿，他跑回来了，说："响沙湾发现金子了，七里八乡的乡亲们都来这挖哩，连包头东河那边的人都高骡子大马车地过河来了。听说警察正往这边赶，要封锁这里呢！"父亲看看客人，客人说："这沙漠里还藏着金子哩，有金矿？"父亲说："没听说过呀！"司机说："小时候就听大人说响沙湾里有金子。要不咱也过去看看？"父亲说："你没看见前面那几个壮汉拿棍子挡着哩，不让人进？你不怕被人打成血头狼啊？"父亲又对客人说："咱们还是去沙漠脚下的锁边林吧，那里有几个蒙古包，里面手扒肉特别好吃，咱去那儿转转也不错。"

后来，响沙湾里藏金这事被传得很玄乎，就连东胜城里也传开了，说是响沙湾里有人拾到金子了，大的有好几两，小的也有3钱。人们都疯了，全去挖金。最后连武警都出动了，来维持秩序。再后来，连我们上学的同学都知道了。小朋友们瞪大好奇的眼睛问："真有金子呀？"我说："我去响沙湾了，根本没见着金子，就见一个人头都被打破了，满脸都是血，捂着头在河沟里乱跑，好怕人呀！”一个叫张老虎的同学说：“我知道，这就是电视剧里讲的血拼。见了金子还不拼命啊？”同学们都说：“哇，是金子呀！”老师训斥我们：“别轻信这些谣言。金子在沙漠里藏着？人们也信啊？同学们，我告诉你们金子藏在哪里？就在这里！”他说着，高高地举起了手中的课本！我当时觉得高举课本的老师身影特别高大。响沙湾的金子没有见到，但老师手举着课本的样子深深印在我的脑海里，还挺闪光。

后来，我上初二那年夏天，已经是个十四五岁的少年，还去过响沙湾一趟。这是多少次去响沙湾我已经记不起来了，但跟我去见识挖金者的日子相差大约有五六年，好像是20世纪下半叶，人们正在满怀信心准备迎接新世纪。那时我也不相信沙漠里压着坏老道的说法了，老师在讲解乡情课时，特意讲到了响沙湾的成因。他说：“响沙是一种自然现象，但目前尚未得出令人信服的科学解释。一些科学工作者进行过考察。有人认为，由于这里气候干燥、阳光长久照射，使沙粒带了静电。一遇外力，就会发出放电的声音。有人曾把这里的部分沙子搬移到其他地方，结果沙子就‘哑巴’了。也有人分析，由于晴天阳光照射，水汽蒸发，河面上空可能会形成一道人眼看不到的蒸汽墙。这种‘蒸汽墙’与月牙形的沙丘向阳坡正好构成一种天然的‘共鸣箱’，产生出共鸣声响。目前，中国发现的响沙有3处，除‘银肯’外，还有宁夏中卫沙坡头响沙和甘肃敦煌响沙。这3处响沙都位于内陆区。沙丘高大，沙坡背风向阳，沙丘前有水渗出或有流水途经。因此，响沙是沙丘处在特殊地理环境下出现的一种自然现象。”

那时，我再去响沙湾已经少去了神秘和童趣。响沙湾前，这里已经有人拦起了红线在收门票，停车场也有戴着红袖章的人收票。红袖章手里摇晃着一摞子脏兮兮的零钱，收停车费。司机问：“有票没？”他说：“不停就走，甭捣乱。”但司机不敢不交费，怕被人砸车或刀捅车胎。那时就听说有个叫四大嘴的人把停车地方包了，收费收海了。

四大嘴自称是包头青山东北人，每天10块钱雇俩人，替他看场子、收费。四大嘴就坐在一个卖茶叶蛋的桌子旁，嗑着瓜子，喝着水，跟人胡唠闲话。若是碰上不交停车费敢呛呛两声的，他就出面解决。张嘴就是："我们那疙瘩出苹果知道不？我们那疙瘩出狠人知道不？想白停车听沙子唱歌，欣赏沙漠风光是不？那你得狠，先把我手剁下来。"四大嘴说着，掏出别在后背上的菜刀，往人手里递。人们是慕名来听沙子唱歌的，谁也不愿惹这个麻烦，或是交费，或是开车走人。

当时伊克昭盟人出门少，有点惧怕外地人。那时，响沙湾哄乱乱的，就像个农贸市场，骑次骆驼沿着沙漠走一圈得花80元钱：骑上骆驼就是40元，走一圈还得40元。搞得人挺生气的，觉得上当受了骗。我看见一个戴眼镜的年轻人，跟牵骆驼的人大喊大叫，说他是记者，要曝光这里。一个小女孩就在骆驼上哭叫，估计是他的女儿吧！牵骆驼的人说："我就是受苦的，你得去找老板！"年轻人说："黑心，黑心。"周边的人们催促他快把孩子放下来。

他刚把孩子从骆驼身上接下，马上就有一个胖墩小子往骆驼身上扑，但只能够得住骆驼肚子。人们笑得前仰后合。牵骆驼的人嘴里发出得得两声，骆驼扑通跪倒了，小胖墩马上骑了上去。一个年轻女人在他身边叫："抱住驼峰，抱住驼峰！"小胖墩紧紧抱住驼峰。骆驼抬起后腿，小胖墩吓得叫了起来，然后骆驼支起了前腿，一下子立了起来。牵骆驼的人说："骑上了，赶快照相，40元一张。"那年轻女人，拿着一个小相机，啪啪地照着，还不时变换角度。人们又催，行了，行了。牵骆驼的人问转不转圈。一个胖男人大喊："转，转得他不爱转了！不就是钱嘛？！"说着拿出一摞百元大票递给收账的，"你记着圈，多退少补！"收账的人收下了钱，跟一直喋喋不休地说他做生意不能黑心会自断财路的年轻人说："我自断财路了吗？看见排长队的人了吧？舍不得花钱看甚沙漠？"年轻人拉着孩子走了，排长队的人也四散了，说"这得等多长时间才轮得上啊"。

2

后来有人向政府反映了，政府出手整顿响沙湾旅游市场，多家大盖帽一在人堆里晃悠，四大嘴们就跑得不见影了。骑骆驼的钱反倒涨了，100元一次半个小时，说是还得必须办保险，出了问题得有人承担赔偿。大家也都理解，谁知骆驼何时发疯呢？我倒是觉得那个叫四大嘴的人挺逗，至今我也不明白，啥叫“知道我们那疙瘩出苹果不”？这是家乡自大感？还是什么话？但这个人就让你记住他说的了。

后来听说一个私企老板承包了响沙湾，说是要整体开发，而且很快修了缆车，说是人们根本不用流汗爬高沙子了，直接坐上缆车就上了沙坡顶端，不费什么劲就能看见万顷荒漠，听见沙子唱歌了。

后来我去北京上学工作，一走就是20年，响沙湾也就渐渐淡出了我的视线。偶尔回鄂尔多斯避避暑，与同学们说起响沙湾来，同学们都说：“有啥看头？听说沙子都不怎么响了。沙漠上植被好了，就留住雨云了。雨一多，沙子一湿，还响个啥啊？”也有的说：“响沙湾上人天天都挤成了蛋，哪还能听见沙子的轰嗡声？”当我感受鄂尔多斯沙漠的巨变，为库布其沙漠天翻地覆的变化感动不已，并且意识到要为库布其沙漠写点什么时，童年、少年时的响沙记忆才从脑海深处泛出。

当我再次走进响沙湾，离开它已经整整20年了。我开着车，脑海中翻滚着对库布其沙漠、对响沙湾的童年记忆，沿着高速公路的出口标识靠近响沙湾时，都有点疑疑惑惑的。在过去的记忆里，是往河东岸的山下走，盘旋着进入罕台川河谷；而现在，是往山上走。我曾怀疑走错了路，但一辆辆载满乘客的大巴车不是迎面而来就是呼啸超过，又让我坚定前行。

道路两旁是郁郁葱葱的樟子松树，一眼望去满山都是，车就像穿行在茫茫的林海之中。而20年前，这沙山秃得仅剩几丛沙棘，长在悬崖处，一些羊儿还钻进去围着它啃着，有的索性将前腿抬起，压住沙棘用嘴撕啃着，一副饿疯了的样子。我觉得好玩。父亲正色地说："这山羊再不管住，还敢吃人哩！"我觉得父亲净讲些让人头皮发奓的话。

司机却悠悠哼起了山曲：

> 媒婆不死是闺女的害，
> 山羊不死是草场的害……

这山曲引得我嘎嘎直笑。

当我看到一座拱起的山门时，我才感到响沙湾是真的到了。通过大门往里望去，能看到罕台川河谷西岸逶迤的沙漠，以及晃动在锯齿状沙漠起伏线的人流，黑压压地涌动着，还有身后各式各样的沙漠建筑群。过去的记忆早一扫而光，我好像走进了阿拉伯童话里，正面对着一座沙漠宫殿的入口。一群保安在指挥着车辆进入停车场，我缓缓行进着，跟着车辆往停车场慢慢挪动。停车场就建在半山腰上，其面积之大，估计是整整削了半座山。停车场虽巨大，但各式车辆早已黑压压地停满了。一个保安好不容易给我找了个车位，我费了好大劲才慢慢停下，那劲费得就好像是在北京一个什么地方停车。我说保安："考科二倒库呀？"那保安道："真是给您添麻烦了，对不起，对不起。"保安一个劲给我赔不是，这反倒让我有些不好意思了。

我不知为啥想起了"我们那疙瘩出苹果"的四大嘴，觉得这里真是换了人间，人都变得这样文明可亲、彬彬有礼。沙漠变了，人也变了，让我不禁心生感慨。我在网上订购了一张景区通票，包括所有的景点参观、游乐，还有号称七星级的沙漠宫殿莲花山庄一晚的住宿餐饮，打完折后将近2000元。

我换了票，跟着长长的人流进入了缆车。这缆车好高哇，身下的罕台川一览无余。还有那条小溪，就像一条闪着亮的细带，弯曲扭动在一眼望不到头的长长河谷里。这缆车循环绕动在整个景区里，能把你送到景区内你想游览的任何地点。在缆车上看库布其沙漠，看银肯响沙，我觉得沙漠没有记忆中那样高耸起伏了，真是低矮了许多。还有大片大片的绿色植被紧紧地贴在黄沙间，乍看上去，就像无数的身披迷彩服的战士匍匐在茫茫无尽的沙漠上。还有，在沙漠的尽头，我能目击的地方，也闪现着一块一块的绿色直铺天边，就像融进了蓝蓝的天际里。我的对面是一对青年男女，正在窃窃交谈。女孩子有些失落，说眼前的库布其沙漠没有想象的壮观。男孩子说这可是离北京最近的沙漠，得开车半天多才到。女孩子嘟起了嘴，撒着娇说："我想去撒哈拉看沙漠。"男孩子嗯嗯地答应着，一面飞快地浏览着手机屏幕。"我们开车去，沿着'一带一路'沿线……你听见了吗？你又看手机？咱们不是说好了嘛，今天就看沙漠！"女孩子提高声音说。男孩子道："非洲撒哈拉沙漠周边国家组团来库布其沙漠考察了，网上刚出的消息，你还要去撒哈拉！"

他们谈到了撒哈拉，我忽然想起了卡萨努，她说她新拍的片子在非洲撒哈拉周边国家反响强烈，有好几个总统都表示要来参观哩。她现在在哪呢？北京，库布其，撒哈拉，还是在西西里岛上吹海风呢？正胡思乱想着，缆车慢了下来，已经停在了莲花岛前。这里有著名的莲花酒店，从高处看其建筑造型就像一朵展开的莲花，舒展在浩浩的银肯沙漠上……

回想起那天在响沙湾，一进莲花酒店大堂，就感觉到一股清凉迎面扑来，一扫身上的燥热。大堂陈设的那份雅致，让等着入住的旅客都在休息区轻轻地交谈。卡萨努曾给我说起过这个莲花酒店，说价格极贵，她可住不起，就钻进自己随身携带的睡袋在响沙湾沙漠上滚了几夜。

后来卡萨努跟我说，这个莲花岛有点像阿联酋的棕榈岛。阿联酋棕榈岛我没有去过，也想象不出它是什么样子。卡萨努说库布其人有魄力，"10年来我追踪拍摄过银肯沙漠的变迁，就感受到了这种魄力，这种魄力你猜不透摸不清它是从哪儿来的？像是自身带来的，又像是从沙漠地心钻出来的。当我追踪记录拍摄库布其沙漠的旅游产业时，这些美丽的盛景就像是一个个自由贸易的市场，处处都是乱哄哄的。什么旅游设施都没有，就像是地上忽然冒出一簇簇蘑菇。"我笑了，我说："我小时候来响沙湾时，更感到自己就像只在沙地上爬来爬去的小蜥蜴，就想找一片阴凉地散散热，歇歇自己的蹄蹄爪爪。现在想起，心里还空空旷旷的。”

卡萨努说：“那是你沙漠看少了，你多看看这变化的库布其沙漠，心里就踏踏实实的。关于我们的未来，世界的未来，人类的未来，我觉得都能在这里找到答案。你知道在阿拉伯沙漠、在迪拜，成活一株树需要多大的投资吗？”我懵懵地看着卡萨努。她说：“1000美金！”

我不禁大吃一惊，可又一想，那里吃水都得靠海水淡化来解决，种树植绿成本肯定是天价。这也只有像迪拜这样的世界大富翁才能承担得起。

卡萨努说：“好不让人绝望，多少非洲国家人均年收入还达不到1000元。而库布其沙漠呢？我是眼看着响沙湾发展成了这样，沙海里有4个岛呀，仙沙、悦沙、福沙、莲沙，这里集中了沙漠自然风情、蒙古人文风情、休闲度假风情，真是美不胜收，让人心旷神怡。连我的摄像机都为库布其沙漠高兴哩！现在，响沙湾风景区每年接待90多万游客。由于这里季节性强，每年按180天来计算，平均每天接待游客在5000人以上。你说他们每年营业收入有多少？”我说：“我哪能算过来呀？”卡萨努说，至少应该在两个亿。我说，天爷爷，这地方真是个聚宝盆哩！

是啊，不仅是响沙湾，整个鄂尔多斯沙区都变成了一座美丽的聚宝盆。难怪鄂尔多斯的企业家都往沙漠上投资哩！我想起了在毛乌素沙漠上建设种植养殖基地，建设萨拉乌素旅游风景区，一心在沙漠里打造社会主义新农村的鄂尔多斯东方路桥集团；想起了在毛乌素沙漠上打造乌审召风景旅游区，建设搏源商学院，与清华大学等高等院校培养商业人才和打造尖端沙漠旅游项目的内蒙古搏源集团等等，那些在鄂尔多斯沙漠上舍得投资舍得投入的鄂尔多斯企业。

六 恩格贝的前世今生

1

世界越演越烈的土地荒漠化逼着人们思考，逼着人们不断去寻找一条新的治理荒漠化路子。人类无法主宰大自然，但可以去想法适应大自然。对沙漠，这个大自然中的一部分，同样如此。人类已经知道了荒漠化的厉害，同样，认识沙漠与荒漠化的关系，已经摆在了世界的面前。钱学森先生提出“六次产业革命的理念”，已经引起了我国林草业的高度注意，而且在库布其沙漠已经有许多进驻沙漠的企业开始践行这一理念，并取得了醒目的成绩。当时，时任总书记的胡锦涛同志视察鄂尔多斯不久，曾专门看望了钱学森老人，告诉他，他提出的沙漠经济理论已在鄂尔多斯的生态环境上取得了很大成绩。

对新的沙漠产业、绿色经济的研究与实践，是鄂尔多斯市在调整库布其沙漠治理与发展，脱贫与沙漠治理的关系上的重要理论观念上的支撑。他们请老一代的治理荒漠化专家来库布其沙漠进行现场指导，现场探讨库布其沙漠林草产业的未来发展，逐步找到荒漠化与贫困化的关系，彻底改变思维和生活方式，握住治穷这个抓手，开展有效力的工作。

像我国老一代治理荒漠化专家刘恕等，多次深入库布其沙漠开展调研、讲学，为库布其沙漠林草产业的发展提供了有力的智力贡献和技术贡献。从20世纪90年代开始，当时的伊克昭盟公署在库布其沙漠成立了“库布其沙漠开发恩格贝试验区”，努力开辟一种新的治理荒漠化的路子，力图拉近治沙与富裕的距离，从根本上解决贫困的沙漠和治沙者的贫困这个老大难问题。后来，鄂尔多斯羊绒集团也参与到这里来，那时鄂尔多斯集团“温暖全世界”的志向很大，正是朝日东升，透着勃勃生机。听说，日本的治沙专家远山正瑛将其试验基地也搬进了恩格贝。这种政府主导、企业参与、技术支撑的治沙模式非常新颖，引起了外界的注意。一时，恩格贝聚集起了来自世界20多个国家的治沙志愿者。

远山正瑛我前文已经做过介绍，世界和中国许多成功的治沙案例就渗透着他的心血和智慧。当然，贫穷不属于这位日本农学教授。但我听父亲说，他是变卖自己的家产购买了许多治沙设备来恩格贝自愿治沙的，心中不禁充满了好奇和尊敬。当时，这位老人发誓要在恩格贝建立100万株志愿林，而老人已届80岁。我的父亲与他有过几次长谈，因为父亲正在为《人民日报》采写一篇记录伊克昭盟生态建设的报告文学。我见到一个个子高高的穿着特别好看的胖阿姨在给父亲和远山正瑛当翻译。远山老爷爷说了一阵，我又听不懂，跟在父亲的身后非常着急。胖阿姨说："远山教授说，远山正瑛先生真的那么高尚吗？这需要我向他学习。"

当时人们都被远山老人的诙谐和睿智搞笑了，我也跟着嘎嘎直笑，还真正体会到了什么是幽默，我觉得远山老人是让人那么的亲近。我还听说，远山老人脾气非常怪异，不许任何人打扰他的工作。说是有一个上边来的大人物要见远山先生，让秘书去工地找他。他说："难道你的上级不知道现在是远山先生的工作时间吗？"让人感到他挺不通情理的。可我长大后看过一篇文章，说是王明海在工作时忽然晕倒在沙漠上，是大面积心肌梗死，在医院病床上昏迷了好些天。远在日本的远山老人立即从日本赶到了伊克昭盟医院，一直在病房外等候着，直到王明海被抢救过来。我又觉得远山老人特别有人情味。现在想来，是共同的恩格贝沙漠的治沙事业使他们情同父子。我也挺佩服王明海的，放着那么大的企业老总不做，非要跑到沙漠里治沙。

我在库布其沙漠中的恩格贝治理试验区采风时，听人说了这样一件事情。说在20世纪90年代初的一天，恩格贝沙漠上忽然出现了一片海子，大漠上一时万顷碧浪，绿水泱泱。至于这水从何处涌来，人们传说各异，都讲得鼻子眼齐全，让人不得不信。有人说，是恩格贝志愿者挖开了沙漠泉眼，大水忽然涌起形成了湖泊。有人说，是上天看日本老人远山正瑛都八九十岁的老汉了，还在沙漠上忙忙活活地植树，念他不易，点开了地下水眼，使茫茫沙漠里多了一汪清泉，好供远山正瑛种树时浇灌。也有的说，是上游发了山水，正好汇入了几座沙山之间，沙山被洪水淘塌了，形成了一座冲不垮的堰塞湖，为恩格贝办了一件大好事。还有的说，是王明海原本建了条南北走向的大坝，是防止冲向黄河的山洪外泄冲垮了恩格贝试验区的设施，结果遇到了一场剧烈地震，生生把南北走向的大坝拧了个个儿，长龙甩尾般变成了东西走向，使防洪坝变成了挡水坝，为库布其沙漠拦下了一湖好水。这些传说的核心是奇人必有天助，没有一点道行的人办不成治理沙漠这样的大事情。

我知道，这些故事始于20世纪八九十年代，大约和我的出生时间差不多，现在这些故事还在流传。我相信，当我老得不能再老的时候，这些故事还会流传。只要库布其沙漠存在，这些故事就存在。它会告诉人们，告诉我们的后代：20世纪80年代末期，有一位日本老人和一位中国年轻人在这儿联手治理库布其沙漠，感动了世界，感动了上天……

2

我有幸在孩童时见过远山先生，他穿着高筒雨靴提着一把铁锹大步走在沙漠上的身姿，一直记忆在我的脑海深处。多少年来，我时常记忆起那次恩格贝之行。那时，我就听人们与父亲交谈，伊克昭盟成立恩格贝治沙试验区，就是想开辟一条新的在库布其沙漠荒漠化治理上的路子。那时的恩格贝试验区除了荒漠，还有几排低矮的平房，一些推土机在沙地上艰难地推着大明沙，轰轰隆隆的。

那天，陪同父亲的人还告诉我们，这儿挖出了许多白骨。恩格贝附近的父老乡亲都知道，那块地方叫“死人塔”。说是抗日战争时，这儿曾经发生过一场战斗，中国军队牺牲了好几百人，全都埋在这儿了。我们一行人赶快过去看，果然一面高耸而起的沙坡断面上，看到了一排排的尸骨，还有一些骨块散落在沙地上。我有些害怕，吓得跑到了父亲身后，还忍不住好奇，探头看看，吓得又把眼睛闭上。父亲那天对陪同的人说，“死人塔”要立即保护起来，在这里建立一座纪念碑，让后人永远记住这些为国捐躯的抗日英雄们。

那天我们还哀悼了烈士们。我站在父亲的身边，学着大人们的样子紧紧闭上了眼睛。20多年后，我在创作这部报告文学翻阅地方史志时，才多少搞清了“死人塔”的来龙去脉。那是1943年春天发生在恩格贝沙漠上的一场战斗，日本侵略军偷袭了隐在一条叫丁红沟里的中国军队，坦克大炮全部使用上了，战斗激烈，有400多名中国军人壮烈牺牲。参战的中国军队，有的说是傅作义的袁庆荣部，也有的说是宁夏的马鸿宾部，他们都是活跃在黄河南岸参加绥西抗战的中国军人。是当地的老百姓把这些烈士的忠骨掩埋在一座高山处，当地人称其为“死人塔”。后来，恩格贝人在这里建起了一座抗日烈士纪念塔，成为爱国主义教育基地。

我是去年秋天去这里凭吊的，眼前不禁晃动着20多年前我在沙漠上见到的累累白骨。一些像我当年一样大的小孩子们冒着细细秋雨在这里凭吊着。听老师讲那场70多年前发生在恩格贝的战斗，感受着苍茫绿色，感受着战争与和平，感受着库布其沙漠的沧桑巨变……

恩格贝是蒙古语，意即平安吉祥。之所以叫恩格贝是祖祖辈辈生活在这里的库布其儿女对这片沙漠的深深祝愿。20世纪50年代时，这里还有些草场和良田，是库布其沙漠中的一块绿洲。很快这片绿洲里聚起了100多户人家，人们耕田放牧。可没过几年，绿洲上渐渐有了沙子，而且与南面的大沙丘渐渐连在了一起，他们眼见着良田和草场也一点点被流沙吞没。那时鼓励人定胜天，他们也甩开膀子刨土铲沙，出力流汗苦斗了些年，从沙老虎嘴里打闹些吃喝。长出的麦穗只有拇指般大小，最后连撒在地里的籽种都收不回来。人没有胜过天。住在这里的大多数农户不得不卸了门窗，又开始远走他乡。

当恩格贝治沙站成立的时候，出现在站长吴宏和几位职工面前的是沙丘堵门、母猪上房、沙覆良田的凄惨景象。吴宏带着职工在这里考察，这片曾经的沙漠绿洲彻底不见了，现仅剩4户人家仍坚守在风沙漫天狂舞的沙海之中。他们守着一些薄田，过着艰难困苦的生活。听说吴宏是要来这里治沙的，都连连摇着头说："从来都是沙治人，头次听说人治沙。要是受不了牲口苦，还是劝你们早回家。"

那时，在吴宏和恩格贝治沙站职工的面前是张牙舞爪气势汹汹的库布其沙漠，而背后就是滚滚的黄河。保卫黄河那时是刚成立的治沙站的首要任务。吴宏没有退路，他只有带着治沙站职工迎上去，背水一战。这是1975年的春天，蛮干的日子已经走到了尽头，人们开始反思，如何与沙漠相处？那时伊克昭盟委和行署已经出台了《1975—1980年以治沙为重点的农林牧水综合规划》，整理这片破碎的国土，开始有了科学理性的思维。就是在这规划下，当时旗里成立恩格贝治沙站时，除了配备像吴宏这样事业心强、有工作能力的领导外，林业局还特意抽调了一些从事林业工作的专业技术人员来到恩格贝治沙站，尝试着换一种思路开展沙害治理工作。

随着改革开放的深入，随着中国科学技术大会的召开，科学技术是第一生产力的观念开始走进人们的心田，恩格贝治沙站也开始探索以科学技术领先和为支撑的治理荒漠化新模式，并初步见到了成效。经过4年奋斗，当库布其沙漠还是满目苍茫时，它的北端恩格贝治沙站作业区，开始有了浓浓的绿色，就像一枝报春花，呼唤着沙漠的春天，呼唤着改革开放的春天。

3

当时，旗委、旗政府表彰了恩格贝治沙站，大批基层干部来这里参观学习，称恩格贝是治理库布其沙漠的"根据地"。那时，杜占林刚被任命为达拉特旗展旦召苏木的党委书记。这位库布其沙漠里长大的蒙古族干部，就来到这里参观考察，看到这里树绿花红的，很受启发，感慨人家咋能把沙漠建成这样美的好地方。他回去第二天，就带着苏木的干部对全苏木沙化和水土流失情况进行调研。途中恰碰上一场大黑风，风沙一起，铺天盖地，天立即黑了下来，人们在田里看秋的人搭起的马架子里躲风。待狂风暴过去，这马架子竟被沙土埋了半截，杜占林等人几乎是爬着出去的。他笑着说："大沙漠这是给我老杜下马威呢！"一位干部说："我在展旦召10多年了，还见过牛上房睡觉哩！谁家后墙山不都是让沙子堵了大半截！我老婆上房顶晾玉米，都不用搭梯子哩。"听得杜占林心头沉甸甸的。镇上的苏木干部家尚且如此，就可以想见沙窝子里住着的农牧民了。

他通过调查了解，发现库布其沙漠这些年已经北移了3里地，整个展旦召苏木350平方公里已经是这只沙老虎边上的肉了。他提出："唯有种草种树才能锁住风沙，保护住家园。人们都说，过去也种过，可风一起，一场沙就把树苗子全埋了。这大沙漠里种不活树。"杜占林说："那恩格贝咋种活了呢？咱们不能蛮干了，得摸清沙漠的脾气，寻找能治住它的办法。党把这350平方公里交给咱们，1万多农牧民交给咱们，我们得领着农牧民过好日子、幸福日子！"人们说，那就跟着杜书记试试吧。缺少资金，杜占林就找信用社贷了3万元。那时贷款种树还是一件新鲜事。然后全苏木总动员，全社的农牧民都上了植树工地。为了防治树苗子被沙埋掉，杜占林还和乡亲们琢磨出了"层层设防，步步为营"的办法，在沙漠上打了许多大大小小的草方格，然后再在"草方格"里种杨柴、紫穗这些灌木，等沙固定住了，再种植一些杨树、柳树等乔木。

第二年春上，人们见这些树草全活了，沙漠上还开出五颜六色的花儿，人们种树植草的积极性更高了。

杜占林在展旦召苏木任职3年，共带着大家种植了60多万株乔灌木，沿着库布其沙漠的脚下，形成20余公里的锁边林。后来这锁边林通过"三北防护林"建设，发展得更好了。树一排排往南边栽，沙老虎一步步往后退，现在是沙退绿进，展旦召也大变了模样，园林化的农田就像是在大漠上绣出的块块绿毯。

这段经历是杜占林一生最辉煌的记忆。晚年，他还给儿孙辈常说："让沙漠绿树常青，这就是我留给你们的传家宝。"

恩格贝治沙站是踩着改革发展的鼓点，铿锵前行的。正是库布其沙漠上的这块绿色"根据地"，不断向全旗输出技术、输出人才。一批又一批专业技术干部在这里成长、走出，像张国飞、张志烈、刘铁成、李厚祥、张晓瑾等技术人员，都为恩格贝这块荒漠付出过心血、智慧和汗水，还有那些踏实苦干的治沙站林业工人，在这里坚守了多年。我去恩格贝采访时，试验区的宣传干部还跟我说，现在这里还住着一个治沙站的老工人，将近90岁了。老人家在这住了大半辈子，舍不得离开了。现在，恩格贝声名在外，人们原以为它就是一片亘古荒漠，万没想到，这荒漠中还隐藏着一个国营恩格贝治沙站，还有几十位科技人员和治沙工人。他们就像他们种植出来的青草绿树一样，默默地守护着恩格贝，守护着这份平安和吉祥。可他们的名字几乎没有人知道，别说中外志愿者、游客，就连现在恩格贝试验区的人也很少有人知道他们。可就是他们，在库布其沙漠苦干10多年，在浩瀚的大漠中种下了林、草。他们是第一代恩格贝沙漠的播绿者。

我在达拉特旗地方志中看到了1982年恩格贝治沙站的林草统计数字，其中林木11430亩，草地73000亩，绿色已经有了一定的规模。我不知道当时羊绒集团选择恩格贝当种羊育种基地时，有没有对这片林、草进行考量？恩格贝试验区为我提供的资料中记录了当时伊克昭盟委的主要领导来恩格贝治沙站考察的情况。他站在一座高耸的沙峰上，远眺这片绿色。那时，他感慨地对随行的吴宏等人说："荒漠把我们生存的美好环境夺去了，今天你们终于夺了回来！今天你们为库布其沙漠扎上了一条绿色的腰带，明天这里将绿色如海！"

这位领导叫陈启厚，20世纪80年代末期到90年代中期曾主政伊克昭盟，任盟委书记。恩格贝成立国家级的防治荒漠化试验区，就是在他任上落地的。这位土生土长的领导干部，熟悉鄂尔多斯的山山水水，他知道鄂尔多斯贫穷的根源在于土地荒漠化和严重的水土流失，历届领导都想挖这个穷根，但苦于财政资金的限制，也只能小打小闹，从贫瘠的土地上搞些种植养殖业，以维持农牧民的生活温饱。用穷法子挖穷根，只能越挖越穷。

4

我从一个资料上看到，1978年伊克昭盟的财政收入只有3700万元，连吃饭经济都做不到，长年依靠国家的财政补贴度日。而建立恩格贝治沙试验区，是想用改革的法子找出一条防治荒漠化的新路，以带动对鄂尔多斯沙漠的整体治理。没有对盟域国土的战略考量以及对库布其沙漠的整体治理部署，就只能越治越穷，越治越差。面上维持着现状，点上要大胆突破，敢于探索、创新。

当羊绒集团有意愿建立恩格贝绒山羊育种基地时，盟委、盟公署肯定支持了这一想法，并号召在全盟范围内，有实力的企业和个人都承包荒漠，动员社会资金投入到防治荒漠化的伟业中来。这在当时确实是高瞻远瞩的。鄂尔多斯人开始尝试企业化管理，以企业为主导，用经济杠杆撬动，实行了多年的政府投入、全民参与义务植树搞绿化的常规做法。

于是，库布其大漠上有了像王明海为代表的第一代企业家参加到荒漠化治理的伟业中来。当羊绒集团投入600万元巨资还未见到成果时，企业决定退出羊绒基地。王明海不肯向库布其沙漠服输，坚持留了下来，并辞去了鄂绒集团副总经理的职务。那时，面对浩瀚荒漠，王明海顿生悲凉。幸亏有了盟委公署领导的支持，才使他扎下根来，领着公司员工在恩格贝荒漠里种树种草，规划着、建设着恩格贝沙漠。人们说，王明海由老总变成了老农。

这位老农有着管理上市公司的实践和经验，又参与了羊绒集团在世界各地的发展，企业化的运作让他开始有了国际视野。他想办法将恩格贝沙漠治理纳入世界防治荒漠化的浩浩洪流当中，并脱颖而出，独树一帜。他主持了有多方面技术专家参与的“库布其沙漠综合开发示范总体规划”，并且看到了恩格贝的未来，这个美好的未来鼓励他在这片土地上坚守下去。

同样，王明海对沙漠的坚守，表现出了他男人的雄心和现代企业家的魄力。而远山老人的出现，为恩格贝治理的国际化提供了契机，增加了活力，并有了技术和资金的支持，更使恩格贝的发展日新月异。远山老人的出现，给恩格贝的治沙打上了国际治沙大师级的品牌，有了浓郁的国际品相。在远山老人的影响和号召下，先后有近10万国际志愿者来到恩格贝，成员遍布亚欧美非等地的20多个国家，共同完成了远山老人建设300万株志愿林的宏愿。

我在网上看过一篇文章，是写工程固沙的。文章还举了穿沙公路的例子，指出穿沙公路是工程固沙的典范，它的作用实际上是把库布其沙漠切成东西两大块。公路防沙障的建设是固定流沙的上佳办法，既限制了沙漠流动，又便于切割分块治理。文章还提出，要善于利用沙区原有的沟壑、湖泊，这是天然形成的沙阻，可以减缓限制沙漠的移动，若用人工建设成高标准的沙幛，对防治固定沙丘的移动可起到事半功倍的效果。

我想此文作者是个专家，他懂得沙漠。沙尘暴力量再大，沙漠再流动，也堵不住沟壑、填不满湖泊。我在鄂尔多斯沙漠上采风，还没有见到和听到沙漠淤塞沟壑的记录和沙漠填湖的报道。有的沙湖干涸，绝非沙漠填埋，而是上游断水所致。像阿拉善盟的居延海，早年干涸就是大黑河上游断水所致。国家对大黑河上游用水进行了调控，没用多久，居延海又恢复了碧水汪洋一片。因为天总是要降雨，沙漠总是要渗水，而鄂尔多斯沙漠是有水沙漠，有些专家称之为“天然水库”也非虚说，水往低处流就形成了一道道沟壑。鄂尔多斯沙漠里大小孔兑纵横交错，这虽然给沙区人民的出行带来了不便，甚至是生命财产危害，但它也是鄂尔多斯沙漠治理的天然条件。那时，库布其沙漠里流行这样一首山曲，往往是喝酒的汉子酒喝高了唱的：

梁外下雨沿河晴，毛补拉洪水活杀人；
想把亲亲往梁外搬，就怕出了孔兑川；
摩托车上捎亲亲，没小心跌进冰窟窿……

20多年前，当国际志愿者开始在恩格贝汇聚时，有人说，恩格贝的老外比树多。这里已经成为许多国际志愿者的精神家园。在日本，有一个10岁男孩身患绝症，病中的他跟父母说了自己的愿望：死后希望自己的骨灰埋到恩格贝沙漠的树下。孩子死后，他的父母来到了恩格贝，完成了孩子的遗愿。

有位诗人告诉我，恩格贝已经成为地球村。中外志愿者在恩格贝植树的消息，通过媒体传遍中国、传遍世界，引起更多人的关注。现在，有中央国家部委和地方国家机关也在这里建设了大片志愿林。许多青年在这里植树表达爱情，去恩格贝植树在一些青年人眼中成为时尚。许多具有国际品相、精神内涵的各类志愿林像绿海一样翻卷在库布其沙漠上。一座沙漠正在悄悄改变着人的思维，青春浪漫得像一首动人的歌，荡漾盘绕在恩格贝沙漠上……

而他的倡导者、实践者远山老人，却化成了一尊铜像，永远守望凝视着库布其沙漠。实际上，远山正瑛及许许多多的先驱者，已经融进了这无穷尽的茫茫绿色中，生生不息。

5

2006年春天，一位韩国老人在恩格贝远山先生种植下的森林里踱步，万分激动的他向远山老人的英灵发誓，只要他活着，每年都会组织韩国青年来恩格贝植树。他回国后发起组织了“未来林”义务植树活动，每年都会带着几百名日本、韩国青年来这里种树。在恩格贝活动3天，每个青年都要在恩格贝沙漠种下50棵树，这位老人组织的“未来林”已经在恩格贝沙漠开展了10余年。

前年我来恩格贝采风时见到了这位满头银发的老人，他正领着参加第十五届“未来林”的青年志愿者们开进沙漠。老人那气势、那姿态，就像20多年前我见到的远山正瑛。我知道，他在完成一个承诺，不仅是对远山老人，而是对属于世界的库布其沙漠。老人叫权丙铉，是韩国前任驻华大使。卡萨努给我说起过他，说他也是一位国际老愚公，卸任驻华大使后，专门为绿化库布其沙漠筹资出力。

2006年，权丙铉为“未来林”选择了一个重点合作目标——与中国共青团中央、全国青联携手在内蒙古鄂尔多斯市达拉特旗库布其沙漠兴建生态绿化示范林“中韩友好绿色长城”项目。通过与当地专家学者的交流，权丙铉了解到，库布其沙漠是中国的八大沙漠之一。作为中国最新生的沙漠，它和北京的距离较近。由于该沙漠紧靠黄河的东、西、北三面，沙粒非常细小。每逢春季，细小的沙粒追随着强大的西北风形成沙尘，侵袭着北京、天津地区并影响到韩国，因此库布其沙漠是春季沙尘暴的主要发源地之一。为了防止该沙漠进一步东扩，权丙铉决心与各方携手，在库布其沙漠的东端筑建一道坚实而有力的绿化带。

按照中韩双方合作的协议，自2006年起，由韩方出资，中方负责项目规划、实施与管理，沿着位于达拉特旗库布其沙漠内的解柴公路两侧18～28公里处，兴建具有防风固沙作用的生态绿化示范林。

这是一项艰巨的工程。在流动性很强的库布其沙漠里种树是否能活，许多人心存疑虑。合作项目实施初期，权丙铉邀请的一批韩国专家学者考察后纷纷摇头，有的还大泼冷水。可一向执着的权丙铉并没有退缩，他坚信功夫不负有心人，因为远山正瑛像座山一样在库布其沙漠立着。

3年过去了，在库布其大沙漠的东端，经过权丙铉率领的团队资助和手植的株株树苗，不仅在沙漠里站住了脚，而且茁壮成长，仿佛坚韧的绿色卫兵守护在库布其大沙漠的东大门。当初几乎没人看好的项目，取得了惊人的初步成就。

2019年8月29日，权丙铉陪着“中韩友好绿色长城”项目的主要赞助商——韩国山林厅厅长河荣帝一行实地考察。眼前的景象让河荣帝吃惊不小，一望无际的沙丘中，一条蜿蜒的公路入口处竖立着“中韩友好绿色长城项目”的标牌，道路两侧300多万株树木组成了宽阔的绿化带，渐次向远处延伸。面对此情景，河荣帝不禁发出“百闻不如一见”的感叹。

另外，权丙铉一直向韩国各界游说，号召青年人到中国的恩格贝沙漠植树去，动员名企业、名人，投入到“未来林”志愿者活动中来，捐钱、出力都行。像金大珠、潘基文这样的政要，都为“未来林”捐过资。而像大韩航空，先后派出700名青年志愿者跟着权丙铉来到库布其植树。最夺人眼球的是，主办方对韩国小姐参加决赛的美女们竟然有一项硬性要求，那就是要来恩格贝沙漠种树。卡萨努说：“美女嗳，如云嗳，你是没这个眼福，全在我这儿记录着，有录像嗳。你知道权丙铉在库布其植了多少株树？840万株。远远超过了远山老人，没几个人知道嗳！权丙铉也是八旬开外的老人！”我学着卡萨努的腔调，说：“真让人尊敬嗳！远山老爷爷我从小就见过嗳！”我知道卡萨努有个特点，她的纪录片必须是她亲自参加拍摄的镜头。没有亲手拍到在世的远山正瑛老人，是她心中永远的遗憾。

远山正瑛老人从20世纪90年代初，共在恩格贝工作了10多个年头，每年都要在这座沙漠里待上200天以上，每天都要在沙漠里工作10小时左右。2002年，他在日本跌伤了腿，还未痊愈便又乘飞机回到了恩格贝，摇着轮椅上了钟爱的牵挂在心的试验田里。后因肺部感染回日本治疗不愈，于2004年去世，享年97岁。他最后的遗言是：“我真想站在沙漠上。”现在他已成为一尊铜像。每次去恩格贝，我站在高高的恩格贝沙漠上，都会摘几朵野花，放在他的铜像前，并深鞠一躬……

七　库布其沙漠上的专业播绿者

1

谈到库布其沙漠的绿色变迁，人们应该永远记住一个人，他就是金琦——

那个曾经引导徐治民治沙播绿的人。他早在1950年就在库布其沙漠建设了一个国有苗圃——树林召张铁营子苗圃。这个年轻的大学生几乎是徒步丈量了库布其沙漠的每一寸土地和地上的绿植，其艰难险阻现在我已经无法想象，但库布其沙漠给了金琦学校学不到的东西——坚毅和韧性。

他不止一次只身一人走进库布其沙漠。那时，草原上还有狼，他防身的武器就是一根打狗棍，他大声吼着、喊着，为自己壮胆。他还大声歌唱，唱着那时最流行、最时髦、最激动人心的苏联歌曲《共青团员之歌》：

听吧
战斗的号角发出警报
穿好军装　拿起武器
共青团员们集合起来　踏上征途
万众一心　保卫国家
我们再见了　亲爱的妈妈
请你亲吻你的儿女吧
再见吧　妈妈
别难过　莫悲伤
祝福我们一路平安吧

现在我在库布其沙漠上追述记录那段岁月，当我行进在沙漠里，踏在松软的草地上或者是仰望星空时，还能隐隐听到他的雄壮歌声：

再见了　亲爱的故乡
胜利的星会照耀我们
再见吧　妈妈
别难过　莫悲伤

祝福我们一路平安吧

这是一种信仰。这信仰让金琦在库布其沙漠坚守了一辈子。这一辈子，金琦在库布其沙漠只踏踏实实做了一件事：给沙漠播绿。最终，他也化进了这苍茫的绿色之中。

1951年，他筹建库布其沙漠上的第一个专业苗圃时，他的定位就是为库布其沙漠的绿色建设提供优质的苗木。当时这里的荒漠中乔木林种非常单一，只有零星柳树、榆树等。他就先后引种了在沙漠里易成活的各派杨树树种，像青杨派、白杨派、胡杨派等，这些树种主要有加拿大杨、新疆杨、小叶杨等。他还从北方林木发达省市引进了多种速生的杂交杨树种，甚至还培育了各类经济性植物，像木瓜、胡桃、板栗、花椒等。他把这200多亩小苗圃搞得琳琅满目。他知道，只有树种的多样化才能保证森林的生命长久。

那时，在满目黄尘中他就看到了生命的绿色，这才应当是一个林业工作者心中的绿洲，那是一个青年人60多年前对库布其沙漠的守望。从他踏上库布其沙漠的那天起，他的心中就把库布其沙漠当成了自己的家园。

他长年工作在沙漠里，而且是从当时的省城林业厅林业技术员一头扎进了库布其沙漠里，一扎就是一辈子。他从林业工作的指导者变成了实践者，成了一名沙漠苗圃的耕耘者和达拉特旗林业系统的一名管理者。他把青春献给了库布其沙漠，他把知识留给了库布其沙漠，当年的守望现已成为无尽的绿海。

现在，金琦创建的张铁营子苗圃，已由69年前创建时的区区120亩苗木，发展到了现在的近2000亩，而且含有极高的科技含量，已是库布其沙漠林区天保工程和种苗工程的试验基地。苗圃树种也随着年代不断更新，从提供粗放型的固沙品种到发展精耕型的优质苗木品种，并配备了现代化的组培室、贮苗窖、钢架苗木温室，在育苗基地全部安装了喷灌，成为库布其沙漠绿化苗木的主要供给基地。金琦等老一辈林业治沙科技人员的梦想，已经在库布其沙漠变成了现实。他们当年在大漠上播撒下的科技种子现已长成为参天大树。

2

就是在林业战线的采访中，我结识了一批林业科技人员，他们是绿色精神的传承者和守望者。早在20世纪50年代，国家在库布其沙漠就成立了治理沙漠的专业机构，那就是沙区农牧民都知道的治沙站。治沙站隶属上级林业部门。

据统计，当时库布其沙漠上就有几十个专业治沙站和作业区，每个治沙站都管理着数十万亩的荒漠。其中建立在20世纪50年代初期的更改召治沙站，其属性为生态公益性治沙站，其站点设于库布其沙漠的北端和黄河的南岸，主要是建设沙漠的锁边林工程，封挡库布其沙漠南移，控制流沙移动。

鄂尔多斯当时有这样的俚语：远看是讨吃要饭的，近看是治沙站的。这足以说明治沙站条件的艰苦。他们长年在沙漠里作业，所受风沙之苦、生活之艰难是我无法体会的。当与老一代的治沙站职工回顾这段艰难历程时，他们看得却很平淡。有位姓郝的老者，他是当年治沙站的领导，说："生活再苦，也不如当地的农牧民苦。我们还是国家单位，有工资挣。而农牧民呢？"老人摇了摇头，似乎都在不言中。

以往每年暑假，父亲总是带我到沙漠里去。那时内蒙古自治区在全区范围内大兴"念草木经，兴畜牧业"。伊克昭盟在鄂尔多斯实施"两翼一体"的发展战略，即治理荒漠化，美化绿化贫困山地、沙地。甚至为每户农牧民制定了林地种植面积，以及羊、猪及大牲畜的具体养殖头（只）数。这都是顶层设计，各级党委、政府和鄂尔多斯人民都投入了极大的热情。那时，大漠上、山地间，到处是重新治理鄂尔多斯河山的壮士。这种以一家一户为单位的治理模式，呼唤着农牧民脱贫致富的雄心壮志，激励着更大范围的农牧民投身于生态恢复和建设美好家园中来。而治沙站的专业技术人员，还得长年累月住进农户家中，手把手地教他们如何专业治沙。

在座谈会上，人们指着一位壮年汉子说："张工，你说说，你在这治沙站有小40年了。"这时，我才知道这壮年汉子30年前毕业于盟里的农牧学校，现在是副教授级高级工程师。他说："我这高工啊，就是一个领工资的农民。"大家说："可不是，就是农民。整天在沙里滚，不是农民是啥？"说起农民，这些人更有说不尽的话题。还有的说："那时常有逃荒的难民，饿得动不了了，昏倒在沙漠中，我们还得抢救他们、接济他们，给他们煮山药蛋。见有山药蛋吃，他们就不走了，留下来跟着治沙站的人在库布其种树种草了。要不人家咋说'远看是讨吃要饭的，近看是治沙站的'？"人们都笑了。

张工说："说到底，咱根上就是农民。我大就是从府谷讨吃要饭过来的，是被秦文忠收揽留下的。"又有一老者说："不对，是李建荣收揽的。你大当时就躺在毛匠圪蛋大沙窝子里，李建荣领着我大他们正在那儿作业，发现了他就给喂水灌米汤救过来的。这事我清楚，那时还没有你哩！"张工不服气地说："你清楚甚？你当时多大？还活尿泥吧？"人们又是大笑。

他们告诉我，秦文忠和李建荣都是当年治沙站的站长，不过，他们也没有见过这些老领导，只是听说过。我没有再往细里打听。治沙人就是这样一代又一代走过来的，老一代的治沙者已经化成了库布其沙漠的传说，但他们在这片沙漠里，留下了无尽的绿色。仅我采访的更改召治沙站，据20世纪80年代中期统计，就向库布其沙漠提供了500万株苗木。可更改召治沙站50年代组建时，当年作业区内5万多亩荒漠中连一株树都没有；而现在，活立木蓄量已为3650立方米，森林覆盖率由当年的0扩大到经营面积的33%。这里已成为一片袖珍森林，是库布其沙漠的重要苗木基地。进入新世纪后，他们发挥专业技术特长，为进入沙漠造林植绿的企业提供有偿技术服务，逐渐进入市场化的绿色造林服务中来。现在，他们为库布其沙漠提供着优质的苗木和先进的科学技术服务。而且，他们的优质苗木基地已扩大至3万多亩，成为改造库布其沙漠的重要苗木基地。

3

记得6年前，鄂尔多斯市林业局的一位领导与我们几位作家座谈，他讲道：

“我们林业人是无名英雄，我们林业人默默奉献着青春、热血，这里凝聚着一批优秀的林业科学技术工作者。他们为鄂尔多斯沙漠付出的是知识、技术。我们干的是基础工程，好多不为人知、不为人见……”他还讲了许多，我听得挺感动的。

这位领导还送给我一本刚出版的《鄂尔多斯林业志》，我看到几十年来，受到国家级奖励的全市林业战线的干部职工就有70多人，教授级林业工程师就有169名。我经常翻看他们的简历，不多的几句话，让人感到沉甸甸的。林业人的确是代表着鄂尔多斯的科学技术水准，是支撑绿色鄂尔多斯沙漠的栋梁和精英。

我行走在库布其沙漠里的各个治沙站点，回顾大漠上治沙站的历史，感到他们是一群专业的播绿者，是最早理性对待库布其沙漠的人。他们为上级决策部门提供着各类数据，提供科学治沙的依据，修正着盲目和蛮干，闪耀着理性之光。同时，承受着各式各样的精神压力，因为我们走过的年月，并不都是那么理性。同时，他们又是生产单位，直接进行植树造绿。同样，他们也担负着对农牧民治沙的科普工作，参与和指导农牧民的沙漠治理建设。更多的是，他们研究分析观察沙漠的水分、土壤气象、风速风向，选择培育易于在沙漠成活的树种和草种。他们认知沙漠，是最早把先进的科学技术和理念带进库布其沙漠里的。他们是库布其沙漠的绿色种子，是库布其沙漠上的最早播绿者。放眼库布其沙漠的无尽绿色，已有66年历史的治沙站，现在仍然散发着科技之光。

历史也将记住那些在库布其沙漠苦苦探索人类和沙漠之间关系，不断用新科技、新方法和新思维去改善这种关系的人。他们是为沙地和沙漠居民开创未来的开拓者。正因为他们，才有了在意识上不断更新、在方式上不断进化、在技术上不断升级的“库布其模式”。而人类文明中所有的技术爆炸，其实都来自于人在时光中的漫长实验、漫长探索，甚至是一种看不到前途的失败煎熬。库布其的科学治沙、科学用沙更是如此。沙草生态产业是库布其人付出了大量心血得到的智慧成果。它是慢工细活。沙漠生活本就寂寞，而在沙漠里的科学研究更是寂寞中的寂寞。这一点，孤独的治沙人是对沙漠理解最深刻的人群。

从1979年开始，在改革开放的洪流中拉开了“三北防护林”建设工程的大幕。鄂尔多斯市机械化造林总场应运而生。数十年来，这支生态建设铁军用青春和汗水一代又一代地浇灌着库布其的沙丘和荒地，坚持生态治沙，在库布其神话中书写了一个又一个英雄传奇。

第一代库布其林业人艰苦奋斗，在荒芜的沙海中，在无路无水无电的困苦中，忍受着常人无法忍受的孤独，活得像一群原始人，却肩负着治理沙漠的人民重托，承载着生态建设的历史责任，在库布其大漠的深处，搭工棚、住沙窝，喝泥水、吃干粮，每天徒步行程多达40公里，他们不顾风沙、大雨和暴晒，奋战在生态建设第一线。经过7年的艰苦奋斗，他们完成造林17.29万亩，林木保存率达到83%，全面完成了“三北防护林”一期工程（1979—1985年）建设任务，为林场后期大力推进生态建设奠定了坚实的基础。

从20世纪80年代中期开始，第二代治沙人走上了历史舞台，肩负起了领导管理工作，挑起了老一辈林场人的重担，开始了新的征程。其中有原造林总场场长张团员。他1982年毕业于内蒙古林学院后被分配到造林总场，从此开始了生态建设事业，一干就是26年。他2000年被提任为场长，组织职工先后实施了“三北防护林”四、五期工程，退耕还林（草）工程，天然林保护一期工程和种苗工程建设，总计完成生态建设任务54.68万亩。在他任内，造林方式也顺利完成了技术升级，由单一的人工造林改为人工造林、飞播造林、封沙育林“三位一体”的造林模式，建设规格质量均达到国家工程造林规定的标准。另外，张团员抓住种苗工程建设的契机，改、扩建苗圃地4300万亩，机电井、道路等基础设施全部配套，年产苗木能力达800万株。

在采访一位机械化造林总场的分场场长时，我非常感动。她是一位年届50岁的阿姨，因为长年风吹日晒，她的皮肤异常干燥粗糙，声音沙哑，但性格极为豪爽。阿姨对我说：“库布其林业上的人简历都极其简单。就像我吧，33年就一行字：1984年大学毕业进入鄂尔多斯机械化造林总场至今，在库布其沙漠防沙造林。”我被她简单的话语震撼到了，想给她再做更细致的访谈。可她急着回去工作。阿姨笑着对我说：“孩子，我的名字不会出现在你的书里，但我做过的一切，库布其的每一棵树都会记着。因为它们是我的儿女，我是它们的母亲！”

看着她匆匆出去渐行渐远的背影，我甚至连她的名字都没有留下。一刹那，我的鼻子酸了，眼睛有些发热：哦，库布其，我们的家园……

第三篇

库布其沙漠——我们的未来

企业

— Businesses —

我在库布其沙漠采风时，不管是接触世界级的治沙大师还是采访最平凡的植树者，都会有一种感受——他们面对沙漠、面对孤独，十几年甚至几十年如一日地干着一件在沙漠上铺绿的事情，的确需要一颗强大的心脏来支撑。你越走进他们的生活、感受他们的内心世界，就越会感到他们治理库布其沙漠的过程就是库布其儿女修为的过程。胸中有格局，天地自然大。

是他们亲手栽种的无尽绿色，滋润并消融了他们心中的荒漠。心中荒漠的退去，才换来库布其沙漠的满眼春色。心中没有定力的人，是做不成在大漠上铺绿的事情的。实际上，库布其沙漠的治理过程，是库布其儿女改变观念、改变生产生活方式，接受和探索世界最前沿的生态理念和科学技术，不断升华与库布其沙漠相适应共发展的过程。

穷则思变，穷则思富。库布其儿女是对生活和家园充满渴望和想象的人，是对沙漠充满多种情感的人。他们尊重自然，融汇自然，为沙漠的生命活动增添了人类的爱恨情仇。对库布其儿女来说，沙漠是贫穷之根，是富裕之源，是人们世代生存、寄托梦想的地方，也是一个对未来充满想象的地方。这里有先人骨殖热血的浸润，先人的付出给予了库布其沙漠生命的热度。守望沙漠，改造沙漠，数十万库布其儿女在鄂尔多斯沙漠上创造了让世界尊敬的库布其模式。人们30多年培育打造的库布其模式，见证着库布其沙漠从荒芜走向文明、从封闭走向开放、从贫穷走向小康的伟大历程。

库布其模式，是积60多年鄂尔多斯市治沙经验之大成，是典型的“中国创造”。被荒漠化困扰的世界，太需要一座灯塔来引领人类摆脱茫茫荒漠的侵袭和困扰。我在翻阅资料时得知，全球陆地面积为1.49亿平方公里，占地球总面积的29%，其中有1/3（4800万平方公里）是干旱、半干旱荒漠地，而且每年以6万平方公里的速度扩大着，吞食着周边的沃野良田。愈演愈烈的世界荒漠化已影响到全球100多个国家的9亿多人口，而且这个数字还在增加，人间悲剧还在上演。人们在这个灾难面前几乎无招架之力，只能无奈地看着荒漠化的势力范围在无休止地扩大。

有专家断言，在不久的将来，世界将成为一片荒漠，人类将为自己疯狂的贪欲付出最惨重的代价。还有的专家对荒漠化蔓延的地球失去了希望，他们认为我们生存的这个星球已经无药可救，热衷于研究和寻找其他适合人类生活的星球。他们考虑的是，人类有那么一天将会整体移民到另一个星球，以躲过地球荒漠化的灭顶之灾。

我想，抛弃地球，人类扑向未知，这是一件多么可怕的事情！是什么样的大脑能产生出如此疯狂而又极端的想法？难道不可遏制的地球荒漠化，真的能把人类一些最优秀的大脑逼得运转疯狂了吗？他们真的了解沙漠吗？他们的疼是被数字刺疼的，沙漠在他们的脑海中只是密密麻麻的数字。而库布其儿女的疼是被沙漠真实的存在折磨疼的，是切肤之疼，是生存之疼。你尝过饥饿的滋味吗？你穿过用化肥袋改制的衣裤吗？世界上还有谁比库布其儿女更了解与自己耳鬓厮磨的沙漠！

同样，中国土地荒漠化的形势亦不容乐观，直接影响了人们的生活，造成一起起严重的生态灾难，引起有关部门的高度重视。他们对防治荒漠化、绿化祖国大地，开始有了顶层设计和规划。改革开放以后，各种生态理念涌入，改变了我们的思维方式和生产生活方式。国家实施了多种生态保护措施，将生态恢复后的那种美好、富庶当成诱惑来动员人民投入荒漠化治理的伟业中。急功近利、吃子孙饭的现象屡禁不止，以防治荒漠化来恢复国土的伟大工程始终见不到应有的成效，整个国家的生态建设始终走不出“局部好转，整体恶化”的怪圈，建设生态友好型社会的国家战略仍在实施和摸索当中。严峻的形势必须让我们客观面对。1998年，国家林业局防沙治沙办公室等政府部门坦承，我国是世界上荒漠化较严重的国家之一。

这种勇敢面对，让世界肃然起敬，也给我们的快速发展敲响了警钟。只有抓紧防止荒漠化的蔓延，才会有真正的科学发展。这个报告告诉世界、告诉我们，全国沙漠、戈壁和沙化土地普查及荒漠化调研结果表明，我国荒漠化土地面积为262.2万平方公里，占国土总面积的27.4%，有近4亿人口受到荒漠化土地的不同影响。也就是说，我国受荒漠化影响的人口接近世界的一半。另据中国、美国、加拿大国际合作项目研究，我国因荒漠化造成的直接经济损失约541亿人民币。

这是长鸣的警钟：荒漠化横亘在我们通向未来的道路上，吞食着我们的未来……

一　赵永亮与风水梁

1

那时，库布其沙漠刚刚开始有效治理，出现了恩格贝这样的国家级生态示范区。面对浩瀚的沙漠，当地政府像20年前的包产到户一样，向全盟农牧区的人们发出了承包荒漠植树种绿的决定，而且明确规定：谁种谁有，收入归己，允许继承。荒漠有了主，投入也就不一样了，由过去仅靠国家集体的单一投入，变成了多元投入，有效地调动了库布其儿女治沙的积极性。这给了库布其儿女展示才华和抱负的巨大舞台——近2万平方公里的库布其沙漠啊！

这是个万物蠢蠢欲动的春天，在库布其沙漠的东端一个叫风干圪梁的荒漠中，迎着漫天黄沙走来一位敦敦实实的中年人，他叫赵永亮。这里曾是他的家乡，现在他的家乡已经被黄沙吞没，已经没有了回家的路。赵永亮是从库布其沙漠中走出的一位企业家，当时他的身价已有数十亿，是一位有产业支撑的实业家。当时，他涉足的产业有几十种，集团公司下属的企业有几十个，其羊绒产品、酒业产品在区内外颇有影响。他是东达蒙古王集团的董事长。外表的风光掩盖不了他内心的疼，那就是他的家乡被淹没在沙漠之中，他的父老乡亲已成为生态难民，他们不知在何处打工谋生。自己的家被沙漠吞没，你却又束手无策，这是一个企业家的耻辱，也是一个鄂尔多斯男儿的耻辱。然而，沙漠是个冷面怪物，它并不管你耻辱不耻辱，它有它的生存法则。多少男儿在它的面前，都低下了高贵的头。

20世纪90年代初，当获取第一桶金的赵永亮想拿出钱来资助穷困的父老乡亲们时，刻意避开了库布其沙漠腹地。从小在风干圪梁沙窝窝里滚大的赵永亮知道，那是一个无底洞，什么样的投入都会被沙漠一口吞吃，而且不留一点儿痕迹。赵永亮懂得敬畏沙漠，对库布其沙漠退避三舍也不失为一种明智之举。他亲自考察，在黄河的南岸、库布其沙漠的北部这样一个狭长的地带，选了一个叫公乌素的地方。他拿出重金，在当地政府的统一规划指导下，建设了一个新村。新村全是一溜的大瓦房，还有上下水卫生设备，并配备了暖气，这在当时的库布其沙区是最现代化的新村。欢天喜地的村民整体搬了进去，男女老幼在宽敞明亮的房间里转来转去，喜滋滋地说："城里有甚咱有甚，咱和城里不差甚。"

不花一分钱住上了漂亮的新房，村民都念着赵永亮的好。然而，赵永亮20多年来始终没有到这个自己亲手打造的新村去看过。当地的村民想着他、念着他。

我是2018年秋天慕名来到公乌素这个新村的。村子里干干净净的，很少见人走动，宽敞的街道显得有些冷清。问一些蹲在村口大门上闲聊的老人，都说："年轻人去外面打工了，现在仅剩下一些老弱妇女守着这个村子。"我说："咱这村子整理得挺干净的。"一位蹲在大门口抽烟的老者说："甭哪天赵永亮要回来看看呢！一见这倒塌污烂的，会伤人家的心哩！"

我听得鼻子也有些发酸，可我知道赵永亮的心硬，当年他建设这个新村时就发现了一个短板，那就是它的产业在哪儿呢？就每家每户那几十亩风沙薄地还能拴住年轻人的心吗？外面的世界变成了什么样呢？每天镇子里的影像厅里、卡拉OK厅里都响着这样的歌声：

花花世界
鸳鸯蝴蝶
在人间已是癫
何苦要上青天
不如温柔同眠
看似个鸳鸯蝴蝶
不应该的年代
可是谁又能摆脱人世间的悲哀
花花世界
鸳鸯蝴蝶
在人间已是癫
何苦要上青天
不如温柔同眠

多带劲的歌啊！外面真是花花世界，哪个农村的年轻人不动心呢？赵永亮知道，如果在农村没有产业支撑，没有产业吸引，就留不住年轻人；留不住年轻人的农村就没有未来。赵永亮已经看见了这里的未来，看见了那块天花板：在好长的一段时间内，这里只能抱残守缺，维持个温饱。

他人未到，可他的心早到了。

赵永亮觉得他的人生只有一个永远的朋友，也是他永久的对手，那就是眼前海海漫漫的库布其沙漠。这是他永远绕不过去的一个地方，因为库布其沙漠长在他心里。有位懂他的老领导推荐他读一本书，是写沙产业革命的，作者是钱学森。赵永亮一听“沙产业”3个字，顿感耳目一新。他找来一读，不禁豁然开朗。

为什么钱老要讲多用光、少用水呢？他还搜寻了大漠光能的许多知识，库布其沙漠是中国第七大沙漠，扬尘、沙尘暴，它们都源于沙漠。沙尘暴连续多次袭击了中国北方地区，更是一个十足的“坏小子”。殊不知，“硬币还有另一面”，沙漠在破坏人类生存环境的同时，也给人类带来可供开发利用的许多宝贵资源，所以人称沙漠浑身都是宝。且不说库布其沙漠底下的石油、天然气和其他矿藏等这些真宝贝，单说沙漠里取之不尽、用之不竭且害得人类好惨的大风，也是宝；库布其沙漠里日日射来的强光，是宝；太阳能等这些气象资源，都是无价之宝。以色列、美国等不少发达国家都在开发利用沙漠风能、光能和热能等气象资源上取得了成功。

钱学森在书中讲道，未来能源发展目标之一，就是通过太阳能的成功开发来解决荒漠开发，特别是荒漠中高技术的农业生产对能源的巨大需求。通过对荒漠地区太阳能充足这一优势的充分发挥，进一步推进荒漠开发的深度和广度。中国大部分荒漠地区全年日照时数长达3000小时以上，每天平均超过8小时。我国西北部的荒漠地区全年平均每平方米的太阳辐射能可达1500～1800千瓦时，如利用1平方米的太阳能，全年所获得的热能就相当于烧掉180～200千克标准煤。

赵永亮想，为什么不能在库布其沙漠里有所作为呢？

第二天，他冒着风沙走进了风干圪梁。站在风干圪梁顶上，四下望着迷迷茫茫的风沙世界，觉得这里将是他后半生的归宿，是他未来事业开始的地方，也是挑战他男儿筋骨的地方。这是赵永亮自己的选择，没有人逼着它；这是他对自己的人生挑战。赵永亮面对库布其沙漠，顿升一股男儿豪情：咱们再较量一把吧，老朋友！这里可是你的主场，你的主场就在这风干圪梁上。

2

赵永亮的梦想源自他的切肤之痛——一位至亲的去世。

他永远记得1989年农历腊月二十五这一天，奶奶去世了。等赵永亮赶回召沟村时已是深夜。村子里一片漆黑，沙漠就像一只怪兽的巨口吞下了父老乡亲所有的生机，只剩下比沙漠还大的恐惧。家乡没有通电，他用汽车电瓶放了一晚上的哀乐。那既是对亲人去世的哀思，也是赵永亮内心一种深沉的觉悟。他反省自己人生的点点滴滴，前尘往事如同眼前的沙漠般呈现心头。沙漠的夜空格外干净，群星闪烁，仿佛是逝去的亲人在对他嘱托。

赵永亮对我说："那个夜晚，和沙漠、星空、奶奶的对话让我深刻地意识到一件事：我来自库布其，我的一生也必将和这片土地以及这片土地上的人有关。"

他跪在奶奶灵前发誓："我赵永亮这辈子要是不能帮家乡通上电，就是狗熊！如果能带领乡亲们脱贫致富也许算个英雄。"这个梦想成为赵永亮毕生的追求，也将他的人生彻底改变。

他说："一个国家有梦想，每个人也有梦想。一切成功的开始，都是对梦想绝不妥协的执着；一个漂亮的人生，就是对梦想矢志不移追求的过程。"

1990年，赵永亮辞掉无数人可望而不可即的国企职务独自下海。那时的鄂尔多斯，像赵永亮这样精通羊绒又具有丰富管理经验的人，无疑就是一尊财神。鄂尔多斯乃至内蒙古，以及邻近省区，正在进行羊绒大战，很多实力雄厚的企业都向赵永亮伸出橄榄枝。可赵永亮做出了一个令所有人都意外的选择，他远赴大连，在一家外资小企业做了个副总经理。

很多年后，人们才知晓赵永亮做出这个选择的原因——这家企业的老板和他做了一个约定：等年营业额到3000万的时候，就借给赵永亮20万元在家乡办一个企业。当时这家大连企业的年销售额才80万。可为了库布其，为了实现自己在奶奶灵位前许下的誓言，赵永亮答应了这个约定。到大连后，赵永亮凭借出色的才干很快就将这家外企的年销售额提升到3000多万元。

1993年，赵永亮回到了家乡，回到了库布其沙漠。他觉得，他的未来就在库布其沙漠。回到家乡，他做了这样三件事：第一件，他拿出自己下海挣到的第一笔钱为家乡召沟村通了电。第二件，在当地捐资建立了两所小学，并帮助许多困难家庭子女上了学。第三件，他创办了东达羊绒制品公司，这是东达集团的前身。

卡萨努曾给我分析过赵永亮，她说："这三件事其实是一件事，因为核心的出发点只有一个——帮助库布其人民脱贫致富。赵永亮创办企业伊始，就给东达集团注入了绿富同兴的基因。"

企业和人一样，发展需要付出代价，甚至要经历重重失败才能变得强大。在企业创办之初，赵永亮做了很多好事。比如，前面提到的赵永亮一直没回去过的村庄，在1996年发生地震灾害大多数房屋倒塌时赵永亮立即拿出准备给父母建房的钱为灾民们重建新房，并让他们在当年上冻前全住进了新家。但是直到现在，那里的老百姓生活水平仍然只够维持温饱，没有发生根本性变化。这样的事情在赵永亮企业初创的那个阶段时有发生。这让他感到困惑：能够让人摆脱贫困的力量究竟是什么？

赵永亮经过一段时间的探索甚至阵痛后，深刻地领悟到一个道理：想让库布其人脱贫致富，不能不盖新房子，也不能只盖新房子，扶贫光靠输血解决不了根本问题。只有变输血为造血，用经济杠杆去撬动，有产业做支撑，有收入，才能让老百姓彻底脱贫致富。"治沙不治穷，到头一场空。"这句流传在库布其沙漠上的话，实在是太经典了。

观念改变了，赵永亮眼中的世界就更大了，那是库布其的广阔天地啊！他心中的热血更滚烫了，一种从未出现的治沙新模式即将在他和东达蒙古王集团的孕育中、在库布其沙漠的风干圪梁上诞生。

“时代孕育英雄！”卡萨努激动地说，“英雄创造时代。一切像是黎明前的黑暗般，只需要一根火柴点燃，库布其亘古不变的大地就会发生一场璀璨的爆炸。”

去年秋天，我是和卡萨努的拍摄团队一同来到风水梁的。他们全都是一身户外装，一副拼命三郎的样子。我知道，这帮做纪录片的工作起来不要命。为了拍个好镜头，刀山敢上，火海敢跳。我的行李都没放下，就被他们拽到了拍摄现场。

眼前的风水梁，已经是一座人丁兴旺的科技新城，处处生机盎然。登高望去，郁郁葱葱的草木没有边界。风水梁方圆58平方公里全被绿色覆盖着，根本见不到明沙，而其带动的绿色产业已经辐射方圆300公里。洁白的大棚、实验室、饲养园和加工厂房矗立在其中，仿佛珍珠散落在绿色的地毯上。

我对他们说：“以前，这片土地千百年来一直被称为‘风干圪梁’。”索亚尔说：“就是风干牛肉，一块硕大的风干牛肉。”卡萨努嗷嗷地叫唤着，她说：“在风沙中干裂成一缕一缕的土地。我从这个名字都能体会出当年究竟有多惨，狂风肆虐，黄沙漫天，无雨干旱，生灵罕见，这是我听到过的最悲惨的一个地名……”我说：“我知道。自从2005年的二月初二这一天起，这里正式被改名为‘风水梁’。”卡萨努说：“这我知道，二月二，龙抬头。”我笑着问卡萨努：“你还知道什么？”卡萨努说：“还有正月里不剃头。”索亚尔说：“前年正月我要拉着她去理发，她的一头秀发在撒哈拉已经成了一团烂鸟窝，那还是在罗马。谁知却被她狠踢了一脚，她说她有三个舅舅，你想让他们全死啊。”我听完不禁哈哈大笑，对卡萨努说：“你真是嫁给了库布其沙漠。”卡萨努说：“龙抬头那天，赵永亮将风干圪梁改为风水梁，这不仅是一个名字的变更，更是一个关于爱和未来的誓言。肖，你对赵永亮了解多少？”我说：“我只知道，他是库布其的儿子、风水梁的父亲！”

3

赵永亮的家乡就在库布其沙漠东部的召沟村，他的老乡在面对镜头时都亲切地叫他“亮亮”。他们告诉卡萨努，亮亮小时候最大的梦想就是吃一顿“栈羊肉”。我傻乎乎地对卡萨努说：“别看我是鄂尔多斯人，可我完全不懂这是一种什么样的渴望。”卡萨努冷冷地对我说：“把你扔在埃塞俄比亚或者叙利亚的沙漠里，你就知道了。”我心中暗想，这是我这一代的幸运，却也是我和父辈一代永远的鸿沟。幸亏有库布其，像我这一代不懂得饥饿的恐惧的人才能去理解父辈为什么如此敬畏自然，他们为什么愿意花费巨大的心血甚至奉献自己的一生去服务和讴歌这片土地。

我对卡萨努说：“理解万岁。”其实我惭愧不已，我算什么库布其人？我只是一个想在库布其找到家的孩子。

赵永亮少年时，在库布其沙漠上流传着一首顺口溜：“春天种了一坡，秋天割上一车，打了一箧篓，煮了一锅，吃了一顿，还剩得不多。”

无水无路无电的库布其沙漠啊，人一出生就与贫穷、愚昧为伍。像孕妇难产，因为不通公路，走不出库布其沙漠而丧命的惨剧，赵永亮在自己的家乡也曾目睹过。他自己也在13岁时因家里负担不起而无奈退学。土地荒漠化导致的贫苦记忆，像一道深深的伤疤烙印在少年赵永亮的心上。

贫穷是赵永亮改变命运的动力。1973年，他从库布其来到达拉特旗畜产品公司，成为一名收购员。从不毛之地出来的他更懂得知识和机会的可贵。沙漠给了人贫困和痛苦，也赋予人不屈不挠的性格和刻苦勤奋的品质。带着库布其给予他的一切烙印，1976年，他在伊克昭盟（今鄂尔多斯市）畜产品全项目技术大赛中获得第一名。22岁时，他就成为“全国新长征突击手”。24岁时，他成了伊克昭盟绒毛厂原料公司总经理。一把羊绒他只需要看一眼、闻一下、摸一把，就能分辨出产地、品系、新旧。31岁时，他出版了中国第一部专著《山羊绒毛学》，并成为享受国务院特殊津贴的农业技术专家。

我对卡萨努说："在世俗的眼光中，那时的赵永亮已是少年得志。他只需要按照既定轨道走下去，就会……"卡萨努摆手说："赵永亮不是这样的。无论他过得有多好，夜深人静的时候，只要他仰望星空，库布其的风会悄无声息地在他的心头吹起，并刮得他血肉生疼。"我想：卡萨努这个嫁给库布其沙漠的洋媳妇，是懂赵永亮的。

卡萨努把我拉到电脑边，让我看赵永亮的采访视频。在这次采访中，他感慨地说："我是一个出生在沙巴拉里的穷孩子。自己穷过苦过，后来富了，就不想让老百姓再穷下去、再继续受苦，总想着要带领家乡父老一同致富，这就是我一生的梦想。"

卡萨努很严肃地对我说："如果他不是一个把生态建设当作梦想并为之奋斗的人，他就不可能出现在我的镜头里。在我的眼里，赵永亮就是库布其沙漠上的一株沙柳。沙柳并不是上镜的植物，但在我眼里它比美国电影里的玫瑰花还美，比韩国电影里的薰衣草还美，因为它是中国库布其沙漠里固沙的先锋植物。它易在沙漠里成活，人类如果不加干预，它只有3年的生命期。生根较浅，只吸附地表水和土壤营养，发芽抽枝，供草原食草动物啃噬和人类作为薪柴使用。根部积起薄土供沙生草类菌类生长，而3年后自身枯死。"卡萨努看着此时此刻大地上一望无际的沙柳丛，动情地对着摄像机说，"在生态学上，沙柳是一种让人尊敬的植物，它不拼命扎根吸取深层地下水分，也不让根须四处扩张夺取营养，把脚下搞得尸横遍野、一片精光。而且沙柳又有平茬复壮的习性，通过平茬它又可抽枝发芽，周而复始，生生不息。"

隔了一会儿，卡萨努说："这段时间，我有些惭愧。我知道以前由于经济价值不大，人们就任沙柳自生自灭，沙漠上经常见到枯死的沙柳枝滚成团，人们背回家去烧火做饭。沙柳的价值能被库布其人深度利用，多亏赵永亮。"

赵永亮真正和沙柳结缘，还是因为他的老本行——羊绒。东达羊绒制品公司靠羊绒起家，发展很快，短短两年，就有了上亿元的规模。这件事让拍纪录片的卡萨努直咧嘴，我知道她是心疼。我们都知道，牧民自古以来的山羊放养模式对生态环境有极大的破坏性，是造成水土流失的一个重要原因。国家推出“退牧还草”的禁牧政策后，山羊没有草料吃，数量大幅度减少。羊绒资源也随之短缺。当地很多牧民抵触这一政策，一时人心惶惶。牧民们和禁牧人员打起了游击战，双方斗智斗勇。偷牧绒山羊的人还被戏称为“地下工作者”。

赵永亮来自库布其，深知保持水土的重要性。他积极响应国家政策，希望东达的养殖户圈养山羊。历来无拘无束想吃什么就吃什么的山羊被圈起来之后吃什么，成为赵永亮和企业面临的最重要的难题。那些被他强制圈养山羊的养殖户后来挠着头对我不好意思地笑，说：“那时候大家天天追着亮亮，因为大家得生活啊！亮亮求爷爷告奶奶，说一定给大家想个稳妥的办法。那段日子可把他给折腾坏了。”

赵永亮这个在沙漠里出生的人冥思苦想，四处找寻办法，终于找到了一种在沙漠中其貌不扬的植物——沙柳，那是内蒙古当地防风固沙的优质树种。库布其地处降雨量在150毫米以下的鄂尔多斯灌木区，而沙柳具有抗风沙、耐干旱、平茬复壮等特点，这片土地种植沙柳的优势得天独厚。沙柳的生物学特性是3～5年平茬一次，平茬后的沙柳会以8倍的速度迅速生长。平茬收割沙柳，不仅不会破坏植被，反而是在保护环境。

1997年，经过反复论证和实验，东达人得出一个令人欣喜的结论：沙柳20%的叶子和嫩枝条与农作物秸秆、苜蓿等草本植物可配制成优质饲料，可用于圈养绒山羊。赵永亮当机立断，从这一年开始，东达集团投资300万元开发建设了5万亩“福源泉”沙柳种植基地，修建了从德敖线至福源泉约8公里的三级油路，解决了圈养绒山羊的饲料问题。在此基础上，东达集团的高产绒山羊育种研究所选育的白绒山羊，使山羊的个体产绒量平均增加2倍多。白绒山羊项目也获了内蒙古科技成果二等奖。实现了生产经营中的“三高一低”，即高新技术、高附加值、高产出、低成本。

就在赵永亮的下属们为“禁牧时代”的企业的未来发展松了一口气时，没有人注意到，赵永亮总是眼神直勾勾地盯着手上的植物。其实，当时他的注意力已经全集中在了“沙柳”这簇不起眼却生命力极其顽强的家乡植物上。千百年来，人们只将沙柳作为薪柴使用。通过绒山羊一役，赵永亮发现了这株草上蕴含着的巨大商业价值。他从这株小小的沙柳身上，看到了库布其沙漠的未来。

1998年，赵永亮组建了东达生态公司、库布其沙漠研究所、高产绒山羊育种研究所、生态建设研究基地。他先是投资8000万元，在中和西镇、白泥井镇盐店村、杭锦旗杭锦淖乡土格日嘎查建立了4个共计24万亩的标准化沙柳种植示范基地。4个基地共修建沙石路和作业路29.5公里，架设高低压线路20公里，设变压器6个，打机电井35眼，埋设节水灌溉管道8000米，上面配套喷灌设备5套，快建生活办公场所1000平方米、库房600平方米，建成标准养殖棚圈1.26万平方米、标准化牛棚1.28万平方米，修建青贮窖1万平方米。基地实现了井、电、路、林四配套。基地内种植优质牧草6000亩、行道树及防护林12万多株，基地植被覆盖率达到85%以上，使基地和周边的生态环境得到明显的改善。这4个示范基地里治理沙漠和生态种植、生态畜牧三位一体，形成了一套完整的循环经济，可以将其看作是未来“风水梁”的前身。

这4个标准化沙柳种植示范基地建设完成后，赵永亮把自己的沙柳种植模式向准格尔旗、达拉特旗、杭锦旗、乌审旗和伊金霍洛旗推广延伸。东达集团采取“公司+农户”的方式，从银行贷款1.65亿元，集团出资7000万元，农户自筹1.7亿元，总投资4.05亿元，在10条黄河一级支流区域内，建立了30个库布其沙漠沙柳综合治理区和50多个舍饲绒山羊养殖基地。其中，毛不拉孔兑至不尔嘎色沟流域有6个沙柳综合治理区，计66.6万亩；不尔嘎色沟至黑赖沟流域有4个，计27万亩；黑赖沟至柳沟流域有5个，计57.3万亩；柳沟至罕台川流域有2个，计22.2万亩；罕台川至哈什拉川流域有3个，计46.1万亩；哈什拉川至母花儿沟流域有2个，计15.4万亩；母花儿沟至东柳沟流域有4个，计21.25万亩；东柳沟至呼斯太河流域有6个，计34.7万亩。

仅沙柳基地建设一项，就惠及库布其沙漠2万多户农家。

赵永亮曾经对媒体这样说过："我是一名鄂尔多斯的企业家，我是库布其的儿子，对家乡的生态环境建设有着不可推卸的责任和义务。东达蒙古王集团从诞生那天起，就流着环保的血，流着绿富同兴的血。忘记这个初心，我赵永亮就对不起生我养我的这片土地。"

赵永亮面对公众、面对媒体不止一次坚定地说出"我认为绿色并不是句号"，从这句话我听到的不仅是这个人对理想的坚定和对事业的热情，更是一种远见。卡萨努也有这样的感觉，她对我说："肖，这是一种你们库布其人特有的本质，一种只有长期浸染在库布其治沙事业中的人才会有的远见。这份事业要求人不仅要有激情，更重要的是需要韧性。正如歌中所唱'明天会更好'，这是每一个人都知道的真理，但绝大多数人不愿等到明天，只希望收割今天。这是人类的通病，也是大多数荒漠所形成的原因。你们库布其人可以从容地规划未来，我想，这是库布其赋予你们的职责和能力。"

"绿色并不是句号。"赵永亮反复说着这个观点。说这席话的时候，我们正站在风水梁的刨花板加工车间前。沙柳纤维长，韧性好，是建造高质量密度板的上佳材料。赵永亮花重金从德国购进了当今世界上最先进、最环保的热压高密度生产线。仅这一条生产线，就能够消化风水梁方圆300平方公里内荒漠生产的沙柳。有了显著的经济效益，农牧民种沙柳的积极性空前提高，一条先进的生产线带富了上万名沙柳种植户，保证了300平方公里的荒漠沙柳成荫、绿色永驻。

失败是成功之母，赵永亮和东达集团走过弯路。赵永亮在沙柳种植基地的初级阶段也曾尝试过用其造纸，但造纸用水量大，污染环境，最后只得将造纸厂关掉。

我在风水梁的现代化生产线前深思，我知道许多沙柳种植基地，户均沙柳业的收入都在3万元以上，多的高达10万元。农牧民普遍使用的是小巧的电动平茬机，沙柳种植户们老少都会使用，人们再也不用往手心里吐唾沫抡起老镢头平茬了。为了降低农牧民的运输成本，企业还在重点的沙柳基地建立了削片厂，就地将原料转化为半成品送往生产线。这样，大大降低了运输成本，提高了农牧民的收入，激励了农牧民种植沙柳的积极性。

在茵茵绿色中获取财富，这是产业化引领荒漠化治理的独有魅力。我们走进这条热压生产线，一切热压工艺全都在封闭中运行。我能嗅到看到的只是淡淡的草木清香和在工作台上运行的成型的热压板。宽大的车间几乎见不到几个工人，一切都是机械化运作。

谈及产品销路，陪同人员告诉我和卡萨努，这是各大家具厂商的抢手货。为了把产业链拉长，现在公司正在筹划建立家具制造厂，并且有了家具产品的样品。我仔细看了他们制作生产的家具样品，精致美观。库布其的沙柳产业为活在这颗星球上所有沙漠地区、沙漠国家的人类带来了一种新的生命的可能性：荒漠化治理的产业化发展应是对绿色的深思熟虑和精耕细作，在绿色中创造持续不断的财富，从而惠及企业和这个产业链上的农牧民。周边的农牧民既是产业的创造者又是受益者，由产业上的良性循环促进生态上的良性循环，真正做到绿富同兴。

就是这样一株小小的沙柳，竟被赵永亮舞得风生水起。

20世纪末，赵永亮就敏锐地提出：“生态建设不以绿色画句号。”

2001年5月17日，《人民日报》刊登了《内蒙古政协委员、民营企业家赵永亮提出生态建设不以绿色画句号》的消息，其中这样评价东达集团在库布其的沙柳种植事业：

我国的沙漠生态建设截至目前，仍是行政手段或义务劳动、志愿行动、慈善事业的状态，还没有成为企业行动和投资行为，因而影响沙漠治理生态建设的速度。

由于企业（东达蒙古王集团）是加工山羊绒的，而山羊对沙地生态建设有极大的破坏性，因此他决定给沙漠投一点资，搞绿化。他们选择了多年生灌木沙柳……形成了沙产业链条。这样的产业一旦形成，沙漠不再是害，反而会成为企业家和人们抢占的“处女地”，其生态建设速度必然提高。所以，专家呼吁：国家有关部门在政策和资金上给予支持，让沙产业带动整个沙区生态建设事业。

2005年，《人民日报》、《人民政协报》、中央电视台等各大新闻媒体以“生态建设不以绿色画句号”为题，对东达蒙古王集团科学治理、开发、利用沙漠进行了大量报道。

当我们与赵永亮交谈时，赵永亮谈起了一个人。他说：“那是一个真正和大地一样不朽的人，我只是他的小学生。”赵永亮所说的人，是钱学森。

4

在这颗星球上，每一个血管中流淌着中国血液的子孙仰望夜空时，都该感谢钱学森。正是这位中国航空之父和新中国最早一批航空工作者呕心沥血，发扬“两弹一星精神”，为我国奠定“两弹一星”事业，捍卫了国家和人民的最高利益，更给予这个民族未来一笔宝贵的无形财富。中国人从此有了更为广阔和深邃的目光，可以从宇宙中深情地凝视这颗星球以及自身，并由此得到对自身存在的可能性和想象力。

钱老在赵永亮和库布其儿女心中还有一个身份，那就是中国沙草产业之父。

1984年，中国正在接受世界范围的新技术革命浪潮的冲击。科学和科学思维，既是这个古老而又崭新的国家的挑战，也是机遇。在中国边疆的内蒙古，《内蒙古日报》科学副刊责任编辑们认为，在科学知识的宣传上，内蒙古更该敢为天下先。于是他们鼓起勇气给钱学森这位传奇式的爱国科学家写了一封约稿信，希望钱老能在《内蒙古日报》的科学副刊上为内蒙古人民做一些科普工作。因为钱学森老人工作繁忙，再加上副刊只有四分之三的版面，故编辑希望老科学家写一篇1500字左右的短文。即使这样，大家心中还是忐忑不安，这个大名鼎鼎、心思一直扑在银河里的功勋科学家有空搭理这样一个小小的副刊吗？令所有人意外的是，信寄出半个月后，钱学森回信了。编辑们读了几行，就兴奋地站了起来，鼓掌相庆。他们意识到，这不仅仅是一篇科普读物，这还是一篇会改写荒漠历史的专论，这篇文章就是《草原、草业和新技术革命》。

在这篇专论中，钱学森平和而深刻地阐明了自己的观点：内蒙古13亿亩草场的产值平均只有0.20元，这太低了。原因是转化得不够，新技术用得不够，没有系统工程的思想。

他用系统工程的思维举例说明了他对未来草原的规划景象：草原的草养肥了牛，牛的乳、肉、皮、脏器、骨头都转化增值了，但把牛粪浪费了。现代科技告诉我们：牛粪可以养蚯蚓，蚯蚓可以喂鸡，鸡粪可以养鱼，鱼可以分层，鱼塘的水在密闭的水泥池子中加上青草可以生产沼气，沼气可以照明、发电、加工饲料、搞工厂化养殖……生产要素集中了，人口集中定居了，工商业发展了，就可以建草原小城镇了，也就是“草业新村”。

在这封回信中，钱学森老人系统地提出了在荒漠化地带实行沙草产业的革命。

从1983—1999年这17年间，钱学森在同包括国家领导人、知名专家、部门领导、科研人员、基层同志和编辑记者等社会各阶层人士的通信中，涉及沙草产业内容的就有47封。在这些通信中，他谈到，与其在月球上找空间，不如在沙漠中搞发展，要用新的思维来对待沙漠，在广阔的沙漠中建立上千亿元产值的大事业。

钱老将自己关于沙草产业的规划总结成了12字方针“多用光、少用水、新技术、高效益”。

卡萨努兴奋地对我说：“肖，钱学森是个了不起的科学家。这12个字不仅蕴藏着一个伟大科学家‘天人合一’的生态大智慧，更饱含着一个中国人、一个中国知识分子对祖国的深厚感情。”

我被卡萨努的热情感染了。在我心里，我很好奇，一个将毕生精力都投入天空和宇宙中的人，怎么会对我家乡的沙漠这么了解，对沙子和草这么了解呢？还能够提出如此鞭辟入里的系统理论来？

原来，钱学森在20世纪60年代曾在内蒙古和新疆的沙漠戈壁上研究火箭。我的眼前不止一次出现了这样一幅画卷：一个男人站在沙漠中，双眼炯炯有神地仰望着星空，看着远方的火箭进入点点繁星，嘴角露出了久违的欣慰笑容。然后，他望着茫茫的戈壁——这荒凉的不毛之地，他的笑容消失了。他想起了这段时光在沙漠中遇到的淳朴牧民们，那干裂的嘴唇、茫然的目光，以及孩子们充满渴望的眼睛。

就是在那个时候，钱学森深刻意识到了一件事情：祖国和人民的强大，需要依靠航天航空的高精尖科学；人们想过上富裕的生活，就必须依靠脚下踩着的大地，依靠这里的每一株草、每一粒沙子。

我想，从那一刻起，利用自己的毕生所学，为沙地人民造福的愿望就在钱学森心里种下了。在长达数十年的时光中，这愿望变为想法，想法变为理论，理论变为体系。

《内蒙古日报》的约稿让数十年来一直在思考、一直在天人交战的钱老找到了机会，得以让酝酿了几十年的智慧心血倾泻而出。这是一个多么伟大的人！他和祖国的天空对话，更和祖国的大地对话，所有的话语全是为了爱，所有在时光中的沉默也是为了爱。

我和卡萨努他们一遍遍地翻阅钱学森的沙草产业理论，更是叹服。但在这一理论刚刚面世时，也受到了很多人的质疑。卡萨努说："西方国家也有人屡屡尝试在沙漠戈壁中发展沙产业，但都以失败告终。"这是世界沙漠治理的一个难题和新课题，无数西方科学家、防治荒漠化组织，都在为此努力着，摸索着。她特意给我放了一段关于西方科学家治理撒哈拉沙漠的资料片，看完之后让人久久沉默……

那是在20世纪60年代末，非洲苏丹萨赫勒地区旱象严重，几十万人口因干旱死亡，可以说饿殍遍野，而活着的人在镜头中也形容枯槁，将近700万生态难民远离家园。西方科学家认为，干旱荒漠地区阳光充足，如果有足够的淡水就可以在这些荒漠进行大规模农业开发。于是，他们动员了大量财力、人力，在萨赫勒地区搞了许多水利设施。但令所有人大跌眼镜的是，西方援建苏丹萨赫勒地区的水源地和淡水设施引发了大量牲畜集结践踏，导致土壤沙化，甚至出现流动沙丘。对土地最为致命的状况"脓肿圈"出现——以水井为中心的同心圈式带状土地呈现退化的脓肿圈，每一个半径都在5～10千米，像一个个巨大的伤疤呈现在大地上。脓肿圈连接之后又形成了新的荒漠化土地，看了令人触目惊心。

卡萨努眼含着热泪倾诉着，她说，对于纪录片工作者来说，看着世界一步步崩溃，是最痛心的事情。西方世界对抗荒漠化的高科技导致生态进一步恶化，这样的情况屡屡发生。人们怀疑，钱学森的理论也不一定能够成功。

从"三北防护林"的建设，到"西部大开发"，再到"退牧还草"，祖国边疆的建设史也是一部可歌可泣的国家环保史。正是因为有了党和国家政策的推动和内蒙古各级党委、政府的支持和扶持，钱老的"沙产业""草产业"才能在库布其成为现实。

钱学森给《内蒙古日报》的回信在1984年6月29日刊登后，被《人民日报》《技术经济导报》全文转载。内蒙古自治区党委高度重视，希望钱学森能够将回信内的观点全面展开论述。1984年7月27日，内蒙古自治区党委决策内参《调研信息》第二十四期刊登了钱学森的论述文章《创建农业型的知识密集产业——农业、林业、草业、海业和沙业》，内蒙古自治区党委政策研究室特意为这篇文章加了按语。当时，内蒙古正在进行牧区体制改革"草畜双承包"，这篇文章的发表为改革提供了坚实的理论基础。

2008年1月19日，国家主席胡锦涛看望钱学森时说："前不久，我到内蒙古自治区鄂尔多斯市考察，看到那里沙产业发展得很好。沙生植物加工搞起来了，生态正在得到恢复，人民生活水平也有了明显提高。钱老，您的设想正在鄂尔多斯变成现实。”

2017年7月29日，第六届库布其国际沙漠论坛在库布其开幕时，国家主席习近平致贺信。在贺信中，习主席强调，荒漠化是全球共同面临的严峻挑战。荒漠化防治是人类功在当代、利在千秋的伟大事业。中国历来高度重视荒漠化防治工作，并取得了显著成就，为推进美丽中国建设做出了积极贡献，为国际社会治理生态环境提供了中国经验。库布其治沙就是其中的成功实践。

正是在党和国家数十年来持续的政策扶持和深切关怀，以及内蒙古各级党委和政府将钱学森沙草产业理论作为荒漠化治理的理论依据的大前提下，库布其人在工业时代才能够放下思想包袱，摆脱固有的思维，实施党中央提出的“生态产业化、产业生态化”，才能涌现出像赵永亮这样的企业带头人，利用“资本”和“科技”这两大工业文明的最高成就给库布其注入强大的生机和活力。

赵永亮这个和沙漠打了一辈子交道的汉子对钱学森的崇拜和热爱令我和卡萨努印象深刻。他就是最早接触钱学森沙草产业理论的企业家，是最早把资本和科技运用到治沙产业中来的。赵永亮重新审视自己眼前的漫天黄沙时，他觉得这熟悉的风景里有些东西不一样了。赵永亮在创业的过程中一直关注着钱老在第六次产业革命论述关于“沙产业”和“草产业”的部分，赵永亮从钱学森的论述中得到了丰富的精神给养。“比如，戈壁沙漠干旱少雨，但阳光充沛，这既是不利条件，也是有利条件。对于沙漠的开发，首先就要转变对沙漠的认识。再比如，要把现代科学技术，例如生物技术和信息技术都用上。”把“治理”变为“开发”，从一开始就要有生态产业的思维。沙地开发只有变成了高科技化的产业，才能和这个工业时代接轨，库布其才有可能变绿，并由产业链发展出现代化的小城镇，从而改变人们的命运。

赵永亮把钱学森的系统工程理论作为他投身沙漠治理开发的重要指导和精神动力，使得沙柳产业在库布其获得了巨大成功。赵永亮也被业内称为“践行钱老沙草产业理念的第一人”。

2001年5月20日，赵永亮和内蒙古政协经济委员会副主任郝诚之先生联名写信给钱学森，详细汇报了沙柳产业化综合利用项目，请求这位伟大的科学家给予指导。

信寄出去之后，赵永亮忐忑不安。让赵永亮没有料到的是，10天后，他们收到了钱学森的回信：

赵永亮、郝诚之同志：

你二位2001年5月20日给我的信和《关于内蒙古东达蒙古王集团在库布其沙漠实施“沙柳综合利用产业化工程”》的材料我都看了，非常感谢。

看了你们的材料，我认为内蒙古东达蒙古王集团是在从事一项伟大的事业——将林、草、沙三业结合起来，开创我国西北沙区21世纪的大农业，而且实现了农、工、贸一体化的产业链，达到沙漠增绿、农牧民增收、企业增效的良性循环。我向你们表示祝贺，并预祝你们今后取得更大的成就!

此致

敬礼

钱学森

2001年5月30日

钱学森的回信让赵永亮喜出望外。将近20年过去了，钱学森的信至今在东达蒙古王集团被赵永亮珍藏着。他曾经深有感触地说：“钱老一定和很多企业家打过交道，但是，这位伟大的科学家给一位企业家写信，恐怕只此一次。我要像钱老研究导弹、研究卫星一样，去研究沙柳、研究獭兔、研究怎么能让风水梁和库布其的将来更好……”他说这话的时候，我能看到他眼中真挚的目光。

卡萨努了解到，2001年赵永亮给钱学森写信，一是为了汇报自己这个“学生”所做的功课，更重要的是，他希望从自己的精神导师那里得到支持。那时的赵永亮和东达集团正处在巨大的困惑之中，不知该如何选择自己未来的命运。

随着赵永亮对沙漠付出的精力和资金越来越大，集团内部怀疑和反对的声音四起。库布其像一个黑洞，数额再大的投资它都能瞬间吸收得干干净净，无声无息。人们不知道赵永亮这样的决策究竟是高瞻远瞩还是痴人说梦。即使选择正确，接下来需要的资金更不可估量。大地想拖垮一个人，即使这个人是强者中的强者，也比刮一阵微风还容易。能见到效益的那一天似乎遥遥无期。

所有人都反对赵永亮，他犹豫了。他是在精神面临巨大的危机、灵魂走投无路的情况下才给钱学森写信的。与其说那是汇报，不如说那是一个孤独的智慧在向另一个伟大的智慧求救。钱学森的回信像一剂强心针，让赵永亮活了过来。我曾问过赵永亮身边的人，风干圪梁现在的效益怎么样？身边的人说，董事长已经把风干圪梁改名为风水梁了，董事长这些年来是把全集团创造的所有利润全投在了风水梁上。我问有多少。他说，这我得在财务上问一问，粗算也得有30个亿吧。30个忆，赵永亮就这样往库布其沙漠里砸钱，而且年复一年，这得有一副什么样的硬肚渣子啊！

肚渣子，这是库布其沙漠地区的一句方言，是指一个人的心理承受能力和经受事情的能力。赵永亮是对这片土地寄托了多大的希望和热情啊！俗话说：有钱不往沙漠里投，富了自己苦儿孙。可身价数十亿的赵永亮他缺什么呢？他的儿孙几代会缺什么呢？可他为什么偏偏跟沙漠摽上了劲儿？难道他不知道库布其沙漠是个无底洞吗？拼了将近30年，把风干圪梁拼绿了，自己马上过了一个花甲年。把60平方公里的风干圪梁绿化了，此生也算功成名就了。可他认为这并不是句号，说明他走的路要很长，企业的绿化治沙之路也很长，因为他要考虑如何把绿泱泱的风水梁的绿色产业链做得更长，惠及的父老乡亲要更多更多。他在库布其沙漠的梦想还很多。赵永亮真的在路上，投资鄂尔多斯沙漠的企业家仍然在路上……

我有时也在想，我们真的认识这些治沙者吗？认识这些把真金白银默默地投入库布其沙漠的企业家吗？这是一些有着什么样气度和胆识的库布其儿女哟！这些山一样伟岸海一样辽阔的胸襟和气度是如何炼成的呢？这些库布其儿女的精神高度在哪里呢？

在库布其沙漠采风时，我经常发现在沙漠上有用绿植做的“绿水青山就是金山银山”的巨大醒目标识，一块接着一块，还有许多地方整整一面沙坡就嵌着这10个闪光的赫赫大字。它就像一面面旗帜，指引着数十万库布其儿女践行这一伟大的生态思想，开辟着库布其沙漠的美好未来。这种生态思想已经慢慢渗入数十万库布其儿女的血液之中，成为一种思维，一种基因，在库布其儿女的精神谱系当中传承下来。

面对着卡萨努他们摄影机的镜头，有人回忆起当赵永亮在集团的高管会上骄傲地念了这封回信时，现场鸦雀无声。那人至今对那一幕都记忆犹新。

他声音颤抖地对我和卡萨努说：“当时大家面面相觑，心中却又激动万分。我们都议论着，钱学森这么一位伟大的科学家说我们这个在沙窝窝里种树的企业做的是伟大的事业。‘伟大’，一个人一辈子能做件‘伟大’的事，这样的机会不多，不是每个人都能遇到。那封信在每个人手里传递着，有人当场眼眶就湿润了……”

正当人们被赵永亮的坚持所打动、所感动的时候，他们不知道，赵永亮心里还有一个更加疯狂的想法，他在等待着机会实现。他始终没有忘记钱学森沙草产业理论的最后一步——“建设新农村”和“沙漠新绿洲”。

5

2004年之前，赵永亮在众人眼中已经成为这片沙漠中最成功的人之一：他收到了科学家钱学森的一封亲笔回信，在几十万亩沙漠里种下了沙柳，创造了沙漠中的一个财富神话。每个人都以为，赵永亮会这样过一辈子了……

然而在2004年的一天，赵永亮带着所有的董事会成员和集团高管来到了一片荒芜的沙地前。冷风中，大家被冻得瑟瑟发抖，看着眼前这位深沉严肃的男人，不知道赵永亮葫芦里卖的什么药。这片沙漠位于库布其沙漠东缘。人们目力所及之处，只有光秃秃的明沙梁，没有人烟——它被人们称为“风干圪梁”。赵永亮向所有人宣布：东达集团将租下风干圪梁，在沙漠里发展钱学森沙草理论中沙产业的下一步——利用沙漠中的生态产业链，在沙漠中建造人类宜居并可致富的高新技术小城镇。

事后人们回忆起这件事，无一不露出尴尬的苦笑，因为当时所有人都被赵永亮的决定惊呆了。人们沉默良久，才回过神来，这不是梦，自己的董事长魔怔了。有人问他：建城需要几十个亿，甚至更多，哪来这么多钱?

赵永亮很平静地说，他要卖掉 3 座煤矿，用于风干圪梁的开发和建设。

话音未落，赵永亮的想法就遭到了所有人的激烈反对。有人说，这个地方寸草不生，没水没电没路，什么也没有，连人都没有，在这里建一座城镇，怎么去搞？几十亿，风一吹都变成沙子了。让别人听到，我们简直就是一个笑话。还有人说，这是多大一个包袱啊！到目前为止，谁都不敢去想，这个想法太离奇、太超前。怎么可能在沙漠里建一座城市？甚至有人说，赵董事长是被沙漠里的风吹傻了。

赵永亮站在风干圪梁的高台上，对所有人说：“其实带大家来风干圪梁之前，我来了无数遍看这一座座沙丘。那是大冬天，零下二十五六度，我每次来这儿一站就是三四个小时，心里面都是小时候的事情，翻来覆去。当时想的没有这么大，我就是想我们村，想把我从小看到大的人。这儿风大、沙大、缺水，是我小时候最深刻的记忆。我从8岁开始，每天都要走几里路给家里担水。说出来你们可能不相信，这些年无论我在哪儿，住着多好的地方，我动不动就会梦见我在沙沟沟里，光着脚在风沙里挑水。这儿实在太穷了，我想把他们带出来。”

因为童年的痛苦记忆，使这个简单的想法在赵永亮的脑海里挥之不去。赵永亮知道，一生当中总有那么几件必须要干的事情，这就是其中的一件。赵永亮用钱学森的“沙产业”理论推演自己的想法，最后得出的结论是，这片荒漠可以逐步建成一座可让12万人有活干、能赚钱的新型生态产业城镇。它将为亘古荒原带来崭新的活力。

人们对卡萨努说，当时对赵永亮这一想法的质疑和反对，在他身边也越演越烈。在所有人的认识中，这个亿万富翁所提出的计划压根就是他脑子里的海市蜃楼。

其实，赵永亮比谁都清楚，这是一个没有退路的计划。计划的启动资金需要卖掉公司3个日进斗金的煤矿。往沙漠里砸几十亿，可能连阵风都不是。后续还需要多少资金，不可估量。有人问过他，万一失败了怎么办？

赵永亮说：“万一……那我只能思考一件事，自己是跳河还是吃药呢？”

听到这里，我肃然地看着赵永亮。我看了一眼身旁的卡萨努，这个心肠铁硬的女人，拿着录音笔的手竟然一点儿都不发颤。但我们都能从这些采访中感受到当时危机四伏的情形中赵永亮心里的决绝和惨淡……

2004年9月19日，在反对之声最为强烈的时候，赵永亮召集集团所有股东开会，那是一次让所有人一辈子都忘不了的会。

股东们对他说：“在一片没有人烟的沙漠里面打造可让12万人居住的城市，政府要做这个事没有二三十年也做不成。”

股东们质疑他：“你在荒漠地区，一个叫风干圪梁的地方搞这件事，对我们企业的发展没什么好处。”

赵永亮坚决不妥协，执意要做这件事情。他逼着股东们通过这项决议，尽管他是有名的铁齿钢牙，但还是没人愿意为他的疯狂举动埋单。身为大股东的弟弟带头反对他。

弟弟问兄长赵永亮：“你是扶贫也好，帮人家也好，你用另外的形式帮，给人一点钱，他们可以来我们企业就业，什么都可以，但是你总不能建这东西，然后把他们移在这个地方吧？你要不成功怎么办？更何况，我们既不是扶贫办也不是治沙站，我们这么做事为了啥？可能你这个决策执行下去企业就死掉了！”

那场会议从中午1点开到了第二天凌晨3点，赵永亮不许任何人吃饭，也不许退场。所有人都饥肠辘辘，疲惫至极。而赵永亮就像一台永动机一样，双眼炯炯有神，手舞足蹈口若悬河地给大家讲述他的想法。

赵永亮说："在这个地方不给老百姓干事，那老百姓能拥护你？老天爷能饶你？所以企业家讲和谐，你就得拿钱，否则你就是狗皮膏药。”

他一遍一遍重复着这些话，逼着大家去听。人们默默地听，感觉赵永亮的力气也越来越弱，声音越来越小，越来越遥远。人们讲人们的担忧和顾虑，他讲他的道理，就是不散会，赵永亮把所有人都耗在了一起。

他对大家说："你们不同意咱就不散会。你们必须同意，不同意就死了。已经几个亿干进去了，实在不行，我明天就吊死，我就自杀，没办法。”

此话一出，会场沉默了。

大家了解这个男人，他是已经铁了心的，不管怎么样，这个事情肯定得干。没有人再说话，相当于同意了。

散会的时候，赵永亮衷心地感谢大家。他用已经哑了的嗓子说："咱们这辈子干了件非常有意义的事，否则一个人你活一生啥都没干，活了100岁存了100个亿最后走了，百年之后怎么给你介绍生平呀？谁谁谁，活了100岁，存款100亿，第三句话死了，就这样没有干啥？”

2005年农历二月初二，“风干圪梁”这个沉寂了几百年的无人区上空响彻东达人的笑声。人们从四面八方涌来，见证这个可以改变历史的时刻：赵永亮宣布，“风干圪梁”正式改名为“风水梁”。从此，绝望将在这里消失，未来将从这里升起，充满希望的“风水梁”在库布其沙漠诞生了……

在赵永亮的鼓舞下，人们在沙漠中展开了轰轰烈烈的造城运动。想在沙漠里建造建筑，首先要把沙丘推平，一直挖至沙子下面的土层。而且，还得打深井取水。大家经常遇到的情况是，刚整理出一块地基，还没等喝口水，一股沙尘暴来袭，等天地间恢复平静后，沙地又恢复了原状，什么都没留下。为了库布其的明天，为了子孙后代的明天，劳动者们顾不上气馁，就又拿起了铁锹。狂风沙漠里，人们一遍又一遍地重复着劳作，地基也一块接一块，越来越大。

在沙漠里，100多台推土机夜以继日劳作着……当我们采访其中一个推土车司机的时候，他回想当年建设风水梁时的情景还是会兴奋得手舞足蹈，他告诉卡萨努，事后人们发现光是这些推土机所损坏的零件就拉了3卡车。由此可见，当年建设风水梁时人们的艰辛和坚韧。

2006年9月，风水梁第一期，2.4万平方米的房子建成了；2007年9月，第二批建成了；接着又有了第三批、第四批……直到第九批。人们忧心忡忡地看着赵永亮：一座城市不是光有房子、光有理想就可以的。这是沙漠，孤零零的房子谁来住啊？

赵永亮心中早有盘算，风水梁距离赵永亮的老家召沟村12公里。

从风水梁开工的第一天起，赵永亮就不断回村动员自己的亲人还有乡亲们搬到风水梁开始新生活。他给所有人都承诺了在风水梁提供免费的新住房。召沟村的乡亲们都嘿嘿笑着，就是没人愿意真的付出行动。我采访到了一个老大妈，她是从小看着赵永亮长大的邻居。她回想起当年赵永亮动员乡亲们搬家时的情景，笑得发出“嘎嘎”的声音。她对我说，当时她可笑不出来，流着泪拉着他的手，说道：“亮亮，你不是让风给吹傻了哇。你把我们拖家带口地扔到那个沙窝窝里，你是不让我们活了哇！”赵永亮苦笑，他知道自己的乡亲们究竟在顾虑什么。“风干圪梁”给人们留下的阴影太大了，除了绝望什么都没有。大家担心搬过去养活不了家人。想让乡亲们放心，不是改一个“风水梁”的名字或是造房子就行的，他必须给人实实在在的希望。赵永亮把自己的法宝、自己的底牌亮给了众人。大家相互对视，看着笑眯眯的赵永亮，拿不定主意。最后还是这个管赵永亮叫“亮亮”的老大妈一拍大腿，说：“搬哇！搬哇！树挪死，人挪活！”

2006年，召沟村30多口人成了风水梁的第一批居民。而赵永亮说服乡亲们移居的法宝就是乡亲们别说见了、听都没听过的新鲜事物：来自欧洲来自法国的獭兔。

6

赵永亮要把风水梁建成世界獭兔之都。

獭兔是卡萨努又爱又恨的一种动物。爱是因为獭兔太可爱了，通体洁白，憨态可掬，像一块能动的棉花糖。卡萨努给獭兔拍了很多相片，拍照的时候，这个一直在沙漠里扑腾的女人难得地展现了女性美的那一面。我说：“老卡，我觉得你特别像中国神话里面的嫦娥。”卡萨努看着獭兔的照片，发出了像沙漠微风般爽朗的笑声。恨是因为獭兔身上的味道实在是让卡萨努难以接受，每次她想抱抱獭兔的时候，刚凑过去，就皱着鼻子回头冲我们尴尬地笑。这些兔子，是赵永亮从法国给库布其人带回来的宝贝。

在风水梁建立世界獭兔之都，是赵永亮心中的一个梦想。而让他动了这个心的源头，还是他的“老搭档”沙柳。当年东达集团在开发沙柳产业的过程中遇到了一个困扰：虽然东达集团已将沙柳制造高密度板材做成了库布其的一大产业支柱，然而板材制造只需要沙柳的主干部分，而沙柳大量的嫩条嫩叶就只好白白浪费了。赵永亮把这些细条嫩叶拿到权威部门做检验，结果发现这些细条嫩叶里面是纤维、木质素和蛋白，这竟是最好的兔子饲料。

作为山羊养殖和羊绒方面的专家，赵永亮极为精通绒毛学。他的直觉告诉他，这一发现里蕴藏着极大的养殖可能性。了解库布其、深爱库布其的赵永亮认为，兔业养殖会成为库布其沙漠里最有前景的产业，而这个产业需要大量的人力、物力和资金投入，甚至需要一座城镇的支持。“这不就是钱学森沙草理论中的新城镇吗？”“天时、地利、人和”在此时此刻都齐了，库布其沙漠未来谜语的拼图拼贴完成，这直接催化了风水梁的诞生。

赵永亮经过无数次的考察、无数次的专家论证，确认了獭兔是最适宜在库布其沙漠养殖的兔种。獭兔的原产地是法国，它皮毛绒厚密实，肉质细嫩，在国内外市场上都有着极好的销路。獭兔怕潮，在南方饲养，皮毛质量不好；北方又太冷，獭兔无法充分地生长。而库布其沙漠，阳光充裕，洁净无菌，非常适合獭兔生长。至此，赵永亮为这座计划12万人居住的生态新城选定了主打项目：养獭兔。

为了迅速形成规模，他的房子建得越来越快，而前来养獭兔的人也越来越多，来的人不仅仅是库布其人，还有浙江人、四川人，甚至香港人……

现在在风水梁围绕兔子转的已经有1万多人，他们当中有科学家、动物学家、医学专家，各个门类的博士、硕士，全国各地慕名而来的各类人才、打工者，最多的还是当地的农牧民，投入獭兔养殖业中。标准化的兔舍，建得又高又大又宽敞，每幢兔舍旁都有同样宽敞明亮的家庭式养兔人住所。仅以屋顶的颜色区分，红蓝相间，安安静静，猛一看上去，就像走进了一幢幢住宅小区。

我们见到了许多养兔人。本地籍贯的养兔人李鹏程告诉我，过去他种了30多亩地，刨去各类费用，每年也就收入个两三万元。10年前，他来了风水梁，那时艰苦，铲平了大明沙盖兔舍、种草种树。后来他包了一棚兔子，收入就上来了。有8年了，年年纯收入都在10万元以上。谈起收入，这个男人眼睛亮了："我的收入算少的，包棚多的收入在30万以上的都有。这些年，我在镇上买了楼房，给儿子买了装载机，还买了一辆捷达车，钱全是养兔子赚的。咱风水梁名声大着哩！前排有香港一对夫妇，来这儿养了好多年兔子哩！"

陪同者问我感不感兴趣。我摇了摇头，不是不感兴趣，就是不想猎奇，不想放大个别而忽略了一般，我想看到的是产业化治沙给沙区人民带来的看得见的实惠。

在风光秀美的风水梁，我们见识了以赵永亮为代表的库布其人用近20年时间布局实现的生态产业链，并为此深深折服。

他们用沙柳的下脚料做成饲料来养殖獭兔；獭兔皮又制作成高档服饰，其可与裘皮媲美；獭兔肉经过深加工做成营养丰富的生熟美食；兔睾丸制作而成的保健品又有着壮阳补肾的功效；兔粪在发酵后用于产生沼气，成为清洁能源；獭兔的内脏是配置高蛋白饲料的首选原料，又可入药，一举两得；兔血可提取各种药物成分，如医用血清等；獭兔小腿骨也是治疗骨质疏松等病症的良药；从獭兔肠黏膜、肺肝血液中可提取肝素钠，用于治疗栓塞和心肌梗死等疾病，肠子可做手术线。獭兔的下脚料喂貂，貂的下脚料喂狐狸，狐狸的下脚料喂貉子，貉子下脚料喂狼，狼的下脚料变成药材。而它们产生的粪便是天然的有机肥料，可以改良沙漠土壤，提高土地肥力，生产有机农副产品。还有用沙柳的下脚料培植蘑菇，叫木腐菌，可直接出口韩国。而獭兔肥料和植物秸秆又可培植草粉菌，叫双孢菇。最后的肥料才叫菌肥。

獭兔加沙柳，带动了种植业、养殖业、食品加工业、饲料业、服装制作业、物流业、旅游业的发展。经过十几年的打造，除了最下游的狼的开发利用受点阻碍外（狼已经引进了20多只，但由于养狼风险太大，只得把他们送进了鄂尔多斯动物园代管），其余环节全部实施并建起了引领獭兔业的校企合办的国家级试验室。

就这样，生态养殖和生态种植两大产业链相辅相成，在风水梁形成一个大循环的经济链。这条经济产业链让风水梁有了生机，拉动经济与生态建设，改造了沙漠。千百年来，了无生机的沙漠如今成了库布其儿女的乐土；那曾经被身边人称为海市蜃楼的计划，如今已成为一座伫立在风水梁上的现代化城镇。卡萨努看着那一座座兔舍中雪白肥硕的兔子，说：“赵永亮太了不起了，他怎么能想到这样一个环节套一个环节，一个链条接一个链条的呢？”我说：“老卡，这叫拉长产业链，你知道不知道？这是产业生态化的一个基本判断。”索亚尔说：“她是在给你装傻，你连这个都看不出来呀？”

卡萨努大笑。我喜欢她的笑声，就像一群白鸽打着鸽哨，在眼前这座生态小镇的上空盘旋……

卡萨努数着手指头说：“2005年风干圪梁改名风水梁，到今年有12年了，用你们天干地支的说法，风水梁是不是整整一轮多了？要是小孩子，在你们库布其沙漠是不是该给他圆生了？”我佩服卡萨努这个库布其沙漠的洋媳妇，在这里确实有给小孩子过12岁圆生的说法，这个习俗类似于西方的成人礼。我说："老卡，你真是个女妖精，你连这个都知道！"

卡萨努又是嘎嘎地大笑。

12年过去了，当年的亘古荒漠现在变成了行政建制镇，成为一个党政部门齐全、市政配套和教育医疗科研机构齐全、产业集中的绿色现代化小镇。镇上常住居民已有2万余人，人们大多在东达集团里工作。随着沙产业的做大做强，风水梁人正在为把风水梁打造成一座依附于沙产业的科技城市而努力。

赵永亮告诉我们，未来的风水梁，规划建设为一座容纳12万人口，集生态建设、文化旅游、有机农畜产品、清洁能源、扶贫、新农村建设与人口转移为一体的综合性示范园区。风水梁将会变成名副其实的"世界獭兔业航母""中国沙产业硅谷""中国沙漠第一城"。

这座在沙漠中生长的城镇也在"润物细无声"般改变着周边的环境：我们放眼望去，绿色涌来，而沙漠渐渐退去。即使是大明沙，也在绿色植被带重压之下改变了状态。卡萨努对我说："你发现库布其沙漠的变化没有？"我有些茫然地看着她。她说："我是指沙丘。你有没有发现沙漠已由涌动的新月形链状，变成了静态的圆形穹顶状？"我大悟，更是佩服卡萨努对事物观察的敏锐。卡萨努说，这是沙漠学上的新发现，过去没有看到过类似的记载。

卡萨努说："我走遍了世界的沙漠，库布其沙漠是第一例。"索亚尔道："是我的摄像机发现的。"卡萨努吻了一下他道："那是当然，亲爱的，你功不可没！"她说着笑了，笑容灿烂得像是太阳。她说："深入一个点的记录，你可以发现风水梁和周边沙漠之间的关系，继而可以延伸到沙漠绿洲与沙漠的关系。那么合理地布局沙漠绿洲，是防治荒漠化的重要措施。它可以关照到以人类为主体又不忽略沙漠万物的和谐共存。风水梁不会是一个特例。当产业化治沙模式进入库布其之后，整个库布其沙漠换了面貌。库布其沙漠再也不像一个可以随时摧毁人类生活、摧毁动植物生存环境的无情杀手，它变得圆润了，没有了兴风作浪的气势。"

卡萨努说得对，我在搜集资料时，特意向有关部门索取了10年来库布其沙漠的水文气象统计数据。从2006年到现在，库布其沙漠的降水量在年201～443毫米之间徘徊，大风扬沙天气在年均6次左右。曾经“一年一场风，从春刮到冬，降水在120毫米以下”的恶劣干旱天气已经不复存在了。在一座座生态小镇和生态产业园的共同作用下，库布其沙漠的沙生植物已经具备了自然修复的气象水文条件。现在库布其沙漠治理区由大规模地人工种树植绿渐转到自然恢复上来，对种植、养殖园区继续实行精耕细作，拉长产业链，把劲儿用在沙区百姓物质性收入上来，便会实现绿富同兴、同生共长。还有的专家提出：保护沙漠要像保护资源一样珍爱，这种生态学的意义应当引起有关部门的高度重视，尽快制定沙漠的保护红线。

风水梁的獭兔、沙柳产业链是一项适合从事人群涵盖全年龄、全学历程度的生态产业。獭兔易养殖，饲料足，繁殖快，收益高，又有健全的管理制度，各类文化层次的人都可以参与。妇女和老人可以成为养殖大户，成为产业化工人。在风水梁，沙柳和獭兔解放了人类在沙漠环境中的劳动力，开拓了人类对自身生命、对这颗星球未来发展的想象力，并给予了人类在大自然中的安全感。

这三种东西是库布其人自信微笑的秘密：对未来生活充满希望。

我对卡萨努说：“在库布其，无论是极富活力的年轻人，还是白发苍苍的老人，抑或是身强力壮的中年人，每一个人的眼里都闪烁着兴奋的希望之光，每一个家庭都为了自己的事业努力打拼。这种相亲相爱的景象在我们今日这个节奏越来越快、人情越来越淡漠的时代，可以被称作‘宝贵的财富’。”卡萨努兴奋地拍了我一下说：“肖！‘户’是中国的概念，我们这些洋鬼子对这块不明白，你说的我要加在纪录片上。”

和当年人人都想逃离家乡不同，现在不仅是库布其人愿意在家乡生活、在家乡创业，五湖四海的创业者也慕名而来，在库布其变成了獭兔养殖户。其中有极富投资经验的南方商人，也有掌握着高新科技的海归博士。来自法兰西的兔子和当地沙柳的开发利用，让人类在库布其沙漠上感到了生活的幸福和充实。

风水梁形成的生态致富模式不仅在改变着当地的环境、当地居民的生活和心灵，更是在党和政府的大力支持、大力发展下，成为人类的一种和当地生态交流对话的新思维模式与话语系统，拓展着更为广阔的天地：在当地政府和东达集团的共同努力下，国家级贫困县兴安盟科右中旗已形成2000户的獭兔养殖规模；国家级贫困县乌兰察布市四子王旗已形成1000户的獭兔养殖规模。由此带动了特色资源加工产业、物流服务产业集聚，创造出了更多就业机会，打造出良好的人居环境、服务环境，形成了产业兴、人口聚的良性互动局面。

更多的大型企业在风水梁的沙草产业的形成中看到了商机，也看到了责任。当地企业纷纷进入库布其，甚至在全市范围内开展沙产业。鄂尔多斯的生态环境迅速改观，全市植被覆盖率达到了70%以上，荒漠化土地和沙化土地面积年均减少52.4万亩和3.38万亩。企业在和养殖户的磨合中也建立了企业保护让利群众的新机制，扶贫模式由传统的输血式转变为造血式，紧紧围绕以獭兔和沙柳为核心的循环经济产业链，为沙地的农牧民转移就业、生活致富创造了条件，具有很强的可复制性。

赵永亮也因其带领企业实施荒漠化治理而得到世界的尊重，他也像王果香一样，多次走上联合国讲坛，纵论沙草产业革命。

2017年6月，联合国副秘书长、环境署执行主任埃里克·索尔海姆考察了库布其的沙漠经济后，由衷地感叹："库布其沙漠生态经济的发展模式和实践，将为世界上其他面临荒漠化问题的国家和地区提供经验。"

我和卡萨努在风水梁告了别。卡萨努风尘仆仆地离开风水梁赶回去剪片子了。她还要赶回撒哈拉沙漠，在那里开始新的工作。为了写这部报告文学，我一个人留在风水梁继续采访，在树林中徜徉，看着一片片一排排整齐的貂笼，隐在绿油油的森林草地上。笼养的黑貉白貉们在林子里吱吱叫着，撕破了森林的寂静。我忽然觉得，自己的生命既是古老的又是新鲜的。千万年的痕迹留在了我的灵魂中，可每一次呼吸又是崭新的，充满了活力。库布其沙漠给了我力量，风水梁给了我强大的信心。

我正在琢磨着怎么把风水梁的故事写出来，突然手机响了，是卡萨努发过来的一条长微信。她充满激情地说："库布其的故事告诉我，沙漠生态的改善，沙区人民的幸福，需要政府、库布其人民、知识分子、科研人员和各类企业相互依靠，共同奋斗。另一方面，科学地利用沙漠、呵护沙漠、精耕沙漠，是治理荒漠化的首善。在库布其，每一个人都尝到了产业化治理荒漠化的甜头。现在都认为沙漠不再是害，而是资源，是财富，应当细心呵护和用心对待。当荒漠化治理进入产业化时代时，首先要科学地认识沙漠，认识沙漠的一草一木，去粗取精，提高治理区的林分和草分，万不可沉湎于眼前的绿色。当沙漠不再流动、不再侵害我们的生存空间时，我们尽量不去打动沙漠的安静，而要静下心来，等待沙漠自我修复。而研究沙漠的光能利用，了解沙漠的土壤构造、降水周期变化、地下水位和地上风速的变化，了解沙漠植被、昆虫、菌类等动植物以及只有在显微镜下才能看到的活泼生命，才能使我们的产业更加多元化和科学化。"

我给卡萨努是这样回复的："现在，库布其人民通过建设风水梁这样的产业化的生态城镇，和当地沙漠生态形成了和谐关系，解决了人和自然共同生存的问题。在未来，科技、产业和资本的力量将会给予库布其更多的可能性。卡萨努，人们将会利用新时代的伟大力量在沙漠中探寻行星的奥秘、宇宙的秘密，甚至是我们生命的秘密。我期待着再次和你见面，用我的文字，用你的镜头……"

二　王文彪与七星湖

1

"大小道图海子不知在茫茫库布其大漠中沉睡了几千年。这块在漫漫黄沙中闪着蓝光的绿色明珠，是隐在库布其大漠中的一朵奇葩，是藏在荒漠中的一块璞玉。它像传说中的睡美人，等待着白马王子将她唤醒，好一展绝世容颜。千百年来，身边游弋的鱼儿用圆圆的小嘴亲吻着她，迎风摇动的芦苇发出轻轻的声音呼唤着她，还有那直立在水岸的浦棒不时爆开谷穗般的果实飞出雪花般的绒絮，铺满了水面，像是为她披上了洁白的盛装。还有在她身边的青草滩上踱步的花牛、嬉戏的羊羔，那是她最亲密的朋友，不管是雨雪风霜还是黄沙狂舞，总是深情地陪伴着她。还有牧羊姑娘那云雀般的歌唱，动情地呼唤着她……星移斗转，年复一年，时间到了1998年，终于她听到一声激情澎湃的呼唤：'醒来吧！我的睡美人！'于是，大小道图海子醒了，睡美人睁开了美丽的眼睛，摆着婀娜舞姿，从沙漠的重重叠嶂中缓缓走出，惊艳了世界……"

以上文字是我在2014年的春天，应王文彪之邀为七星湖驻场演出的舞台剧《七星湖》写的文学脚本的序幕中的一段。当时，我迷上了沙漠。为了感受沙漠，我想去七星湖看看。

我的一个发小，见我能写剧本、能写小说，还多少能挣点钱，对我很是崇拜，非要跟着我来库布其沙漠的七星湖看看。发小说他丈母娘家离七星湖不远，他也早想过去看看了。于是我们结伴来到七星湖。一路上，发小总是问我写一部电影多少钱。我想了想，大约说了说。我最烦的就是有人问你在写什么东西，能挣多少稿费。发小闷了半天说："你后生一部电影稿费，顶得上我10年工资了。"

发小是在市里一个事业单位上班，现在混成了副科长。人们称他科长，他总纠正人家是副科长，他总说，得讲规矩。发小们凑在一起吃饭，他也是这样。我曾说他："咱80后修炼成你这副德行，也真是不容易！×副科长，你是光见贼吃了，没见贼挨打！这些日子我让制片方揉搓得就差跳楼了！头发这不全都让他们一根根拔光了！"发小说："知足吧！现在还有人揉搓你，等没人揉搓你了，你就是哭连个坟头都找不着！"

发小丈母娘家住在独贵特拉镇上，的确离七星湖不远，我们开车沿着沙漠公路走，也就是半个多小时的路程。丈母娘见女婿来了，那个高兴啊，早早地就把羊肉炖上了，一进院就闻见浓浓的肉香。我见房子院落挺宽敞的，庭院里还有菜地，靠着墙养着许多花，正万紫千红地开着。发小问丈母娘："冬天的取暖有补贴吗？"丈母娘连声说："有，有！王文彪全给补着哩，每户600多元哩。"发小鼻子哼了一声说："这还差不多！他挣那么多钱干什么？几百个亿啊！快顶得上市里一年的财政收入了！"

丈母娘说："人家有钱咱不眼气！你看看这房，不都是王文彪给盖的？街上还有路灯、文化广场，屋里有自来水、暖气，比你们东胜城里还好住哩！王文彪说了……"发小说："妈，你甭王文彪王文彪的，移民政策我知道，政府出1/3哩，个人还出1/3哩，咋都是他盖的？政府和人民的力量呢？"

丈母娘说："咱这叫亿利新村，不是他的是谁的？你阿爸他们跟着王文彪种树种草，哪年不从王文彪那儿挣个三四万？过去大队没少吆喝了，谁见种活过一棵树？谁见挣过一分钱？现在呢，钱成千上万地挣，树都快把大沙漠埋住了，不是靠的人家王文彪？你倒是城里科级干部，你有这个能耐？！"

发小说："妈，这是分工不同！我给你们说过多少次了，我是副科级。"

丈母娘说："咱不是在家里说说嘛。"

发小说："在哪都要讲规矩。妈，你想想，要没有政府政策、政府引导、政府投入，他十个王文彪见这沙漠还不是干瞪眼？现在这些媒体光宣传一个人，好像……"

发小说着看了看我。我扭过了头去，懒得搭理他那小官僚嘴脸。

倒是丈母娘不高兴了，说："你说说你阿妈是啥媒体，是《人民日报》还是中央电视台？是搜狐还是百度？阿妈说王文彪两句公道话咋了？我咋就不讲规矩了？"

发小右手背拍着左手心说："哎哟哟，我的亲妈哟，人家王文彪还用你说公道话？现在世界就差把狗儿的说成上帝了，还用你说？"

丈母娘道："我咋不能说了？你媳妇那年去呼市上大学，不是人家亿利公司给资助了2000块？那些年咱住在破茅阄阄房里，窝在大沙丘里，你阿爸去镇上买烧酒纸烟油盐酱醋得骑上骆驼走一天，我这辈子就没出过沙巴拉半步。”

发小说：“要不得改革开放呢！妈，咱得感谢党和政府，感谢国家的好政策！”

丈母娘说：“现在你看王文彪把路修得那个宽敞，咱这窝在沙巴拉地的人过去哪敢想了？听人家说，王文彪现在去联合国就像外甥到了舅舅家，推门就进，硬气不？牛气不？”

发小说：“妈，咱不说王文彪了，耳朵都快磨出茧子了。饿了一路了，咱吃肉去！”

丈母娘说：“住着人家的房，挣着人家的钱，还能说人家长短？人心可是肉做的哩！”

又是王文彪。

10多年来，这个名字与库布其沙漠紧紧地连在一起，与库布其的百姓连在一起，与世界连在一起。你喜欢也罢，不喜欢也罢，但你不得不承认，王文彪是一个传奇，用老百姓的话来说，那是一个有本事的人。

我说，王文彪是一个有故事的人……

2

1988年5月8日，对王文彪来说，这是永远都不能忘记的日子。29岁的杭锦旗人民政府办公室工业秘书王文彪，告别了公职，带着几件衣服和一箱书，走进了茫茫沙海中的国营沙海子盐场。他是来盐场当新一任场长的，可他没有想到的是，迎接他的不仅有冷酷的沙漠，还有比沙漠更可怕的人心的绝望。

王文彪的吉普车一到盐场，就陷到了场区的沙地里动弹不得。他下车放眼望去，场区的大多数场房和设备都被埋在了沙堆里，别说生产了，还能不能用都两说。办公室周围拴着头瘦得都能看见骨头的毛驴。场区没有电，只有一台柴油发电机，每天晚上发电1小时。几个工人放下手中的扑克牌，冲着这位处境尴尬的新场长更尴尬地笑着。为了讨个吉利，王文彪是顶着启明星从旗里出发的，估摸着中午能赶到盐场，等王文彪和工人们把吉普车推出来时，天已经黑了。王文彪望着无边的沙漠夜色，已经筋疲力尽。还有呼呼的刮不完的黄风，就像钻进他的心中飘来荡去。

在外人看来，王文彪纯粹是自讨苦吃。1978年，王文彪高中毕业后做了当地的一名民办教师。在教书之余，王文彪一直在思索自己的未来究竟会是什么样子。这个问题的答案他思索了很多年，但在那个时候，他很清楚，自己的人生志向绝不仅仅在此。他为了改变命运又考了盟师范，毕业以后终于成了“公家人”。没过几年，他被杭锦旗人民政府调到办公室当负责沟通工业口的副主任秘书。

王文彪在他29岁时已经彻底改变了自己的命运，如果他愿意，完全可以一生向前，再也不用回到生他养他的沙漠。但他和每一个在沙漠里长大的孩子一样，无论在哪里，闭上眼睛就会想起故乡的漫漫黄沙。在那个时候，王文彪工作的工业系统正好遇到了一个大问题：盐海子盐场作为杭锦旗的重要收入来源，因连续多年亏损，已经到了即将倒闭的边缘。

为了拯救盐场，旗政府领导决定对盐场进行改革：寻找一位愿意承包盐场的新场长，带领企业找条生路，避免倒闭。盐场利润低，而且地处库布其沙漠腹地，即使当地做了很多工作，可响应者寥寥。此时，从小在库布其沙漠中长大又比较熟悉盐场情况的王文彪动心了。

当王文彪回到家和父母商量这件事时，遭到了父母坚决反对。父母觉得儿子是脑子出问题了，这是在自毁前程。王文彪苦口婆心地向父母解释：在将来，只有把企业做大做强，只有把经济发展好，才能让自己过上幸福生活，才能让更多的人过上幸福生活。父母对他的话将信将疑，拗不过他，勉强答应。王文彪还有一些话没有跟父母说，那就是，他认为家乡这种沙漠把人逼得没饭吃甚至没活路的状况必须要改变，他愿意为这个事业而奋斗。他不能说这话，是因为说了别人只会把他当作疯子。这世上有些事情永远是只能做不能说的。

到盐场的第二天，王文彪在盐场转了一圈，发现情况比自己想的还要恶劣。这座盐场完全被沙漠压住了，强烈的风沙使得设备根本无法生产。倒闭破产解散，是早晚的事情。最重要的是，人们已经没有了希望，没有了未来，能混一天是一天。他们对王文彪这个新场长苦笑道："你这个场长有历史意义，这个盐场早晚会变成沙漠的一部分，到时你就是咱们的最后一任场长。再跟我们打两年扑克，你就能回去继续当你的官啦。"

王文彪推翻了人们面前的牌桌，对大家说："只要人还没让沙子埋住，还能喘气，咱就干到底。"

员工们轻蔑地望着他，直指窗外一望无际的大明沙："新场长你说哇，在这儿你想干啥？你能干啥？"

王文彪斩钉截铁地说："种树，治沙！"

在那一刻，王文彪意识到这不仅是给工人们的回答，也是自己这几年来一直在内心苦苦追寻的答案：在眼前的这片"死亡之海"中寻找沙地生命的未来，这就是自己人生的意义。

种树植绿，背水一战，这就是我们的未来！

现在我无法想象王文彪当时的心情，可能没有现在媒体讲得那样高尚。今日库布其人能拥有把握未来的宏伟能力，全来自往昔数十载的艰苦奋斗。王文彪永远都不会忘记，当年他向所有盐场职工宣布接下来的工作是种树、治沙时，人们脸上的迷茫表情。他们看着王文彪，像看到了沙漠里出现的外星人。一个老员工拽着王文彪的袖子说："盐场亏损得都快没了，你不抓生产，跑沙地里种树，你这个新场长要念什么经？"

"如果再不把沙漠挡在场子外，场子很快就无法再生产了。为了生产，必须先种树、先治沙。种树、治沙，就是为了更好地生产。"这都是王文彪心里的想法，可他没有向大家解释。我想当时就是解释了，也未必有人理解他，当时王文彪的确有点曲高和寡。他们面对的是凶险的沙漠，是快把它的企业淹没了的沙漠。这里无疑也是地狱的入口处，没有时间让他犹豫。

“时间就是生命。”王文彪在沙漠里最朴素也最深刻地理解了这句话。

“谁能吃苦，谁想好好干，就跟我去治沙。”这个新场长用不容置疑的语调高喊。人群躁动了起来。王文彪带着职工们冲进了沙尘之中，这么一冲，心就留在了库布其的沙漠中，整整30年——而且是最好的年华，从青年到壮年。一个人的半生时间，他的心再也没从沙漠收回去。

30年来，王文彪和亿利集团从甘草产业出发，通过治沙，不但没有让钱打水漂，还实现了当年对同事们许下的诺言，让沙漠长出了金山银山，往昔荒芜的小盐场砥砺前行，变身为今日的亿利资源集团。

从冲入沙漠的那一刻起，王文彪带领亿利集团累计修复治理中国西部沙漠1.27万平方公里，治沙面积相当于2个上海市的陆地面积（按统计数据6340平方公里计算），占全球荒漠化面积的1/3500。

30年来，亿利集团和投身于库布其的众多家企业力量共同协作，在库布其沙漠植树种草，用飞机搞绿化，最终把一片接一片的沙漠变成绿洲，再把绿洲变成农牧民的家园，把家园变成产业园。

我记录着鄂尔多斯的企业家们30年来对库布其沙漠的投入和贡献。像亿利集团、东达集团、鄂尔多斯羊绒集团、伊泰集团等鄂尔多斯明星企业，都成为治理沙漠的主力军。他们的当家人都是土生土长的鄂尔多斯人。他们进入库布其的生态建设领域，被外界质疑嘲笑。人们说他们是疯子和败家子，甚至还有人说他们是套国家款的、治理沙漠占资源的。对着这些沙漠投资者，总有人善于猜忖：看着吧，不出两年尾巴就露出来了。

这里，我无意提高沙漠投资者的目的，因为，利益最大化是他们不变的生存法则。30年过去了，鄂尔多斯的毛乌素沙漠消失了，库布其沙漠变绿了，沙区人们的生活得到了明显的改善。初心不变，方得始终，才会在绿富同兴的道路上走得更远更扎实。现在政府的决策者和治沙者不得不重新审视库布其沙漠。保护库布其沙漠，已经渐渐有了共识。

我耳畔总是响着王文彪对企业职工“跟我去库布其沙漠里治沙”的呼唤，当时不可能那么大义凛然，充其量也不过是想给企业，甚至是给自己另辟一条活路。名人的光环大多是后加上去的，我甚至觉得他不可能那么清醒，当时可能都有点气急败坏。但30年后，我看到他建的一个种质库，感到很是震惊。

卡萨努曾对我说过这个种质库，她以沙漠行家的口吻对我说，从一个小盐场到世界级的种质资源库，这个绝非是一般治沙者能有的选择，没有国际视野和人类担当是做不了这个事情的。我开玩笑地说：“这有点过了吧？这可不像你老卡。”

卡萨努严肃地说：“它的意义在于真正的未来。这个未来，在于我们都消失了的时候……肖，我们都不在了嗳，王文彪也不在了嗳……世界需要挪亚方舟嗳……”

我知道，卡萨努从来都是不动声色地记录着，一旦到了她评价的时候，卡萨努的心中已经涌起了大波澜。

库布其创造的每一个奇迹后面都凝结着几代生态工作者的心血，库布其是一首关于人类如何协调自身在环境之中存在的伟大赞歌。

卡萨努说：“王文彪真正进入我的视野，就是这座位于库布其沙漠深处的种质资源库……”

3

种质，是指生物体亲代传递给子代的遗传物质的总称。种质决定着生物遗传性状。在科学家的眼里，世界农业和生物技术的发展、人类生存环境的改善和生活质量的提高，都依赖于种质资源。其中，植物种质资源是在不同生态条件下经过上千年上万年自然演变形成的，蕴藏着各种潜在的可利用基因。利用植物遗传资源有目的地改良植物的性状与品质，可为人类解决粮食、健康和环境等问题提供有力保障。因此，种质资源负载高度的遗传多样性，是重大的基础战略资源，具有经济、生态、社会、文化等多种重要功能和意义。

针对载体材料性质而选择适宜的方式将物种遗传信息有效保存起来，是实现长期利用的基础和保障。建立世界级的种质资源库，是着眼于地球未来的重要科学战略手段。至于王文彪是什么时候关注种质资源的，卡萨努不知道，我也不知道，现在只能从媒体的报道中大约了解个端倪。

王文彪第一次听科学家介绍种质资源库，是在北欧。那是一座在挪威北极圈内斯瓦尔巴群岛的一处120多米深的山洞中建立的种质资源库。科学家眼含热泪地告诉王文彪，这个种质资源库被称为植物种子的“挪亚方舟”和“世界末日种子库”，即使有一天地球发生毁灭性的灾害，这里保存的种子依然可以帮助人类重建家园。

当时王文彪身边的人都觉得这像是一部好莱坞科幻电影中才会出现的东西。可长期奋战在库布其生态工程第一线的王文彪知道，如果这样的一座种质资源库能建在库布其，会带给自己的家乡乃至人类如何巨大的科学财富。

近30年的治沙实践让王文彪了解到，我国广阔的西北地区地处极端干旱、干旱和半干旱地带，植被类型主要以超旱生、旱生植物为主，这些植物不仅对严酷的自然条件具有独特的生存策略和适应方式，而且多数种类资源具有重要的开发利用价值。而沙漠造就了神奇的物种，却又将它们推向灭绝的边缘。沙生植物分布区普遍面积小，很少群居。由于植株稀少、繁殖能力弱、特殊生存环境被破坏等原因，我国西北地区很多沙生植物的植株持续减少甚至濒临灭绝。比如半日花，是我国西北地区原产的矮小灌木物种，属古老的残遗种，对研究亚洲中部，特别是研究中国荒漠植物区系的起源，以及与地中海植物区系的联系，有极其重要的科学价值。早在1992年，它就被列入《中国植物红皮书》。再比如，90后李相儒一直在研究的四合木，被誉为植物“活化石”和植物中的“大熊猫”，现为国家一级保护植物。早在2003年，鄂尔多斯被列为中国草原荒漠生态系统中最具国际意义的第一类保护地区，而主要保护对象就是四合木、半日花等濒危植物。

抢救和保护沙漠中的珍稀植物，需用多种手段。其中最考验人们耐心的手段，就是基础科学研究。这并不是库布其人的强项，但库布其儿女珍爱自然、珍爱沙漠里的一切生命。在库布其，植被不管是珍稀的还是普通的，都是库布其治沙人眼中无比珍贵的宝物。为库布其这些珍稀植物乃至所有沙漠里的物种量身打造一个种质资源库，王文彪心中早已经有了一个轮廓。

回到国内，王文彪立即决定在库布其沙漠腹地建立中国西北地区种质资源库。这个决定当时在集团高层有过什么样的争议和不同意见，我已经找不出说话的依据了，但我相信，这是一个需要世界级的眼光和气魄的决定。亿利集团投巨资、聘人才，并与高校、科研部门实行战略合作，通过对西北地区，尤其是库布其沙漠的植物科考，建立了我国抗逆性植物集中分布的资源库。

亿利种质资源库通过收集已测序物种和自主测序相结合，构建了沙生和濒危植物基因库。在综合近30年保护、引种、驯化、开发沙漠种质资源的基础上，亿利种质资源库已成为我国西北地区最大的种质资源库。据统计，目前库内保存了1040种沙漠种质资源，涵盖了药用植物、沙生灌木植物、珍稀濒危植物、沙生草本植物、生态修复植物五大类，为西北地区植物育种育苗产业化发展奠定了坚实的基础。

2016年，该库被确定为国家级种质资源库。

在库布其大漠腹地，我在亿利种质资源库见到了无数来自祖国沙漠的珍贵植物种子。资源库整体色调洁白典雅，温度湿度适中，组培室里呈列着的一罐罐四合木的组培苗青嫩，茁壮，充满活力。在低温冷藏库中，千余种西北地区植物种子被完美封存，精心呵护，以防不测。库布其人的忧患意识让我不得不肃然起敬。当然，种质资源库不光是一个保存种子的地方，在种质资源库，科学工作者秉承了库布其三代生态科研工作者的精神，默默无闻地全身心奉献着。他们对种子检测的结果不断进行更新，这里最长的保存年限可达50年。保存，只是资源库的保护手段之一，种质资源库还有在原地对植物的直接保护、对植物进行移植的迁地保护、对珍稀物种的组培等多种保护方式。

工作人员向我介绍，在基因育种方面，种质资源库与多家科研院所和高校进行合作，开展了抗旱、抗寒、抗盐碱、抗病虫害等基因的研究。研究成果可用于改良现有种质资源、培育新兴品种、开展转基因植物研究。对于种质资源库来说，除保存和繁育濒危物种外，林木引种驯化是利用、保存和改造林木种质资源的重要手段和重要工作内容。这种研究和实践，可为乡土树种改良提供新的基因资源。例如，在观赏花卉的引种筛选方面，亿利种质资源库联合科研机构对加拿大寒冷地区16个秋播花草进行了引种，有7种已经可以直接用于城市园林绿化。

在亿利种质资源库，我见到了无数形状各异、色彩斑斓的郁金香。科研人员向我介绍，这都是国产郁金香。这片花海美得都让我恍惚：我真的是在我曾经认识的那个库布其吗？

眼前的郁金香正是亿利种质资源库对基础农业产生效益的典型案例。原本，国产郁金香种球质量较差、产量低，难以满足郁金香花卉生产的需要。种质资源库从国外引进了郁金香优质品种，进一步选择适生区域和优良品种，通过更为科学的种球繁育方法，逐步解决着这一产业发展难题。科学育种正是库布其种质资源惠及更多荒漠化地区的体现之一，它在生态保护方面的作用越来越大，也越来越重要。

目前，亿利种质资源库建立了国家濒危野生植物及其产品的鉴定检测中心，逐步担负起为国家各级林业、海关、公安、医药等部门进行鉴定检测的工作任务。同时，还有基因库信息进行共享，为我国相关研究机构提供充足的用于产业化开发利用的基因材料。它更是对“一带一路”的战略发展起着重要的支撑作用，对世界这片戈壁荒漠化地区的植被恢复做着贮备工作。

在谈及种质资源库时，王文彪曾这样说：“我们也正在将技术和资源向新疆、西藏、青海以及‘一带一路’沿线国家输出，让更多的荒漠化地区享有这些资源和成果。库布其沙漠的科学实践，正在逐步落实习总书记讲的‘要下决心把民族种业搞上去’。”

王文彪认为，在生物经济时代的竞争，一是技术，二是资源。每一份基因研究成果都有着极大的科学意义和经济价值。在他的心里，建立沙生和濒危植物种质资源库对我国濒危植物的保护繁衍、对我们所生活的环境中生物多样性和生态链的平衡具有重要意义。库布其人对沙漠苦心孤诣的研究，目的是在世界层面，在荒漠化治理层面，在世界环境保护领域，保持中国在生态工作方面的话语权。

亿利种质资源库，就相当于一座身处我国西北地区的植物物种“挪亚方舟”。库布其人正是有了世界级的眼光，才把库布其与世界拉近，为全球荒漠化治理提供了一个更长远、更宏大的目标。这是王文彪让人钦佩的地方。这座种质资源库是一个标志，它表明库布其人对自身有着更高的要求，希望能对国家乃至对人类的未来发展做出更大的贡献，并正在为此继续付出辛劳。

正是这个种质资源库，让我不得不对王文彪刮目相看。

我告别了发小和他在库布其的丈母娘，开车往七星湖景区走。黑亮亮的油路像一根飘带缠绕在绿色覆盖的沙漠上，道路两旁是湿渍渍的草地，茵茵绿草就浸在汪汪清水之中。有几只瘦瘦的小鸟，披着多彩的羽毛，伸着红红的尖嘴，迈着细腿在草地上寻找着什么。很远的地方，就像是在天边那样遥远，隐着一条曲曲折折的黄线。我知道，那是远远退去的库布其沙漠。

大三那年，也就是10年前，我曾和几个同学来过这里。那时大漠黄澄澄的，我觉得车就像走进了沙漠摆出的迷魂阵里，左冲一下，右突一下，把车上的人搞得七荤八素、尖叫不迭。那时还没有这条沥青公路，司机沿着前面辗压出的车辙往里开，车子只能颠簸在起伏的沙漠上，一会儿冲上，一会儿钻下，就像勇敢的人玩海上冲浪一样。

那时就听说王文彪的亿利集团承包了这片沙漠开始植树种草治沙，人们觉得不可思议，这不是把钱往水里扔吗？还有人说：“又不是他的钱，是股民的钱。用股民的钱买名声，我也干！”我的一位同学，以出口尖刻声震朋友圈，我称他为“尖刻者”。他说：“股民有个屁的钱！企业家作秀是套国家的钱。

中国企业家如果开始作秀，真正的商业时代永远不会来。中国没有商业时代，就永远不会有未来！”我说：“不至于吧？来了趟库布其沙漠，中国就没有未来了？”同行的一位女同学双手捂着耳朵说：“不听，不听，别高谈阔论了，烦死人了。你那会唱歌的湖水在哪儿呢？”她瞪着羚羊般的圆眼睛问我。我有些哑口，也就不说什么了。我暗地里称她为“羚羊”。

我是和学校的哥们儿、姐们儿讲过，库布其沙漠里有会唱歌的沙子、会唱歌的湖泊。响沙我确实听见过，响水我只是听说过。说是在库布其沙漠里的大小道图海子里经常发出嘎嘎崩崩轰轰嗡嗡的响动，能把吃草的牛马羊儿吓得惊慌乱跑。“道图”在蒙古语中有响动、响声之意，道图海子翻译过来就是会发声的湖泊。尖刻者又说：“实际上传说会比事实更有趣，人们还是活在传说中为好。”他话刚说完，羚羊噢的一声，人们赶紧喊停车，车冲上沙坡才停下来。羚羊捂着嘴，青头紫脸地冲下车，哇哇地大吐开了，然后一屁股瘫坐在沙地上，干张着嘴噢噢着。她是一路晕过来的。她说：“我并不晕车，咋来到沙漠上就晕车呢？”

我是太知道晕车的滋味了，难受劲上来了，真连死的念头都会有。我的晕车毛病，就是父亲在沙漠上用汽车把我颠好的。最终我们放弃了去道图海子听响水的打算，结束了库布其沙漠之旅。

10年过去了，羚羊现在成了小成本电影票房过亿的金牌编剧，常一袭开胸露背的时装披挂着，摇摇摆摆地走在红地毯上。尖刻者也不再考虑社会问题，而在网剧界大显身手，以执导悬疑谋杀网剧占据各大网站排行。现在我们见面，他第一句话就是：“哥，先考虑生存。”而我呢？还是在沙漠里转来转去，和我的父老乡亲们一样，跟沙漠摽上劲了——他们是用锹和镐头，我是用笔。

4

我的车停在了一座石制牌坊前。我端详着上面镌刻的“朔方古郡”4个大字，并未发思古之幽情。在朔方古郡前，我买了一张七星湖国家沙漠地质公园的门票，150元门票一点折都不打。我想，王文彪哟王文彪，点沙成金的时代真的来到了。也许未来的时代是谁掌握了沙漠谁就紧紧握牢了资源、财富。

企业家不谈利，那是自己都不信的话。

我无法想象王文彪当时见到道图海子那万顷碧波时的想法、稳稳掌握了沙漠使用权时的想法、他成为这片沙漠的主人后的想法，当然这一切都得留给后人思忖了。七星湖对应天上的七星北斗，道图海子在这个雄心勃勃的男人面前有了新的名字——七星湖，这是不是又有点天意所授呢？

王文彪对媒体记者说过的一句话让我印象深刻："你得让企业家闻到肉味。"他究竟闻到了什么样的肉味呢？他想把七星湖做成什么样的美味大餐呢？

七星湖沙漠生态旅游区规划面积919公顷。其中水域面积114.6公顷，湿地面积40.7公顷，草原面积380公顷，沙漠面积383.7公顷。其地理位置位于鄂尔多斯市杭锦旗的库布其沙漠腹地，北临黄河南岸，东临自治区首府呼和浩特，并与草原钢城包头市隔河相望，西接乌海市和宁夏回族自治区首府银川市，南邻晋、陕两省，方圆100～300平方公里半径内有多个机场，区域内北达110国道及京兰铁路，南接109国道及东准铁路，交通便利，可以说四通八达。而且沿黄二级公路已经通车，沿黄高速公路正在紧锣密鼓地建设之中，也是通车在即。

这里的旅游资源配置非常合理、非常特殊、非常吸睛。它集中北方荒漠化草原的一切特征，草原、沙漠、湿地、湖泊应有尽有，而且不大，不过1万多亩。它极易打造成沙漠旅游极品、精品。而阻碍其发展的瓶颈就是七星湖以北、黄河以南的沙漠，这里全是让人压抑且需仰视的大明沙，流动性大，是库布其沙漠中极为险阻的一段。无数投资客看上了道图海子的发展前景，但苦于沙漠阻塞的限制，只得眼巴巴地望着道图海子这个沙漠中的美丽王冠被王文彪摘走。

而对王文彪来说，以其现在的实力，修这样一条沙漠公路用不着太着急上火。路有了，一切就都活了。王文彪摆开阵势发展旅游基础设施，建宾馆，植花草，搞标识性建筑，配备各种旅游设备。他亲力亲为，在工地一线亲自指挥。七星湖国际会议中心，是典型的阿拉伯式样建筑，土黄色的外立面衬在茵茵绿地中，显得非常大气、醒目，又与远远的沙漠相互呼应，让人感到很暖心，与世界拉得很近。

我在七星湖采风时，结识了集团工程部的一位青年工程师。他跟我讲解演示各类新的治沙工具，从水冲气枪植树到无人机播撒草种，无一不精，无一不通。我原本以为他是学工程的，聊起天来，才知道他原本是学医的。他原先在上海一个国际酒店集团中心工作，是一位集团的医生，专门处理顾客发生突发事件的。七星湖会议中心就由他们酒店负责建设并进行后期管理。

他是甲方的派助人员，酒店建成后，他就完成任务回上海总部工作。我问他："咋留在七星湖了呢？"他说："这地方的人干起活来，让我们都没法想象，会议中心为赶工期三九天还施工。地冻天寒，零下30多度，人们搭起工棚，挖地基时堆起煤炭烤冻土层。那天夜里，我还看到人们把大块大块的煤炭往地上摞，一个中年汉子披着一件旧军大衣指挥着吆喝着，还亲自动手干。当我知道这人就是身价上百亿的集团老总王文彪时，我一下子下定了决心，就跟着王文彪在沙漠里植树了！11年了，我把老婆也从上海接过来了，她是我大学时的同学……"

这让我又认识了王文彪的另一面。如果你认为王文彪醉心常规的旅游，像骑骑马、射射箭、吃吃饭、喝喝酒，玩点刺激的冲浪滑沙，四驱沙地车穿行沙漠，多挣几个吃喝玩乐钱，那你就有点"燕雀安知鸿鹄之志"了。王文彪是在用世界的眼光看待沙漠，研究沙漠，想在库布其沙漠上走出一条中国人防治荒漠化的新路子。

我在七星湖会议中心的宾馆房间的书桌上曾翻看过摆在书桌上的一本书，是王文彪论述沙漠问题的专著。其对世界沙漠的分析研究，不亚于一个专业沙漠学者。其对荒漠化治理的见地分析，却不是每一位沙漠学者所具备的。最重要的，他有资本的优势，更具玩转资本的能力。那种在资本世界的腾挪移转，其风险、压力，非常人所能想象，也非常人能够承受的。有经济学大佬讲，玩大了，风险自然就转移了。想想也不无道理，心大，玩得就大，但你得有玩大的本事。对经济学我不懂，但我知道，玩好了是披着光环的企业家，玩砸了是锒铛入狱的大骗子。我们的身边不乏这样的案例。

前些年有个在内蒙古搞万里大造林的，就是在电视剧《刘老根》中客串演乡党委书记的那个。那吹得响，闹得大，不少明星都跟他站台，帮着吹。电视里《刘老根》戏中的那位书记，喷着唾沫星子大讲绿化治沙，高回报，还生态，金钱大挣，道德还好，人们趋之若鹜，争着往里投钱，结果种的树按棵数，圈的钱能按亿算，人们真真是碰上了一个绿色大骗子。现在呢，剧中的书记估计还在号子里穿着黄马甲吃牢饭呢。

我也不想写王文彪是如何融资玩钱的，不好判断的事我不写也不敢妄加评论。但在2015年一次联合国会议上，王文彪向媒体透露，库布其治沙模式的关键是PPP，引来了国内外多家媒体的报道，这多少引起了我的兴趣。什么是PPP模式呢？我这个上学时政治经济学考试总要补考的人，这次还真做了点功课，查了查资料。原来，PPP模式的英文全称是Public-Private Partnership，PPP是其英文首字母缩写，又称政府和社会资本合作，这是公共基础设施中的一种项目运作模式。在该模式下，鼓励私营企业、民营资本与政府进行合作，参与公共基础设施的建设。

按照这个广义概念，PPP是指政府公共部门与私营部门合作过程中，让非公共部门所掌握的资源参与提供公共产品和服务，从而实现合作各方达到比预期单独行动更为有利的结果。狭义PPP的主要特点是，政府对项目中后期建设管理运营过程参与更深，企业对项目前期科研、立项等阶段参与更深。政府和企业都是全程参与，双方合作的时间更长，信息也更对称。

那么，这个模式的核心是：政府采取竞争性方式选择具有投资、运营管理能力的社会资本，双方按照平等协商原则订立合同，由社会资本提供公共服务，政府依据公共服务绩效评价结果向社会资本支付对价。

说了这么多专业术语，我用最简单的话来解释，那就是：政府项目由公司或私人资本介入，实施从设计、施工到运营，并由政府全程监管，最后政府根据绩效支付对价。这样的项目多重保险，最后政府收底埋单，一般说来银行都愿意支持这样的项目。难怪王文彪非常喜欢这个方式，这也可能解了不少人的疑惑。王文彪张口往沙漠里投资几十个亿、几百个亿，他哪来的这么多钱？查查，看钱是不是好来的。在一些人的心中，40年前，他不就是个库布其沙漠里钻出来的穷小子？18岁前吃没吃过一顿饱饭，穿没穿过不露大拇指的鞋呢？现在人们看农民的儿子都戴上了有色眼镜，也怪那些不争气的农民的儿子，贪个三五千万是起步，贪个三亿五亿的也不是少数，他们总结自己腐败的原因全是因为小时候穷怕了、饿怕了。看着这些农民的儿子在视频上的龌龊样，我要是他们的爹娘，真该把他们从电视机里揪出来，左右开弓给他们一顿大嘴巴。

我没有调查，不知王文彪投资库布其沙漠项目的金钱来自何处，但王文彪是那么喜欢PPP，我想，绿色的库布其沙漠里应该有PPP的影子和影响。库布其沙漠作为联合国防治荒漠化试验区，这种模式也应该得到推广和实施，这可以实现政府、企业、投劳投智者三赢。刚刚实行没有多少年的公共设施项目用在荒漠化改造的投资项目上也无可非议。我佩服王文彪的勇气和对新生事物的敏感。莫非这满眼绿色是从PPP来的？

但我真正地被他吸引，还是在前些年的两会报道上，他是上一届的全国政协常委。他被新闻发言人邀请，坐在发布席上大谈世界荒漠化治理、库布其沙漠治沙，讲当年在沙漠创业的艰难，企业为修建第一条被库布其儿女视为眼珠子一般呵护爱护的穿沙公路时，是多么不被下属理解，最后自己拍板做这个决定，等于是押上了身家性命。一个企业，一个刚上任的企业老总，就这样义无反顾地拉开了进军库布其沙漠的序幕。

同样，这也是一段让杭锦旗人民至今不能忘怀的峥嵘岁月，那些穿沙公路建设的领导者、建设者清清楚楚地记得这条穿沙公路是旗委、旗政府举全旗之力领着全旗人民勒紧裤腰带干出来的。当时，连着3年，全旗每个公职人员都拿出一个月的工资。全旗农牧民投劳上阵，上自八旬老翁，下到9岁少儿，都出现在穿沙公路现场。全旗哪家哪户没有为穿沙公路出过资、投过劳？

王文彪在台上回忆着当年修建穿沙公路的艰难，台下有女记者的眼睛早已湿润润、泪汪汪的。我躺在沙发上看着荧屏，也挺感动，骄傲于库布其沙漠出现了这样一个上天入地的传奇人物。听着他的叙述，同样杭锦旗人民也有着自己的回忆。在库布其采风的日子，我也聆听了这些建设者、领导者们像王文彪一样激情满怀地讲当年，我也看到过当年穿沙公路修建者们的回忆文章，像当年的现场总指挥奇达木林、副总指挥乔志荣、旗交通局局长白富华等人，对穿沙公路的追忆到今天仍清晰在耳、历历在目。

这多股对穿沙公路的回忆全汇聚在我的脑海里，汇聚在现在仍在运营的穿沙公路上。这对什么都知道却静静无言的穿沙公路，对阅尽人间沧桑的库布其沙漠，人们对昨天的记忆真的那么重要吗？我曾多次驱车行进在这条蜿蜒在沙漠上的公路上，寻找着当年建设者的足迹，感受着当年红旗飘飘、车吼人啸的火红岁月。这条公路就像一条黑色的彩链串起了人们记忆的珍珠，珍珠颗颗璀璨闪光，互相交织碰撞击闪着火花，不断闪现那昨日的辉煌。唯有那条默默无言的公路，静静地躺在这座充满记忆交织的沙漠上。它什么都记得，就像天上飘过的朵朵白云、头上不时卷过的缕缕清风，永远静而无言地融入绿海绵绵的库布其沙漠当中。

我常站在高高的沙漠上，望着浩浩荡荡的东去黄河，感到人们的不同追忆，就像一朵朵细细的浪花翻起，又悄无声息地汇入澎湃的历史长河当中，永远奔流到海不复还，任人们去追忆评说……

那天在发言席上，王文彪可真会说啊，口吐莲花，妙语连珠，让记者席上的老记们或肃然，或鼓掌，或开怀大笑。王文彪这个人真是个语言天才，即使是天才也不能信口而来，因为老话有言多必失之说。我看过一个材料，说是自治区党委一位领导曾对王文彪等投资沙漠的企业家说过，事情可以做足，但话不能说足，真可谓语重心长，殷殷关爱之情溢于言表。因为他们都是库布其人，都出生和工作在这片沙漠上，都是在为库布其沙漠的绿色经济操心操劳。

我想，这对王文彪来说，在库布其沙漠的事情可以做得足足的，有些话最好是让别人说。但我觉得王文彪有些话说得真好，可谓气壮山河，提气提神！在2016年两会期间，习总书记参加政协王文彪所在的小组讨论时，王文彪就当着全国人民的面向总书记保证，10年之内，他要再绿化1万平方公里沙漠，让人看得惊心动魄。我当时就想，鄂尔多斯哪还有1万平方公里沙漠让你显身手呀！这话是不是说得有点大了？后来我才知道，王文彪想的已经是全国的沙漠、世界的沙漠。

还有，他在第六届库布其国际沙漠论坛开幕式上的致辞，那更可谓经典。他开场就说："今天的会议来了一些不请自到的尊贵客人。各位女士们先生们，现在请允许我加以介绍。那就是今天早上不期到来的白天鹅，它们现在正自由游弋在美丽的七星湖碧波荡漾的水面上……"

这能不满堂喝彩吗？这能不掌声雷动吗？看似不经意，却非常巧妙地把环境保护的主题描绘得这样惟妙惟肖，引人入胜。

5

当听说我要采写库布其沙漠的报告文学而不是能赚钱的电影剧本时，发小说："你图个什么呢？你要写最好别写他，你得想法把王文彪绕过去。"我问："为什么呢？"发小说："你不用给我装傻，王文彪国际国内媒体宣传得够多了。你呀，还是要多写写普通人，要不外界真以为是他一个人把库布其闹成这样了。库布其模式快成了王文彪模式了。"

我想，世界上没有人会相信能有一个人染绿一座沙漠的事情。库布其模式是数十万库布其儿女数十年的精心打造；同样，绿染荒漠这个伟大奇迹也是伟大的库布其儿女一手创造的！谁想贪这个天功，谁就会变成永远的笑话。王文彪是他们当中最杰出的一员，我干吗要把他绕过去呢？我发现采访越多，接触库布其沙漠治理的材料越多，你就越绕不过他去。

他在我的这本书里，只不过是无数非虚构文学人物中的一个，亦是典型环境中的典型人物，但他在库布其沙漠，却像一座山一样存在着。我写他，山存在；我不写他，山也存在。他并不因我写不写而增高一分或低矮一寸，也不因我写不写就会变得高尚或龌龊……

今日的王文彪，就是30年前从那片荒芜的盐场出发，开创了亿利集团这样一个在生态领域堪称神话的巨型企业。企业参与沙漠治理，对鄂尔多斯沙漠已经不是什么稀罕事，但在联合国却引以为珍。我们知道，鄂尔多斯沙漠的最大一块，近3.5万平方公里的毛乌素沙漠，用了不到10年时间，已经全部变成了绿洲，这个天翻地覆的变化就在于企业化运作。在毛乌素沙漠早已有了成形的经验，当地政府不拒绝工业化，但给参与的企业定了一个生态红线，即用1%的工业用地，换取99%的生态恢复。说白了就是，政府给你1000亩工业用地，你给政府10万亩绿洲。而且在这个荒漠变绿洲的过程中，完全实行市场化运作，企业出资，农牧民投劳，政府全程监督、管理，实现企业、农牧民、政府三赢。仅仅用了10年时间，毛乌素沙漠已经完成了绿色全覆盖。毛乌素沙漠治理没有模式，只有彻底的市场化运作。因为，并不是每一座沙漠下面都有那么多的资源贮备和开采价值。现在的库布其治理，有毛乌素沙漠治理的影子，尤其是以亿利集团为代表的治理模式，引起了联合国的高度关注和重视。联合国环境规划署执行主任索尔海姆评价亿利是绿色领袖企业，并且评价王文彪的“沙漠经济学”对于“一带一路”沿线国家和地区甚至全世界的生态环境改善、应对气候变化和消除贫困都具有非常重要的推广和借鉴意义。他希望联合国环境规划署在全球层面与亿利开展合作，共同推动沙漠绿色经济的发展，寻求沙漠生态系统可持续发展解决方案，让全球10多亿受荒漠化影响的人口分享中国库布其生态财富模式创造的成果。

联合国环境规划署还与国内有关科研机构经过一年多的论证之后，确认亿利创造了超过4600亿元的生态价值。而按王文彪的规划，亿利在近年内有望成为主营业务收入过千亿、主营利润过百亿、市值过千亿的全球生态先锋企业。

正是因为有了这些企业的艰辛努力，库布其才获得了大自然给予人类的回报：如今的库布其不只让人类在沙地中的现代生活变得从容、幸福，更让人类拥有了开创荒漠化治理未来的钥匙，使得它能够作为一个标志，我们的文明可以在此之上挖掘人和自然和谐共存的更多可能性。

经过库布其人民多年的荒漠化治理，沙漠已经从灾害成为资源财富。现在来库布其看沙漠是一件奢侈的事情，凡是重要治理区都成了景点，恩格贝、七星湖、响沙湾、银肯塔拉，都为库布其沙漠创造着财富。当来自世界各地的游客再次站在银肯塔拉敖包边，他们能看到的景象又有了新的格局，不只是翠绿的森林和壮丽的沙丘，不只是带有植物清香的微风和婉转的鸟鸣，最为重要的是，库布其已变为人和自然和谐相处的乐园：在沙地中，人们能发现一串串深浅不一、形态各异的野生动物脚印；在河边，各种装备着高科技设备的越野车队疾驰穿越；在沙漠和森林的深处，徒步者在穿行中寻找着生命的意义。七星湖酒店如同一颗洁白华贵的珍珠，在库布其大地上闪烁着璀璨的光芒。一座座厂房、移民新村和生态小镇在这片自然中和谐地矗立着，每一棵树，每一座山，都不显得突兀，却又证明着人类作为地球沙地生命链条一分子的神圣存在。

梳理王文彪在库布其沙漠的人生轨迹，我觉得王文彪精心打造建设的这个七星湖旅游区不过是他向外展示治沙抱负、与世界交流对话的窗口，把七星湖打造成沙漠治理的精品、极品，其志在占领世界防治荒漠化的高地，从而为自己、为中国取得全球防治荒漠化的话语权。从大处远处着眼，从小处近处着手，王文彪想用20年甚至更长的时间，将1万平方公里的沙漠搞成绿色产业带。在发展沙漠绿色产业经济中，壮大企业，辐射周边，从而带动周边10万农牧民在发展绿色沙漠产业经济中脱贫致富，只有绿富同兴才是解决防治荒漠化问题的根本抓手。

王文彪目光远大，同时又是个务实的人。他知道，光让人挖沙种树整天闻土腥子味，没有利益的驱动，很难保持人种树植绿的持久性。远景鸟语花香，近看寡水清汤，是引不起人们的兴趣、激不起人们的斗志和干劲的，他就是想号召也没人听他的。企业是经济利益共同体，除了拿钱说话，并不具备任何号召力。王文彪就是再会说也不行，光让农牧民闻得见肉香是不够的，最关键的还得是吃上。企业化方式的运作，是用经济杠杆撬动库布其沙漠，让周边农牧民按市场化运作方式进入绿色沙漠经济产业市场，真正把绿色经济做成一个产业。产业链越长，物质性的收入越大，带动人们投入绿色发展的积极性就越高。王文彪了解人，也了解沙漠，人与沙漠博弈的特点就是持久战、拉锯战。王文彪了解芸芸众生，了解他的父老乡亲，就像他了解自己一样，因为他从小也是挣扎在风沙线上的芸芸众生中的一员。

6

王文彪出生在库布其沙漠中一个叫杭锦淖的穷沙窝子里。他的童年印象就是饥饿和沙尘暴，漫天沙尘伴随着他瑟瑟缩缩地走过自己的童年。王文彪曾这样总结自己的童年生活：吃饭时，饭里拌着沙；睡觉时，床上落着沙；张嘴呼吸时，舌头黏着沙。曾有记者问起他的家乡是什么味道？王文彪说，那就是家乡的土腥味。除了父母的恩德、疼爱，父老乡亲的体贴关怀，而赖以生存的柴米油盐、衣食住行等物质生活，没有给他留下任何美好的回忆。缺吃少穿、饥饿寒冷，成为他记忆的永远。

王文彪像许多人一样，有着饿怕了的童年、穷怕了的童年。改变命运，走出沙漠，做一个城里人，是多少库布其儿女童年的梦，是多少库布其儿女努力学习、忍辱负重、不屈不挠、奋力前行的精神支撑。城市户，挣工资，望着公社所在地那些吃商品粮挣工资的售货员、信贷员、邮递员、粮库保管员、过磅员，少年王文彪们露出的是什么样的眼光啊！自己何时也能端着饭碗去公社食堂交粮票打饭？那岂止是羡慕二字所能承担，对少年王文彪们来说，这比登天还难！

当我写下这段文字时，我忽然感到有些穿越了，我也成了少年王文彪们当中的一员，穿着光筒子（没有任何贴身内衣）衣衫，背着破布书包，穿着露出脚趾的烂鞋，站在公社食堂门前，闻着别人的饭香，在瑟瑟秋风中等开往旗里的大班车去上学。噢，我看到了，看到了少年王文彪们终于搭上了摇摇晃晃在沙漠里穿行的班车，他们和挣扎在这块土地上的人们，迎来了一个好年月。改革开放让鸡毛飞上了天，让人们的一切欲望、奢望、梦想都成了可能。王文彪们的少年压抑得到了空前的释放，少年向往不再是公社食堂飘出的肉香，少年王文彪们一步踏进了放飞梦想的好时代。

“是改革开放改变了我的命运。”在无数场合，王文彪都会这样说。他走进了那个让中国人祖祖辈辈也不能忘记的故事当中，那是春天的故事。他在春风的沐浴之下，走进沙海创业。30多年打拼，渐渐成为一个传说，成为一个有影响力的公众人物。人们除了赞叹他胆子大、有本事外，还夸赞他敢说、会说。还有的说，那是一张好嘴嘴，有的没的全靠他那一张嘴。

不管人们的褒贬如何，我有一个最基本的判断：库布其沙漠现在虽是满眼绿色，但没有一棵树、没有一株草是能说绿的。

我的发小不断地告诫我：“千万不要写王文彪，写这个人麻烦，你闹不好是背着鼓寻锤——找挨敲。”我问：“为什么呢？”发小说：“他太爱表现自己和自己的企业而毫不顾及别人的感受。”我想，他不表现自己表现谁呢？别人的感受对他重要吗？他是书记、市长或者更高的大人物吗？他有义务去讨好别人吗？我一面想着，一面嗯嗯着。发小说：“我知道你那臭毛病，别人越说不行，你就越得试试，小时候少挨老师踹了？”我说：“是的，是的，你让我想想。”

实际上，我最烦的就是登台油光水滑，像山西人讲得活油展水、八面灵光。就像我认识的一个女明星，那年获了个什么奖，顿时羞涩得像个乖乖女，在台上感谢了这个又感谢那个，感谢了美工叔叔，还不忘服装阿姨、司机哥哥，大家听着都挺受用的。可王文彪犯得上那样吗？要是那样他还是王文彪吗？发小说："这库布其沙漠里20多万人呢，你有多少事情不能写？人民群众、党委政府、科技人员、脱贫牧民……实在要没的写了，你就写写我老丈人也行。"我说："好的，好的。"

他刚替我把车开上，我躺在后座上想打个盹，我知道，发小一直不喜欢老丈人，可老丈人喜欢他，有事没事地往发小东胜的家跑。发小说："交通太便利也不是好事。刚结婚那年，从媳妇家到东胜得走3天，现在沿黄高速公路一通，你肉还没炖烂呢，老丈人就背着蛇皮口袋敲门了。哎，你听见了吗？"我说："听见了，现在交通、通讯真是逼得人无路可逃。"发小接着说："这老东西上次……"我说："脏了，脏了啊！哪有这样抬举老丈人的？"他呸地啐了一口痰出窗外，然后接着说："他前些年非要去我们单位下夜，说大沙漠里要啥没啥，枯燥得活不下去了，非要我这女婿帮他。还说我是办公室管事的，就我一句话，他就能脱离苦海了。我当个副科级容易吗？再说这以权谋私的腐败事儿我能干吗？我就多给他带了两瓶烧酒把他打发回去了。听说他现在跟着王文彪种树发了，还学外语，说他的任务现在是跟外国人打交道，还跟着公司的翻译学英语，好肚油肚，古德猫宁，维康木吐拆你那库布其……"我听了笑得前仰后合。发小说："写写这个多好！"我说："这些我都在写啊，是挺好的。"发小说："还有新科技，都是一线工人和技术员发明的，现在也成了王文彪的了。他这个人呀，从鱼头吃到鱼尾，连口腥汤都不给人留下。啥都是他的！"我想，不是他的是谁的呢？他是企业的法人……

我佩服王文彪对科技的敏感和运用，才闯进了库布其沙漠的深处，摸准了库布其沙漠的生命律动。2012年，联合国颁发首届"环境与发展奖"给王文彪，以肯定和鼓励他对全球环境保护和绿色发展做出的特殊贡献。一年后，在纳米比亚首都温得和克召开的《联合国防治荒漠化公约》第十一次缔约方大会上，王文彪再次荣获联合国颁发的首届"全球治沙领导者奖"，成为第一位获奖的中国人。在领奖台上，王文彪郑重许诺："再用10年的时间，为世界再贡献1万平方公里的沙漠绿洲。"

这次他面向的是整个世界、整个人类。他靠什么完成这宏愿呢？我想了许多，因为他的背后是一支支科研团队，有亿利集团丰富的生态产业科学建设经验和从沙产业中获取的雄厚实力作为支撑。亿利集团的"水汽种植法"颇有些戏剧和喜剧成分，但又饱含着库布其人的生存智慧和生态哲学。它是一个科技扎根库布其的典型案例：曾经有很长一段时间，树木在库布其的恶劣生态条件下根本无法存活，植物一片一片枯死，王文彪头痛欲裂。有一天，他无意中收到一瓶朋友送给他的插花，他的眼睛亮了。他找来一个瓶子，灌满水后把杨树苗插了进去，又连瓶带苗插到了沙地里。事实证明，这瓶水可以保证树苗在沙地里吸收一年半的水分和营养。等瓶子里的水被吸干后，树苗的根须已从瓶子伸到了沙地深处。能由苗成木，就能由木成林，人们植树的成功率得到了极大的提高。同样，这也是一个传说，瓶栽法发明者的多种传闻我听得多了，有说是牧民的，有说是解放军的，这儿又成了王文彪的无意间发现。但对我们山海般的库布其沙漠，谁的发明真的重要吗？

无独有偶，还有一个传闻，是关于水汽法的。在当时，挖树坑是植树工作中最为艰苦的环节之一，王文彪熟悉的一个种植大户为了偷懒省事，拿着水管在沙地上冲出一个又一个深坑，后面的人跟着插进去一株又一株树苗，大大节省了时间。这传说多少有点戏剧性，带点讲故事的味道。这个发明者是个叫高毛虎的老汉，此人并非懒，而是非常勤劳肯吃苦的民工，他是与亿利集团合作的优秀的民工联队长，还一直担任着亿利生态移民新村的党支部书记。

这个村子有几十位农民，跟着高毛虎去过好多地方植树，西藏、新疆都去过。去年夏天我采访时，他亲口给我说，他当时见到水罐车的高压水龙头在沙地里冲出了一个深深的洞，顿时灵光一闪，想我们为什么不能试试呢？于是，他用空心钢管做了水枪，再利用水泵的压力，往沙地上一试，几秒钟立即冲出直径3厘米的深洞，树苗子一插，再一冲，植树和浇灌完成，连10秒钟都用不了。当年，高毛虎不仅赚回投入，还赢得7万多元，一下子传遍了全集团。

王文彪知道后第一时间去实地考察，然后召集科研人员对这两项土法子进行研究，“水汽种植法”这一在世界范围内都可以称为“前卫”的种植法诞生并被王文彪迅速推广出去。这一新的种植技术将库布其的植树效率提高了10多倍，成活率接近100%。就这一项新技术，几年下来就节省投资5亿多元，植树的范围扩大几十倍。

高毛虎看完王文彪展示的水汽法种沙柳后问王文彪：“我这个馊点子也能让你做成技术？”王文彪笑笑，没有回答。接下来的一段时间里，不少来自外地的专家、技术人员也都不屑地提出了相同的问题。王文彪从不争论，而且提出这是给地球做“微创手术”——多智慧的提法！10年后，望着水汽种植法造就的一片片绿洲，再也没有人问他这个问题。这就是库布其生态科技的一个重要启示：以前没有的，现在做出来得需要实践，但必须是扎根现实、扎根本土的技术。无论它是如何来的，只要能种树，能种好、能种活，能解决在工作中遇到的困难，它就是发明，就是技术，并且是好发明、好技术。借力打力，王文彪用到了极致，这是他的生存与发展的智慧。

这让我想起了以色列的滴灌技术，这是改变以色列农业发展的一项重要革命。这也是一位工程师无意间发现的。那年奇旱，地里的庄稼全旱死了，而唯有他家有一小片地，仍湿润润的，还长着青草。他刨开一看，原来是他家埋在地里的水管漏了，保持了土壤的湿度。这给了他启发，于是，滴灌技术出现了。但为什么后来成了以色列耐特菲姆公司的专利发明，我就不得而知了。

但敢于发现、善于研究、勇于实践，这就是库布其的生态科研法则。它简单、粗糙，甚至都有些冷酷，但却有着巨大的科学推动力。没有这样的理念，也就不会有今天的库布其种质资源库。从1988年至今，王文彪的亿利集团已累计投资10亿元用于科技研发创新。除去被称为“挪亚方舟”的种质资源库，亿利集团还建立了第一所企业创办的沙漠研究院、全球土壤地理信息大数据和微生物数据库，并且研发了127项生态种植与产业技术，培育了1000多个耐寒、耐旱、耐盐碱的生态种子，成为全球拥有最多、最先进的治沙专利技术以及治沙资源和手段的企业。

亿利不仅进行科技研发创新，另一方面，他们也在不断地进行着沙漠生态经济的建设。近年来，在鄂尔多斯有这样一句话，“有钱不往沙漠里投，富了自己苦子孙”。企业纷纷进入沙漠进行生态建设，有钱的大老板十亿百亿地往沙漠里投，没钱的万儿八千地往里投，建草库伦，打机井。人们守望沙漠，一是因为那是浸染着先辈骨殖和热血的地方，是他们的根；二是因为如今的沙漠已不再是沙害，而成了沙利。沙漠就是我们的未来。可在王文彪刚开始种树的时候，却不是这样。他遇到了和东达集团赵永亮一样的烦恼，沙漠像一个没有底的黑洞，无论投多少钱，瞬间就消失得无影无踪。

王文彪心想，大家防沙、种树，辛辛苦苦都是为了过得幸福，让更多人过得幸福。可想要幸福、要有钱，种树一定要能创造财富、创造利润，而不是一直扔钱。如何能从治沙中赚取利润，随着王文彪对治沙事业探索越深入，对这个问题的思考也越清晰，形势也越发严峻。王文彪和同事们不断尝试着试验各种植物的种植，希望能够找到一种适合于库布其生态建设又能产生经济效益的植物，功夫不负有心人，王文彪和同事们得到了他苦苦追索的答案：甘草。甘草的存活率很高，防沙效果也很好，同时也是库布其沙漠的一种名贵药材。

王文彪终于在他创业之初得到了他的“生命之草”。为了让甘草种植迅速推广，亿利还创新研发了甘草种植新技术，让竖着长的甘草变为“睡”着长，这样的新技术使得单株甘草的绿化沙漠面积从0.1平方米扩大了10倍，变为1平方米。王文彪的生态建设终于获得了治理和效益的双丰收。

从甘草种植中得到了经济效益，令王文彪非常兴奋，这种兴奋感更多地来自于这样的治沙模式可以在更多地方、更多方面推广。沙漠里的沙子在亿利人眼中变成了黄金一般的宝物。王文彪继续提出要不断挖掘沙漠的“钱力”——向沙要绿，向绿要地，向天要水，向光要电……

30年来，库布其的沙漠种植品种越来越多，肉苁蓉、梭梭，以及随着农业技术的不断革新库布其人开发出的更多沙漠绿色有机食品，一条有机中草药和沙漠绿色有机食品产业链在亿利人手中出现了。旅游业、光伏能源、养殖业，新的生态产业层出不穷，链接成了一个更大的产业链。

随着沙漠产业越做越大，“生态移民”这一新的沙漠生态建设方式也在库布其一步步完善。这是王文彪提出的一种政府、企业、民间合作治理与发展的新模式，即通过政府的支持，由企业主导，在沙地居民的配合下，在生态恢复良好的地区建设牧民新村、生态小镇，将荒漠区的原住民搬迁过来，老百姓可以免受风沙侵害，同时沙漠也有空间去做“深呼吸”，恢复大自然的元气。

为了“生态移民”这种生态保护模式能够在更多地方推广，每一个新区都配套兴建了中小学、职业技校，邀请移民们参与自己的产业和项目，让千百年来靠天吃饭的农牧民变成有着稳定收入并且生活越来越好的产业工人、上下游的合作伙伴。在库布其，众多企业甚至提供了多渠道的创业平台，努力创造机会支持农牧民创业。

如今道图海子的变化，是当地居民都无法想象的。王文彪实现了当年对他们许下的诺言，把这里建设成了“七星湖国家AAAA级沙漠生态旅游度假区”，并且在景区建了被评为“中国十佳主题酒店”的七星湖酒店。2011年，七星湖景区被联合国确定为“库布其国际沙漠论坛”永久会址，成为世界沙漠议题的至高殿堂之一。

不仅如此，亿利集团还在这里建成了沙生植物研究中心，开辟了百十万亩甘草基地、沙柳基地、种植养殖基地，建成了库布其沙漠国家地质公园，打通了多条沙漠公路。还有广阔的光伏发电项目，就像在沙漠上建造了一个绿色的湖泊，仅这一个项目投资就达27亿元，现年发电收益可达1.5亿元。库布其人在光伏电板下搞起了种植养殖业，不时有鸡呀鹅呀从光伏电板绿荫下的草丛中呀呀蹿出，留下了一窝窝白白的鸡蛋鹅蛋。同样，这个项目可以安排上百户农牧民进行光伏电板的擦拭维护工作及在板下绿地开展种植养殖业，许多国家级的贫困户都在这里脱了贫走向富庶。而库布其沙漠治理产生的综合价值，被联合国专业机构评估为5000亿。5000亿的资产评估与几十年投入比较，鄂尔多斯投资者终于实现了利益最大化，但受益的不仅仅是企业，还有库布其沙漠上的万户千家。

一扇扇通向美丽新风景的大门被勤劳智慧的库布其人在各处开启。风景中的沙漠还是沙漠，只不过曾经被人们视为恶魔和敌人，如今变成了可以创造幸福生活的聚宝盆，人类跟沙漠的关系也从对抗变成了合作。

库布其人民在飞速发展的时代准确把握住了企业和资本的力量，利用这两件利器大力发展工业化的科技治沙和生态致富，在沙漠中把人的生存问题变成人的发展机遇，把沙漠的负资产变成可以产生GDP的绿色资产，努力践行着“绿水青山就是金山银山”的生态思想。

当来自世界各地的人称赞库布其的企业家们创造了伟大的事业时，这些库布其的好儿女其实心中都在苦笑，他们最佩服的是人类的求生欲，所谓的伟大就是一个很单纯的目标——不能被沙漠困死。为了这个目标，不断找方法，不断去实践，不断去总结，不断克服困难。库布其神话不仅是治沙史、绿化史，更是民族史、生命史。

在我书写库布其儿女的沙漠创业故事时，我作为一个年轻的鄂尔多斯人，从我的父辈身上也汲取到了宝贵的精神财富，我懂得了小到个人创作大到合作创业，人要发展事业，无论大小，都会遇到一个接一个的难关，没有一关是可以轻松迈过的。每个人都要面对自己的难关，不能退缩，必须咬着牙闯关。过一关，你的事业就会升一级，因为困难的另一面就是机遇。如同伴我生长的库布其大地，沙漠看起来是牢笼，但懂得了它的规律，沙漠就是桥梁，是大道。

“行动，行动，再行动！”“突破，突破，再突破！”这是库布其人过去30年的信念，无论世界怎么变，无论难关多么大，他们没有放弃过，甚至没有一秒懈怠过。库布其能有今日的成就，就是因为人类在这里为了生存、为了幸福，不断去挑战，不断闯过更大的难关。

2015年7月13日，第五届库布其国际沙漠论坛新闻发布会在北京召开。这是联合国在全球唯一致力于世界沙漠环境改善和沙漠经济发展的国际论坛。库布其治沙经验，是中国自1971年重返联合国以来，首个在环境与发展领域被写入联合国大会决议并进行推广的“中国特色”创新举措，也是世界防治荒漠化的成功标杆。库布其的未来，在库布其人手中，是拥有着无限可能性的美好未来……

7

可我不明白我的发小兄弟总给我说“还是少写点王文彪吧”，王文彪是大老板不也是党组织的书记，他不也是……发小说：“这里面的门头脚道你不知道，这里面的事情我一个门清，有些事情还真不能告诉你。后生，你在北京待的时间太久了，你还年轻……”

我也火了，我最见不得的就是比你多俩钱或者是他自认为自己是个什么官，又和你年纪不相上下，还动不动就称你后生。我吼道：“你不就是个副科长吗？咋也变成大辈王八了？”发小也恼了，说：“我不跟你去七星湖了，你别把好心当成驴肝肺！现在的年轻人……”

我是年轻，但我知道他这里还有许多没有说的潜台词呢！我从十几岁起就听大人们说着王文彪，20年来，这个人的名字把我的耳朵都磨出了茧子。幽默的鄂尔多斯人还给他起过许多外国名字，这我都知道，甚至为之笑得前仰后合，但更觉得这个人有趣，有人的温度，有人的多义性。金无足赤，人无完人。没有毛病或者是性格缺陷的人还是人吗？这样的人我们见过吗？前些年，王文彪还邀我给他写过舞台剧的剧本，也算有过近距离的接触。

我当时想刻画一个在沙漠里莫名其妙地成为富人的男性人物时，曾在脑海中漂浮过他的影子。那时囊中羞涩的我担心把富人写得脸谱化，因为我不熟悉富人的生活，也没有见过富人怎样生活，于是我就创造了一个像魂灵一样飘来飘去的富人——我想象中的富人。能成为细节的就是这富人品味还不俗，绝非一般的凡人能想象得到、想象得出。他用高息融资圈来的钱，在沙漠上自己建的宫殿里养了一条10多米长的大鲨鱼，他把一面百十米长的墙竟然做成了水族箱，就为养他的大鲨鱼。当他的圈钱事业坍塌以后，这条大鲨鱼也从硕大无朋的水族箱里从破洞随水流涌出，竟然咬住了富人的大腿，一口就撕下了半截。写得挺荒诞、挺过瘾、挺仇富、挺解气。那年，这书上了中国读书网排行榜首。父亲说，扯呢！

他告诉我："你根本不知道富人在想什么，在干什么。"我说："现在鄂尔多斯的许多富人都在沙漠里植树哩，你信不信？我信！他们就是到月球背面上去种树，我也信！因为我在沙漠里跑了这几年，也时不时地萌生在沙漠里租几亩地种树的冲动，是人就会想着自己终老的地方。"

父亲说："鄂尔多斯人啊，折腾了几十年，发了的真不少，甚至有些人在海外、国内风景区、北上广深购置了豪宅别墅，但是它还离不开家，离不开那静静的大漠，离不开沙枣花香，离不开用枳芨秆子捅捅牙缝。那是生命的根呀！"父亲给我讲了一个故事，他和一个大老板曾住在迪拜的帆船酒店里，那是一个号称七星级的酒店。这个帆船酒店在其开业时，一个法国女记者创造了"七星级"一词，她不知道用什么样的语言报道这个酒店的奢华、设施的现代与考究，思来想去，只有用"七星级"来形容这个酒店。于是，"七星级"成了帆船酒店的代号。这个酒店所有的金属件全是纯金铸的，连餐厅内剔牙的牙签也都是镀金的。父亲熟悉的那个大老板朋友根本看也不看那些镀金牙签，饭后自己竟然从口袋里掏出一包装好早已经在国内备好的枳芨棍剔牙。枳芨是库布其沙漠特有的沙生植物，长得一簇一簇的，根根耸立，十分坚韧，当地人用枳芨来扎扫帚出售，因质地坚韧、扫地耐磨很受人们欢迎。那大老板也递给父亲一根剔牙，父亲试了试，果然好用，还夹杂着一股草木的香气，让人好像一下子回到了库布其沙漠上。

听完父亲讲的这个故事，我觉得挺神的。父亲讲："这些身价几百个亿的大老板，他们外面该有的也得有着，人也算不白活一回，那是人家富人的身份象征。别人有，我们库布其沙漠上的人为什么不能有？可这些人知道，鄂尔多斯的家甚时候也不能扔下！你注意了吗？清明节、七月十五鬼节，鄂尔多斯人不管在什么地方，都要跑回家里给老先人点纸。这是老先人的魂魄在他们心里揪扯着哩！让他们千万别忘了这块沙漠，库布其沙漠里还有个家！家是什么？手扒羊肉、山药烩菜、酸粥就蔓菁丝丝，吃完饭随便走到外面撅根枳芨棍剔牙。有民歌唱‘伊盟哥哥没出息，瞭不见自家烟囱哭鼻子’，唱得准啊，再有钱也是‘伊盟哥哥’，想家就哭鼻子，他们只不过是心里想、心里哭。你想想，老人的祖坟在这儿，先人的骨殖就埋这儿，这就是根，这就是家，这就是你内心剐扯的地方！你听说过库布其沙漠里有这句话吗？”我说：“沙漠上话多了，我哪能记得住？”父亲说：“有这样两句你得记住，‘有钱不往沙漠里投，富了自己苦子孙’。这话你可得仔细琢磨琢磨。”我对父亲说：“我知道了，一定仔细琢磨。”

2015年冬天，习总书记参加了在巴黎召开的联合国应对气候变化大会，做了精彩的主旨演讲，表达了中国政府应对世界气候变化的举措与主张，特别强调愿与世界各国政府、专业人士“交流学习最佳实践”，并取长补短。在这次大会上，会议向世界推荐了一个中国样本，吸引了与会者的目光。世界新闻的焦点全集中在这个中国样本上，它就是中国的离首都北京最近的库布其沙漠经过几十年的改造由荒漠变绿洲的故事，让各国与会代表为之兴奋和震撼。这座沙漠绿洲的出现，切断了北京沙尘暴天气的主要源头，其功、其德，其对北京环境的贡献，其对世界环境的贡献，我觉得如何评价都算不上溢美。联合国副秘书长阿赫塔尔说：“看到你们的实践，我们很受启发。”

又是“实践”！各国政要和联合国高层反复强调的就是“实践”。中国人对“实践”更是情有独钟，我们知道“实践是检验真理的唯一标准”，拉开了中国改革开放的序幕。中国40年的阔步发展，让一个富裕与自强的中国独立于世界民族之林。当海外游子说出“我是中国人”时，不再仅仅是民族气节的悲壮，不再是哀其不幸怒其不争，不再是大辫子小脚，不再是挺着脖子硬撑而回到家里泪湿衣衫，“你怎么了，我的中国？”而是中国人从此带着从未有过的从容与自信，与世界平等相处，因为他的身后是一个昂然崛起的中国！

中国在发展，发展中的中国挑起了大国担当的责任和承诺。谁都知道，各国的实践在应对气候变化中起着主导作用。实践是个硬指标，这是一个国家对世界的承诺，也是一个负责任的政府的应有担当。这个实践就是节能减排，能源创新，有对整个国家生态环境的整体考量。我不是个悲观主义者，但爆炸的信息让我不得不哀叹，我们生存的星球看起来真是不那么美妙。联合国为了应对气候变暖，提出升温控制在“1～2”度之内的量化指标。

这看上去似乎是个没什么大不了的事情，不就“1”“2”度嘛，个体的人也许都感觉不到。但世界感觉得到，国家感觉得到。这个量化数字“1～2”度会化解成千百万个各类数字，分解到各个国家去完成去实践。这个实践意味着重排放企业要关、停，新上马企业环评越来越严苛，甚至严苛到企业无利可图。不断更新出台的环境法规将成为悬在人们头上的一把把利剑，限制的是人们的贪婪欲望和对我们生存土地的无限索取。

这也许会使经济发展速度放慢，环境保护资金的巨大投入对一些国家还是重负，还有失业、救济资金赤字、游行示威、社会动乱……这“1”“2”度有着比核聚变还要可怕的变化反应。签署这样的承诺一字岂止千斤？实践这样的承诺更是惊地动天。可地球是人类的共同家园，保护生存的家园是人类共同的承担和实践。

中国有句古话叫“皮之不存，毛将焉附”。说来，地球就是皮，人类就是皮身上的毛。想想会写点文章的我，在机关当副处长的你，还有华尔街身价千亿的大亨，德里街头伸手讨要的乞丐，在空气和水面前都一样。地球是皮，我们都是附在上面可怜的毛。春江水暖鸭先知，可“毛”们就是对地球的变化没感觉，或者是装作没感觉。这样控制气候的专门会议，联合国几乎年年都开，参会的各国政府都希望其他国家做到，财大气粗的国家甚至指责其他国家没有做到。

发展中国家与发达国家的对弈，发达国家之间的对弈，发展中国家生存与发展的压力，都会在联合国往届的这类会议上得到爆发，甚至吵得一塌糊涂。拒绝签字者有之，中途退会者有之，威胁退出者有之，还有任性的国家元首说好要来参会忽然取消的，也不是什么稀罕事。在这次会议上，习总书记代表中国政府讲了“最佳实践”，这充分表达了中国政府作为发展中国家的大国担当。

中国气候变化事务特别代表解振华，这位中国政府的“老环保”，多次出席参加这类会议，也算电视、网络上的熟脸。我还算是关心环境保护人士，常看世界和国家有什么新的举措和动向，因为这也关系着我的未来。我是眼见着解振华从神采飘逸的中年，渐渐变成一位沉稳、持重的谢顶老人。

那些年，这位受人尊敬的老人，代表着中国环境保护的高度，代表着中国环境保护的方向，也承担着中国环境的第一重责。现在，我已经无法知道他在这类会议上与各国之间发生了多少次唇枪舌剑，不知中过和绕过多少次明枪暗箭，但这位老人现在仍稳稳地站在世界环境保护会议的风口浪尖上。在巴黎会议的中国角上，解振华表现了少有的激动和兴奋，热情地向参会的世界各国代表盛赞中国样本库布其沙漠的治理和变化，说那一片让人心动的绿洲就出现在中国。他深情地告诉世界：“库布其的治沙英雄们日夜与风沙为伴、变沙为宝的故事，无疑是重要的实践经验。”

不仅是实践，而且还实践出了经验，世界气候大会推出的中国样本，让解振华底气十足。他隆重地向参加大会的代表和世界媒体推出了王文彪，让他向各国代表、嘉宾、媒体记者们分享治理沙漠的体会和库布其经验。

王文彪侃侃而谈，又回到了童年，他说：“童年记忆里，沙漠在我的生活中无处不在。那里没有植被、没有公路、没有医院、没有通信，很多孩子因为沙漠里没有学校、没有路，十几岁都上不了学。走出沙漠，几乎是当地每一个孩子的人生梦想。”王文彪说起童年，立即拉近了与会嘉宾与中国样本的距离。哦，童年多纯真啊！嘉宾们非常关心这个中国样本，今天的库布其沙漠会给世界呈现一种什么样的景象？王文彪像诗人一样描述着：牛羊在太阳能电池板下悠闲地吃着草，光伏发电的电流源源不断地输入国家电网；浩瀚的星空吸引着越来越多的人来到这里旅行；种植的有机蔬菜和有机水果正在成为中国最受欢迎的绿色食品。

简短几句，既诗意又实际，外界想知道的什么都有，而且和这个会议主题非常吻合：新能源，美丽的星空和清洁的空气，有机水果和有机蔬菜。他了解库布其沙漠，脑袋瓜里还装着一大堆数据，可以从容回答记者们的任何提问。

一个从库布其沙漠中走出来的治沙者，就这样在世界面前抒发着自己的梦想。此刻，他语调沉稳，声音里却充满磁性，此刻的王文彪就像是一个诗人。

世界的环保记者也不是吃干饭的，不是传声筒，他们更关心这个中国样本的实质内涵，他们关心这个中国奇迹、世界奇迹产生的关键点是什么。仅仅是库布其儿女的勤劳勇敢、忠诚善良、热爱祖国、热爱家园是不行的，这是共性的回答，还缺少一些说服力。当有记者问到这个中国库布其模式的关键是什么时，王文彪马上从诗人变成了非常务实的企业家。他特意强调了“自主创新”与“PPP”（对此，我前面已经讲过，PPP就是政府与社会资本合作）。他简要说明了库布其沙漠先后发明创造了100多项高端生态技术成果，比如高效“水汽种植法”，使沙漠中种树成活率达85%以上，种植成本减少50%左右；研究培育出1000多种沙漠里抗旱、耐寒、耐盐碱的种质资源；依靠科技，创新了生态修复、生态牧业、生态旅游、生态光能等协调发展的产业体系，这个产业体系被媒体比喻为正在引发“第六次产业革命”。

我上文讲过，所谓“第六次产业革命”是钱学森先生在1984年提出来的，那时睿智的钱老根据对我国沙漠的了解，提出了沙产业革命的理论，并预言：第六次产业革命是由现代生物技术推动的大农业产业革命，它将提高农业生产力，达到资源集约、物质循环、科学管理、生态良好、产品优质、效益提高的新形态。钱学森认为，一旦人类实现了知识密集的农产业、林产业、草产业、海产业和沙产业，建立通过生物充分利用太阳光能生产的事业，整个经济结构就能改观。“这才是新的产业革命”，而这场产业革命“是从小弟弟沙产业做起”的。中国国土经济学会沙产业专业委员会研究员田裕钊认为，钱学森的沙产业理论可概括为“变不毛之地为沃土，在荒漠戈壁建立新绿洲”。而库布其模式，拉开了或正在拉开钱学森先生预言的“即将到来的第六次产业革命”的序幕。

“这次巴黎气候变化大会把库布其模式作为案例来分享，展示了中国应对气候变化的实践。”《联合国防治荒漠化公约》组织秘书处执行秘书长莫妮卡·巴布表示，“中国在生态治理、环境改善和应对气候变化领域的经验和模式将为世界应对气候变化贡献智慧。”

王文彪对世界的贡献功不可没。2018年，英国一家著名媒体推出世界不应忘记的30位世界级环保人士中，王文彪光荣入选，并成为入选的唯一的中国人。

王文彪的“七星湖”之梦已经圆梦。

从2007年起，库布其国际沙漠论坛至今已经在七星湖召开了6届，每届都是世界荒漠化治理者的盛大思想盛宴。来自联合国及全球100多个国家的治理荒漠化官方组织、国家政要、专家、学者、思想家，都来这里专门探讨世界防治荒漠化问题。每届都有主题，每届都安排在库布其沙漠治理点参观学习。这种中国式的“接地气”，都会使参会代表和嘉宾产生一些新的感受和想法；吸吸库布其沙漠的雄风野气，嗅嗅这荒漠绿洲的鸟语花香，都会使人们的思路大开。

库布其国际沙漠论坛打着深深的王文彪的痕记，他连续6届担任会议的秘书长。他的风格是“坐而论道要论透，下去参观要看够”。这些世界级的专家、学者们的双脚深踩进沙漠里，裤管上沾扑着花粉草叶，这样对沙漠的理解可能更深一层、更高一楼。现在库布其国际沙漠论坛已经成为国家级对外开放交流的重要窗口，也是《联合国防治荒漠化公约》组织的一个重要国际论坛。

在这里，中国人牢牢掌握着话语权，库布其沙漠的治理让世界倾倒。中国共产党人率领数十万库布其儿女创造的库布其治沙奇迹，库布其儿女在修复和装点沙漠中展示的智慧与聪明以及收获的财富，让世界津津乐道。

30年治理，库布其沙漠收获了文明和富裕以及人的精神自由和思想解放，这不得不让来自全世界的治沙官员倾倒。你看看以王文彪为代表的库布其儿女那份自信、那份沉稳，没有别的，就是这座万里沙漠在他们的手上绿了，沙漠创造的财富让世人吃惊。在鄂尔多斯人眼中，库布其沙漠不再是蛮荒和贫穷而是文明和富裕的象征。它曾是穷根，库布其儿女从不嫌弃它；它现在是富源，库布其儿女百倍呵护它。它现在是他们的未来，这个未来就是生于斯长于斯的库布其沙漠。是库布其儿女的守望相助、艰苦奋斗，才使得昔日的不毛之地变得绿意盎然、风光无限，成就了我国生态史和世界生态史的一大奇迹。

是奇迹，自然会引来百家争鸣、百花齐放。世界之大，话题之多，再加上国家、地区文化、思想、社会制度、意识形态上的差异，人们难免会有这样那样的诸多想法。但在层林尽染、春意盎然的库布其沙漠面前，在山一样耸立的库布其儿女面前，我想，一些人也许会收起傲慢和偏见。没有人会在绿色的沙漠面前指手画脚，没有人会在这绿色奇迹的制造者面前说三道四。存在——库布其绿色奇迹铁一般的存在，显示了强大的中国力量！

以绿色沙漠经济带动库布其沙漠的荒漠化治理成为中国的一张绿色名片。人与沙漠得到了双赢，库布其沙漠慷慨地向库布其儿女贡献了数不尽的财富。七星湖，实现了王文彪一个库布其男儿的梦想，库布其沙漠会记住王文彪，世界会记住王文彪，还有未来……

三 放飞青春的歌

1

2019年2月12日，美国国家航空航天局（NASA）发布了一项新的研究成果：“跟20年前比起来，地球变得更绿了。”

NASA的卫星照片显示，地球新增的植被面积相当于一个亚马孙雨林。这一成功令全人类振奋。而更让中国人感到骄傲和自豪的是，NASA针对公布的最新卫星照片特别指出，中国为地球的增绿面积贡献了近1/3的部分。NASA表示，人口密集的国家通常会因为过度开发而导致土地退化，但中国依靠保护、扩大森林的计划和应对气候变暖的举措，成为可以借鉴的典范。

NASA公布的全球变绿卫星图被全世界刷屏，各国网民在互联网上为中国点赞。在网友们看来，“地球更绿了”这一成就离不开中国践行的“绿水青山就是金山银山”的生态思想，这展现了中国的大国担当，也正是中国人民在党的领导下积极应对气候变化的责任担当与大胆尝试。

早在NASA公布这一消息前4个月的2018年12月15日，生态环境部就已将亿利库布其生态示范区设为“绿水青山就是金山银山”实践创新基地。可以想象，在未来，随着地球生态的不断好转，库布其治沙变化的卫星遥感图更会加受到互联网的瞩目，成为新时代代表中国形象、表达中国声音的生态“网红”。

而在网民们看不到的时间深处，是我们库布其一代又一代的生态工作者将青春化作血汗抛洒在了沙漠中才有了现在我们看到的绿洲，库布其儿女用青春成全了这片土地。今日的库布其再也不是死亡之海，而是一个有梦的地方，并能让梦想照进现实。它用无限的可能反过来回报今日的人类未来，今天的库布其，正在用梦想浇灌青春。

美国《国家地理》杂志摄影师乔治·斯坦梅茨曾言：“这里的人们靠智慧与沙漠共存，靠治沙脱贫，留住了这里的年轻人，也留住了人们生活的希望。”

这个希望就是未来。

这个斯坦梅茨是国际著名的沙漠摄影师。20多年来，他一直在拍摄世界各地的沙漠，他用铁一般的意志走遍了全球所有条件极端恶劣的沙漠，可留在他镜头中的沙漠或雄浑，或壮丽，都是鬼斧神工的自然奇迹。他和中国的缘分已经超过了30年，从改革开放之初他就来中国拍摄，一直到今天，他不仅见证了中国如火如荼的经济建设，更见证了中国为生态环境改善做出的惊人贡献。

卡萨努对我说："每个人的眼睛不一样。在库布其人眼里，沙漠是限制自我生存的牢笼。"在卡萨努眼里，沙漠是客观世界的一部分，沙漠不比人高贵，人也不比沙漠高贵，二者是平等的。可在斯坦梅茨眼里，沙漠要比他钟爱的每一个女人都美，他是在用写情诗的心态给沙漠拍照。

后来我采访他的时候，谈起了卡萨努的话，我问："是不是只有忘掉人，才能够成为拍摄沙漠的大师？"他急忙摆手，说："那一瞬间，与其说是等来的，不如说是摄影家心中固有的，是人的心灵与自然的重合。实际上，每一座沙漠所展现的气质都和当地的居民息息相关，所以每一座沙漠的美都包含着丰富的人性，因而，每一座沙漠的美都是不同的。"他向我展示他刚在撒哈拉沙漠拍的一组作品，问我什么感受。看着照片中那已存在了千万年的沙漠，我沉默了很久，说："这座沙漠在你镜头中的美，是因为残酷。这种美虽然伟大，却很可怕。"

他冲我竖起了大拇指，说："你很有灵性！撒哈拉沙漠的美在于人迹罕至。人类面对它已经毫无招架之力。其实拍沙漠，是拍人和沙漠的关系。可绝大多数的沙漠中，人类的形象都以失败和悲剧告终。在这颗星球上，我见过太多的沙地居民了，尤其是年轻人。想到他们真让我伤心，毫无希望，骨瘦如柴，根本活不下去。每次去非洲的沙漠，我就像是到了但丁写的《神曲》里。"他话音未落，打了个寒战。我看见他的眼圈红了，他的眼神像是天空中的乌云遮住了太阳。

我问他："怎么看库布其人和沙漠的关系？"他的神态一下子轻松了，说："肖，你们库布其人是群有智慧的人，你们的年轻人能和沙漠交朋友。"

斯坦梅茨是2016年9月第一次来到库布其沙漠的。他被这里的风景深深震撼了："1.8万平方公里的沙漠，三分之一被绿植覆盖。感谢库布其人民守住了沙漠向东扩张的最后一道防线。"

完成拍摄离开后，斯坦梅茨对库布其念念不忘，这里的所见所闻让斯坦梅茨觉得不可思议。他的一生都用来拍摄沙漠，其实是想寻找一个答案：在沙漠中，人类究竟应该如何生存？库布其给了他答案：在这里，人和自然和谐共存。

“这里就像一首生命之诗！”斯坦梅茨兴奋地对我喊道。很快，他第二次来到库布其，也就是我采访到他的那一次。重归库布其，他不仅要拍摄沙漠，还要拍摄沙漠里的生命——那些沙地居民如何在春天播种、植树，要为世界讲述更详尽的库布其治沙故事。

我看到过斯坦梅茨航拍的一组库布其沙漠照片，视角广阔、清晰，全面地展示了库布其的瑰丽景象。镜头中的库布其大地像一个少年般充满活力和朝气，森林是他的眼睛，草原是他的血液，沙地是他的肌肉。斯坦梅茨说：“我喜欢航拍，这样可以鸟瞰每一块土地如何被利用，每一块土地下民众如何生活。”

两次库布其之旅，最打动斯坦梅茨的是这里的年轻人，他们谈吐优雅，衣冠得体，受过良好的教育，对未来的规划清晰而又富有执行力，每个人的眼睛里都闪烁着明亮的青春光彩。

斯坦梅茨在世界各地讲述库布其的奇迹时都会提到这些年轻人。他有一个拍摄计划，每隔两年，他都会来一次库布其，去持续拍摄年轻人的各个人生阶段，看看他们究竟会变成什么样子。我明白他的意思，随着地球变得越来越绿，随着中国在世界生态保护方面的作用和贡献越来越大，这些年轻人的命运已不仅仅是他们自己的命运、库布其的命运，而是人类未来的一部分……

2

我相信库布其会变得越来越好，我相信在这片土地上的年轻人未来不是梦。在库布其，我认识这样一群年轻的生态工作者，他们运用新思维掌握新科技，他们像古如歌里的魔法师般能够点沙成金，他们是库布其生态血脉的继承者，是未来的中国之声。

亿利沙漠研究院植物研究所的所长李相儒，就是斯坦梅茨所说的留在库布其的年轻人之一。我见到他时，他正在种质资源库的一个研究室里搞四合木的组织培养。在到处都是显示屏和精密科学仪器的实验室中，我见到了李相儒。他穿着洁白的医用手术服，正在高倍显微镜下聚精会神地观察着四合木叶片的各种反应。那个场景的科技感，就如同我们平日里看好莱坞大片一般魔幻，而这正是这个90后小伙子的日常工作环境。透明的培养瓶中，四合木舒展着嫩绿的小小叶片。这存活了7000万年的沙漠战士，在瓶中放射着如少女嘴唇般温柔的光芒。

李相儒兴奋地说："你想一想，这几片小叶子竟是亿万年前的物种。"一想到它经历过我所不能经历的岁月长河，见证过我所不能想象的沧海桑田，如果它能说话，也许它比我的父亲、比人类的祖先还要有智慧，这片叶子瞬间让我顿生敬畏。我说出了自己的感觉。李相儒说："是啊，经过亿万年的环境变迁，这种生物生存了下来，它的生命力非常顽强，适应艰苦环境的能力也非常强，让人不由得产生一种敬意。人类确实应该尊重大自然，敬畏大自然。"

不仅仅是四合木叶，李相儒这个90后，文文静静的一个年轻人，竟然能够在这样一片古老的叶子上谱写关于库布其大地的新篇章，更是让人不敢小觑。一聊起沙漠和生态，这个腼腆的理科大男孩瞬间打开了话匣子，滔滔不绝地向我阐述着各种高深的新技术和新发现，让我这个文科生头昏脑涨。但从这新一代治沙人的不凡谈吐中我能听出来，他对库布其的未来和自己的未来充满了信心。这顿时让我对他产生一种更深的敬意和亲切感，因为我把库布其当作我的家，谁以自己的方式建设它，谁就是我的家人、我的兄弟姐妹！

李相儒所代表的，是库布其第三代治沙人。在这群年轻人的眼中，库布其不再是曾经的贫瘠之地，而是个诞生梦想的地方。李相儒还记得自己2013年快要毕业时，大家都在热火朝天地找工作，希望去北京、上海这些大城市。李相儒的心中却没有丝毫慌乱，他心中有一条路，指引他的目的地就是库布其。

李相儒心中的路，就是他的父辈们用生命修建的穿沙公路。对于李相儒而言，这是一条生命的血脉。曾经被风沙侵害、寸步难行的故乡正是因为它和世界有了勾连。父辈为自己搭建好了舞台，李相儒作为一个学生物技术专业的年轻人，他希望能够在这个舞台上为库布其做出更大的贡献。“这是我存在、我奋斗的价值。”他对我说。那个时候，虽然四周的仪器比科幻片里还要先进，可我觉得这个年轻人脸上闪烁了一层超越他年龄的肃穆，就像是在战场上拼杀了千年，即将夺取最后胜利的战士。“什么叫血脉相连？”我在心里感叹，“几代生态建设者虽然治沙的方法在不断改进，可责任感却在一代一代地传承着，始终没有变过。这份责任感就是真正的血脉相连。”

在李相儒的生命之初，故乡并不是一直如此美，沙漠依然露着它狰狞的獠牙，吞噬着人们的希望和生命。“我直到上大学之前，心里的观念都是好好读书，将来永远逃离库布其。”李相儒对我说，“那时没有其他的路，只有逃跑。”

1990年，李相儒出生在库布其沙漠边缘。在他的儿时记忆中，库布其是一片没有任何生机的焦黄世界。

“我读的那所小学离家非常近，也就不到1公里。但每天都是沙尘漫天，父母必须手拉着手送孩子上学放学，因为能见度实在是太差了，怕走丢了。我记得有一天，沙尘暴实在是太大了，我妈一不小心松开了我的手。明明是白天，可是眼前黑乎乎一片，我看不到我妈。我吓得哇哇大哭，我妈也在哭，她让我抱住电线杆子别动。我紧紧抱着电线杆子，不知道过了多久，感觉有人抱住了我的后背。我回头一看，是我妈。她使劲儿地亲我，眼睛里、嘴巴里都是风灌的沙子，硌得我的脸生疼。我疼得直叫，可我妈还是不放开我。那种疼痛我到现在还记得，还有我妈的哭声……”

除去漫天的风沙，当年的故乡在李相儒心中还有一处阴影，那就是家乡的落后交通状况让人印象深刻。自己在班上还是个幸运儿，因为放学后还能回家。而有些路程远的同学因为没有路，风沙又大，父母不能来接，这些同学就只能跟着老师回家。因为沙漠的阻隔，导致亲人无法见面。李相儒的爷爷家住在杭锦旗，不到100公里的距离，可隔着沙海一年只能见一次。即使春节时回爷爷家过年，凌晨12点开始坐车，直到下午6点多才能到爷爷家。每次探亲，对于库布其人而言就像是冒险般苦不堪言。

李相儒的叙述让我想起了我的老同学沙人人曾经跟我讲过的一件事，从沙人人上小学的第一天起，他的母亲每次都要把沙人人送到学校门口，叮嘱他要好好学习天天向上，考出沙漠去再也不要回来。直到沙人人高考进考场之前，他的母亲还是叮嘱了他这句话。无论是90后的李相儒，还是80后的我和沙人人，其实是一代人。那时的沙漠太强大了，我们无法改变。我们的梦想就是逃离沙漠，改变自己的命运，自由呼吸，自由发展，离开这个没有路的“沙笼子”。

生长在这片极度贫瘠的天地里，李相儒从小就表现出了对生物的浓厚兴趣，在本科阶段选择专业时他选择了生物技术专业。本科的4年，李相儒经常会想起没有路的家乡、一片焦黄的家乡。他对我说：“我时常坐在教学楼的楼顶上仰望夜空。城市里灯光璀璨，反而看不到星星。不像沙漠的星空，洁净无瑕，像一块深蓝色的巨大宝石。每当那时我就会想起沙漠，感到困惑：离开沙漠就是改变命运了吗？那些夜晚让我明白了一个道理，有时你离一个地方越远，其实反而心离它越近。”

这不是玄学，而是一种深刻的乡愁。2012年当他研究生即将毕业时，他再次回到库布其的家，发现父辈们在与这座沙漠进行艰苦卓绝的史诗鏖战中获得了巨大成果。经过几代人的苦心经营，故乡发生了堪称奇迹的转变：它不再是漫天风沙，已经是郁郁葱葱。最重要的是，以穿沙公路作为主线的沙漠公路在库布其已经四通八达。现在的李相儒开一个半小时的车就能到爷爷家了。李相儒惊喜地意识到，他在外面学到的东西终于可以用在自己的家乡了。这也是更多库布其80后、90后看到家乡改变后的共识：历史的舞台到了该他们登场的时候了，他们可以通过自己的双手为库布其做更多的贡献，这才是他们真正的使命。

2013年，李相儒研究生毕业，很多一线大城市的大公司给他发来面试邀请。可未来的路早已在他心中铺就，究竟如何发展，这在李相儒的心里并没有造成困惑。他婉拒了所有的邀请，带着专业所学回到家乡，成为库布其治沙人中新生力量里的一员。他选择了库布其亿利沙漠研究所，应聘时李相儒告诉公司的HR总监，他最大的梦想就是像第一代、第二代治沙人中的那些杰出代表一样，通过自己的努力，继续研究或者寻找一些适合更广阔沙漠地区的植物种。于是，他选择了去最艰苦的岗位之一——深入沙区，去研发适合沙漠地区的沙生灌木，以及收集研究珍稀濒危植物种质资源。

我认识李相儒的时候，正是在种子成熟的季节，李相儒和团队就要出发到沙漠中进行种子与标本的采集。我跟随他们一起去了沙漠。那次出行让我对这群年轻人的敬业和吃苦耐劳精神佩服得五体投地。我拿一个细节举例子，这群年轻人的背包每一个都在10公斤以上。因为每次在出发前，他们都要带足够一天吃喝的粮食和水，以及各种科研仪器和采集工具。如果你去过真正的沙漠，你就会知道，即使空手进去，每走一步都要付出全身的力气。人在沙漠中负重10公斤，那种心理的压力随着时间的流逝会成几何倍放大，最后变成千斤重担。更何况，他们还要进行高密度、高精度的科研工作，压力可见一斑。而这样的生活对他们来讲已是家常便饭。如今在北上广这些大城市，年轻人流行一个词语叫“996”，即每天早上9点上班，晚上9点下班，每周工作6天。李相儒笑着对我说：“我们已经是7724了，每天睡觉做梦都是在研究植物。”

那次进了沙漠，我真是领略了沙漠中天气的变幻莫测。天空原本晴空万里，能把人的皮肤和嘴唇晒得干裂，突然就是瓢泼大雨。我和正在采种的年轻人们在沙漠中根本没有地方躲避暴雨，只能被暴雨浇透。但很快就又雨过天晴，完全不给人反应的机会。那时正是酷夏，暴雨停了之后，烈日当空，闷热无比，我觉得浑身都要被蒸熟了。李相儒的一个同事中暑了，面色苍白，但依然坚持在工作岗位上。李相儒对我说："记得有一次我中暑，甚至都出现了幻觉。我看到沙漠中年幼时的自己突然出现了，在看着自己。我很认真地对还是孩子的自己说'我对得起你一直以来的刻苦和坚持。我在为我们的家、我们的库布其做贡献'，那孩子露出了比阳光还灿烂的微笑。然后我醒了过来。"这是我听过的最美好的一个梦。

李相儒给我看过他的微信朋友圈，他的大学同学分散在世界各地，享受着都市带来的便利和资源。大家偶尔能抽出空来在大学群里联系时，总会有人问李相儒："你一个年轻人，回到库布其沙漠能适应吗？那里好吗？"李相儒给同学们的回复是："这里虽然没有大型商场，没有电影院，但我们这里有清新的空气，有纯净的水源，有沙漠中抹抹绿色相伴，我觉得很知足。"李相儒的一个大学同学在他的留言下面回复："亲爱的兄弟，祝福你，也祝福库布其。那不仅是你的梦想，也是我们的梦想。"

在库布其，年轻人不仅收获梦想，也收获爱情。2014年，李相儒在工作中认识了爱人。她也是第三代库布其生态建设者中的一员，主要从事水土研究工作。2015年，两人结婚。2018年5月，他们有了孩子。"我和我的孩子都出生在这个小镇。相比我们而言，孩子是幸福的，他一出生就有清新的空气，有纯净的水源。"李相儒说，"作为第三代治沙人，我们更多的是在用科技进行治沙。但在工作中每天都能感受到前辈们守望相助、百折不挠、科学创新、绿富同兴的精神，这是库布其治沙人30年积淀而成的库布其精神，是我们这些年轻人的宝贵财富，也是需要我们一代一代传承下去的精神宝藏。"

在李相儒家，他给我展示他们的结婚照时，这样骄傲地对我说："我们的结婚照是在沙漠中拍的，新娘神圣的婚纱在金黄的沙漠中显得无比圣洁。"我在心中感慨，衡量一片土地未来如何的重要标志，就是年轻人是否愿意在这里构建新的家庭。在今天的库布其，一个个充满活力的新家庭落地生根，开枝散叶。

伟大的库布其，雄浑的库布其，青春昂扬焕发之地，无穷无尽的宝藏……

3

今天，库布其不仅馈赠给当地出生的年轻人丰厚的礼物，外来的年轻人也可以从这里找到自己。我跟着卡萨努他们在拍纪录片时，曾跟踪记录过一个80后女孩，那是齐鲁大地上的一个女大学生。那是我遇到过的最酷的女孩，也许在外人眼里她是一个孤独的人、一个寂寞的人，她能在一个大棚里苦守10年，而且还不是过去时，是现在进行时……

2006年6月，甘肃农业大学草业学院正是毕业季，天之骄子们身穿学士服在教学楼前拍照。当快门定格画面后，一个女孩一边和同学们微笑道别，一边抑制不住眼眶红了。她是来自山东的毕业生刘雪芹。那一刻，刘雪芹意识到，到此为止，自己的大学生活结束了。当自己的脚迈出学校，再迈回去，一切就全变了。刘雪芹望着校门铁栅栏外的世界，突然觉得忧愁上身。当她跟我们讲述这段往事时，我没有告诉她，我也是这一年离开北京电影学院的，我也是这样泪眼蒙眬地离开自己母校的。大学毕业的我，我们，4年前的天之骄子，现在全懵圈了，谁也不知道到哪儿去，所以我特别理解毕业时的刘雪芹。

当我见到刘雪芹时，一晃12年过去了，我们离开各自的母校已经整整一个轮回。12年来，我见过太多我这一届的毕业生在社会中沉浮，变得圆滑，变得世俗，用现在流行的话来讲，就是变成了“油腻中年”。可岁月的磨砺并没有在刘雪芹的身上留下什么烙印。她身上有着一种少见的单纯和执拗，我称之为“少年感”的东西。我是在恩格贝沙漠科学技术馆的会议室里见到她的。那天，科学家刘恕正在为人们播放自己拍的沙漠绿洲建设的观摩片，也是沙漠教育的科普片。这位德高望重的老科学家紧紧拉着刘雪芹的手，关心地问这问那，就像一个慈祥的老祖母。这位20世纪50年代留苏的女科学家，曾在大漠戈壁里的沙漠研究机构工作了20多年，后来又担任过甘肃省副省长、中国科学技术协会的副主席。她是中国沙漠学的首席专家，钱学森沙草产业理论的忠实践行者。我思忖，甘肃农业大学的沙草专业设置，可能与这位当时的刘省长有关。

等纪录片放完后，我向刘雪芹求证。她惊喜地对我说："没错，我就是刘先生在甘肃农大设置的钱学森班的首届毕业生。"我问她："你是怎么来到库布其的？"她笑着说："这是我人生中做得最正确的一个选择。"

刘雪芹毕业后，因为优异的成绩，学校把她推荐到了天津一家有机农业公司从事有机种植工作。在天津，刘雪芹用尽全力，可发现自己对都市、对都市生活只算得上熟悉，始终适应不了。因为天津生活节奏飞快，竞争激烈，年轻人的上升空间是可以看得到天花板的。当她偶尔拥有自己的时间时，她会想起校园那让人留恋的一切，想起老师讲的沙草产业的革命，想起老师说过人类的未来就在那茫茫无际的沙漠上。有时她呆呆地看着窗外的城市夜景，心中会涌起一些迷惘：沙漠呢？那让人神往的沙草产业革命呢？她有时会与同事们谈起她学的专业，说的时候她是那样的专注着迷，似乎她的心、她的未来在一个不可知的远方。当刘雪芹被任职的公司推荐参与恩格贝沙漠设施农业的合作项目中时，她心里一下产生了落差。刚刚熟悉的天津和未知的恩格贝沙漠，让这个年轻的女孩面临着人生当中重要的抉择。去还是不去呢？

刘雪芹身边所有的人都告诉她，一定要留在天津，留在直辖市，一个年轻人只有在大城市才会有发展空间。刘雪芹不知该如何回答。中国在飞速的发展中，代与代之间产生了一条又一条巨大的鸿沟，其中最大的一条是在父辈心中稳定的生活。而刘雪芹知道，对于一个80后年轻人，只要走进库布其沙漠，就可以为了梦想付出一切努力。刘雪芹知道自己能给予这个世界的不在这里，而在那片沙漠。她在人们的惋惜之中，一个人毅然踏上了去库布其的旅途。她那时的感觉就像是一只鸟儿振翅飞上高高的天空……

那是2009年的春天，恩格贝虽然不再是当年飞鸟都不经过的荒漠，但比起繁华热闹、对年轻人而言每天都有新机会的天津城市，依然是一个荒凉到让一般人心发慌的地方。刘雪芹的父母总是让她寄几张自己在库布其生活的照片回家，刘雪芹没有这样做。她害怕这里的荒凉和艰苦会吓到父母。有一天，她接到从山东老家打来的电话，在听筒里妈妈泣不成声，说："雪芹，你快回来吧，咱不干了。你没工作娘养你，你可不能耽误自己啊！"

原来，刘雪芹的父母见刘雪芹不寄照片，也不回家，担心闺女，于是托人带着他们去网吧上网，才知道了库布其是个什么样子。他们想象中的沙漠像是那些位置比较偏僻的景区一样，有几片沙地，有几处饭馆，虽然没什么发展机会，可闺女工作应该是轻松的。电脑屏幕上的沙漠让老两口傻了眼，他们闺女所面对的世界、要去拼搏的舞台，是一片男人想活下来都得脱几层皮的大自然，是真正的沙漠。

那天的电话刘雪芹打了足有2个小时，父母才勉强接受了她的选择。双方约定，刘雪芹可以在库布其尝试一年，如果一年后刘雪芹的生活没有转变，她就得回山东老家。挂电话时，刘雪芹的母亲说："闺女啊，你可想好，女人没有几个一年可以混啊。"刘雪芹说："妈！你放心吧！我不会混的。在这里，我会把一年当成十年过。"

对于刘雪芹这样的生态工作者，库布其是一片乐园。2008年，恩格贝建起了农业温室，开始了沙产业试验性生产。这些连排的蔬菜大棚矗立在刘雪芹的眼前，这正是她朝思暮想连做梦都能梦到的工作空间。天时、地利都出现了，她能看到这块土地的生机，也从中看到了自己的未来。库布其沙产业开发中的巨大可能性就像一座巨大的宝库，等待着她来开采。

库布其给刘雪芹的第一个下马威，就是一日三餐。刚到库布其的时候，刘雪芹为了尽快进入状态投入工作，和农民们一起吃饭。可库布其不是天津，天津是著名的美食城，不说来自五湖四海的特色饭菜，哪怕就是上下班时路边随便买的包子和煎饼果子也是美味异常。可在这里，食物的种类少得可怜。每次刘雪芹看着饭桌，用她的话来讲，就是"倒吸一口凉气"。桌上雪白一片，饭菜不是土豆就是白菜和馍，别提水果了，连新鲜的蔬菜都没有。一顿两顿还行，可顿顿如此，刘雪芹的味蕾都麻木了。当老师和同学们打电话询问库布其的情况时，她总会开玩笑地说："我连香蕉、葡萄长什么样子都快忘了。"有时老师和同学们也会给她带来新的就业机会，可能在上海，在广州。刘雪芹一一拒绝了。理由很简单，她永远记得自己给库布其的小朋友上课时，指着课本上的苹果，形容这种水果的香甜时，孩子们眼中的好奇和渴望。刘雪芹到了库布其之后吃到的第一口苹果，是过年回山东老家探亲时妈妈递给她的。刘雪芹咬了一口，鼻尖就发酸。她心中发誓，总有一天让库布其的孩子们吃上自己家乡的苹果。“我们学林业，学生物，不就是为了让孩子们知道苹果的味道吗？”刘雪芹对我说，“在我的认知里，沙产业的第一步，就是我们的沙地首先要让当地人的餐桌丰富起来。”

除去物质的贫瘠，刘雪芹还要忍耐艰苦的工作环境。刘雪芹每天的必修课之一，就是观察大棚里的农作物情况。她每天步行2公里，去基地以外的试验大棚，上午一次，下午一次。无论天气情况变得多恶劣，这功课雷打不动。每一天在刘雪芹的微信运动排行榜上她都排名第一。后来，她为了节约时间，把精力全用在工作上，索性把午餐和午休都搬到了工棚里，孤独的一个人和大棚中的植物蔬菜做伴。孤独成了刘雪芹最好的朋友，往日的城市生活离她渐行渐远。所谓的夜生活、社交圈，对她而言成为没有机会也没有必要的活动。她的心思全都扑在了她的植物上。只有每个月月休的时候，她才会在领导和同事们的督促下去最近的城里喝一杯咖啡、看一场最近上映的电影。刘雪芹在城里望着街上时尚新潮的年轻人，偶然也会想起在天津时的日子。“我觉得那都像是另一个世界的事情。”刘雪芹笑着对我说，“和植物待久了，会觉得城市里的楼压在人脑袋上让人心里压抑。马路上的车轰轰作响，吵得人心慌。我只有回到恩格贝，看着我的试验大棚，我的心里头才会踏实，才觉得自己活在真实的世界里。”

我羡慕刘雪芹的从容，也敬佩刘雪芹的追求。这个女孩的内心世界已和她所生活工作的苍茫大地融为一体。如果你在马路上遇到刘雪芹，乍一看，她和一名普通的80后姑娘比起来，都会显得有些“土”、有些“旧”。格子衬衫，牛仔裤，马尾辫。可当你了解她之后，你会发现她有种处变不惊的从容大气，这是库布其的风土给予刘雪芹的高贵气质。“一方水土养一方人”，刘雪芹对我说：“库布其给我的，远远要比我给库布其的多。”

内蒙古漫长的冬季来临时，恩格贝的天气突然一下子变得极其寒冷。刘雪芹的同事陆续搬回到城镇街道上的办公室办公，那里要比大棚暖和一些。库布其的大棚里只剩下刘雪芹，她像一株植物，和她的作物们相互陪伴着静静度过了她永生难忘的冬天。她越来越习惯独处，和自己的灵魂对话。她的心性越来越敏感，越来越善良从容。从一株株农作物上，她能看到这个世界上大多数人看不到的生老病死，她终于明白了自己为何会如此执着地热爱这份工作：在库布其，她能够和生命的本质对话。

她告诉我，有一次她睡得迷迷糊糊，突然听到大棚外有野兽嚎叫。刘雪芹隔着窗户向外望去，竟是一只孤狼站在雪地中，它用通红的眼睛瞪着大棚。刘雪芹吓得心都吊到了嗓子眼，她不知道这只狼会不会撕开大棚的屏障冲进来，冬季沙漠里的野兽因为饥饿可以做出任何事。一阵风吹来，她都能闻到从狼嘴中散发出的血腥味。就在刘雪芹吓得魂飞魄散时，她听到风中似乎传来一阵巨吼。刘雪芹再细细一听，是远方的沙漠和森林发出的呼啸声，像是一个巨大的精灵在咆哮。那只狼面对天地间的黑暗害怕了，哀嚎几声，转身跑掉了。

刘雪芹一下子醒来了，原来她是在梦中。但她从噩梦中走出，仍然觉得“那是恩格贝大地在保护我，保护这片大棚”。刘雪芹对我说：“当天晚上我就发高烧了，睡了一天一夜再醒来，出门也没有看见那只狼的脚印。我不知道那是真实发生的事情还是我高烧后的幻觉，可我宁愿相信我脚下的这片土地是有灵性的、有感情的，它在保护它的家人。”

恩格贝的冬天异常寒冷，白色覆盖着大地，望不到尽头，唯一的一些点缀是枯黄色的干瘪植被，除此之外沙漠里只剩下了风的声音和刘雪芹的呼吸。雪漠之上的脚印只有刘雪芹的。好不容易接一个家人的电话，母亲在那边哑着嗓子说：“闺女，我觉得你是自己把自己流放在那片荒地了。”刘雪芹顾不得和家人辩驳，暴雪要来了，她即将开始进行一年中最艰辛也是最重要的工作。

刘雪芹必须忍受天地间的寒风和大雪，她的任务是在暴雪中一天24小时监视棚室，持续扫除棚室表面积存的厚雪，防止大雪把棚室压垮。她还要随时根据环境调整棚室内部的温度和湿度，确保植物不被严寒影响，可以健康地生长。管理保温棉被也是一件特别需要注意的技术活，否则蒸气很快就会在大棚顶上结成一层冰霜。有时候刘雪芹觉得，那层冰霜不仅是蒸气，更是时光，甚至是她的生命。当刘雪芹和我说这些往事的时候，她的神态平静而温和。我问她："难道你就一点都不觉得苦和累吗？"刘雪芹摇头，她说："我把大棚里的植物都当成是我的孩子，大棚就是我们的家，一个母亲会为孩子收拾好家。保护她的孩子时是什么心情，我就是什么心情。"

实在憋得慌，刘雪芹会给作物们起名字，跟它们说话。当棚室里的作物开枝散叶时，刘雪芹高兴得都能笑出来，身边却没有人能与她分享，这是她在那个冬天唯一感到孤独的时刻。

在大雪冰封的冬天，沙漠能遇到一个晴天，能晒到太阳，是刘雪芹最为快乐的。当阳光照射恩格贝大地，万事万物一片金黄，阳光洒在刘雪芹的皮肤上，洒在大棚作物中翠绿的嫩叶上，刘雪芹能感到生命的温度。

在库布其，刘雪芹学会了开车。她还买了一辆车，可是大家都劝她："一个姑娘总走这么长的夜路不是个事。"有一天，她的车胎突然瘪了，刘雪芹一个人换上了备胎，看着反光镜中大汗淋漓的自己，她终于意识到自己这一年有了多么巨大的成长。

一年下来，和刘雪芹来的那一批大学生除了刘雪芹都走了。领导正式找这个山东姑娘谈话。此时库布其的阳光已经把刘雪芹晒得皮肤黝黑，她的血脉已经彻底融入库布其。"留下吧，我们管吃管住有收入。"领导对刘雪芹说。领导的肯定令刘雪芹欣喜若狂，她把这个好消息告诉了父母，在电话的另一头，父母听着刘雪芹压抑不住兴奋和得意的声音，他们从没有见过自己的女儿如此高兴过，他们知道女儿在这片他们从没有踏足过的土地上找到了未来。刘雪芹用一年的时间兑现了对父母许下的诺言，完成了飞跃般的成长。父母默许了她的选择，刘雪芹留在了这里，开始了漫长的守望。

“如果我是一株植物，那应该是碱草吧，种在哪里都能活。但在库布其，我能最大地发挥我的作用。”刘雪芹说。

当王文彪带着亿利人在沙漠中艰苦奋斗的时候，大学生刘雪芹也留在了库布其。这个年轻的科研工作者惊喜地发现，随着认识的深入，库布其像一本永远都读不完的书，将大自然的智慧给予人类。2010年，刘雪芹在恩格贝留下的第二年，恩格贝成立了生态示范区管委会，并正式投入运行。

对库布其而言，这是一件具有里程碑意义的事件，“沙产业”这一由库布其人实现并发扬光大的生态建设模式在世界范围内不断扩散，引起了各国生态建设者的强烈关注。刘雪芹所从事的设施农业作为恩格贝园区的重要标志，更是焦点中的焦点，一年接着一年，前来学习参观的人流从来没有断过。“休息”成为刘雪芹生活中最奢侈的事物。除了吃饭睡觉，刘雪芹所有的时间几乎都投入了自己的工作当中。

随着工作的要求越来越专业化，强度和压力也越来越大。刘雪芹作为农艺师业务愈加精进，培育的新作物越来越多，发明创造的各类新品种、新技术、新产品层出不穷。为了守护她的作物，刘雪芹每天都要蹲在田间，一蹲就是好几个小时，忍受日晒雨淋，一周7天，10年来刘雪芹从没有间断过。她是库布其大地的女儿，用双手和心血孕育着库布其的未来。她的生命已和库布其大地联系在了一起。

曾经有人来到库布其尝试推广流行的无土栽培，熟悉库布其一草一木的刘雪芹坚决反对，她认为那是不了解这块土地的人才能想到的法子。在刘雪芹眼里，恩格贝的沙漠土地是世界上最干净的土地，最适合搞有机农业。而且，无土栽培这种方式会耗费巨大的水资源。在捍卫库布其利益的时候，这个力量微不足道的年轻人像一个最强悍的战士。

“沙漠农业一定要节水。”谈到这个问题时，刘雪芹这个恬静淡雅的女科研人员瞬间变得非常严肃，“沙漠水资源有限，地下水消耗一旦过度，后果不堪设想。”在刘雪芹眼里，库布其最大的敌人就是耗水农业和“向规模要效益”的粗放式农业思想。要想保护库布其的未来，就要不断地和“对手”们竞争，这些“对手”除了上文提到的并不了解库布其和沙漠特性的人，还有就是思维较为传统保守的当地农民。

到恩格贝近10年，恩格贝的每个乡亲都认识刘雪芹。在大家眼里，这是一个特别“勺”的姑娘。“勺”和“栈”一样，都是当地土话，“勺”是“很固执、很啰唆”的代名词。刘雪芹的固执，体现在10年过去了，她的试验用地基本没变。像我这样一个行外人去参观，看上去种得真不好。首先，由于不用除草剂，她的地里有杂草。其次，她的西瓜秧苗既不压条更不打杈。就在我对刘雪芹提出疑问时，她给我的答案却让我敬佩不已——虽然看着不好看，但它是在“世界上最干净”的土地上没有用半点农药的有机种植物。她的1个西瓜苗能结3到5颗瓜，而通常的1个西瓜苗只结1颗瓜。

随着库布其沙漠生态治理好转，为了不让当地农民盲目扩大种植面积向规模要效益，刘雪芹为当地引进了不少高产良种。10年来，她在恩格贝的农家穿梭，苦口婆心地推广有机种植技术，引导农民向质量要效益。最开始的时候，在乡亲们看来，这闺女不仅越来越“勺”，甚至“勺”得多少有些疯魔了。“种地不让人用农药，也不让打理，这是甚路数？”大家摸不着头脑。可渐渐地，大家发现这个女女虽然是个读书人，但在库布其风吹日晒的岁月中她的手和庄户人一样粗糙，脸和庄户人一样黝黑，又很心疼她。“人心都是肉长的，虽然不说，但大家都知道这个外来女女是真把咱们这儿当家啦。”乡亲们对我说。库布其没有人能战胜“家人”的啰唆，最终，刘雪芹用对这片土地、对这些乡亲的热爱，打动了所有人。于是大家跟着她在恩格贝搞起了有机、高效、效益好的“懒人农业”。

后来，恩格贝的农民们对卡萨努和我说，正是因为刘雪芹的“勺”和刘雪芹的支持，恩格贝生态示范园在对库布其沙产业模式的推广中起到了很好的社会效益和试验示范作用。在刘雪芹的坚持下，恩格贝沙漠这块“世界上最干净的土地”产出了甜美的水果作物，库布其的孩子们吃上了本土生产的品种丰富的果蔬，餐桌上也终于不再只有土豆白菜，刘雪芹实现了她最初的誓言。不仅如此，刘雪芹负责的实验基地生产的有机果蔬产品无污染、口感好、营养价值高，在市场上有很好的销路。这其中，珍贵的黄瓤西瓜在当地被广泛种植，并以优质的品质被投入市场；油桃卖到了北京、上海等地；网纹甜瓜远销香港。随着网络时代的到来，穿沙公路和互联网相连接，世界各地的人都能品尝到库布其水果的香甜了，那是太阳的味道……

在采访中，我问刘雪芹：“你觉得库布其一年中最苦的是什么时候？”刘雪芹笑着说：“如果你热爱一项事业，你就不会觉得苦。我更愿意回答库布其最好的是什么时候。对于这里所有的人来说，从播种的春天到收获的秋天是我们最快乐的时候。”原来，每年的5到10月，是库布其生命涌动的宝贵时节。刘雪芹这个用生态农业高新科技在土地中播种的人像刚刚生下婴儿的母亲一样，在这个时间段里废寝忘食，将一切都抛在脑后，去收获自然给予这块土地、给予人类的礼物。刘雪芹问我：“你能想象到一个人最幸福的程度是什么样子吗？”我说：“我看电视里中彩票的那些人，虽然带着头罩不让人认出来，可我还是能隔着屏幕感受到他们的幸福。”刘雪芹哈哈大笑着说：“肖老师，你太幽默了。每当到了收获的季节，我看到一苗芍药开花，或者闻到一阵有果实清香的微风吹过来，我都能笑到心里去。”我想象了一下这个画面，觉得那是最美的笑容。

后来，有一次在卡萨努的工作室，卡萨努正为如何把拍摄的素材做成纪录片结尾而苦恼时，我想起了刘雪芹的笑容。我对卡萨努说：“你的纪录片就应该以这样一个镜头作为结尾：孩子们在库布其的树林中吃苹果，一颗苹果掉下来，砸在了一个睡觉的男孩头上，全片即刻结束。”卡萨努实验了一下，效果非常好。

和老一代必须要通过和沙漠搏斗改变命运的治沙英雄不同，在刘雪芹眼里，沙漠已经不再是敌人，而是一个值得说心里话的朋友。这是新一代年轻生态工作者的典型心态。他们这一代，人类已经意识到了，要想生存必须和自然达到一个和谐相处的状态。在沙漠中，这些和自然对话的年轻人把青春变成了富有生机的瑰丽诗篇。卡茹娜和我都觉得，和大自然交流的刘雪芹是一个真正的美女。

刘雪芹这些新一代的生态建设者对美也有着自己独特的认识，那就是简单、实用和心灵的自然。在他们眼里，这比消费主义所倡导的物质生活要美得多。这10年，她的身边只剩下一样饰物——一副很少摘下来的墨镜。因为长期和沙漠中的风沙与日照对抗，刘雪芹得了风沙眼，这是一种无法根治的眼疾，也是沙漠留给她的记号。同时，刘雪芹是一个彻彻底底的极简主义者。在10平方米的单身宿舍里，她只有几件用来换洗的衣服。她自己做饭。可以炫耀的美食，就是在炉子上烤熟的包子。

但这个在世俗眼光中放弃了太多的女孩却给我们展示了她在库布其的宝藏——200多亩大的"超级办公室"，136栋日光温室，200多种亲手播种的作物，它们是刘雪芹给库布其的礼物。10年来，她领着同伴们不断地扩大这些作物的种植面积，几乎所有和她奋战过的队友都被她培养成了技术员，和她一样分布在库布其沙漠大大小小的绿洲里，废寝忘食地建设着这片生态乐园。

刘雪芹的微信朋友圈有一条格外让我感动，她是这么写的："农业是一个土得掉渣的职业，每天最土的人，播下一粒籽，种下一棵苗，用汗水去培养、浇灌它们。看花、看果，每一天、每一季节都是最真实的收获。在这里，只有实实在在付出，才能得到收获。在这个浮夸的世界里，这里的梦想最实在。"

这些朋友圈感悟就像是刘雪芹的喜悦，无关欲望，却是为了众生。这些在库布其打拼奋斗的年轻人是朴素的，这种朴素在我看来却比最华丽的装扮都高贵。10年来，他们在实现着关于国家、关于民族的梦想，这些年轻人是我这一代人的骄傲。

当人类在不断地调整自身，使得自己和环境达到和谐的状态时，自然风貌就会发生改变，人的精神面貌和物质生活更会焕然一新。

当年恩格贝的领导希望刘雪芹留在这块土地工作，刘雪芹之所以一把就拽住了对方伸过来的橄榄枝，除去对自己工作的热爱，还有一个很重要的个人原因：她还有3个需要照顾的弟弟妹妹在遥远的鲁西南农村。作为家里的老大，她需要一份能给她发展空间的稳定工作，而北京、天津这些超级大城市不会给刚从大学毕业的刘雪芹这种机会，恩格贝是她最好的平台。她不能有其他的想法，这个年轻人像在曾经的库布其沙漠里能存活的所有生灵一样，牢牢抓住了属于自己的命运。

10年过去了，恩格贝也给了刘雪芹后顾无忧的幸福家庭。2018年1月，刘雪芹最小的弟弟也结婚了，刘雪芹放下了一直背负着的沉重生活包袱，能够自由地呼吸了。此时，因为十几年来的心血付出和优秀业绩，她也不再是那个默默无闻在城市中不知所措的稚嫩毕业生，她已经成为在业界非常著名的农艺师。各种高薪邀请从祖国的四面八方飞到恩格贝的刘雪芹桌头，但她都礼貌地婉拒了。这个改变了库布其，也被库布其改变的女孩，已经成为这片土地的女儿，她爱这里。如今的她，荣获鄂尔多斯“三八红旗手”，成为我们的骄傲和标志之一。

像刘雪芹这样不仅拥有一腔热血和生态建设的理想，而且接受过高等教育、掌握着科学技术的年轻人，涌入库布其。他们和学成归来的库布其本土年轻人一起，组成了当下库布其生态建设中坚力量的第三代治沙人。这片土地让他们意气风发，他们让这片土地生机勃勃。

刘雪芹说：库布其沙漠是一个有未来、有理想的地方。

4

在库布其，李布赫是另一种第三代生态建设者中的典型代表。他是一个年轻的企业家，30岁刚出头时就已经是亿万富翁。

库布其沙漠有两个重要的旅游景区，一个是以会唱歌的沙漠为品牌的响沙湾，另一个就是以金光闪闪的窝阔台敖包为标志的银肯塔拉旅游景区。银肯塔拉旅游景区的创始人就是李布赫。李布赫是70后，仅长我几岁。但20年前，他就在上一代企业家的经营模式中发现了沙漠所蕴藏的巨大可能性，成为沙产业创业者，持续投资沙漠。20年来，他先后共投资了4亿元，才让这里重新变成了绿洲乐土。这是一个金钱传奇，一个青年亿万富翁与沙漠共舞20年的故事，至今盘绕在我的脑海里。

今日的银肯塔拉是一片美丽的风景区，一望无际的草原和森林包围着小小的一块沙漠，在全国各地梦想着到沙漠中撒野的游客心中，银肯塔拉绝对是一块圣地。但这些游客在这里满足探险欲和好奇心的时候，一定想不到这里曾经是令人类绝望的沙漠。我让李布赫回想那时沙漠灾害让他最为震撼的一幕，他毫不犹豫地说，那是在他15岁那年父亲带他走进银肯塔拉，登上了世界上最高的银肯敖包。环顾四周，李布赫心中大骇，他的目力所及之处，皆是浩瀚的焦黄沙海，他童年时玩耍的中心绿洲还在遭受着沙漠的不断侵蚀，随时都有可能被沙尘一口吞噬。李布赫对我说，那一刻他突然懂得了什么叫“生存的危机感”，就是心莫名其妙地疼痛。

从那时起，李布赫开始格外关注家乡的风沙状况。他发现，每逢冬春风季，漫天黄沙席卷而来，吞噬绿洲、田原与庄稼，父老乡亲苦不堪言。李布赫回忆，那时候作为第二代生态建设者的父辈们就已经开始治沙种树，但苦于条件有限，治沙种树全靠人力又缺少技术，进展异常缓慢。绿洲在急速缩小着，故乡的生命岌岌可危……

年少的李布赫在心中立下宏愿，待他长大赚了钱，一定要在家乡治沙种树，将绿洲恢复原貌，让父老乡亲们免受“黄风”之害。为此，他拒绝了家里人的规划，没有跟着父亲学医。李布赫知道，治沙需要大量的资金，于是他的劲头全放在赚钱上。当时做工程最赚钱，李布赫非要去工地当小工，人们议论纷纷，说这小子想钱想疯了。李布赫无暇解释，他在为自己的梦想努力。在工地，李布赫拼命工作，努力学习，越做越好，后来组建了工程队，成立了公司，在城里搞基建，赚了些钱。那些年，煤炭生意很好做，李布赫人缘好，朋友多，大家纷纷进入煤炭领域，并劝他一起合伙。可让所有同行意外的是，李布赫2006年选择回到了银肯塔拉，承包了银肯塔拉7万亩明沙，开始治沙造林。这件事当时轰动一时，所有人又说李布赫是真疯了，把辛苦赚来的钱扔进沙地里，还不如烧了，好歹能见个亮。

面对7万亩大明沙，李布赫采取先用南围北挡的方式锁边，将沙漠通过绿化带围起来防止扩大，然后在相对适宜绿化的区域开展生态治理，同时采取“宜乔则乔，宜灌则灌，宜草则草，乔灌草结合”的治沙办法开始种树治沙。在草原和沙漠结合区域，因浇灌相对便利就种植本土乔木杨树、柳树等；在适宜种植灌木的区域种植杨柴、柠条、沙柳、沙棘等灌木；在水分条件较差的区域用平茬的沙柳枝固沙后播种沙蒿等草籽……今天的李布赫说起来这些，像一个战功显赫的将军谈起当年取胜的某场重要战役时一样轻松，可我知道，在枯燥抽象的行为中包含着的是挥洒在沙漠中成吨的汗水和泪水，与扔到沙地里根本看不到回报的巨额财富。

我和卡萨努算过一笔账，在沙漠中种一棵樟子松，得先在育苗基地培育树苗，等树苗经2～3年生长至80厘米高，移至沙漠中栽种；进行定期浇灌管理又得3年，算上树苗成本和人工，一棵樟子松成活下来，大概需要50元。按网格化种植，一亩地种活28棵树，需耗费资金1500元。而李布赫绿化了近10万亩沙漠，付出的是20年的艰辛。

李布赫曾给我做过一个精彩的比喻。“种树就像养孩子。”他说，“我们在银肯塔拉修路的时候，我就怕路边的草和树被机器压到，每天打几个来回，一直在施工现场盯着。要知道在沙漠里种一棵树，育苗要3年，养护还得3年，死一棵树我得心疼好几天。”

我问李布赫没当上煤老板心疼不心疼。“这有啥心疼的？他们没吃过沙子的苦，不知道对于住在沙窝子里的人来说，草和树有多么重要。”李布赫轻快地笑道，“我要是不回来，不把精力耗在沙漠里，这十几年会发展得很好。但是，我现在感觉很满足，自己每天在这片绿洲转着走走、看看，种下的树活了不少，空气也改善了，觉得自己做的这件事情很有意义。”

12年下来，李布赫在银肯塔拉累计投入资金达4亿元，绿洲不断扩大，生态逐渐好转，也给他带来了收益。他借势将银肯塔拉打造成了今日的国家AAAA级生态旅游区，前来游玩的游客络绎不绝，旺季每天接待量达3000多人次。

李布赫还在此地建成了会盟敖包，那是一座金光闪闪的雄伟敖包。银肯塔拉的生态建设几乎掏干净了李布赫的口袋。可每当李布赫看着这座敖包时，他心里就充满了骄傲，那显示着一个蒙古族儿子对祖先的崇拜和对民族文化的尊重。

李布赫是个敦敦实实的汉子，国字脸，粗嗓门，开朗热情。采访他的时候，他称我为小兄弟。我问："我的老大哥，银肯塔拉变成了绿洲，实现梦想的感觉是不是特别美？"我这个老大哥尴尬地挠头、苦笑，他说："小兄弟，实现了梦想，也有烦恼。"原来，现在的李布赫最担心的事情不是风沙还会肆虐，而是沙漠正在银肯塔拉乃至整个库布其急速地消失，再这样治理下去，游客们要看沙漠怎么办呢?

看着李布赫愁眉苦脸的样子，我为这个老大哥的忧虑感到哭笑不得。这的确是个问题。他告诉我，听说和他同一区域的响沙湾旅游区，已经开始组织人员清理多余的树木和灌草了。和李布赫告别时，我们再三说，要留一片沙漠，一定要留住。它既是自然界呼吸的气孔，也是人类文明的一座丰碑。看着从四面八方来到银肯塔拉和响沙湾的游客，看着他们伸长脖子想看一眼沙漠的渴望模样，这片天地发生的变化，真是让人感叹、让人深思……

2017年9月11日，国家林业局副局长刘东生在《联合国防治荒漠化公约》第十三次缔约方大会新闻发布会上表示，中国荒漠化土地面积由20世纪末每年扩展1.04万平方公里，转变为目前每年缩减2424平方公里；沙化土地面积由20世纪末每年扩展3436平方公里，转变为每年缩减1980平方公里，实现从沙进人退到绿进沙退的历史性转变。中国多年来的防沙治沙工作取得显著成效，已实现荒漠化土地零增长。《联合国防治荒漠化公约》秘书处副执行秘书普拉迪普·蒙加表示，中国的防沙治沙在过去20多年间取得了很大进展，已经逆转荒漠化趋势。

中国取得的这一生态成绩和库布其三代治沙人几十年的辛勤劳动和无私奉献有着密不可分的关系。在那次会议上，刘东生也宣布了未来的生态建设计划——中国计划到2020年，实现50%以上可治理沙化土地得到治理，到2050年使可治理的沙化土地得到全部治理。

也就是说，在未来，李相儒、刘雪芹和李布赫所代表的新一代治沙人会担负更大的使命、更多的责任。

在库布其，我能看到在国家的感召下，更多、更年轻的生态工作者从北京、上海，甚至更远的国家和地区汇聚到库布其。他们将肩负起这份重担，在未来用更强大的观念和科技，以库布其为原点，为我们的家园——这颗正在由黄变绿的星球做出更大的贡献。

尾 声
WEISHENG

库布其模式与世界

虽然我们的地球正在由黄变绿，但全球荒漠化土地面积仍达3600万平方公里，占地球陆地总面积的1/4。土地荒漠化是各国公认的全球最严重的自然灾害之一和首要的生态环境问题，是人类社会的心腹大患。全世界100多个国家和数亿人口受荒漠化危害。这些生态问题，严重威胁着全球的文化沟通、设施联通、产业发展与经贸合作。

土地荒漠化的历史同时也是人类与荒漠化抗争的斗争史。它产生的一个重要原因是，它和人类文明的发展相辅相成，在人类无法妥善处理自身发展和自然生态之间的关系前，它就像一个僵而不死的魔鬼站在人类的心头狞笑。在世界治沙史上，曾经出现过3次人类治沙却导致荒漠化进一步加剧的重大事件：一是美国西部大开发时，出现的人工沙漠；二是之前提到过的非洲撒哈拉沙漠，打深井引起的土地脓肿化致使荒漠化加剧；三是苏联时期，大规模非科学植树引起荒漠化。

美国人失败的原因，在于他们把人的生存发展放在了自然的生态平衡之前，疯狂破坏自然，掠夺资源，导致生态被破坏，荒漠化严重。苏联的“斯大林改造自然工程”和“赫鲁晓夫处女地计划”则被称为和“切尔诺贝利核泄漏事件”一样严重的人为灾害。这3起事件最令人触目惊心的共同点是，人类手中都掌握着最先进、最强大的科学技术，却因为缺少对自然的敬畏心而惨败。美国人大量采用没有结合当地实际情况且并不合理的种植计划，使得全部林带建设项目有一半苗木死亡。苏联人则乱垦滥伐，盲目开发农业，导致曾经的咸海东部完全干涸，这一美丽的内陆湖现在被称为“阿拉克姆沙漠”。这两道地球的伤疤令苏联科学界蒙羞几十年。

库布其，这千百年来的死亡之海，今时今日却在党和政府的领导下，在群众和沙区企业的共同艰辛努力下，成为世界上唯一被整体治理的沙漠。它的生态资源逐步增长。库布其沙漠治理面积达到900多万亩，区域生态也因此明显改善。库布其沙尘天气明显减少，降雨量显著增加，生物多样性大幅恢复，把沙尘挡在了塞外，把清风还给了世界，生物种类增长到530多种，已经具备了自然恢复的水文气象条件。

更为可贵的是，在丰饶的生态资源上，沙区经济不断发展，创造出一二三产业融合互补的沙漠生态循环经济，在不毛之地上生长出6000多平方公里绿洲。智慧勤劳的父老乡亲依靠这片曾是不毛之地的水土开发出了水果蔬菜、道地药材和旅游景区等众多生态产品，沙漠中产生几十万个绿色富民的就业岗位，累计带动沙区十几万名群众彻底摆脱了贫困，贫困人口年均收入从不到400元增加到目前的1.4万元。党的十八大以来，直接带动脱贫3.6万人。

每当有人问我，是什么样的动力支撑着库布其人在原本贫瘠的大漠上做出今天这样伟大的成绩时，我都会毫不犹豫地回答：库布其精神。“守望相助、百折不挠、科学创新、绿富同兴”，库布其精神虽然只有短短16个字，却是浸染了三代治沙人生命和心血的巨大信念。正是这种极富力量的精神信念，让库布其人民在党和政府的领导下，苦心奋斗经营数十年，创造了举世瞩目的重大智慧成果——“党委政府政策性主导、企业产业化投资、农牧民市场化参与、科技持续化创新”四轮驱动的库布其模式。

库布其模式是习近平主席“绿水青山就是金山银山”生态思想的高度体现，它的意义在于扭转了人类数百年来只治沙、不治贫的固有思维，将绿色生态和富裕民生画了等号并紧密联系起来，开发出了一套具有高度可操作性、可复制性的方法。它不仅是库布齐人民的精神财富，更承担着“走出去”，造福世界沙区人民的重要责任。尤其是在中东、中亚等“一带一路”沿线许多国家，沙漠占国土面积的一半以上，他们对库布齐模式在世界范围内的发展格外关注。

在2017年9月召开的《联合国防治荒漠化公约》第十三次缔约方大会上，与会各国代表共同发布了《鄂尔多斯宣言》。在这份具有重大历史意义的宣言中，各方欢迎中国政府支持“一带一路”防治荒漠化合作机制，通过经验共享、能力共建和示范项目合作，实现区域内和区域外荒漠化防治，体现了各国对“一带一路”防治荒漠化合作的积极态度，充分认可了库布其模式。

联合国也十分重视库布其模式的推广，支持世界各国与中国库布其的生态建设进行广泛交流。《联合国防治荒漠化公约》组织执行秘书莫妮卡·巴布表示：“库布其的成功在于，不仅让沙漠绿起来，还让当地居民富起来。库布其的沙漠生态经济是一种新型的生态商业模式，它通过政府与企业合作，运用市场化机制，实现土地退化修复的可持续发展……这种模式欢迎私营资本的进入，并获得商业回报，对于贫困国家来说，更具有吸引力。我们已经组织了许多国家的代表去中国学习。”

巴布认为，《联合国防治荒漠化公约》生效22年来，在各缔约方的共同努力下，全球荒漠化防治已取得重要进展，但土地退化的脚步远未停歇。“多数贫穷国家技术落后，缺乏‘沙漠掘金’的工具。”巴布对库布其人发明的百余种沙漠生态新技术称赞不已，“中国有先进的科技手段和丰富经验，可以帮助更多的国家治理荒漠化问题。现在，推广库布其经验可供非洲、中东、拉美等饱受沙尘肆虐的国家和地区借鉴。中国率先实现荒漠化土地零增长，给全球树立了榜样。”

今天，生态建设水平已经成为衡量一个国家综合国力的重要组成部分。库布其模式是正在崛起的中国为地球生态做出的重要贡献。在未来，它将会在人类生态建设中发挥越来越重要的作用。

不久前，我曾去过恩格贝的沙漠博物馆。在这座时间长廊中，人们可以面对消逝的库布其沙漠留下的痕迹。博物馆里，一群从上海来的小学生正好奇地观察着这里的一切，他们好奇地望着我，眼睛里满是希望，像是这片土地的未来。“叔叔，你快来看！”这群孩子们兴奋地冲我挥手，他们正站在一座高倍显微镜前，镜头下是一粒曾经属于库布其沙漠的沙子。我在他们的召唤下，将眼睛凑在镜前，被自己所看到的东西惊呆了——

这是一粒最普通的沙子，如今只有这些在博物馆里的沙子才能证明库布齐曾经是一座沙漠。当高倍显微镜将这粒沙子放大千万倍后，呈现在世人面前的竟是一片浩瀚的星云。在沙粒的内部，红色、黄色、绿色、蓝色、紫色等各种色彩的晶粒组合，就像一颗颗晶莹灿烂的宝石熠熠生辉，如同上亿颗瑰丽的行星在缓缓运转，这是一片生机勃勃的宇宙，等待着人类的探索和发现。

沙子给予库布其人磨难，也给予库布其人斗志。“绿水青山就是金山银山”，这座沙漠绿洲养育的儿女时刻谨记习近平总书记的殷殷嘱托。他们用数十年来积累的生态智慧和大无畏的勇气呵护和建设着自己的家园，库布其绿洲已成为世界生态建设版图上一颗璀璨的明珠。这一切，是库布其儿女共同的梦想，他们用自己勤劳的双手将这伟大的梦想变成现实：一片片壮丽的绿水青山，一座座富饶的金山银山，永驻人间！